이 땅에 다시 오다

오용일 장편소설

패러다임북

1951년 5월, 중공군이 오미치(五味峙)를 점령하여 국군1개 군단의 퇴로를 차단했다. 이로 인해 국군은 현리전투에서 참패하고 많은 장병들이 희생됐다. 오미치 정상에 현리지구전적비가 세워져 당시의 참상을 되새겨주고 있다.

멀리 방태산(芳台山, 해발 1,444m)의 능선(稜線)이 보인다. 현리전투 시 국군은 능선을 타고 서쪽(좌)에서 동쪽(우)으로 후퇴했다. 정면의 산간계곡에 내린천(內麟川)이 흐른다. 수많은 국군이 내린천 강변에서 적군의 기습을 받았다.

용포교(龍浦橋)부근의 방태산기슭에 현리전투위령비가 세워져 국군 3사단, 9사단, 7사단의 전몰장병과 희생된 주민들의 영령을 모시고 있다. 비문에 아군이 전사, 부상, 실종, 포로 등으로 19,000여명이 희생됐다고 기록되었다.

아프리카의 최고봉 해발 5895m의 킬리만자로(kilimanjaro)산. 현 위치는 Giliman's point이고 맨 우측이 저자임. 뒤편에 움푹 파인 지역은 화산분화구(火山噴火口)자리이고 주위 언덕은 만년설(萬年雪)이 쌓여 빙하(氷河)를 이룬다.

현리전투상황도

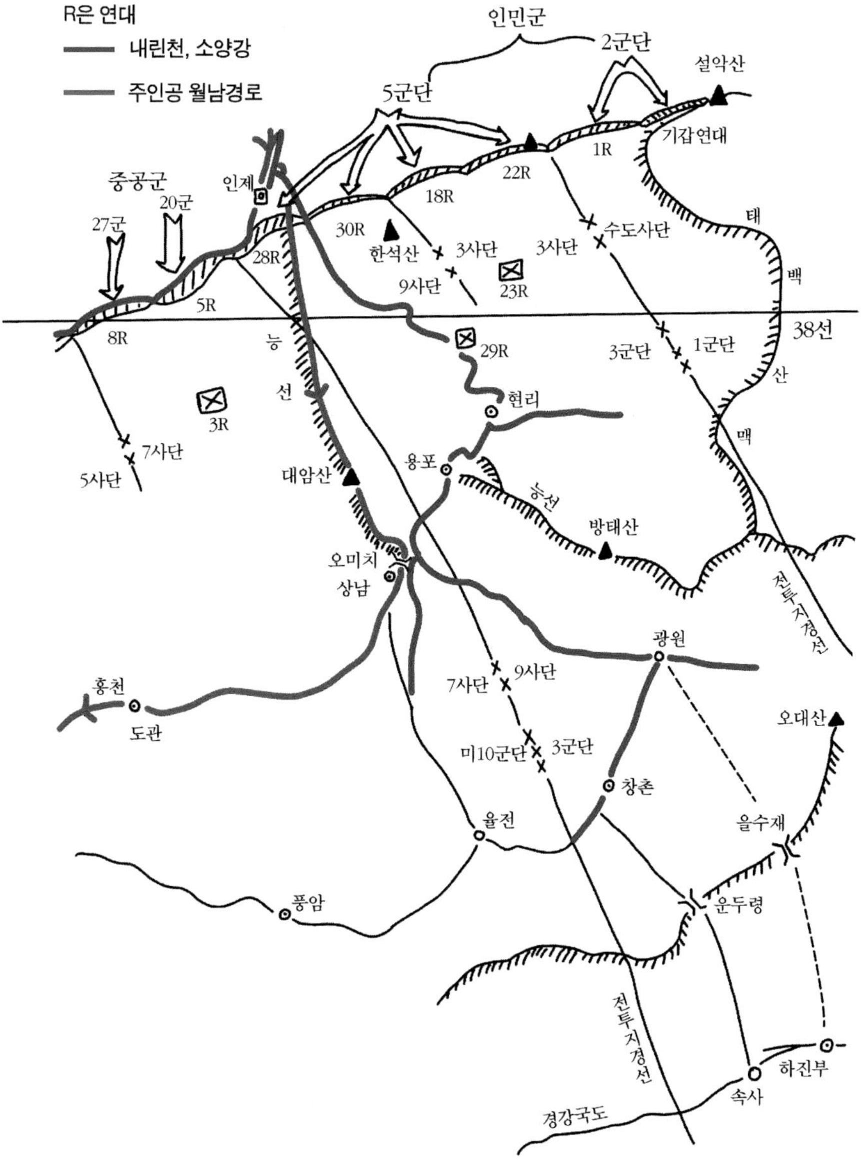

R은 연대
내린천, 소양강
주인공 월남경로
인민군
2군단
5군단
설악산
기갑연대
1R
22R
18R
30R
중공군
20군
27군
인제
28R
5R
8R
한석산
3사단
9사단
23R
3사단
수도사단
태백산맥
38선
29R
3군단
1군단
능선
현리
3R
7사단
5사단
대암산
용포
능선
방태산
오미치
상남
광원
전투지경선
9사단
7사단
홍천
도관
오대산
미10군단
3군단
창촌
율전
을수재
풍암
운두령
전투지경선
하진부
속사
경강국도

격전지와 포로수용소

X 격전지
포로수용소
도경계
주인공의 경로
자성
자성포로수용소
만포
외귀포로수용소
시중포로수용소
강계
위원
위원포로수용소
초산
중 국
함경남도
평안북도
압록강
벽동
벽동포로수용소
풍장
X(7연대)
장진호
X(미7사단)
장진
(미해병1사단)
의주
단동
위화도
천마산
천마산포로수용소
북진포로수용소
북진
X(10연대)
X(19연대)
X(2연대)
희천
온정리
신의주
운산
X(미8기병연대)
철산모나즈광산
철산
선천
정주
청천강
신안주
영원
X(8사단)
덕천
X(7사단)
개천
X(미2사단)
순천
연포비행장
함흥
홍남
정평
광포(연포)
영흥
고원
문천
원산
동 해
월남경로
평안남도
대동강
강동포로수용소
평양
황 해
남포
안변
신고산
철령
곡산
황주
사리원
포로송환시
이천
회양
장안사
내금강
황해도
철원
강원도
해주
개성

머리말

세월은 많이 흘렀지만 나에게는 잊을 수 없는 슬픈 추억이 있다. 이북에서 38선을 어렵게 넘어왔고, 6·25전쟁 때는 국군으로 싸우다 포로가 되어 고생했던 일들이다. 그 때의 쓰라린 체험을 소재로 하여 이 글을 썼다. 소설로 꾸몄지만 대부분 실화이다.

이야기의 주인공은 소년시절 이북에서 혼자 월남하려고 무척 애를 쓴다. 여러 번 좌절한 끝에 나중에는 인제(麟蹄)의 앞산에서 밤에 능선을 타고 38선을 넘어온다. 남한에서 학교에 다니며 한 소녀와 사랑이 무르익어 장래를 굳게 약속한다.

6·25전쟁이 일어나자 그는 국군에 입대하여 싸운다. 1951년 5월, 공교롭게도 그가 38선을 넘어왔던 바로 그 능선으로 중공군(中共軍)이 넘어와서 국군 1개 군단을 포위한다. 이로 인해 국군은 현리전투(縣里戰鬪)에서 참패하고 그는 포로가 되어 다시 북으로 들어간다.

전쟁 중에 중공군은 이 같은 대공세(大攻勢)를 모두 일곱 차례나 감행하였다. 그때마다 국군은 몇 개 사단씩 참패하고 많은 장병들이 포로가 되었다. 그러므로 국군포로에 관한 이야기를 하려면 먼저 국군이 패전하는 장면부터 애기해야 한다. 유감스럽게도 국군의 패전에 관해서는 나라에 수치라 하여 잘 알려지지 않고 있다. 국군포로들이 겪은 실상에 관해서도 본인의 명예가 훼손되는 일이라 숨기고 지내야 했다.

하지만 이제는 모든 진실이 밝혀져야 한다는 사명감(使命感)을 가지고 나는 이 글을 썼다. 중공군의 대공세에서 국군이 처참하게 패배하는 장면을 사실대로 숨김없이 표현되었다. 국군포로들이 고역을 치르는 처절한 모습이나 국군포로수용소의 내부생활을 생생하게 묘사되었다.

북한은 국군포로를 해빙전사(解放戰士)라 불렀다. 그 미명(美名)하에 많은 국군포로들이 인민군에 강제로 편입되었다. 그분들은 주로 후방에서 복구공사를 했다.

한편 국군포로수용소에서는 영양실조가 심해서 많은 포로들이 병사(病死)하였다. 여기 주인공도 병으로 여러 번 죽을 고비를 넘기고 간신히 살아난다. 이북출신과 반동으로 낙인이 찍힌 사람들은 휴전 후 포로송환 되지 않았다. 이북출신들은 고향을 숨기려 해도 사투리 때문에 어쩔 수 없이 탄로되고 만다. 이북출신임을 끝까지 숨기고 포로송환 된 사람은 주인공 한 사람뿐이고 그의 주변에는 아무도 없다. 그리하여 남들은 모두 그리운 고향으로 돌아왔지만 그는 고향을 마다하고 이 땅에 다시 왔다. 이 땅은 자유의 천국이요 성스럽고 자랑스러운 대한민국이다.

한편 사랑하는 약혼녀는 그가 전사한 줄 알고 수녀가 됐으니 생이별의 슬픔에 젖는다.

독자들은 이 글을 통해서 한국전쟁이 어떤 양상(樣相)으로 전개됐는지 이해할 수 있을 것이며 치열했던 전투현장을 실감하게 될 것이다. 또한 국군포로들의 수난의 역정(歷程)을 살피면서 북에 억류된 동료들의 행방(行方)에도 관심을 갖게 되리라 믿는다.

오랜 세월이 흘렀지만 격동(激動)의 그 시절은 잊을 수가 없다. 나와 함께 국군에서 싸우던 전우들, 그리고 북에 가서 같이 고생하던 전우들의 모습이 생생하게 떠오른다. 그분들의 생전(生前)에, 또는 그 영전(靈前)에 이 글이 다소나마 위안이 되기를 바라는 마음 간절하다.

이 글을 위해 많은 도움을 주시고 격려해주신 분들에게 감사의 말씀을 드린다. 현리전투 시, 30연대장이시던 손희선(孫熙善)장군과 18연대 2대대장이시던 정승화(鄭昇和)장군께서 당시의 전투상황을 상세히 말씀해주셔서 심심한 사의를 표함과 동시에 삼가 고인(故人)들의 명복을 빈다.

국방부 군사편찬연구소(軍史編纂研究所)의 편찬위원 몇 분께서도 많은 지도와 협조를 해주셔서 감사의 말씀을 드린다.

나와 함께 포로송환 된 동료들도 자신들의 체험담을 말해주어서 이 글을 쓰는데 큰 도움이 됐으니 고맙다는 인사말을 드린다.

끝으로 미숙한 이 글을 편찬해주신 패러다임북의 박찬익 사장님께 감사의 말씀을 드린다.

2021년 5월

오용일

차 례

제 1 장 월남

제 2 장 군 입대

제 3 장 출정

제 4 장 현리전투

제 5 장 수용소군도

제 6 장 암흑의 세월

제 7 장 판문점의 봄소식

제 8 장 남한에 다시 오다

제 1 장
월남

1. 남쪽하늘 바라보며

3월 초순의 오후였다. 날씨는 쌀쌀하고 높새바람까지 불어 을씨년스러웠다. 교실에서 수업을 마친 아이들이 우르르 쏟아져 나왔다. 아이들은 집으로 곧장 가기도 하고 운동장에 남아서 놀다가기도 했다.

"민규야, 놀다가자."

"민규야, 구슬치기 하자."

친구들이 유혹했지만 민규는 뿌리치고 곧장 집으로 향했다. 그는 어머니가 마흔셋에 낳은 늦둥이라서 집에서는 어린애 노릇을 했다. 어머니의 젖이 안 나와도 빈 젖을 빨며 지내는 것이었다.

이날도 집에 가서 어머니의 젖을 빨 생각을 하며 발걸음이 저절로 가벼워졌다. 그러나 대문을 들어서는 순간, 어머니의 대성통곡하는 소리를 듣고 가슴이 철렁 내려앉았다. 무슨 슬픈 일이 일어났을까? 방안에는 사람들이 가득 모여 있었다. 친족들은 눈물을 글썽거리며 초상난 분위기였다. 반면에 낯선 관리들이 안방에 앉아서 험상궂은 표정을 짓고 있어 매우 살벌해 보였다. 민규는 무슨 영문인지도 모르고 어머니를 붙잡고 함께 울었다.

노동당 리세포위원장(里細胞委員長) 최동필 씨가 서슬이 시퍼레서 고함을 질렀다.

"오늘 당장 이 집에서 나가라는 것이 당(黨)의 명령입메. 그러니 빨리 짐을 싸 가지고 나가 줍세."

민규의 형은 추방명령이 억울한 처사라고 항의했다.

"내 소유의 토지가 많은 것은 사실이오. 하지만 이유는 우리 집이 박 씨 문중의 종가(宗家)이기 때문이오. 토지의 일부는 가난한 친족들이 무상으로 경작하여 왔소. 내가 남의 소작료를 착취한 일이 없는데 어째서 민족반역자란 죄명을 쓰고 추방된단 말이오?"

사실이 그러했다. 마을에는 박 씨 일가가 20여 호나 살고 있었다. 그 중에서 어려운 친족들이 토지의 일부를 무상으로 경작하여 왔던 것이다. 그 대신 그분들은 시제(時祭)를 지낼 때면 제물 일체를 준비해왔다. 친족들은 민규네가 추방된다는 말을 듣고 부당한 처사라며 나라에 항의하고 진정서를 올렸다. 면에서 온 관리들은 이날 당장 내쫓으려고 했지만 친족들의 항의에 부딪혀 하룻밤 자고 가도록 허락해주었다.

민규는 면 인민위원회에 가서 게시판을 들여다보았다. 이날이 1946년 3월 5일이었다. 북조선에서 일제히 토지개혁을 실시한다고 크게 써 붙여 있었다. — 토지는 밭갈이하는 자에게! —

이런 구호를 내걸고 모든 토지를 농민에게 무상으로 분배한다고 했다. 반면에 토지를 15,000평 이상 소유한 자는 민족반역자라 하여 토지와 가옥 등, 전 재산을 몰수한다고 했다. 민족반역자 명단에 민규의 형님 이름도 있었다.

밤에 가족들은 잠 못 자고 한숨만 쉬었다. 형님이 제안했다.

"어머니, 이남으로 나갑시다. 동기간들이 있으니 의지하며 살 수야 있겠지요."

그러나 어머니는 동의하지 않았다.

"종가집이 떠나버리면 조상에 대한 성묘나 제사를 누가 지내겠니? 너희들이 정히 가고 싶으면 가도 나는 이 마을에서 떠나지 않으련다."

그곳은 함경남도 정평군(定平郡)의 평화롭고 인심 좋은 고장이었다. 정평의 북쪽은 함흥시(咸興市)이고 남쪽은 영흥군(永興郡)이다. 서쪽은 높은 산들이 병풍처럼 우뚝 솟아있고 동쪽은 바다에 접한다.

박민규(朴民圭)는 이때 초등학교 6학년이었다. 아버지는 돌아가시고 편모슬하에서 자랐다. 6남매 중 막내이고 형 셋과 누나 둘은 모두 결혼했다. 둘째형과 셋째형과 작은 누나는 남조선으로 월남했다. 집에는 어머니, 큰형, 큰형수, 민규까지 네 식구가 살고 있었다. 큰형수는 아기를 못 낳았다. 어머니가 가끔 위로해 주었다.

"아기를 못 낳는다고 걱정하지 마라. 동생들의 자식이 많으니 그 중에서 양자를 삼으면 된다."

큰형은 종갓집 장손이라 가문을 지키는 일을 천직으로 알고 있었다. 그러나 느닷없이 집에서 쫓겨날 판국이 되었으니 기가 막혀서 정신이 어지러웠다.

다음 날 민규는 학교에 나갈 경황이 아니지만 가족들이 떼미는 바람에 할 수 없이 나갔다. 교실에서 아이들이 민규네 집 이야기를 하다가 그가 들어서자 쉬쉬하며 입을 다물었다. 민규는 어찌나 창피한지 책상에 엎드려서 훌쩍훌쩍 울었다.

이때 세포위원장의 맏딸 최명순이 다가와서 위로했다.

"민규야, 울지 마."

두 아이는 이웃에서 자라고 6년간 같은 반에서 지내는 동안 정이 들대로 들었다. 그러나 이날 민규는 명순을 보는 순간 공포에 질리고 분노가 치밀었다.

"저리 비껴! 이 간나야. 니 아버지가 미워!"

그리고는 또 흑흑 흐느꼈다.

사흘째 되는 날 집에 와 보니 가족들은 이삿짐을 풀어놓고 안정된 분위기였다. 어머니가 말해줬다.

"이 집에서 그대로 살게 되었단다. 토지는 빼앗겼지만 네 식구 분의 토지를 다시 분배받아 농사를 짓게 한다는 구나."

친족들의 진정서가 얼마나 효력이 컸던지 추상같은 노동당의 명령을 수정할 수 있었다는 것은 참으로 기적 같은 일이었다.

새 학년이 4월에 시작하던 것을 1946년부터 9월로 변경했다. 민규는 토지개혁 때의 충격이 심해서 상급학교에 갈 생각을 안했다. 형이 나중에야 알고 면소재지의 문장중학교에 입학원서를 가지고 갔다. 그러나 입학원서접수마감이 이틀이나 지났다고 해서 받아주지 않았다. 형은 교장선생에게 통사정을 해서 간신히 추가접수가 되었다. 민규의 수험번호는 맨 끝번인 247번, 그러나 합격자발표에서는 그 번호가 맨 앞에 붙어있어서 어리둥절했다. 알고 보니 수석으로 합격된 것이었다.

학교에서 가을 소풍은 태조(太祖) 이성계(李成桂)가 태어난 영흥군(永興郡) 순녕면(順寧面) 흑석리(黑石里)에 갔다. 그 곳에 궁전을 세워 준원전(濬源殿)이라 하고 조선왕조의 발상(發祥)을 기념하고 있다. 학생들은 40 리나 되는 길을 걸어서 갔고 하룻밤 자고 왔다.

준원전에는 특별히 태조의 초상화를 모시고 있었다. 궁전의 중앙 건물 한복판에 직육면체로 된 커다란 바위가 있고 그 위에 족자로 된 초상화가 걸려있었다. 태조는 의자에 앉아있는 자세였고 크기는 실물과 비슷했다. 옷은 붉은색의 곤룡포(袞龍袍)를 입었고 머리에 익선관(翼善冠)을 썼다. 활 잘 쏘는 장수라서 어깨가 유난히 벌어졌고 팔도 길어보였다. 안내인이 설명해 주었다.

"이 초상화는 어린 신동(神童)이 그렸답니다. 태조의 눈빛은 어느 곳에서 봐도 자기를 보는 것같이 반짝반짝 빛납니다."

과연 태조의 눈빛은 어느 곳에서 봐도 자기를 보는 것 같이 반짝반짝 빛났다. 그야말로 신운(神韻)이 감도는 명화(名畵)였다.

초상화가 놓여 있는 바위의 정면 모서리가 위아래로 길게 쪼개졌다. 안내인이 쪼개진 자국을 가리키며 설명을 덧붙였다.

"이것은 임진왜란 때 왜장 가토 기요마사(加藤淸正)가 칼로 내리쳐서 쪼개진 자국이라 합니다. 그때 왜놈들은 궁전을 모두 불태워서 이 건물은 그 후 다시 지은 것입니다. 초상화는 어느 절에 숨겨서 무사했습니다."

학생들은 왜놈들의 만행에 분노하여 치가 떨렸다.

1947년부터 학제가 변동됐다. 인민학교(초등학교)가 6년에서 5년으로 단축되고 중학교가 초급중학 3년과 고급중학 3년으로 분리되었다. 따라서 인민학교 5년 졸업생은 중1이 되고 6년 졸업생은 중2가 되고 민규는 중3이 되었다.

중1 때 민규를 담임했던 김조명 선생은 인격이나 학식이나 능력면에서 매우 뛰어난 분이었다. 김 선생은 그 같은 실력을 인정받아 군청소재지에 새로 설립한 신광고급중학교 교장으로 영전하였다. 9월 중순, 김조명 교장선생은 담임했던 박민규(朴民圭), 정동혁(鄭東赫), 한병진(韓炳鎭), 세 학생을 보결시험을 거쳐 신광고급중학교 1학년으로 월반(越班)시켰다. 이때부터 세 학생은 한 방에서 같이 자취생활을 하며 지냈다.

정동혁은 민규보다 두 살 위이고 초등학교 2년 선배였다. 서울에서 명문인 K중학에 다녔으나 해방 후 38선이 막혀서 못나가게 되자 할 수 없이 시골 중학교에 편입했다. 하지만 언젠가는 다시 서울에 가서 K중학에 다녀야 하겠다는 포부는 저버리지 않고 있었다. 그는 저돌적이면서 담력이 강하고 패기와 의욕이 넘쳤다. 학과공부보다도 독서에 열중하여 무슨 책이든지 닥치는 대로 읽는 성미였다.

한병진은 이웃 면 사람이고 3년간 집에서 독학하다 입학한 만학도(晩學徒)였다. 중1 때 이미 공민증(公民證,주민등록증과 같음)

을 갖고 있다 해서 그의 별명은 '공민증'이었다. 그는 늦게 출발한 대신에 학구열은 대단해서 잠도 제대로 안자고 열심히 공부했다. 박민규는 중1 때 수석이었고 월반한 후에도 성적은 최 상위권에 육박했다.

정평에 커다란 호수가 있다. 연포(連浦)라 불러왔으나 지금은 광포(廣浦)라 부른다. 우리나라 자연호(自然湖) 중에서 가장 큰 호수는 함경북도 경흥군(慶興郡)에 있는 서번포(西藩浦)이고, 광포는 두 번째로 크다고 한다. 세 학생은 어느 날 방과 후, 광포에 놀러갔다. 잔잔한 호수가 광활하게 펼쳐지고 동쪽은 길게 뻗어 바다에 접한다. 호수의 가장자리는 갈대와 수초가 자라고 그 사이로 오리들이 마치 자기들의 천국인 양 즐겁게 놀고 있었다.

1948년 2월 중순이었다. 저녁식사를 마치고 공부를 막 시작하려하는데 정동혁이 뜬금없이 자기 비밀이야기를 털어놓았다.

"나는 이번 토요일, 집에 가면 다시 못 올 거야. 남조선으로 월남할 작정이다. 나의 형님이 서울에 갔는데 며칠 전에 오라는 통보가 왔거든. 학교에는 당분간 아파서 결석한다고 말해 줘. 아직은 비밀이니까 남들에게는 절대로 말하지 마라."

두 사람은 하도 놀라운 얘기를 듣고 어안이 벙벙했다.

2월 하순이 되자 한병진마저 민규를 놀라게 했다.

"가족들과 의논한 결과 나도 월남하기로 결심했다. 너만 남겨두고 가게 되어 미안하구나. 잘 있어라."

민규는 이제 혼자서 자취생활 하기가 곤란함으로 학교기숙사에 들어갔다. 겨울에 추위를 무릅쓰고 자취생활을 하다 보니 모두들

병이 나서 두 사람은 결석하고 자기는 간신히 등교한다고 사유를 말씀 드렸다. 사실 민규는 이때 감기를 몹시 앓고 있었으므로 학교에서는 그 말을 믿었을 것이다.

기숙사 건물은 고을에서 제일가는 부자가 살던 큰 기와집이었다. 교장선생은 가족을 집에 두고 기숙사에서 학생들과 함께 생활하면서 관리까지 맡고 있었다. 교장선생의 배려로 민규는 단둘이 지내는 조용하고 아담한 방에 들어갔다. 시험기간에 몇 사람은 과로해서 코피를 흘렸다. 그러자 기숙사에서 미역국을 끓여 주었다. 미역을 먹으면 피가 맑아져서 코피가 안 난다고 했다.

드디어 학교에 소문이 퍼졌다.

"정동혁과 한병진은 월남 했단다!"

"남조선의 반동분자로 변심한 거야!"

"그런데 같이 지내던 박민규는 왜 월남하지 않을까?"

"누가 알아, 걔도 월남할는지?"

민규는 선생님들과 학생들이 자기를 이상한 시선으로 감시하는 것 같아 기분이 언짢았다. '나도 월남할까?' 그러나 어머니와 헤어지리라고는 꿈에도 생각지 못하는 철없는 아이였다. 학교생활도 만족스럽고 매주 토요일이면 집에 와서 어머니를 만나보는 것이 가장 즐거운 일과였다. 그런데 같이 자취하던 두 친구가 월남한 충격을 받고 마음이 흔들리기 시작했다. 월남할 것인가, 말 것인가를 놓고 고민했다. 이때 문뜩 생각이 떠오른 것은 셋째 형이 중학교에 다닐 때 공부하던 책에서 읽은 시 한 수였다.

題壁	제벽
男兒立志出鄕關	남아입지출향관
學若無成不復還	학약무성불복환
埋骨何期墳墓地	매골하기분묘지
人間到處有靑山	인간도처유청산
釋 月性	석 월성

벽에 글을 쓰노라

사내아이 뜻을 세워 고향의 관문을 나서다
만약 배움을 이루지 못하면 다시 돌아오지 않으리라
죽어서 뼈를 묻을 곳을 어찌 선산(先山)으로 기약하리요
사람은 이르는 곳마다 자기를 묻어줄 푸른 산이 있나니

시의 저자는 현대의 일본인이고, 청산(靑山)이란 중국의 옛 시인 소동파(蘇東坡)의 시구(詩句) '시처청산가매골(是處靑山可埋骨)'에서 인용한 것인데 뼈를 묻을만한 곳을 말한다.

이 시의 뜻은 사내아이로서 고향에 미련을 두지 말고 넓은 세상에 나가서 마음껏 활동하라는 것이다. 과연 그렇구나. 민규는 시를 음미할수록 감화를 받고 드디어 월남하기로 결심했다. 남조선의 넓은 세상에 가서 보다 새로운 학문을 공부하리라. 추우강남(追友江南)이라, 친구 따라 강남 간다고 했다. 민규도 친구의 뒤를 따라 남조선에 가기로 마음을 굳혔다.

어머니와 형님에게 간신히 허락을 받고 3월 하순 봄방학 때 월남하기로 결정하였다. 기숙사를 나오면서 한 방에서 같이 지내는 홍기영 군에게는 차마 숨길 수가 없어서 실토했다.

"기영아, 나는 지금 집에 가면 다시 못 올 거야. 남조선으로 월남할 작정이다. 아직은 비밀이니까 남들에게는 말하지 마라."

홍기영은 순진한 아이라서 그 말을 듣고 깜짝 놀란다.

"너 그게 정말이냐?"

"그래, 정말이다. 잘 있어라."

집에서는 민규가 아직 어리기 때문에 이남으로 나가는 사람에게 데려가 주도록 부탁할 작정이었다. 어머니, 형님, 형수님이 사방을 다니며 이남으로 나가는 사람을 찾았으나 그런 사람이 좀처럼 나타나질 않았다. 그전부터 장사하러 왕래하던 사람들에게 부탁하면 모두 거절한다고 했다.

"이제는 38선이 꽉 막혀서 왕래 할 수가 없어요."

또 월남할 기미가 보이는 사람에게 부탁하면 펄쩍 뛰었다.

"앙이! 내가 언제 월남한다고 했슴메? 이거 생사람 잡지 마우다. 만약 그런 소문이 퍼지면 나는 큰일 난당이."

민규의 외사촌인 최재호 형이 월남할지 모른다고 했다. 형은 함흥영생(永生)중학교를 졸업하고 직장에도 다녔으나 며칠 전에 그만두고 집에 와 있었다. 어머니가 신신 당부했다.

"재호야, 너 혹시 월남하거든 민규를 꼭 데리고 가라."

재호는 입장이 난처해서 거짓말을 했다.

"저는 아직 월남할 생각이 없수다."

그러나 며칠 후 재호가 월남했다는 말을 듣고 어머니는 화가 나서 노발대발했다. 외숙부는 괴로운 심정을 털어놓았다.

"누님, 미안하우다. 재호는 38선을 왕래하는 안내인에게 부탁해서 간신히 따라갔수다. 민규를 데려가고 싶다고 몇 번이나 사정했지만 앙이 된다는 걸 어떡하겠수?"

민규는 정동혁이 어떻게 월남했는지 궁금해서 어머니와 함께 그 집에 가보았다. 동혁의 어머님이 말해주었다.

"동혁이는 옆집에 사는 친구와 같이 떠났수다. 38선을 넘을 때 인민군이 총을 쏘더랍니다. 동혁이는 계속 넘어갔고 같이 가던 친구는 인민군에 붙잡혀서 집에 와 있수다."

민규는 그 사람이 누군지 찾아가 보았다. 초등학교 2년 선배이고 정동혁과 동창생인 정충근 형이었다. 정 형은 말해줬다.

"한탄강을 건너는데 인민군이 쫓아와서 소리치더라. '돌아와라! 도망가면 쏘겠다.' 우리는 못들은 체하고 계속 강을 건넜거든. 그러자 '탕!' '탕!' 하고 총소리가 요란하게 울리는 거야. 나는 겁이 나서 되돌아왔어. 동혁은 죽을 각오를 하고 계속 강을 건너가더라. 아마 무사히 월남했을 거야."

한탄강(漢灘江)이란 커다란 여울이란 뜻이지만 이때는 월남하는 동포들이 강물에 빠지거나 총에 맞아죽었으니 원한의 한탄강(恨歎江)으로 뜻이 바뀌었다.

민규는 정충근 형에게 자기와 같이 다시 월남하자고 몇 번이나 애걸했지만 충근 형은 끝내 거절했다.

민규는 한병진이 어떻게 월남했는지 궁금해서 이웃면에 찾아갔다. 병진의 아버님이 말해 주었다.

“병진이는 자기 형과 같이 월남했지비. 자식이 둘인데 모두 떠나버리고 집에는 두 늙은이만 남았잼이요.”

민규는 곧 월남할 수 있으리라 믿었으나 사정은 여의치 않았다. 신중하지 못했다고 후회하며 초조한 나날을 보내고 있었다.

5월 중순, 토요일 오후였다. 김조명 교장선생이 귀가하는 도중에 박민규의 집을 찾아왔다.

“민규야, 제발 월남을 포기하고 학교에 다시 나오너라. 내가 특별히 월반시킨 세 학생이 모두 월남한다고 해서 학교에서 야단이 났다. 너만이라도 다시 학교에 나온다면 얼마나 좋겠니?”

교장선생은 매우 절박한 심정으로 애원했지만 민규는 눈물을 흘리며 용서를 빌었다. 이때 민규의 형이 타협안을 제시했다.

“동생은 38선이 굳게 막혀서 못나갈 겁니다. 다시 학교에 다녀야 하겠는데 체면 때문에 당장 나가기는 곤란합니다. 9월초에 새 학년이 시작되면 1학년부터 다시 다니는 것이 어떻겠습니까?”

교장선생이 이에 동의했으므로 민규도 따르지 않을 수 없었다. 며칠 후 교장선생의 지시에 따라 민규는 학교에 나갔다. 수업을 마치고 학생들이 모두 운동장에 집합하였다. 민규는 단상에 올라가서 전교생이 모인 앞에서 자아비판(自我批判)을 했다.

“제가 어리석은 탓으로 반동사상을 가지고 월남하려 했습니다. 이제야 잘못을 깨닫고 깊이 반성합니다. 앞으로는 절대로 그런 생각을 안 하고 학교에 돌아와서 열심히 공부할 것을 굳게 맹세하는 바입니다.”

다음에는 김조명 교장선생이 올라가서 자아비판을 했다.

"내가 특별히 월반시킨 세 학생이 모두 반동사상을 가지고 두 사람은 월남했고 한 사람은 월남하려다 반성하고 있습니다. 나는 교장으로서의 책임을 통감하고 학생들 앞에서 자아비판을 합니다. 다행히 박민규 군은 자기의 과오를 반성하고 다시 학교에 나오겠다고 맹세했으므로 학생제군들은 잘 선도해주기 바랍니다."

민규는 평생 처음 겪는 가장 수치스러운 하루였다. 착하기만 하던 모범생이 어찌하여 반동이란 대역죄를 짓고 자아비판을 했을까? 더구나 자기 때문에 교장선생님까지 자아비판을 한 죄책감으로 마음은 더욱 괴로웠다.

민규는 가끔 마당에서 남쪽 하늘을 바라보며 긴 한숨을 내 쉬었다. 그럴 때면 어머니도 옆에 와서 남쪽 하늘을 같이 바라보며 이런 말을 했다.

"네가 새처럼 저 하늘을 훨훨 날아서 이남으로 갈 수 있으면 얼마나 좋겠니?"

민규는 그 말을 들은 후로 자기도 새처럼 날아가고 싶다는 생각이 간절하였다. 새가 되어 훨훨 날아가는 꿈도 꾸었다.

나날이 초조하고 절박한 심정은 일각(一刻)이 여삼추(如三秋)라! 일각은 약 15분인데 그 짧은 시간이 마치 3년이란 긴 세월처럼 느껴지는구나.

이렇듯 애간장을 태우던 세월도 흐르고 흘러 어느덧 봄이 가고 여름이 지나 가을이 다가왔다. 9월 1일부터 학교에 나가겠다고 맹세했으나 그는 나가지 않았다. 그러자 김조명 교장선생이 집에 와서 독촉했다.

“민규야, 왜 학교에 안 나오니? 지나간 잘못은 모두 용서해 줄 테니 어서 나와라. 하루라도 지체하지 않는 게 좋겠다.”

교장선생이 하도 독촉하므로 민규는 나가겠다고 대답을 했다. 그러나 학교에 나가기란 죽기보다도 싫으니 어찌하랴!

민규가 계속 등교를 미루자 초등학교 때부터 가장 친하게 지내는 차지환 군이 와서 설득했다.

“민규야, 교장선생님이 너를 꼭 데려오라 하시더라. 우리 둘이 다시 같은 반에서 공부하면 얼마나 좋겠니? 어서 가자.”

“지환아, 미안하다. 나는 이미 마음이 딴 데로 가있어.”

며칠 후 차지환이 또 와서 겁나는 이야기를 들려주었다.

“교장선생님은 네가 끝내 나오지 않으면 내무서(경찰서)에 고발하겠다고 하셨어. 만약 고발하면 너는 내무서에 붙잡혀가게 될 거야. 민규야, 그러기 전에 어서 학교에 나가자.”

민규는 이제 공포에 쌓이고 가시방석에 앉은 기분이 되어 안절부절 못했다. 집에서 멀리 사라지는 것만이 모든 난관에서 벗어날 수 있는 방법이라 생각되었다.

2. 세 차례의 월남기도

1차 월남기도

민규는 가족들과 의논하여 혼자서 월남하기로 결심했다. 9월 중순, 남들의 시선을 피해 몰래 기차를 탔다. 원산(元山)역에서 내려 대합실의 벤치에 누워서 잠을 잤다. 새벽에 왁자지껄하는 소리에 잠을 깼다. 경원선(京元線)매표창구에 사람들이 몰려들어 표를 사려고 아우성이었다. 민규도 그들 틈에 끼어들려고 몸부림쳤지만 힘이 약해서 밀려나곤 했다. 사람들의 발 틈에 웬 차표 같은 것이 떨어져 있었다. 슬그머니 주워 갖고 화장실에 들어가서 몰래 보았다. 『연천 행(漣川 行)』 아! 이는 분명히 내가 사려는 차표다. 하늘이 나를 도와주나보다. 내 오늘 이 차표가 아니었다면 표를 사지도 못하고 어쩔 번했는가?

기차는 하루 종일 달려서 저녁에 연천역에 도착했다. 출구로 나오는데 철도보안대원이 검문했다. 민규는 이때 공민증은 없었고 민주청년동맹 맹원증이 있어서 제시했다. 주소가 함경남도인 것을 보고 수상하게 여겼던 모양이다.

"너, 저리나가 서 있어!"

그래서 40여명의 월남 용의자들이 철도보안대에 들어가서 조사를 받았다. 민규는 연천에 사는 작은아버지네 집에 간다고 말하고 주소를 모른다고 했다.

"주소를 모르고 어떻게 찾아가나?"

"제가 가본 적이 있어서 알고 있습니다."

"너처럼 거짓말을 하는 사람이 한 두 명이 아니다. 만약에 같이 가봐서 거짓이 탄로되면 그때는 엄중한 처벌을 받아야 한다. 어떡하겠느냐? 솔직하게 자백하겠나?"

민규는 나중에 탄로되면 더 무서운 처벌을 받을 것 같았다. 할 수 없이 월남하려 했다고 자백했다.

"이남에 왜 가려고 했나?"

"집에서 농사일하기가 싫어서 무작정 떠났습니다."

"이남에 아는 사람 있나?"

"서울에 사촌 형이 살고 있습니다."

"남조선은 반동분자들의 소굴이란 걸 모르나?"

"잘못 했습니다. 다시는 그런 생각을 안 하겠습니다. 집으로 돌아가게 해주십시오."

민규는 철도보안대 감방에 들어갔다. 조그만 방안에 20여 명이 빽빽하게 들어가 쪼그리고 앉아있어야 했다. 어른들의 대화는 주로 앞일을 걱정하는 이야기였다.

사흘째 되는 날 아침에 박민규만 불려서 나갔다. 철도보안대원은 원산 행 기차표와 집에 갈 수 있는 여비 조금만 주고 나머지 돈은 돌려주지 않았다. 그래서 1차 월남계획은 연천역에서 좌절되고 부끄러운 낯으로 집에 돌아왔다.

9월 하순, 김조명 교장선생이 집에 와서 설득했다.

"네가 월남하려다 실패하고 돌아왔다는 이야기를 들었다. 이제라도 학교에 나온다면 용서해주겠다. 어떡하겠느냐? 학교에 나오겠나, 안 나오겠나? 솔직하게 말해보아라."

민규는 교장선생님께 또 다시 거짓말을 할 수는 없었다.

"죄송합니다. 저는 이제 학교에 나갈 면목이 없습니다. 제가 월남하든 말든 가만히 내버려주십시오."

교장선생은 크게 실망하고 돌아갔다. 교직원회의에서 민규를 내무서에 고발하기로 결정했다. 처벌보다도 내무서의 힘을 빌려 등교시키려는 의도였다. 어느 날 이른 새벽에 내무서원이 불쑥 들어와서 민규를 정평내무서에 연행했다. 험상궂게 생긴 내무서장이 직접 심문했다.

"너는 중벌을 받아야 마땅하다. 하지만 너의 학교 교장선생님은 네가 처벌받는 것을 원치 않는다. 그 대신에 학교에 꼭 나오게 해달라는 부탁이 있었다. 어떡하겠느냐? 처벌을 받겠나, 아니면 학교에 나가겠나?"

민규는 겁을 잔뜩 먹고 학교에 나가겠다고 대답했다. 그리고 다시는 월남하지 않고 학교에 잘 다니겠다는 서약서를 썼다. 내무서원이 학교까지 데리고 가서 인계했다. 민규는 교장선생님으로부터 단단히 훈계를 받았다. 다음 날부터 학교에 꼭 나오겠다고 맹세하고 집으로 돌아왔다. 그러나 학교에는 죽어도 나가지 않을 결심이었다.

2차 월남기도

민규는 가족들을 설득해서 2차 월남계획을 급히 서둘렀다. 지도를 자세히 봤더니 철원(鐵原)에서 김화(金化)를 거쳐 금강산으로 들어가는 철도가 있었다. 새로 생긴 경전철(輕電鐵)이었다.

민규는 철원에서 기차를 갈아타고 김화에 가서 내린 다음 걸어서 화천(華川)을 지나 38선을 넘을 작정을 했다.

10월 중순, 남들의 눈을 피해 몰래 기차에 탔다. 철원역에 내려 출구로 나오는데 철도보안대원이 검문했다.

“너는 어디 가나?”

“금화에 갑니다.”

“금화라고? 이놈아, 김화겠지. 김화에 왜 가나?”

“사촌 형의 결혼식이 있어서요.”

“저리 나가 서 있어!”

민규는 지도에서 ‘金化’란 한자를 보고 금강산(金剛山)처럼 ‘금화’라 발음하는 줄 알았다. 그런데 보안대원은 분명히 ‘김화’라고 고쳐주기까지 하니 이상하지 않은가? 이 때문에 거짓이 탄로될 것 같다는 불길한 예감이 들었다. 철도보안대 사무실에 들어가서 조사를 받았다.

“김화군 무슨 면 무슨 리에 가는지 말해 보아라.”

민규는 김화에 무슨 면이 있는지 알 턱이 없었다. 할 수 없이 월남하려한다고 자백했다. 보안대원은 민규의 신분증과 돈을 뺏고 지정한 여관에 가서 자고 다음 날 아침에 오라고 했다.

민규는 여관에서 저녁밥을 먹은 후 밖으로 나와 보았다. 슬금슬금 걸어가도 자기를 감시하는 사람은 없는 것 같았다. 그는 곧 월남하기로 결심하고 남쪽을 향해 부지런히 걸었다. 철원거리를 거의 다 지나고 교외로 빠지는 길모퉁이에 이르렀을 때였다. 별안간 웬 청년들이 다가와서 민규를 붙잡고 어디에 가느냐고 물었다. 민규가 대답을 못 하고 우물쭈물했더니 그들은 강제로 끌고 가서 어떤 사무실에 들어갔다. 땅바닥에 무릎을 꿇어 앉혀놓고 어디로 가느냐고 다그쳤다. 민규가 여전히 딴전을 부리자 심문하는 청년이 화를 버럭 냈다.

"이 새끼야! 바른대로 대지 못하겠어? 혼 좀 나야겠나?"

청년은 민규의 빰을 사정없이 몇 대 후려쳤다. 그제야 민규는 월남하려 했다고 자백했다. 다만 철도보안대에서 신분증과 돈을 빼앗긴 사실은 숨겼다. 조사가 모두 끝나자 주위에 몰려 있던 청년 4, 5명이 일제히 민규에게 달려들어 집단폭행을 가했다. 그들은 매우 난폭하게 온 몸을 주먹으로 때리고 구둣발로 찼다. 심한 욕설까지 함께 퍼부었다.

"이 나쁜 자식!"

"악질, 반동분자!"

"이런 놈은 처단해야 해!"

"죽여 버려!"

청년들은 마치 적군을 대하거나 원수에게 복수하려는 듯이 죽여 버릴 기세로 팼다. 민규는 땅바닥에 뒹굴며 뭇매를 맞다가 나중에는 기절해서 뻗어버렸다. 그들은 민규의 의식을 회복시키려고 얼굴에 찬물을 끼얹었다. 한참 지나서 민규가 의식을 회복한 걸 보고 청년들은 또 때리기 시작했다. 이날 밤 붙잡힌 사람은 민규 한 사람뿐이라서 그는 혼자서 밤새도록 뭇매를 맞아야 했다. 처음에는 온몸을 다 때렸으나 나중에는 주로 다리를 찼다. 새벽이 되자 청년들은 아무 일도 없었다는 듯이 뿔뿔이 사라지고 민규에게도 그냥 나가라고 했다. 민규는 일어나서 걸으려고 했지만 온 몸이 쑤시고 다리가 아파서 기어서 밖으로 나왔다. 여기가 어떤 곳인가 하고 쳐다보았으나 아무런 간판도 없었다. 폭력배들은 정부나 노동당으로부터 보수를 받고 월남하는 사람을 붙잡아서 집단폭행을 가하는 것이 직업인 것 같았다.

민규는 간신히 일어나서 어기적거리며 걷기 시작했다. 어디로 가야 할까? 38선까지는 꽤 먼 거리인데 다리가 아프니 갈 수가 없다. 할 수 없이 철도보안대로 돌아가야 했다. 그제야 그 놈들이 왜 다리를 많이 찼는지 이유를 알 것 같았다. 38선을 못 넘게 하려면 백마디의 설득보다도 다리를 부러뜨려 걸음을 못 걷게 만드는 것이 가장 현명한 방법이란 진리를 터득한 모양이다. 이렇게 아픈 다리로는 도저히 38선을 넘을 수 없으니 말이다.

철도보안대까지 간신히 걸어갔다. 간밤에 있었던 일은 숨기고 집으로 보내달라고 애원했다. 보안대원은 원산 행 기차표와 여비 조금만 주고 나모지 돈은 돌려주지 않았다. 민규는 기차를 타고 오면서 눈물이 자꾸 흘렀다. 창밖은 때마침 단풍이 붉게 물들어 절경을 이루건만 민규의 슬픈 마음을 달래주지 못했다.

가족들은 민규의 상처를 보고 어찌나 놀랐는지 비명이 터지고 울음바다를 이루었다. 온 몸이 시퍼렇게 멍들었을 뿐만 아니라 심한 부분은 피가 터지고 벌겋게 얼룩져 이루 말할 수 없이 흉측했다. 어머니는 상처를 치료하면서 타일렀다.

“너는 이제 38선을 넘을 생각이랑 아예 하지 마라.”

민규가 매를 맞고 누워있다는 소문을 듣고 최명순이 병문안 왔다. 명순은 민규의 아픈 다리를 만지며 눈물로 호소한다.

“민규야, 제발 월남을 포기하려무나. 이러다가 목숨까지 잃을지 모르겠다. 예전같이 학교에 잘 다니면 얼마나 좋겠니?”

“명순아, 염려해주어 고맙다. 하지만 나는 이제 예전으로 돌아갈 수는 없어. 상처가 다 나으면 다시 월남할 작정이야.”

민규가 38선을 넘으려다 뭇매를 맞고 돌아왔다는 소문이 널리 퍼졌다. 어느 날 이른 새벽에 내무서원이 불쑥 들어왔다. 민규 뿐만 아니라 그의 형까지 내무서에 연행되어갔다. 형은 동생을 월남시키지 않겠다는 각서를 쓰고 풀려났다. 민규는 유치장에 들어가서 하룻밤 잤다. 다음날 내무서원이 민규를 교장선생에게 직접 인계했다. 민규는 교장선생님을 대하기가 면구스러워 고개를 못들었다. 교장선생은 민규를 기숙사 자기 방에 앉혀놓고 눈물로 호소했다.

“네가 두 번 씩이나 월남하려다 실패했다는 이야기를 들었다. 이제라도 마음을 돌려서 학교에 나온다면 나는 최선을 다해 너를 도와주겠다. 제발 내말을 믿어다오.”

민규는 교장선생님의 말씀에 감동하여 눈물을 흘렸다. 하지만 스승의 은혜를 보답하기 위해 자기의 초지(初志)를 굽히고자 하니 자존심이 허락하지 않았다.

3차 월남기도

민규는 비장한 각오를 하고 세 번째 월남계획을 세워보았다. 사람이 안 다니는 깊은 산 속을 통해 38선을 넘을 방법을 모색했다. 원산에서 양양(襄陽)까지 가는 동해선(東海線)기차를 타고 가다 간성(杆城)에서 내리기로 하자. 거기서 태백산맥을 넘어 인제(麟蹄)의 깊은 산 속을 통해 38선을 넘으리라. 그런데 위험한 산 속으로 들어가려 할 때 가족들은 허락해 주실까? 차라리 알리지 않고 몰래 떠나야 형님이 책임추궁을 받지 않아 좋을 것이고, 어머니의 걱정하시는 무습도 보지 않아 마음이 편할 것이다. 그래서 세 번째 월남계획에 대해서는 가족들과 의논하지 않았다.

1948년 12월 2일, 민규가 마지막으로 집을 떠난 날이다. 이날 날씨는 음산하고 추웠지만 집에서는 오전에 콩 타작을 했다. 새벽부터 콩 단을 풀어헤쳐놓고 도리깨로 치면서 타작을 했다. 민규는 일하다 말고 잠시 집안에 들어갔다. 골방에 들어가서 돈을 찾아보았다. 며칠 전에 소 판 돈 팔천 원이 종이에 쌓인 채 그대로 있었다. 민규는 그 중에서 이천 원을 몰래 꺼내서 자기 교복 안주머니에 넣고 나와서 일을 계속했다. 집에서는 그 돈으로 쌀을 사 두었다가 이듬해 봄에 팔면 이득을 볼 것이고 소는 다시 살 계획이었다.

타작을 마치고 점심을 먹은 후 민규는 교복으로 갈아입고 나섰다. 형수님이 쳐다보고 물었다.

"도련님, 어디 가요?"

"정충근 형의 집에 놀러 갔다 오겠어요."

"그 집에 자주 가지 않는 게 좋겠어요. 또 월남하려 한다는 소문이 퍼지면 어쩌지요?”

“네, 알겠어요.”

이것이 가족과의 마지막 대화였다. 민규는 영원한 이별이 될지 모른다는 생각이 들어 가족들을 유심히 살펴보았다. 어머니와 형수님은 함지박에 담은 콩에서 돌을 골라내느라 민규를 보는 둥 마는 둥 하셨다. 형님은 윗목에 앉아서 쉬고 있었다. 민규는 무언(無言)의 하직(下直)을 고하고 집을 나섰다. 높새바람이 휘몰아치고 눈발이 날리는 음산한 날씨였다. 기차시간표를 보니 2시간의 여유가 있었다. 민규는 가족들이 소판 돈 2천원이 없어진 걸 안다면 문장역으로 쫓아올지 모른다는 공포감에 쌓여 다음역인 봉림역까지 부지런히 걸어가서 기차를 탔다.

밤에 원산 역 대합실 벤치에 누워서 잠을 청했지만 마음은 한량없이 괴로웠다. 이 밤중에 어머니, 형님, 형수님은 내가 귀가하지 않아 얼마나 걱정하실까? 그제야 쪽지편지라도 써서 서랍 속에 넣고 나왔어야 했다고 후회했다.

원산에서 동해선 기차를 타고 나오면서 창밖을 내다보았다. 동쪽은 동해의 푸른 바다와 해변의 아름다운 풍경이 펼쳐지고 서쪽은 높은 산들이 첩첩이 솟았다.

민규의 맞은편에 앉은 아저씨가 창밖을 가리키며 알려줬다.

“학생, 저어기 저 산을 잘 봐. 저기가 금강산(金剛山)이야.”

민규는 먼 산을 유심히 바라보았다. 과연 산꼭대기마다 뾰족뾰족한 기암괴석들이 하늘로 높이 솟아오를 듯 신비한 모습을 하고 있었다. 민규는 멀리서나마 외금강(外金剛)의 전경을 한 눈에 볼 수 있었던 그 순간이 매우 인상 깊었다. 다음에는 해금강(海金剛)도 가까이 볼 수 있었다. 해변에 바위가 깎아 세운 듯이 우뚝 솟고 거기에 파도가 부딪쳐 흰 거품을 내뿜는다.

민규가 내릴 간성역이 가까워졌다. 그는 검문에 대비하려고 사전에 준비를 해왔다. 면 인민위원회에 가서 전국의 지명이 모두 기재되어있는 지방행정구역책자를 열람하였다. 그 중에서 고성군 간성면(高城郡 杆城面)에 있는 리명(里名)을 몇 개 적어서 외웠다. 여관에서 숙박하려면 행선지가 역에서 멀어야 하는데 어느 마을이 먼지를 알아야 했다. 건너편 좌석에 간성에서 내린다는 아주머니가 있어서 물어보았다.

"아주머니, 간성에 금수리(金水里)가 있지요?"

"있어요."

"간성역에서 얼마나 멉니까?"

"별로 멀지 않아요."

"신안리(新安里)는 얼마나 먼가요?"

"바로 가까이 있지요."

민규는 난처했지만 또 물어 볼 수밖에 없었다.

"아주머니, 해상리(海上里)는 역에서 얼마나 됩니까?"

"약 20 리 돼요. 그런데 학생은 어떻게 마을 이름을 많이 알고 있지요?"

"저의 친척들이 살고 있거든요."

행선지는 해상리로 결정하였다. 이야기를 더 계속하다간 들통이 날 것 같아서 그는 외면하고 자는 척했다.

간성은 종착지인 양양보다 훨씬 북쪽이라서 역을 나오는데 검문이 없었다. 겨울해가 짧아서 캄캄한 밤이 되었다. 민규는 간성의 한 여관에 들어가 잤다. 숙박계를 쓸 때 행선지와 주소를 해상리라 적었다. 밤 11시 경 내무서원이 들어와서 투숙객들을 일제히 검문했다. 민규는 자다 말고 일어났다.

"너, 신분증을 보자."

"없어요."

"어디 사나?"

"해상리요."

"그런데 왜 여관에서 자나?"

"고성(高城)에 갔다 오느라 밤이 늦었어요."

"고성에 왜 갔었나?"

"할아버지가 돌아가셔서요."

민규는 이제 웬만한 거짓말은 능청스럽게 잘 했다. 내무서원은 소년이 20 리나 되는 밤길을 갈 수 없어 여관에 투숙한 줄 알고 의심하지 않았다.

다음 날 아침 민규는 여관에서 밥을 먹은 즉시 출발했다. 진부령(陳富嶺)을 향해 부지런히 걸어서 올라갔다. 산간도로는 오를수록 경사가 심하고 꼬불꼬불 돌아간다. 동쪽으로 멀리 바다가 보이기 시작했다. 높은 곳에서 멀리 보라보니 바다는 마치 하늘에 높이 떠오른 것 같아 신비했다.

진부령을 걸어서 넘어오는 사람을 두 번 봤다. 한 번은 한복을 입은 청년과 마주치고 지나갔다. 다음에는 먼데서 양복을 입은 사람이 오고 있었다. 민규는 저 사람이 혹시 내무서원이나 관리라면 자기를 불심검문해서 붙잡을지 모른다는 공포를 느꼈다. 그는 얼른 길옆의 골짜기에 들어가서 한참 숨어 있다가 나왔다. 낮 12시경, 드디어 진부령 정상에 올라섰다. 갑자기 서쪽에서 찬바람이 매섭게 불어오는데 그 힘이 어찌나 센지 사람의 몸이 날려갈 것 같았고 심한 추위를 느꼈다. 길옆에 주막 같은 초가집 한 채가 외로이 떨고 있었다. 민규는 위험을 무릅쓰고 들어가 보았다. 다행히 할아버지와 할머니만이 쓸쓸히 앉아 있었다.

"할머니, 밥이 있습니까?"

"찬밥밖에 없는데 어쩌나?"

민규는 찬밥을 펄펄 끓는 물에 말아먹고 나왔다.

도로를 따라 한참 내려간 후 마을이 나타나고 사람들이 다녔다. 민규는 젊은 사람을 피하고 노인을 만나면 물었다.

"할아버지, 여기가 무슨 동네입니까?"

"용대리(龍垈里)여."

또 한참 가다 물었더니 한계리(寒溪里)라 했고 원통리(元通里)가 멀지 않다고 했다. 원통리는 지도에도 있어 마을이 크면 검문이 있을 것 같아 들어가지 않기로 했다.

도로를 따라 강물이 흘러내리고 있었다.

3. 삼팔선을 헤매다

민규는 강을 건너 산속으로 들어갔다. 이제부터 무작정 남쪽으로만 가면 38선을 넘으리라 예상했다. 깊은 산 속은 캄캄해서 방향을 분간하기 어려웠다. 그래도 밤새도록 걸었더니 날이 밝았다. 정면에 커다란 강물이 흐르고 강 건너에 큰 도로가 있었다. 하늘을 쳐다보니 서쪽이 더 불그스레하다. 웬 일일까? 설마 서쪽에서 해가 뜨지는 않겠지? 그러나 기어이 서쪽에서 해가 뜨고 말았다. 아뿔싸! 그제야 민규는 방향을 완전히 착각하고 있었음을 깨달았다. 해 뜨는 방향이 동쪽이라면 내가 가는 방향은 북쪽이란 말인가?! 참으로 허망한 일이 아닐 수 없었다. 그렇다면 여기가 어디쯤일까? 어제저녁 내려오던 그 도로요, 그 강이 틀림없었다. 원통리가 멀지 않으리라 여겼다. 아! 원통에서 그 앞산을 한 바퀴 돌아 다시 원통에 왔으니 이 얼마나 원통한 일인가?!

민규는 크게 탄식하면서 남쪽으로 방향을 돌렸다. 부지런히 가는데 벌써 점심때가 지나 배가 고팠다. 마침 외딴집이 있어서 들어가 보았다. 방안에 노인이 혼자 앉아 있었다. 민규는 노인에게 밥을 달라고 간청했다. 노인이 뭐라고 소리쳤더니 삼십대 중반의 남자가 불쑥 들어왔다. 그는 위협적인 말투로 추궁했다.

"너는 누구냐?"

민규는 딴전을 부리려 했지만 그 사람이 감때사납게 다그치는 바람에 할 수 없이 월남하려한다고 실토했다.

"여기는 38선이 가까워서 수상한 사람이 나타나면 즉시 신고해야 한다. 나하고 같이 가자."

민규가 배고프다고 사정했으나 그 사람은 밥도 안 먹이고 데리고 떠났다. 약 2시간 걸어서 인제(麟蹄)내무서에 인계되었다.

내무서원이 민규의 신분증을 보면서 꼬치꼬치 캐물었다.

"진부령을 어떻게 넘어왔나?"

"걸어서 넘어왔어요."

"이 녀석 아주 지독한 놈이구나. 이남에 아는 사람 있나?" "춘천에 친척 아저씨가 살고 있어요."

"뭘 하는 사람이냐?"

"장사를 한다고 했어요."

민규는 잘못을 뉘우치는 척하면서 집으로 돌아가게 해달라고 빌었다. 내무서원은 민규의 신분증과 돈을 모두 뺏고 지정한 여관에 가서 자고 다음날 아침에 오라고 했다.

다음날 아침 내무서에 갔더니 담당자가 말했다.

"너의 고향 내무서에 전보를 치겠다. 그 쪽에서 신원조회가 올 때까지 여관에 가서 기다리고 있어라."

민규는 그 말을 듣고 가슴이 철렁 내려앉았다. 자기가 진술한 내용은 모두 거짓이었다. 토지개혁 때 지주로 추방될 뻔했고 형님 두 분과 누님이 월남한 사실을 숨겼던 것이다. 더구나 정평내무서에서는 박민규란 이름을 보고 코웃음 칠 것이다. 다시는 월남하지 않겠다고 서약서까지 쓴 놈이 또 월남하려다 붙잡혔으니 지독한 악질분자라는 회신이 올 것이 뻔했다.

민규는 점심을 먹은 즉시 여관에서 탈출했다. 남쪽으로 조금 갔더니 깊은 강물이 가로놓여 건널 수 없었다. 동쪽으로 한참 거슬러 올라가서 소양강(昭陽江)과 내린천(內麟川)이 합류하는 지점을 지나서야 강물이 얕아서 바지를 걷어 올리고 건넜다. 남쪽으로 계속 가다보니 동쪽에서 도로가 나타나고 서쪽에서 강이 나타나서 나란히 남쪽으로 뻗어 가는데 그 간격이 점점 좁아졌다. 민규는 강을 건너 서쪽 산 속에 들어가기로 했다. 그 강은 내린천 하류로서 강폭은 좁고 물살은 거세게 흘렀다. 민규는 강폭이 좁은 것만 믿고 바지를 걷어 올리고 들어갔다. 그러나 물속은 의외로 깊어서 옷이 젖기 시작했다. 도로에서 사람이 볼까 두려워 내친김에 그대로 강을 건넜다. 강 한복판은 더욱 깊어서 배꼽까지의 하반신이 모두 젖었다. 산 속에 들어가서 옷을 벗어 물기를 짜내고 다시 입었다. 이때부터 몹시 추워서 온몸이 떨렸다. 새벽 3시경부터 찬바람이 매섭게 불고 더욱 추워졌다. 민규는 추위를 견디지 못하고 온몸이 싸늘해졌다. 나중에는 심장이 크게 요동치고 가슴팍이 와들와들 떨렸다. 이러다가 심장이 터지거나 멈추면 죽을 것만 같았다. 마침 산 속에 외딴집 한 채가 있어서 들어갔다. 노인이 혼자 앉아서 화롯불을 쪼이고 있었다. 민규는 염치불구하고 화로에 다가가서 노인과 함께 불을 쪼였다. 얼어붙었던 몸이 차츰 녹기 시작했다. 이제는 살았구나 하고 안도의 한숨을 쉬고 있는데 별안간 안쪽 문이 열리더니 키 큰 남자가 불쑥 들어왔다.

"너는 누구냐?"

20대 초반의 건장한 청년이었다. 청년이 매섭게 위협하는 바람에 민규는 할 수 없이 월남하려 한다고 실토했다.

"여기는 38선이 가까워서 군인들이 지키고 있다. 나하고 같이 가자."

청년은 민규를 도망치지 못하게 손을 꽉 붙잡고 갔다. 약 100미터 가서 인민군 38경비대 초소에 인계됐다. 인민군 경비병들이 민규의 손목을 등 뒤로 꽁꽁 묶어서 소대본부로 연행했다. 소대본부에서는 중대본부로 연행했다. 중대본부에서 대대본부까지 가는 거리는 꽤 멀었다. 경비병 2명이 민규를 앞장세우고 등 뒤에 총을 바짝 들이대고 따라왔다. 총 끝에는 길고 뾰죽한 창이 꽂혀있어서 보기만 해도 무시무시했다. 한참 가다가 커다란 마을이 나타나서 어딘가 했더니 인제였다. 인제에서 가장 커 보이는 기와집에 들어갔더니 그 안에 군인들이 가득 있었다. 거기가 인민군 38경비대 대대본부였다. 인민군 장교가 민규를 심문했다.

"네놈은 아주 악질 반동분자구나. 솔직하게 대답을 못하겠어? 집에서 농사일 했다는 게 거짓말이지?"

장교는 화가 나서 회초리를 갖고 와서 매질했다. 회초리는 단단한 싸리나무라서 몹시 아팠다.

"주머니에 왜 돈이 한 푼도 없나? 신분증은 왜 없어?"

"뭐, 잃어버렸다고? 어디서?"

“모른다고? 너 어디서 붙잡혔다가 도망친 것 아니야?”

“그런 일이 없다고? 매를 더 맞아야 바른대로 불겠나?”

장교는 더욱 화가 나서 힘껏 갈겼다.

“아이쿠!” “아이쿠!”

민규는 비명을 질렀다. 어찌나 심하게 맞았는지 종아리가 터지고 피가 흘렀다. 그래도 여관에서 도망친 사실을 숨겼다.

조사가 끝나고 바깥으로 돌아서 왼쪽 건물의 조그만 방에 들어갔다. 그 방은 감방이고 군대에서 말하는 영창(營倉)이다. 격자문(格子門)이 있으나 창호지가 다 벗겨져서 문은 닫으나마나 하다. 방바닥은 아무 것도 깔지 않은 흙바닥이고 냉골이다. 밖에서 경비병이 총 끝에 창을 꽂아 메고 방안을 엄중하게 감시한다. 식사는 옥수수를 통째로 삶아서 뚝배기에 조금씩 담아 하루에 두 끼씩 준다. 군인이 뚝배기 그릇 하나만 달랑 들고 온다.

“숟가락이 있어야 먹지요?”

“간나 새끼, 무슨 개소리냐? 그냥 쳐 먹어!”

군인은 욕설만 퍼붓고 가 버린다. 할 수 없이 울타리의 나무 가지를 꺾어서 젓가락으로 사용한다. 반찬이라곤 아무것도 없고 뚝배기 속에 소금을 조금 뿌렸을 뿐이다. 벽 너머 마구간에 군용 말이 있어서 가끔씩 시끄러운 소리를 낸다. 옥수수는 군용 말을 먹이려고 삶은 것인데 민규의 몫으로 조금씩 떼어 주는 것 같았다. 굶주림에 못지않게 추위도 심했다. 밤에 그대로 잠들다간 얼어 죽을지 모를 정도로 추위는 혹독했다. 민규는 추위와 굶주림에 견디지 못하고 죽을 것만 같았다.

영창에 들어온 지 4일째 되는 날, 40대 중반의 부부가 들어왔다. 강원도 통천(通川)에서 왔다고 했으며 북어를 한 짐씩 지고 장사꾼처럼 속이고 38선을 넘으려다 붙잡혔다고 한다. 부부가 들어온 후로 방안에 신문지 몇 장과 가마니 한 장을 넣어주었다. 밤에 잘 때 신문지는 깔고 가마니 한 장을 세 사람이 같이 덮고 잤다. 자다가 깨어나 보면 가마니는 멀찌감치 가있었다.

여자는 품위가 있고 귀티가 났으나 머리가 헝클어져 추한 모습이 됐다. 남자는 어디가 아픈지 신음소리가 자주 났다.

부부가 들어온 지 5일째 되는 새벽 3시경이었다. 날씨는 무척 추웠다. 부인이 갑자기 남자를 흔들며 비명을 질렀다.

"여보! 당신 왜 이래요? 정신 차려 봐요. 여보! 여보!"

민규도 남자를 만져봤다. 몸이 뻣뻣해지고 아무런 감각도 없는 것 같았다. 부인이 밖에 대고 소리 쳤다.

"여보세요. 사람이 죽어가고 있어요. 빨리 와보세요."

경비병이 호각을 불자 군인들이 달려왔다. 그들은 남자의 몸을 이리저리 만져보더니 한 사람이 정중하게 말했다.

"부인! 죄송한 말이지만 숨을 이미 거둔 것 같습니다. 몸이 차가와졌습니다."

그래도 부인은 믿지 않고 남자를 흔들며 비명을 질렀다.

"여보! 당신 죽으면 안 돼요. 어서 깨어나 봐요!"

군인들이 들것을 갖고 와서 시신을 운반해 나갔다. 그제야 부인은 대성통곡하며 따라나섰다.

"아이고! 당신 이게 웬 일이요? 아이고! 아이고!"

민규도 슬퍼서 눈물을 흘렸다. 왜 갑자기 죽었는지 궁금했다. 추워서 얼어 죽었을까? 아니면 심장마비로 죽었을까?

그로부터 이틀 후, 민규는 불려서 나갔다. 그를 심문하던 인민군 장교가 몇 마디 묻고는 집으로 돌아가라고 내보내주었다.

민규는 12월 7일 영창에 들어갔다 17일 석방되었다. 오랜만에 걸어보니 현기증이 나고 다리가 휘청거렸다. 이런 상태로는 도저히 38선을 넘을 수 없을 것 같아 앞길이 막막했다. 이때 문득 생각이 떠오른 것은 어렸을 때 할머니가 들려주신 이야기였다.

"예전부터 우리 고을 사람들은 참으로 지독했단다. 어떤 죄인을 죽일 작정을 하고 가죽(피부의 일부)을 벗겼는데 그 죄인은 죽지 않고 삼백 리 나 달아났다는구나."

이는 실제로 있었던 일인 동시에 고을 사람들의 끈질긴 기질을 나타내는 말이기도 하다. 그래서 정평(定平)사람들의 별명은「짜드레기」라 한다. 짜들짜들하고 끈질기다는 뜻이다.

민규는 이제부터「짜드레기」의 기질을 이어받아야 하겠다고 결심했다. 고통이 아무리 심해도 참고 견디리라는 굳은 각오를 하고 걸었더니 발걸음이 조금씩 가벼워졌다.

소양강을 건너 전에 물에 빠졌던 내린천에 도달했다. 이번에는 옷을 윗도리까지 벗어 들고 건너 젖지 않았다.

산을 어떻게 가야 할까? 전에는 남쪽으로 똑바로 가기 위해 높은 산을 오르내리느라 힘도 들었거니와 깊은 골짜기에서는 방향을 분간하기 어려웠다. 그래서 이번에는 방향이 다소 빗나가더라도 능선을 타고 나가리라 마음먹었다. 능선을 찾기 위해 높은 곳으로만 계속 올라갔더니 정상에 도달했다. 다행히 능선이 남쪽으로 곧게 뻗어가고 있었다. 능선을 따라 걷기는 쉬웠다. 산은 무척 높아지고 동쪽 골짜기에서는 짐승들의 울음소리가 요란했다. 마치 짐승들이 야유회(夜遊會)를 하는 것 같았다.

거기서 한참 나간 후였다. 별안간 땅바닥이 푹 꺼지면서 온 몸이 굴속으로 풍덩 빠져들더니 웬 짐승의 등위에 둑 떨어졌다. 민규도 놀랐지만 짐승도 놀랐는지 펄떡 뛰었다. 잠시 후 짐승이 대가리로 들이받아 민규는 뒷벽에 밀려나 꼼짝도 못했다. 곧 짐승이 자기 몸을 물어뜯으리라 생각하니 어찌나 무서운지 온 몸이 사시나무 떨듯 떨었다. 그러나 짐승은 더 덤벼들지 않고 잠잠했다. 노루처럼 얌전한 짐승 같아서 놀란 가슴은 차츰 진정됐다. 팔을 올려 천장에 덮여 있는 검불을 헤쳤더니 하늘이 보였다. 천장이란 양편으로 긴 막대기를 대고 그 위에 검불을 얹고 흙을 살짝 덮어씌운 것이었다. 민규는 양팔을 높이 올려 막대기에 대고 평행봉 오르듯이 해서 빠져나왔다. 짐승은 팔이 없어서 빠져나오지 못할 것이다. 민규는 가다가 또 한 번 함정에 풍덩 빠졌다. 이번에는 자기 혼자 빠져서 별로 놀라지 않고 빠져나왔다.

산은 점점 높아지고 뾰족한 봉우리에 눈이 하얗게 덮여있었다. 알고 보니 봉우리 전체가 커다란 바위로 되어있었다. 바위가 하도 커서 대암산(大岩山, 해발 1091m) 또는 '대바위'라 부른다. 민규는 눈 덮인 암벽을 밤에 고무신을 신고 등반했다.

사람이 하도 기를 쓰다 보면 체내에서 신비한 기운이 솟아나는 것 같았다. 전날 아침에 옥수수를 조금 먹은 것 밖에 없는데 무슨 힘이 생겼는지 밤새도록 지칠 줄 모르고 걸었다.

드디어 날이 밝고 산은 점점 낮아져서 내려가고 있었다. 먼 아래쪽에 마을이 나타나고 초가집 여러 채가 보였다. 마을의 남쪽은 더 낮은 지대 같은데 안개가 덮여서 보이지 않았다.

민규는 걸음을 멈추고 생각해보았다. 마을과 안개 낀 낮은 지대를 지나다 사람을 만나면 큰일이다. 낮 동안은 산 속에 숨어 있다가 어두워지면 지나가기로 하자. 혹시 나무꾼들이 올라올지 모르니 바위틈에 숨어있어야 하겠다. 응달지고 바람맞이에 있는 바위가 어찌나 차갑던지 그는 이때 발에 동상이 걸렸다.

저녁때가 되어 다시 걷기 시작했으나 하루 종일 찬 데서 굳어진 몸이 좀처럼 풀리지 않았다. 배도 몹시 고아서 움직일 힘도 없었다. 민규는 위험을 무릅쓰고라도 농가에 들어가 밥을 얻어먹고 가기로 결심했다. 사태가 불리하면 도망치기 쉬운 외딴집을 골라 조심스럽게 다가갔다. 방안에서 노인의 기침소리가 들렸다. 민규는 문 앞에 가서 공손하게 말했다.

"할아버지, 지나가는 사람인데요. 문 좀 열어주세요."

노인이 문을 열고 민규를 뚫어지게 보았다.

"저는 지금 배가 몹시 고픕니다. 먹을 것이 있으면 아무거나 주십시오."

"뭘 하는 사람인가?"

"산 속을 헤매다가 허기가 졌습니다."

"어디서 왔는가?"

"나중에 말씀드리겠습니다."

노인이 방에 들어오라고 했다.

"찬밥은 있는데 괜찮겠나?"

"네, 아무거나 주시면 고맙겠습니다."

잠시 후 민규보다 조금 작은 소년이 밥상을 들고 들어왔다. 밥은 좁쌀, 옥수수, 콩, 감자 등, 순 잡곡뿐이고 쌀은 한 톨도 없었다. 나중에야 알았지만 그 마을은 경사진 화전(火田)부락이라서 벼농사를 지을 수 없었던 것이다. 기갈이 감식이라, 민규는 이때처럼 밥을 맛있게 먹은 적은 없었다. 아무 말도 안하고 부지런히 먹은 후 밖에 나와서 신을 신었다. 떠나기 직전에 노인에게 꼭 한 가지만 조심스럽게 물었다.

"할아버지, 여기서 38선까지는 얼마나 멉니까?"

노인은 의아스럽다는 듯이 고개를 갸우뚱했다.

"자네는 이북에서 넘어오지 않았는가? 여기는 38이남이여."

민규는 38이남이란 말에 귀가 번쩍 띄었다.

"네?! 38이남이에요? 그러면 38선은 어느 쪽에 있습니까?"

"여기서 북쪽으로 한참 가야 있네."

참으로 뜻밖이고 너무 기뻤다. 그래도 믿지 못해 또 물었다.

"여기 정치는 누가 합니까? 김일성입니까? 리승만입니까?"

"여기는 대한민국이고 이승만 대통령이지."

민규는 대한민국이란 말을 처음 들어서 무슨 뜻인지 몰랐다.

"여기는 무슨 군입니까?"

"홍천군(洪川郡)이여."

아! 홍천이면 분명히 38이남이고 내가 목표했던 행선지가 아닌가?! 드디어 월남에 성공했다는 확신을 갖게 되었다. 그 많은 고초를 겪으며 염원했던 자유의 땅, 남조선으로 넘어왔다는 기쁨, 그 감격을 무어라 표현할 수 있을까?!

민규는 노인에게 고맙다는 인사를 하고 걸으려고 했으나 발이 움직여지지 않았다. 38선을 넘어왔다는 말을 듣는 순간부터 긴장이 풀리고 피로가 엄습했기 때문이다. 노인에게 간청하여 그 집에서 하룻밤 자고 가기로 했다. 그제야 발을 보았다. 발가락이 고무신에 닳아서 헐었을 뿐만 아니라 발전체가 부어 있었다.

그 집 식구는 노부부와 아들 부부와 막내아들이 있었다.

마을주소를 물었더니 노인이 알려주었다.

"여기는 홍천군 기린면(麒麟面) 하남리(下南里)여."

지금은 인제군 상남면(上南面) 하남리로 바뀌었다.

다음 날 아침, 민규는 그 집을 나오면서 인사를 했다.

"할아버지, 할머니, 대단히 감사합니다. 훗날 꼭 찾아뵙고 은혜를 보답하겠습니다."

마을에서 한참 내려갔더니 큰 도로가 나타나고 그 옆으로 강물이 널찍하게 펼쳐졌다. 도로를 따라 조금 가서 오미치(五味峙)고개를 무심코 넘었다. 장차 이 고개에서 엄청난 일이 벌어져 자기 운명이 바뀌리라고는 어찌 상상이나 할 수 있었을까?! 고개를 넘으면 상남리(上南里)이고 마을이 커서 군인들이 주둔하고 있었다. 민규는 국군을 처음으로 인상 깊게 보았다.

발톱이 헐어서 고무신을 신고 걸으면 통증이 매우 심했다. 사람들이 안 보는 곳에서는 신발을 벗어 들고 맨발로 걸었다.

오후 3시경, 내촌면(乃村面)의 한 농가에 들어갔다. 20대 중반의 부인이 나와서 민규를 보고 매우 놀라는 표정이었다.

"배가 고파서 들어왔습니다. 밥이 있으면 주십시오."

부인은 대답을 안 하고 방에 들어갔다가 잠시 후 남자와 같이 나왔다. 남자는 곧 밖에 나가고 여자는 밥 줄 생각을 안 하고 부들부들 떨었다. 얼마 후 남자가 청년 여러 명을 데리고 들어왔다. 그들은 민규를 몹시 경계하면서 온몸을 샅샅이 뒤졌다. 그리고 노끈으로 민규의 양 손목을 등 뒤로 꽁꽁 묶어서 큰 기와집으로 데리고 갔다. 그 집에 많은 청년들이 커다란 장대를 들고 속속 모여들었다. 청년들은 민규를 마당 한 복판에 무릎을 꿇어앉히고 마치 중죄인을 다스리려는 듯 험악한 분위기였다. 청년대장 같이 보이는 사람이 민규에게 위협적인 말투로 문초했다.

"너는 누구냐? 이북에서 넘어온 공산당 비적(匪賊)이지?"

"네? 비적이라니요? 그게 무슨 말입니까?"

"요즘 오대산(五臺山)으로 공산당비적들이 넘어온 사실을 우리는 알고 있다. 네놈의 행색을 보면 산에서 며칠간 지낸 비적이 틀림없다. 솔직하게 자백해라. 자백하지 않으면 매질하겠다."

"아닙니다. 저는 이북에서 월남한 사람입니다."

민규가 아무리 신원을 밝히려 해도 그 사람들은 믿지 않고 비적으로 단정하고 있었다. 청년대장의 지시로 건장한 청년이 몽둥이를 들고 민규를 때리기 시작했다. 퍽, 퍽, 엉덩이가 으스러지는 것 같아 몹시 아팠다. 민규는 하도 기가 막혀서 소리를 질렀다.

"왜 때립니까? 나는 이북에서 공산당이 미워서 남조선으로 넘어왔습니다. 당신들은 공산당입니까?"

그러자 50대의 점잖게 생긴 분이 나서서 말렸다. 그는 민규에게 다가와서 정중하게 말을 걸었다.

"나는 이 마을의 이장(里長)이여. 그런데 자네의 정체는 무엇인가? 솔직하게 말해보게."

"저는 북조선이 싫어서 남조선으로 월남한 사람입니다."

"그러면 자네 모습이나 옷은 왜 이 모양인가?"

"38선을 넘느라 산 속을 헤맸더니 이런 꼴이 됐습니다."

민규는 이때 옷이 형편없이 너덜너덜하고 몰골이 이루 말할 수 없이 추했다. 그래서 부락민들은 그가 아무리 해명해도 믿지 않고 산에서 내려온 공산당비적으로 오인했던 것이다.

공교롭게도 이 무렵 북조선에서 180명의 무장한 공산당비적들이 처음으로 남파됐다. 그들은 오대산(五臺山)으로 나와서 관공서를 습격하면서 영월(寧越)에 가서 화력발전소와 마차탄광을 파괴하려 했다. 그러나 영월에서 국군과 경찰대의 토벌작전에 의해 크게 패하고 북으로 도주했다.

민규는 그동안 겪은 일들을 모두 해명해야 했다. 밤새도록 산 속을 헤맨 적이 세 번이나 있었고, 영창의 흙바닥에서 10일간 뒹굴었기 때문에 이런 꼴이 됐다고 말했다. 부락민들은 그제야 오해를 풀고 그 집에서 밥을 먹여 재워줬다.

그 후 공산당 비적을 공비(共匪)라 불렀다. 무장공비는 이때부터 6·25 직전까지 모두 10차례에 걸쳐 총 2천여 명이 남파되었다. 그들은 대부분 태백산맥일대에서 국군의 토벌작전에 의해 크게 패하고 북으로 도주했다.

다음 날 민규는 주민들과 함께 트럭을 타고 홍천에 갔다. 그는 홍천경찰서에 들어가서 신고했다.

“저는 북조선에서 월남한 사람입니다. 저의 형님이 춘천(春川)에서 경찰에 있다고 했습니다. 혹시 알아볼 수 없습니까?”

경찰관이 강원도 경찰국에 전화를 걸어 형님의 신원을 문의했다. 그러자 즉시 회신이 왔다. 경찰관이 민규에게 알려주었다.

“자네 형님은 강원도 경찰국 경비과에 근무하고 있네.”

민규는 형님의 소식을 듣고 무척 기뻤다. 다음 날 아침, 경찰서마당에서 기다리고 있는데 형님으로부터 전화가 왔다.

“너 민규냐?”

“네, 민규에요, 형님.”

“월남하느라 고생이 많았지? 기다리고 있다가 원주(原州)에서 오는 버스를 타고 오너라.”

당시 원주에서 춘천으로 가는 버스는 하루에 한 대뿐이었다.

버스가 홍천경찰서 앞에 정차했을 때 경찰관이 태워주었다.

4. 아름다운 춘천에서

버스가 춘천에 도착했을 때는 밤이 어두웠다. 민규가 차에서 내리는 순간 형님이 알아보고 손을 덥석 잡아주었다. 민규는 어찌나 반가운지 형님의 어깨를 부여잡고 울음을 터뜨렸다. 그는 12월 2일 고향을 떠나 21일 춘천에 와서 형님가족을 만남으로써 20일 간의 험난한 여정을 모두 마쳤다.

셋째형은 함흥영생중학교를 졸업하고 초등학교 교사로 지냈다. 월남해서 다시 직장을 구하려고 다녀보니 남한사회가 혼란스럽고 치안상태도 불안하다는 걸 느끼고 경찰에 들어가기로 했다. 그는 학창시절에 유도선수로 활약했던 특기가 있어 경찰간부시험을 거쳐 강원도경찰국 경비과에 근무하고 있었다.

민규는 다음 날부터 고향 분이 경영하는 소양병원에 입원하여 치료를 받았다. 발가락이 고무신에 닳아서 헐었을 뿐만 아니라 발전체가 가벼운 동상에 걸려 부어있었다. 발톱이 문드러져 피가 나고 몹시 아팠다. 입원한 다음 날 오후였다. 아리따운 소녀가 꽃다발을 들고 병실에 들어왔다.

"민규 오빠!"

민규는 누군지 몰라 어리둥절했다.

"나 향숙이야."

"응? 윤향숙! 어떻게 여기 왔니?"

"이 병원 원장님이 나의 작은아버지잖아."

"그러니? 나는 전혀 몰랐는데."

"오빠와 다시 만나서 반갑다."

"나도 반갑구나."

윤향숙(尹香淑)은 박민규와 이웃마을에서 자랐다. 어머니끼리 4촌 자매간이다. 향숙은 어머니를 따라 민규네 집에 가면 둘이서 재미있게 놀았다. 민규가 한 살 위이고 학교도 한 해 먼저 들어갔다. 향숙은 민규를 오빠라 부르며 따라 다녔다. 뒷동산에 올라가서 놀기도 하고 개울에서 물놀이도 같이 했다.

향숙의 숙부는 의사이고 춘천에서 병원을 차리고 있었다. 그는 해방되기 2년 전에 모처럼 고향을 방문했다. 향숙이 건강하게 자라고 공부도 잘 해서 학급에서 1등을 한다는 말을 듣고 매우 감동했다. 그는 형님에게 제안했다.

"형님, 향숙은 재능이 특출해서 놀랐어요. 시골에서 그냥 묵혀두긴 아깝지 않아요? 제가 데리고 가서 공부시키겠어요. 중학교뿐만 아니라 대학까지 공부시킬 작정입니다."

형은 사양하려 했지만 동생이 하도 조르는 바람에 마지못해 허락해주었다. 그래서 향숙은 숙부를 따라 춘천에 오게 되었다.

이날 아침 조반을 들면서 숙부님이 알려주었다.

"너 고향에 있을 때 박민규 군을 알거야. 어머니끼리 4촌간이니까. 박민규 군이 월남해서 어제 우리병원에 입원했다."

향숙은 무척 기뻐서 학교를 마치자마자 병원으로 달려왔다.

"오빠는 왜 발을 다쳤어?"

"38선을 넘느라 산 속을 며칠간 헤맸더니 발병이 나고 동상에 걸린 거야."

"상처는 좀 어떠니?"

"치료를 잘 받고 있으니까 나아지겠지."

향숙은 산뜻한 교복을 입고 있었다.

"너는 어느 학교에 다니니?"

"C여자중학교야."

민규는 향숙의 성장한 모습이 더욱 예뻐 보였다. 교복도 북한의 여학생들 옷보다 품질이 좋고 디자인도 고상해 보였다.

향숙은 매일같이 병문안 왔다. 민규는 치료를 잘 받아서 동상에 걸린 살이 썩지 않고 잘 나았다. 발톱은 그 후 모두 빠지고 수개월 후에 새로 났다.

둘째형은 전에 함흥전매청에 근무했으므로 월남해서 영월전매청에 복직했다. 매형은 서울남대문시장에서 장사를 하고 있었다. 민규는 서울에 가서 누나를 따라다니며 시내구경을 했다.

다음에는 영월 형님 댁에 갔다. 영월에는 '제장'이라 해서 이른 새벽에 시장이 열린다. 각 농가에서 다양한 향토음식을 만들어 판다. 그 중에서 가장 맛있는 음식이 뭔고 하니 수수로 만든 부꾸미였다. 귀신도 수수떡을 좋아한다는 말이 있듯이 그 맛은 천하 일미였다. 형수님은 민규가 가있는 동안 새벽마다 제장에 가서 뜨끈뜨끈한 수수부꾸미를 사주셨다.

1949년 2월, 민규는 춘천에서 C중학교에 편입하였다. 편입시험은 각 학과 선생님 앞에 가서 간단한 테스트를 받았는데 모두 양호하다고 했다.

교무실 앞 복도에 학생용 편지함이 설치되어 있었다. 민규는 편지함을 뒤져보다가 북한에서 온 편지 몇 통을 발견하고 깜짝 놀랐다. 아니!? 아직도 남북 간에 편지왕래가 계속되고 있는 걸까? 형님들은 고향에 편지왕래를 하다가 중단된 지가 벌써 오래 됐는데 이상한 일이었다. 마침 편지수취인 중에 동급생인 황순영 군이 있어서 물어보았다.

"순영아, 너에게 온 편지가 이북에서 온 게 틀림없나?"

"그렇다. 북한의 가족과 편지왕래를 하고 있어."

"너는 언제 월남했나?"

"나는 오산중학교에 다니다가 1947년 4월에 월남했다."

오산중학교(五山中學校)는 평북 정주(定州)에 있는 명문사립학교로서 많은 인재를 배출하였다. 당시 C중학교는 교장선생님을 비롯하여 선생님 몇 분이 오산중학교 출신이고 재학생 중에도 오산중학교에 다니다 월남한 학생이 많은 편이었다.

민규는 황군의 말을 믿고 고향의 차지환에게 편지를 보냈다. 엽서에 간단하게 안부만 적었지만 답장은 오지 않았다.

한편 차지환은 신광고급중학교에 다니면서 토요일마다 집에 오곤하였다. 어느 날 집에 와보니 이상한 엽서가 와있었다. 발신인은 박민규?! 발신지는 강원도 춘천시 C중학교?! 아니, 이게 도대체 어찌

된 일일까? 과연 남조선에서 이런 편지가 올 수 있단 말인가? 차지환은 몹시 놀랐다. 글씨를 보니 민규의 필체가 틀림없었다. 학교에 잘 다닌다는 것도 사실인 것 같았다. 그는 의구심을 모두 떨쳐버리자 민규네 집에 달려갔다.

"민규 어머니, 민규로부터 편지가 왔어요. 이것보세요."

민규의 어머니와 형님, 형수님은 편지를 보고 어찌나 반가운지 눈물이 마구 쏟아졌다. 자식이 그 추운 날 말도 없이 훌쩍 떠난 후 죽었는지 살았는지 소식을 몰라 얼마나 애가 탔던가? 그런데 이남에 나가서 학교에 잘 다니고 있다니 얼마나 기뻤을까. 가족들이 모두 무사하다는 것을 보아 형들도 잘 있으리라 여겨져 더욱 기뻤다.

차지환은 민규에게 답장을 써 보냈지만 검열에 걸려 남한으로 넘어오지 않았다.

민규와 외사촌인 최재호 형이 안내자를 따라 무사히 월남했다. 그는 육군사관학교를 졸업하고 육군소위가 되어 국군 1사단에서 복무하고 있었다. 어느 날 최재호 소위는 춘천에 와서 민규를 보고 깜짝 놀랐다.

"네가 어떻게 월남했니? 38선을 넘기가 여간 어렵지 않던데."

"형님이 데려오지 않아 더 고생했어요."

"미안하다. 나도 어쩔 수 없었다. 안내자에게 아무리 부탁해도 안된다는 걸 어떡하겠니?"

박민규는 일요일, 서울에 가서 먼저 월남한 정동혁과 한병진을 함께 만났다. 정동혁은 그의 형이 서울에 와서 기반을 닦았기 때문에 전에 다니던 K중학교에 복학하였다. 옛 동창들과 함께 공부하게 되어 무척 기쁘다고 말했다.

한병진은 자기 형과 같이 38선을 어렵게 넘어왔다. 형이 학비를 벌어 대고 자기도 고학을 해서 J중학에 다니고 있었다. 그는 나이가 많아서 연령에 맞게 고학년에 편입하였다.

1949년 5월 5일, 춘천에 주둔한 국군 8연대에서 대규모 월북사건이 발생하였다. 1대대장 표무원(表武源)소령은 대대병력을 인솔하여 밤에 행군해 들어갔다. 실탄을 지급하지 않고 화천방면에서 38선을 넘었다. 5일 새벽, 날이 밝자 인민군이 포위하고 공포를 쏘았다. 그러자 표 소령은 소리쳤다.

"인민군에 포위됐다. 항복하라!"

고지식한 군인들은 대대장의 명령을 거역하지 못하고 억울하게 인민군에 붙잡혔다. 실탄이 없으므로 총으로 대항할 수도 없었다. 그래도 과반수의 군인들은 결사적으로 탈출해 나왔다. 8연대 2대대는 홍천에 주둔하고 있었다. 같은 시각에 2대대장 강태무(姜泰武)소령도 대대병력을 인솔하여 인제방면으로 월북했다. 거기서도 많은 군인들이 탈출해 나왔다.

육군본부에서 표 소령과 강 소령이 좌익에 가담했다는 정보를 입수하고 체포하려고 했다. 그러나 육군참모총장이 시일을 지체하는 사이에 놓치고 말았다. 8연대에서 월북사건이 발생하자 춘천 시민들은 커다란 충격을 받고 슬픔에 젖었다. 특히 북에 끌려간 군인의 가족들은 울음바다를 이루었다.

표무원 소령은 월북하기 2개월 전에 C중학교에 와서 전교생 앞에서 반공강연을 했다.

"우리 국군은 38선을 철통같이 잘 지키고 있습니다. 공산당은 악랄한 수법으로 적화통일을 노리고 있습니다. 학생 여러분! 투철한 반공정신으로 나라를 지키는데 앞장 서야 합니다."

이렇게 외쳤던 표 소령이 거짓 탈을 벗어 던지고 월북하자 교장 선생은 학생들 앞에서 사과했다.

"표(表)소령이 겉 다르고 속 다른 사람인 줄 모르고 학생들에게 강연을 하게 한 데 대하여 교장으로서 대단히 유감스럽게 생각하는 바이며…."

월북사건이 있은 직후 박민규의 형은 홍천경찰서로 전근 갔다. 홍천관내의 경비를 담당하게 됐으므로 38선 상에서 무력충돌이 있을 때마다 경찰기동대(機動隊)를 지휘하여 출동하곤 했다.

민규는 이때부터 윤향숙네 집에 하숙을 했다. 향숙의 큰 숙부는 병원장이고 작은 숙부는 강원도경찰국 인사과에 근무하고 있었다. 병원장은 큰 저택에서 살다가 살림을 병원으로 옮기고 그 저택을 동생이 사용하도록 했다. 저택에 향숙은 그대로 남고 작은 숙부 내외가 여섯 살 된 아들, 명식을 데리고 들어왔다. 거기에 박민규까지 하숙하여 다섯 식구가 살게 되었다.

숙부님은 민규를 처음 보고 이런 말을 했다.

"자네가 처음 월남했다고 홍천경찰서에서 전화가 왔을 때 내가 받았네. 그래서 자네를 잘 보호해 주라고 부탁했네."

그리고 민규와 향숙에게 함께 당부했다.

"자네와 향숙은 어머니끼리 자매간이니까 앞으로 남매처럼 지내기 바라네."

일요일 아침은 온 가족이 함께 앉아서 식사를 했다. 조그만 둥근 소반에 다섯 식구가 둘러앉다 보면 자리가 좁아서 민규와 향숙은 어쩔 수 없이 어깨나 팔, 무릎이 서로 닿게 된다. 반소매에 반바지와 짧은 치마를 입고 있어 살결이 서로 닿을 때마다 남녀는 이상야릇한 촉감을 느끼곤 했다. 향숙은 가끔 민규 방에 들어와서 영어나 수학을 물으며 같이 공부했다. 저택에 정원이 굉장히 넓고 큰 오동나무가 하나 있었다. 일요일이면 향숙이 병원에서 배구공을 갖고 와서 정원에서 둘이 배구놀이를 했다. 때마침 민규의 친구들이 놀러왔다가 그 광경을 보고 몹시 부러워했다.

"야, 저 여학생은 누구야? 너의 애인이야?"

"아니야, 나와 친척이고 동생뻘 되는 애야."

"굉장히 예쁘게 생겼구나. 멋진 아가씬데."

사실 향숙은 키가 크고 얼굴이 잘 생겼다. 마음씨가 착하고 활달한 성격이었다. 공부도 잘 해서 학교에서 우등생이었다.

민규와 향숙은 가끔 오동나무 그늘에 앉아서 공부도 같이하고 재미있는 소설책도 읽으면서 즐겁게 보냈다.

여름방학에 민규는 홍천의 형님 댁에 가서 지냈다. 1949년 8월 6일부터 20일까지 홍천군 신남(新南)지구에서 인민군38경비대가 국군7연대의 방어진지를 침범하여 치열한 격전이 벌어졌다. 홍천경찰서 기동대도 박민규의 형이 지휘하여 제2선에서 방어를 담당했다. 국군8연대가 지원해서 인민군을 간신히 물리쳤다.

민규는 학교에서 수학을 특별히 잘했다. 당시 수학은 대수(代數)

와 기하(幾何)로 나뉘어져 있었다. 하루는 수학선생님이 수업시간에 들어와서 학생들에게 알려주었다.

"이번 시험에서 대수와 기하 두 과목 모두 100점 맞은 사람은 5개 학급 중에서 박민규 한 사람뿐이다."

그 후 수학선생님은 학생들에게 이런 이야기를 했다.

"나는 세상에서 가장 큰 것, 아니면 가장 작은 것에 관해서 연구하고 싶었다. 다시 말하면 천문학을 연구하든지, 아니면 미생물학을 연구하고 싶었던 거야."

민규는 그 말을 들은 후로 자기도 기왕이면 가장 큰 천문학을 연구하고 싶다고 생각했다.

겨울방학을 이용해서 민규와 향숙은 서울에 같이 갔다. 향숙의 이모가 월남해서 서울에 살고 있었다. 민규는 어렸을 때 몇 번 만난 적이 있으므로 향숙을 따라 이모네 집에 같이 갔다. 이모가 민규를 알아보고 무척 반가워했다.

"어렸을 적 모습이 떠오르는구나. 너희들이 이렇게 사이 좋게 지내는 걸 고향의 언니들이 안다면 얼마나 기뻐하겠니. 이다음에 둘이 결혼해도 괜찮겠다."

두 남녀는 서로 마주보고 얼굴을 붉혔다. 다음날, 민규의 누나네 집에도 같이 갔다. 누나도 향숙을 반가이 맞아주었다.

"너희들은 어렸을 때도 재미있게 놀더니 지금도 사이좋게 지내니? 무슨 인연이 있나 보다. 이다음에 둘이 결혼하기로 약속이라도 해두었니?"

남녀는 갑자기 얼굴이 화끈해졌다.

"누나, 어머니끼리 4촌 자매간인데 결혼해도 괜찮은 거야?"

"외가로 친척이지만 결혼하는 데는 지장이 없다. 너희들이 서로 좋아하면 결혼할 수 있는 거야."

일요일 오후, 박민규와 정동혁과 한병진이 파고다 공원에서 함께 만났다. 한병진은 J중학교를 졸업하고 철도청에 근무하고 있었다. 어떤 아가씨와 장차 결혼할 예정이라고 했다.

정동혁은 K중학 졸업반이었다. 그는 어느 동급생의 권유로 마르크스와 엥겔스가 지은 공산주의 이론 서적들을 열심히 탐독하였다. 독서광인 그가 그 많은 서적들을 독파하고 나자 사상적으로 커다란 변화를 일으켰다. 장차 자본주의는 반드시 붕괴되고 공산주의사회로 발전하리라는 확신을 갖게 되었다. 그 엄청난 사상적인 변화는 동혁으로 하여금 열렬한 공산주의 혁명투사로 변신하게 하였다. 그는 남로당에 입당하여 지하운동에 적극 가담하고 있었다. 이날 세 사람이 모인 자리에서도 동혁은 공산주의이론을 설파하느라 열을 올렸다.

"나는 공산주의 서적을 읽고 그 이론이 옳다는 사실을 확신하게 되었다. 자본주의는 그 모순으로 인해 반드시 붕괴되고 만다. 앞으로의 세상은 공산주의사회로 발전하게 될 거야."

민규가 걱정이 되어 물었다.

"너 그러면 공산주의자가 된 거야?"

"그렇다. 나는 지금 남로당에 입당하여 지하투쟁을 하고 있어. 공산주의를 널리 선전하고 동조자를 모으는 중이야."

두 사람은 아연실색했다. 한병진이 말리려고 애를 썼다.

"공산주의투쟁을 하다 체포되면 큰 화를 입는데 너는 왜 그 속에 들어갔나? 제발 신변의 안전을 위해 빠져나오기 바란다."

"나는 공산주의가 반드시 승리하리라 확신하기 때문에 어떠한 위험도 무릅쓰고 용감하게 싸울 거야."

민규도 걱정이 되어 말렸다.

"우리는 이미 북한에서 공산주의정치를 체험했잖아? 공산당은 허위선전을 많이 하고 인민의 자유를 억압한단 말이야."

두 사람은 한사코 말리려고 애를 썼고 한 사람은 자기주장을 설파하느라 열을 올리다가 헤어졌다.

민규와 향숙은 그 후 하숙방에서 결혼에 관해 진지하게 의논했다. 서로 사랑하고 있다는 사실을 확인했으므로 남녀는 장래에 결혼하기로 약속했다. 결혼식은 대학을 졸업하고 남북이 통일된 후 고향의 부모님 앞에서 올리기로 뜻을 모았다. 다정한 두 어머님들이 기뻐하시는 모습을 상상하면서. 그러나 말로만 결혼을 약속을 하고 맨송맨송 지내자니 허전하다는 생각이 들었다. 남녀는 의논하여 약혼식을 하기로 했다. 결혼을 확실히 약속했다는 증표라도 삼으려는 심정이었다. 어른들은 허락하지 않으리라 여기고 몰래 약혼식을 올리기로 했다. 시장에서 몇 가지 제물을 사서 소반 위에 올려놓고 남녀는 경건한 마음으로 절을 세 번 했다.

"천지신명께 축원하나이다. 저희들은 백년가약을 굳게 맹세하나이다. 부디 저희들의 소원이 이루어지도록 축복하여주소서."

다음에는 서로 마주보고 절을 했다. 진정한 사랑과 믿음으로 장차 결혼하기로 굳게 맹세한다는 상견례였다. 형식도 절차도 모르는 두 남녀의 약혼식은 이처럼 조촐하게 이루어졌다. 하지만 정성을 드리는 그네들의 심정은 사뭇 어른스러웠다.

며칠 후 향숙은 약혼한 사실을 숙모님께 사실대로 고백했다. 숙부님이 그 말을 전해 듣고 펄쩍 뛰었다. 두 사람을 불러놓고 노발대발해가며 야단쳤다.

“자네와 향숙은 남도 아니고 어머니끼리 4촌간인데 어찌 그럴 수가 있는가? 더구나 학생이고 장차 대학까지 다니려면 앞길이 창창한데 벌써부터 결혼을 하겠다니 무슨 생뚱맞은 소리인가? 절대로 허락할 수 없네. 박 군, 내 말을 정히 따를 수 없나면 이 집에서 당장 나가주게.”

민규는 이에 굴하지 않고 당당하게 소신을 말씀드렸다.

“저희들은 대학을 졸업한 후에 결혼하기로 약속했습니다. 그때까지는 아무 일없이 조용히 지낼 것이니 남세스러운 일은 없을 것입니다. 저희들의 뜻을 허락해 주시기 바랍니다.”

향숙이도 울면서 애원했다.

“작은아버지, 우리는 진정으로 사랑하고 있어요. 결혼약속은 제가 먼저 제의했던 거예요. 오빠더러 이 집에서 나가라는 말은 제발 하지 말아주세요.”

숙부님은 일이 매우 난처하다고 판단하고 민규의 형에게 알려서 협조해 주기를 바랐다. 그러나 형은 오히려 민규 편을 들면서 이런 편지를 보내왔다.

“그 집안은 가문도 좋고 향숙은 보기 드물게 미인일뿐더러 마음씨도 착해서 나는 찬성한다. 어머니끼리 4촌간이지만 오히려 더 좋은 일인지 모르겠다. 다만 장래란 예측할 수 없는 일이라서 결혼하기 전까지는 모든 행동을 자제해야 한다."

민규의 형은 시흥(始興)에 있는 육군보병학교에 입교하여 초등군사반의 교육과정을 수료했다. 그리고 1950년 3월 초순부터 인천에 새로 창설한「경찰전투대대훈련소」에서 교관으로 전투훈련을 담당하고 있었다. 38선에서 인민군이 더 자주 침범하고 규모도 커졌으므로 이를 격퇴하려면 경찰의 전투력도 강화하지 않을 수 없었다. 그래서 서울시와 경기도와 강원도가 합동으로 인천시 숭의동에 있는 경기도경찰학교 구내에「경찰전투대대훈련소」를 설치하고 군사훈련을 실시하게 된 것이다.

향숙의 숙부는 마지막으로 병원장에게 알려 해결되기를 바랐다. 형은 뜻밖의 얘기를 듣고 몹시 당황했다. 동생을 나무라는 한편 자기도 가정교육을 소홀히 했음을 자책했다. 그는 향숙을 불러놓고 매섭게 꾸짖었다.

"나는 너의 아버지에게 단단히 약속한 바가 있다. 너를 대학까지 공부시키겠다고 말이다. 그런데 벌써부터 남자를 사귀고 결혼하겠다니 어찌된 일이냐? 네가 박 군에게 홀리지 않았니?"

"작은아버지, 저는 먼 장래에 결혼하기로 약속했을 뿐이에요. 대학을 졸업할 때까지는 결혼을 안 하고 얼마든지 기다릴 수 있어요."

"그래도 결혼할 남자와 한집에서 같이 지내면 공부가 제대로 되겠니?"

"그것도 문제없어요. 저는 오히려 민규 오빠와 한집에서 같이 지낸 이후로 성적은 더 올라가고 있어요."

원장은 아무리 설득해도 소용이 없을 것 같았다. 박민규를 불러 놓고 인물 됨됨이를 살피려고 이것저것 물었다.

"박 군은 장래에 무엇을 하고 싶은가?"

"저는 천문학자가 되고 싶습니다."

원장은 매우 뜻밖이라는 듯이 고개를 갸우뚱하였다.

"이 세상에 천문학자는 많지 않을 걸세. 혹시 의사가 되고 싶은 생각은 없는가?"

장차 조카사위가 될 사람에게 가업을 이어주고 싶었던 것이다. 그러나 민규는 의사가 되고 싶은 생각이 전혀 없으므로 솔직하게 싫다고 대답했다. 원장은 향숙과 민규와의 관계를 기정사실로 받아드리기로 했다. 그 대신 결혼하기 전까지는 꼭 지켜야 하고 자제해야 할 일들을 타일렀다. 그리고 두 남녀를 저녁 만찬에 몇 번 초대해서 장래를 축복해 주었다. 1950년 4월 초에 병원장은 의학을 더 공부하기 위해 직계 가족만 데리고 미국으로 갔다. 약 1년간 체류하고 귀국할 예정이었다.

4월 중순, 정동혁이 박민규의 학교에 찾아왔다. 동혁은 남로당의 지하공작을 하다 드디어 경찰의 지명수배를 받고 도피하는 중이었다. 그는 민규의 하숙방에 은거하면서도 공작원들과 비밀리에 접촉하고 때로는 불온 전단을 살포했다. 서울에서 형사들이 미행하여 춘천에 왔다. 형사들은 민규의 하숙집에 잠복하고 동혁이 들어오면 체포하려고 만반의 준비를 갖추고 있었다. 저녁에 초인종이 두 번 울렸다. 이는 동혁이 왔다는 신호였다. 형사들은 대문 옆에 바짝 숨어서 긴장하고 있었다. 민규는 이 절박한 순간에 어찌해야 할까

하고 몹시 망설였다. 드디어 그는 용기를 내어 대문밖에 대고 소리쳤다.

"동혁아, 들어오면 안 돼! 빨리 도망가!"

그러자 대문 밖에서 후닥닥 뛰어가는 소리가 났다. 형사들이 대문을 박차고 쫓아갔으나 동혁이 귀신같이 도망가서 놓치고 말았다. 형사들은 몹시 화가 나서 민규를 춘천경찰서로 연행하여 문초했다.

"너도 그 놈에게 포섭되어 공산주의자가 되었나?"

"아닙니다. 저는 공산주의를 싫어합니다."

"그러면 왜 그 놈을 도망치게 했나?"

"정동혁은 저와 매우 절친한 사입니다. 친구가 위험에 처한 걸 알고 어찌 가만히 보고만 있을 수 있겠습니까?"

형사들은 민규의 당돌하고 불순한 행동에 몹시 화가 났다. 유치장에 가두고 공무집행방해죄와 범인도피방조죄로 엄벌할 방침이었다. 민규의 형이 몇 번이나 사죄했으나 용서되지 않았다.

민규가 구속된 사실이 학교에 알려지자 전희윤 담임선생이 나서서 구명활동을 벌였다. 전희윤 선생은 국어를 가르쳤고 의협심이 많아서 남의 어려운 일에는 적극 발 벗고 나서는 성미였다. 그는 오산중학교 출신이고 이근칠(李根七)교장선생의 후배가 된다. 교장선생에게 박민규군의 사정을 상세히 말씀드리고 구조해 줄 것을 간청했다. 교장선생은 모든 정황을 확인한 다음 서울시경찰국장에게 직접 진정서를 올렸다. 박민규군은 사상이 온건하고 품행이 방정(方正)하며 학업성적이 우수한 모범생임을 밝히고 관대한 처분을 바란다고 호소했다. 진정서는 효력을 발휘하여 박민규는 17일 만에 석방되었다.

정동혁은 그 후에도 경찰의 감시를 피해가며 여러 곳에서 불온 전단을 살포하다 기어이 체포되고 말았다. 그는 5월 하순, 재판에서 징역 4년의 선고를 받고 서대문형무소에 수감되었다.

윤향숙은 어느 친구의 권유로 천주교 성당에 몇 번 다니고 나서 깊은 감화를 받았다. 향숙이 민규를 설득했다.

"오빠, 나하고 같이 성당에 가요."

그래서 두 남녀는 성당에 함께 다니게 되었다. 성당은 집에서 가까워서 다니기 좋았다. 향숙은 신앙에 더욱 심취하여 독실한 천주교신자로 변해가고 있었다.

새 학년이 9월에 시작하던 것을 다시 4월로 환원하기로 했다. 1950년도는 그 과도기라서 6월에 새 학년이 시작되었다. 이에 따라 5월 하순에 약 1주일간의 봄방학이 있었다. 민규는 봄방학을 이용해서 영월형님 댁에 놀러갔다.

서울지방(地方)전매청 산하에 영월전매지청(支廳)이 있었다. 그 관할은 영월, 평창, 정선, 원주, 횡성, 제천, 단양의 7개 군이었다. 영월에 전매청을 둔 까닭은 영월에서 재배되는 담배가 특별히 품질이 좋고 냄새가 독하기로 유명하기 때문이다.

형님은 전매청관사에서 살고 있었다. 관사 건물이 커서 한 동에 두 가구가 살고 있었다. 형님네와 같은 건물에 사는 이는 권 과장네였다. 권 과장 댁에서 민규를 저녁만찬에 초대해 주었다. 그 집에 청주사범학교에 다니는 맏딸 권은주(權銀珠)양이 있었다. 얼굴은 인형처럼 매끈하게 생기고 활달한 성격이었다. 권 씨 내외분은 민규를 은근히 사윗감으로 여겼던지 지나치게 친절을 베풀고 음식도 푸짐하게 대접하였다. 권은주도 민규의 첫인상이 좋아 보이므로 다정하게 대해주었다. 민규가 한 살 위라서 오빠라 불렀다.

"오빠는 취미가 뭐야?"

"나는 취미가 별로 없어. 은주는 취미가 뭔데?"

"나는 음악이 취미야."

경제적으로 어려운 시기지만 그 집에 오르간이 있었다. 은주는 멋진 솜씨로 오르간을 치며 노래를 불렀다. 민규에게도 같이 부르자고 해서 둘이 합창했다. 〈즐거운 나의 집〉, 〈사우(思友)〉 등, 학생들이 즐겨 부르는 노래였다. 은주가 물었다.

"오빠, 청령포(淸泠浦)에 가봤어?"

"아직 못 가봤는데."

"그럼 내일 구경 갈래? 내가 안내해 줄게."

청령포는 단종대왕(端宗大王)이 유배되었던 곳이다. 민규는 은주를 따라 청령포에 가보았다. 유배지는 강물로 둘러싸여서 나룻배를 타고 건넜다. 단종대왕의 애사(哀史)를 생각하며 숙연한 자세로 유배됐던 옛터를 돌아보았다. 그리고 강변에서 한참 놀았다. 은주는 민규에게 관심이 많았다.

"오빠는 장래희망이 뭐야?"

"나는 장차 천문학자가 되고 싶어. 은주는 희망이 뭔데?"

"나야 학교선생님이 되는 게 소망이지."

귀가할 때 은주는 발이 아프다는 핑계로 민규의 손을 꼭 잡고 걸었다.

춘천 하숙집에 돌아온 날, 민규는 선물을 가뜩 내놓았다. 숙부님께는 형님이 주신 고급담배와 홍삼을 드리고, 숙모님께는 형수님이 사주신 화장품을 드렸다. 일곱 살 된 명식에게는 장난감을 사주고, 향숙에게는 예쁜 인형을 사주었다. 명식은 어머니의 후덕한 성품을 닮아 명랑하고 올곧게 자랐다.

향숙이네 마당은 꽤 넓어서 한 쪽에 화단이 조성되어있었다. 원장님이 워낙 꽃을 좋아해서 동양화 서양화 할 것 없이 아름답고 진귀한 꽃들이 수두룩했다. 그야말로 기화요초(琪花瑤草)가 만발하고 향기로운 꽃냄새가 물씬 품겼다.

민규와 이웃에 살면서 가장 친한 친구는 심종대 군이었다. 민규는 가끔 친구들로부터 사투리가 심하다고 놀림을 받았다. 심종대는 이를 딱하게 여기고 민규에게 단어로부터 회화에 이르기까지 표준어를 하나하나 가르쳐주느라 수고가 많았다. 그 대신 민규네 하숙집에 놀러 왔다가 여학생들과 함께 꽃구경을 할 적이면 너무나 기뻐서 어쩔 줄 모르고 날뛰었다.

6월 24일 오후 3시경이었다. 삼각지로터리의 무궁화 다방에 민규의 형과 사촌형 최재호 중위가 마주 앉아 있었다. 최 중위는 육군본부 작전국에 근무하고 있었다. 형이 물었다.

“요즘 북한군의 동태는 어떤가?”

“큰일입니다. 인민군은 며칠 전부터 38선 전역에 걸쳐 병력을 대폭 증강하고 있습니다. 전에는 한 대도 없던 탱크를 대량으로 배치하느라 분주합니다. 북한은 곧 전쟁을 일으킬 것 같습니다.”

"그렇다면 국군은 무슨 방어대책이라도 세우고 있는가?"

"아무런 대책도 없습니다. 오히려 장기간 비상경계령이 내려져 휴가와 외출을 억제해 왔는데 하필 오늘 0시를 기해 비상경계령을 해제했습니다. 오늘이 마침 토요일이라서 많은 군인들이 휴가나 외출을 나오느라 분비고 있습니다. 저기 좀 보십시오."

그들은 창밖을 내다보았다. 삼각지로터리는 휴가나 외출 나오는 군인들이 몰려와서 대 혼잡을 이루고 있었다.

"오늘 저녁 육군본부에서 장교회관 개관(開館)파티가 열립니다. 회식에 이어 댄스파티도 합니다. 전방에선 부대가 교체되고 있습니다. 의정부방면을 방어하는 7사단 예하의 3연대는 서울에 갔고, 새로 올 25연대는 아직 오지 않고 있습니다. 홍천에서는 지금 8연대는 떠나가고 2연대가 새로 인수하느라 어수선합니다. 북한군은 이런 기회를 놓치지 않고 남침해 올지 모릅니다."

"듣고 보니 오늘과 내일이 매우 걱정되는구먼."

"저도 오늘밤이 가장 위험하리라 예상합니다."

최재호 중위는 이날 당직근무라서 육군본부에 들어갔다.

민규의 형도 사사용무를 중단하고 급히 인천으로 돌아갔다.

제 2 장
군 입대

1. 전쟁발발

1) 가장 길었던 하루, 6월 25일

1950년 6월 25일 새벽 5시경이었다. 별안간 춘천경찰서에서 사이렌소리가 요란하게 열 번이나 울렸다. 이는 비상을 알리는 신호였다. 이날이 일요일이라서 윤향숙네 가족은 느긋하게 단잠을 자다 말고 깨어났다. 잠시 후, 사이렌이 또 열 번 울리고 1분도 못되어 또 열 번 울렸다. 이처럼 비상사이렌이 연거푸 세 번이나 울린다는 것은 도무지 상상할 수 없는 일이었다. 향숙의 숙부님이 경찰국으로 출동하면서 말했다.

"여보, 매우 다급한 걸 보니 인민군이 쳐나온 것 같소."

7시 경 민규와 향숙은 큰 도로에 나가 보았다. 군용차량들이 평상시와 달리 쏜살같이 달리고 있었다. 시민들이 웅성거렸다.

"38선에서 인민군이 전차를 앞세우고 쳐나온답니다. 국군은 견디지 못해서 후퇴하고 있대요."

최재호 중위는 육군본부에서 당직근무를 하고 있었다. 새벽부터 일선에서 비상을 알리는 전화가 빗발치듯 걸려왔다.

"큰일 났습니다. 인민군이 전차를 앞세우고 대거 남침해 오고 있습니다. 북한은 전쟁을 일으킨 것 같습니다."

최 중위는 급히 지휘관들에게 전화로 알려야 했다. 그러나 전날 저녁부터 장교회관 개관파티가 열리고 댄스파티까지 하고 새벽 2시경에 끝났다. 고급지휘관 대부분이 술에 만취하여 곤드레만드레가 되어 귀가했다. 육군참모총장 채병덕(蔡秉德)소장도 술에 만취하여 전화를 받고도 금방 일어나지 못했다. 육군본부에 일찍 나타난 사람은 작전국차장 이치업 대령이었다. 이 대령이 6시 30분경, 전군에 비상명령을 하달했다. 신성모 국방부장관은 일요일만은 편히 쉬기 위해 외부에서 오는 전화를 일절 받지 않았다. 채병덕 참모총장은 전화를 걸어도 받지 않으므로 국방부장관관사에 직접 가서 보고했다.

한편 평양에서는 새벽 3시부터 김일성수상관저에서 내각각료와 노동당간부의 연석회의가 열렸다. 회의에서 김일성수상은 중대한 안건을 제시했다.

"오늘 새벽 1시부터 남조선군이 38선 전역에 걸쳐 북침하고 있습니다. 우리는 인민군에 반격할 수 있는 권한을 부여해야 하겠습니다."

그 제안은 만장일치로 가결되었다.

이와 때를 같이하여 최고인민회의 상임위원회가 개최되었다. 회의에서 남조선에 대해 선전포고를 의결하고 김일성수상을 조선인민군최고사령관으로 선임(選任)하였다.

오전 11시, 평양방송은 다음과 같이 보도하였다.

『오늘 새벽 남조선군이 침공하여 전쟁이 일어났다. 인민군은 곧 반격하여 38선 이남으로 진격하고 있다.』

오후 3시경, 춘천에서 방송차량이 시가를 돌면서 방송했다.

"국군은 38선 이북으로 진격하고 있습니다. 해주(海州)도 점령했습니다. 시민 여러분, 안심하기 바랍니다."

이는 터무니없는 허위보도였지만 시민들은 그 말을 믿고 마음이 다소 안정됐다. 이날 한밤중에 시내에서 대포소리가 이따금씩 펑, 펑, 하고 요란하게 울렸다. 시민들은 대포를 쏘는 소리인지 터지는 소리인지 몰라 불안한 밤을 새웠다.

육군본부 작전국 상황실에서 최재호 중위는 일선에서 들어온 전투보고를 상황판(狀況板)에 기록하느라 경황이 없었다.

인민군은 새벽 4시부터 38선 전역에 걸쳐 남침하였다. 국군은 인민군의 전차공격을 막지 못해 고전했다. 전차파괴용 무기로 2.36인치 로켓포가 있지만 명중시켜도 인민군전차는 철갑이 두꺼워서 파괴되지 않고 그냥 달리는 것이었다.

(1) 7사단의 의정부지구전투; 동두천(東豆川)에서 1연대는 인민군 4사단의 공격을 잘 막았다. 로켓포가 소용이 없으므로 야포를 쏘아 인민군전차 몇 대를 파괴했다. 오후부터 18연대가 지원해서

방어전은 유지됐다. 반면에 포천(抱川)에서 9연대는 인민군 3사단의 전차공격을 막지 못해 허무하게 무너졌다. 오후부터 3연대가 대신 방어에 나섰지만 역시 패주할 뿐이었다. 밤 8시경, 3연대는 포천에서 의정부로 넘어오는 유일한 요새(要塞)인 축석령(祝石嶺)에서 방어전을 치르려고 했으나 무단히 이탈했다. 다행히 인민군이 야간공격을 해오지 않아 밤은 무사히 지나갔다.

(2) 1사단의 서부지구전투; 개성과 연백지역을 담당한 12연대는 후방이 바다이므로 인민군6사단의 공격을 받고 여지없이 무너졌다. 13연대는 파주에서 인민군 1사단의 공격을 저지하면서 서서히 후퇴했다. 예비인 11연대가 방어에 합세했다.

(3) 옹진전투; 국군 17연대가 방어하고 인민군 38경비대 3여단이 공격했다. 치열한 혈전이 벌어져 많은 사상자가 발생했다.

(4) 6사단의 춘천·홍천지구전투; 춘천에서 7연대는 휴가나 외출을 억제했고 인민군 2사단의 공격을 잘 막았다. 특공대원들이 화염병을 만들어 인민군 전차바퀴에 던져 전차 2대를 불태웠다.

홍천에서 8연대는 임무를 인계하고 서울로 이동하는 중이고, 2연대가 새로 임무를 인수하느라 어수선한 때에 인민군 12사단의 공격을 받았다. 2연대장의 명령으로 특공대원들이 커브 길에서 천천히 도는 적의 전차바퀴를 로켓포포로 명중시켜 파괴했다.

(5) 8사단의 동해안지구 전투; 사단본부와 10연대는 강릉(江陵)에 주둔하고 21연대는 삼척(三陟)에 주둔했다. 인민군은 5사단이 38선을 넘어 남침하는 한편 다른 부대는 동해안에 상륙하여 국군21연대의 퇴로를 차단했다. 21연대는 밤에 차를 타고 태백산맥의 백

복령을 넘고 다시 삽당령을 넘어 강릉으로 철수했다.

2) 후퇴를 거듭하는 6월 26일

이른 아침에 민규와 항숙은 큰 도로에 나가 봤다. 마침 심종대를 만나 물었다.

"종대야, 간밤에 대포소리가 들렸는데 어디서 터진 거야?"

"그건 국군이 시청광장과 우(牛)시장에 포대를 설치하고 강북으로 쏘았던 거야."

오전 9시경, 춘천시내 한복판에서 포탄 서 너 개가 연속적으로 폭발했다. 쾅! 쾅! 쾅! 그러자 얼마 후 윤항숙의 숙부님이 급히 뛰어 들어왔다. 그는 가족들에게 독촉했다.

"여보, 빨리 피란가우다. 전세가 매우 위급해졌수다."

"당신은 같이 앙이 가우?"

"나는 경찰대로 돌아가야 한당이. 당신이 가족들을 데리고 떠나우다. 짐은 간단하게 꾸리고 무겁지 않게 하우다. 박 군, 자네도 얼른 피란준비를 서둘게."

숙부님은 다급해서 곧 뛰어 나갔다. 갑자기 재촉하는 바람에 가족들은 준비를 제대로 못하고 피란길을 떠나야 했다.

춘천사범학교 운동장에 피란민들이 가득 모였다. 그들은 거기서 걸어서 강촌(江村)까지 갔을 때 날이 어두워졌으므로 강촌교회와 여러 농가에 분산되어 불안한 밤을 새웠다.

육군본부 상황실에서 최재호 중위는 패전소식을 하나하나 기록하느라 경황이 없었다. 상황판은 더욱 어지러웠다.

새벽에 2사단의 5연대와 16연대가 기차를 타고 의정부에 도착했다. 그들은 포천방면에서 3연대가 방어하고 있으리라 믿고 행군해 들어갔다. 그러나 축석령을 넘어온 인민군 3사단의 불시공격을 받고 허무하게 무너졌다. 인민군 3사단은 오후 1시, 의정부를 점령했다. 그 북쪽 동두천방면에 있던 국군 2개 연대는 퇴로가 차단되어 곤경에 처했다. 1연대는 의정부의 적지를 통과하느라 피해가 많았고 18연대는 서부의 구파발로 철수했다.

옹진에서 인민군은 아침밥을 해먹고 천천히 공격을 시작했디니 국군은 그새 배를 타고 인천으로 철수해버렸다.

3) 풍전등화의 6월 27일

강촌의 피란민들은 아침밥을 얻어먹고 피란 갈 예정이었다. 그러나 몇 집 안 되는 농가에서 지어주는 밥으로는 그 많은 피란민들의 공복을 채울 수 없었다. 그들은 할 수 없이 남의 밭에 들어가서 어린 감자도 캐 먹고 가지나 오이도 따먹었다. 피란민행렬은 한참 나간 후 홍천강을 건너야 했다. 남자들은 바지를 걷어 올리고 여자들은 치마를 벗고 건넜다. 어떤 여자들은 달거리를 해서 속치마가 빨갛게 물들었다. 보기에 민망했지만 그렇다고 속치마마저 벗을 수는 없는지라 그대로 강을 건넜다.

의정부에서 서울까지의 방어전은 7사단장 유재흥(劉載興)준장이 총지휘했다. 방어진은 계속 무너져 미아리까지 후퇴했다. 한편 서부에서 1사단은 사단장 백선엽(白善燁)대령의 용감한 지휘로 인민군 1사단과 6사단의 공격을 훌륭하게 막아냈다.

6사단의 춘천·홍천지구의 방어전은 잘 유지됐다.

8사단은 강릉에서 대관령을 넘어 후퇴했다. 인민군은 동해안을 따라 진출할 계획이어서 대관령으로 추격해 오지 않았다.

4) 서울이 함락된 6월 28일

피란민 중에 발병이 나서 낙오되는 사람들이 속출했다. 향숙이네도 일곱 살 된 명식이 발병이 나서 잘 걷지 못했다. 그러나 경찰가족이니 낙오될 수는 없었다. 민규가 악착같이 업고 갔다.

피란민들은 오후, 양평(楊平)의 용두리(龍頭里)에 와서 서울로 갈 것인가, 원주로 갈 것인가를 놓고 망설였다. '서부전선은 국군이 북진하고 있다'는 오보를 믿고 그들은 서울로 가기로 했다. 서울을 향해 얼마 쯤 갔을 때였다. 마주오던 40대의 신사복 입은 남자가 앞길을 막으며 큰 소리로 외쳤다.

"여러분! 서울로 가면 안 됩니다. 서울은 벌써 인민군이 점령했어요. 오늘 새벽 2시경에 인민군 탱크가 서울에 진입한 것을 내 눈으로 똑똑히 봤어요. 그래서 나는 지금 피란 가는 중이요."

피란민들은 몹시 놀라면서도 도저히 믿을 수 없는 일이라며 망설였다. 이때 점잖게 생긴 사람이 나서서 설득했다.

"자, 여러분! 서울이 함락됐건 안 됐건 상관하지 맙시다. 다만 북쪽으로 가면 위험할 것이고 남쪽으로 가면 안전할 겁니다. 우리는 안전을 위해 남쪽인 원주로 갑시다.”

피란민들은 그 말에 수긍하여 발길을 돌려 원주로 향했다.

새벽 1시경, 인민군 4사단의 전차부대가 미아리 고개에서 국군 20연대의 방어진을 돌파하고 돈암동으로 진입했다. 서울의 방어전은 이것으로 사실상 끝났다.

한강인도교와 철교, 그리고 광장교(廣莊橋)는 이날 새벽 2시 30분에 국군공병대에 의해 폭파됐다. 인도교로 밀려오던 수많은 인파와 차량들이 강물에 빠져 참변을 당했다.

국군1사단은 서부에서 방어전을 유지하고 있었으나 후방인 서울이 함락됐으니 곤경에 처했다. 그들은 야간에 행주(幸州)방면에서 한강을 건너야 했다. 그러나 배가 턱없이 부족해서 많은 군인들이 강북에서 낙오됐다.

7연대는 28일 오전까지 춘천에서 방어전을 치르고 홍천으로 철수했다. 홍천북방의 ‘말고개’에서 19연대의 특공대원들이 인민군 전차 여러 대를 파괴하는 전과를 올렸다.

정동혁은 서대문형무소 감방에 있으면서 자기와 같은 사상범들은 살해되리라는 공포에 떨었다. 그런데 28일 오전에 인민군이 들어와서 석방시켜주니 얼마나 기뻤을까. 간방에 있던 모든 죄수들이 뛰쳐나와 만세를 부르며 환호성을 질렀다.

김일성은 서울점령에 공을 세운 인민군 3사단, 4사단, 105전차사단에 『서울사단』이란 칭호를 수여하고 치하했다.

며칠 후 정동혁은 사상이 투철하고 실천력이 강한 젊은 엘리트로 인정받고 서울시노동당위원장 김응빈(金應彬)의 비서가 되었다. 김응빈은 제주도 출신이고 일본 와세다 대학을 졸업한 지식인이며 공산주의 혁명운동을 적극 주도한 원로인사였다.

정동혁은 한병진을 찾아가서 만났다.

"나는 지금 시 당위원장의 비서가 되었다. 그 동안 너에게 진 신세를 갚고 싶구나. 나하고 같이 일할 생각은 없나?"

"글쎄, 생각을 좀 해 볼께."

"원한다면 언제든지 받아주겠다. 그리고 무슨 도움이 필요하면 나에게 즉시 연락해라."

정동혁은 자기의 연락처를 적어주고 갔다.

한병진은 약혼녀 때문에 피란 못 간 것을 후회했다. 그는 월남했다는 이유와 반공청년단체에서 활동한 경력이 있어 철도청에서 쫓겨났다. 설상가상으로 하숙집주인이 열렬한 공산주의자가 되어 날뛰고 있으니 불안했다. 어느 날 한밤중에 한병진은 하숙집에서 자다 말고 서대문 내무서에 붙잡혀갔다. 그는 시노동당위원장의 비서가 자기친구란 걸 말하고 전화 통화를 하고 싶다고 했다. 간신히 허락을 받고 전화를 걸었으나 정동혁은 부재중이었다. 한병진은 정문을 나가면서 수위에게 태연스럽게 말했다.

"내 친구가 서울시노동당위원장의 비서요. 그 친구가 방금 전에 내무서장과 직접 통화해서 나는 석방됐소."

수위는 확인할까하고 망설이다가 겁이 나서 그냥 내보냈다.

한병진은 곧 약혼녀에게 도움을 요청했다. 약혼녀가 말했다.

"오빠, 우리 집 다락방에 숨어있으면 안전할 거야."

그녀의 부모는 시장에서 포목상을 하고 있어 생활에는 지장이 없었다. 한병진은 약혼녀의 집 다락방에 숨어서 지냈다. 약혼녀는 한병진을 수발드느라 온 정성을 기우렸다.

2. 낙동강 후퇴

향숙이네 가족은 7월 1일, 원주에 도착했다. 주민들의 인심이 좋아서 하룻밤 편안히 쉬어갈 참이었다. 그런데 밖에서 피란민들이 떠드는 소리가 점점 시끄럽고 예사롭지 않았다. 민규는 웬 일인가 해서 나가봤다. 그분들은 매우 심각한 얘기를 하고 있었다.

"군인들이 가득 탄 트럭이 저녁부터 계속 나가고 있어요."

"국군은 오늘 밤에 모두 후퇴할 모양인데요."

"국군이 후퇴하면 인민군이 곧 쳐들어오지 않을까요?"

"쳐들어오겠지요. 그래서 우리는 지금 피란가야 합니다."

피란민들은 밤이 깊은데도 피란가야 한다며 짐을 싸지고 나섰다. 향숙이네도 자다 말고 일어나 피란길에 올랐다.

6사단의 모든 병력이 6월 30일, 홍천에서 원주로 철수했는데 다음날 7월 1일, 또 원주에서 충주(忠州)로 철수하는 것이었다.

원주의 피란민들은 대부분 충주로 갔지만 향숙이네는 갈림길을 모르고 곧장 갔기 때문에 제천(堤川)으로 가게 되었다. 치악재를 오를 때는 그 많던 군용차량들이 다 지나가고 피란민도 안 보여 사방은 어둡고 괴괴했다. 인민군이 곧 쳐오면 오면 어쩌나 하는 공포에 쌓여 으스스 떨렸다. 이런 때에 명식은 발병이 심해서 잘 걷지 못했다. 민규는 명식을 업고 멀고 가파른 치악재를 힘겹게 올라갔다. 그들은 밤새도록 백 리 길을 걸어서 다음날 오전에 제천에 도착했다. 마침 제천에 강원도경찰대원들이 집결하고 있어서 향숙의 숙부님과 극적으로 만났다. 가족들은 어찌나 반가운지 끌어안고 눈물을 흘렸다.

“여보, 우리 경찰대원들은 가족들의 소식을 몰라 걱정이 태산 같소. 그런데 우리가족만 와주어서 얼마나 고마운지 모르겠소.”

“밤새도록 걸어온 보람이 있군요. 당신을 여기서 만나리라고는 꿈에도 생각지 못했는데.”

“명식아, 먼 길을 걸어오느라 다리가 몹시 아프지?”

그는 아들을 끌어안고 또 눈물을 떨어뜨렸다.

“학생이 업어주지 않았으면 제천까지 오지도 못했어요.”

숙부님은 중국음식집에 가서 음식을 잔뜩 시켰다.

“박 군, 수고가 많았네. 실컷 먹게.”

가족들은 오랜만에 맛있는 요리를 배불리 먹었다.

민규는 영월 형님의 소식이 궁금해서 그 쪽에서 나오는 길목에 가서 유심히 살폈다. 마침 형님 가족이 차에서 내려 걸어오고 있었다. 형제는 이런데서 우연히 만나 여간 반갑지 않았다. 민규는 형님 가족과 향숙이네 가족을 대면시켰다. 양 가족은 향숙과 민규와의 결혼 이야기를 하며 한 때나마 웃음꽃이 피었다.

국군8사단이 강릉에서 평창으로 후퇴한 후 이날 제천에 도착했다. 강원도 경찰대는 8사단과 함께 단양(丹陽)으로 간다고 했다.

그러나 제천의 피란민들은 대부분 충주로 간다고 해서 민규의 형은 충주로 가기로 했다. 향숙은 숙부님을 따라 단양으로 가야하고 민규는 형님을 따라 충주로 가야 했다. 두 남녀는 어쩔 수 없이 헤어지게 되었다.

"향숙 씨, 잘 가요. 우리 다시 만나요."

"오빠도 잘 가요. 몸조심하고 안녕!"

민규네 가족은 충주로 가는 도중, 청풍(淸風)에서 남한강을 건너야 했다. 나루터에 엄청나게 많은 피란민과 화물자동차들이 몰려와 대기하고 있었다. 그러나 나룻배는 한 척 밖에 없어서 그 모두를 실어 나르려면 까마득했다. 배는 화물차 한 대와 피란민 약간 명을 태우고 건넜다. 피란민들은 인민군이 곧 쳐나오면 어쩌나 하는 공포에 떨며 서로 먼저 타려고 아우성이었다. 그 와중에 민규의 형은 같은 관사에 사는 권 과장 네 가족을 발견했다.

"권 과장님."

"아, 박 과장이 왔소?"

양 가족은 이런데서 다시 만나 여간 반갑지 않았다. 권은주와 박민규도 서로 인사했다.

"민규 오빠!"

"은주야."

은주는 민규 곁으로 다가와 손을 잡으며 기뻐서 어쩔 줄을 몰랐다. 교복을 입은 그녀의 모습이 더욱 산뜻하고 예뻐 보였다. 양 가족은 강변에서 다섯 시간이나 기다린 후 간신히 배를 타고 강을 건너서야 마음이 놓였다.

충주를 지나 청주(淸州)에 가서 며칠간 지냈다. 청주전매청에서 호의를 베풀어주어 양 가족은 전매청 관사에서 숙식을 했다.

은주는 민규를 데리고 청주사범학교에 같이 갔다. 동급생 중에 가장 친한 노혜옥을 만나 반가웠다. 혜옥이 물었다.

"애야, 저 남학생은 누구야?"

"오빠야."

"너는 오빠가 없지 않니?"

"솔직히 말하자면 애인이야."

은주는 능청스럽게 말하고 민규의 손을 잡고 걸었다.

청주네거리에 붓글씨로 커다랗게 쓴 벽보가 붙어있었다. 미 공군기가 북한의 연포(連浦)비행장을 폭격했다는 뉴스였다.

"은주야, 연포비행장이 어디 있는지 말해줄까? 내 고향에서 30리쯤 되는 가까운 곳이야. 그런데 왜 거기를 폭격했을까?"

"그 비행장이 가장 중요한 모양이지."

며칠 후 양 가족은 청주를 떠나 대전(大田)으로 향했다.

전세가 어떻게 전개되고 있는지 궁금했다.

한강철교는 셋인데 하나는 폭파되지 않았다. 7월 3일, 인민군은 폭파되지 않은 철교위에 목판을 깔고 전차가 건너와서 영등포 일대를 유린했다. 국군은 얼마 싸우지 못하고 총퇴각했다.

7월 5일, 미 24사단의 선발대 540명이 오산(烏山) 북방의 죽미령(竹美嶺)에서 인민군과 처음으로 교전하였다. 미군은 3시간의 고전 끝에 148명이 전사, 부상, 또는 실종되고 후퇴했다. 평양방송은 미군 72명을 포로로 잡았다고 보도했다.

민규네 가족은 대전(大田)에서 경찰의 형님가족과 극적으로 만났다. 충청남도 도청 건물이 임시 정부청사가 되고 인천에 있던 '경찰전투대대훈련소'의 교육대원들이 정부청사를 경비하고 있었다. 민규의 형도 경비를 담당했다. 민규네 3형제 가족은 월남이후 처음으로 한자리에서 만났다. 은주네 가족까지 합석해서 식사하는 분위기는 조촐하면서도 화기애애했다. 민규가 물었다.

"이승만 대통령은 지금 도청건물 안에 있어요?"

형은 빙긋이 웃으며 말했다.

"대통령의 소재에 대해서는 비밀이기 때문에 말할 수 없다."

이승만 대통령은 극비리에 기차를 타고 목포(木浦)에 갔고 거기서 해군경비정을 타고 부산으로 피신하는 중이었다.

이날 경찰의 형님가족만 대전에 남고 민규네와 은주네는 기차를 타고 부산에 갔다. 부산진초등학교에 피란민수용소가 마련되어 피란민들은 거기에 수용되었다.

경찰대원들은 정부요인들을 부산까지 호위한 후 경찰전투대대훈련소는 해체됐다. 민규의 형은 강원도경찰대로 돌아갔다.

대전전투 ~ 미24사단의 주력은 이미 철수했고 1개 연대가 7월 20일, 대전에서 방어전을 치르고 철수하기로 했다. 미군은 기존의 2.36인치 로켓포로가 성능이 약하므로 신형인 3.5인치 로켓포를 이날 처음으로 사용하여 인민군전차 8대를 파괴했다. 사단장 딘 소장도 공병대사병을 지휘하여 로켓포로 전차사냥을 했다. 하지만 전세가 급속도로 악화되는 상황에서 사단장이 철수명령을 너무 늦게 내렸기 때문에 퇴로는 완전히 차단됐다. 미군은 차를 버리고 산으로 탈출했지만 인민군은 산 속까지 추격했다. 미군은 무려 1,150명의 희생자를 내고 옥천(沃川)으로 철수했다. 대전에서 출발할 때 선두에서 달리던 사단장의 승용차는 좌회전해야 할 곳에서 직진했기 때문에 금산(錦山)방면으로 가다가 적군에 차단됐다. 딘 소장은 이후 산속을 숨어 다니며 장기간 탈출을 시도했지만 8월 25일 인민군에 포로로 잡혔다.

맥아더사령관은 출정하는 딘 사단장에게 명령했다.

"미24사단은 적의 공격을 적극 저지하라. 그러면 미25사단은 인천에 상륙하여 적의 배후를 차단할 계획이다."

딘 소장은 사령관의 명령을 충실히 이행하려고 무리한 방어전을 감행하다 많은 병력을 잃었고 자신마저 희생시켰다.

부산에 피란민이 너무 많이 몰렸기 때문에 분산시킨다고 했다. 민규네일행은 배를 태고 마산(馬山)에 갔다. 그러나 3일 후 호남에 진출한 인민군6사단이 갑자기 동쪽으로 진출하여 마산에 곧 쳐들어올 기세였다. 피란민들은 몹시 당황해서 기차를 타고 밀양(密陽)에 갔다. 미 25사단이 신속히 남해안에 상륙하여 방어전을 치른 끝에 마산은 무사했다.

피란 나온 공무원들은 해당 관청에 가면 봉급을 받을 수 있다고 했다. 밀양에서 가까운 청도(淸道)에 전매청이 있으므로 민규네와 은주네는 청도에 갔다. 청도전매청에서 봉급을 받은 후로 양 가족은 청도의 한 민가에 방 하나씩 각각 얻어서 안정된 생활을 했다. 양 가족은 밥을 따로따로 해먹기도 했지만 대부분 마당에 멍석을 깔아놓고 공동으로 식사했다.

8월 20일 오후, 박민규네 가족이 들어있는 민가에 경찰과 동사무소직원이 들어와서 군대에 입대할 사람이 있으면 나오라고 종용했다. 민규는 이때를 기다렸다는 듯이 말했다.

"형님, 제가 군대에 가겠어요."

형님은 펄쩍 뛰면서 만류했다.

"안 된다! 너는 아직 군대에 갈 나이가 아니지 않느냐?"

"괜찮아요. 군대에 가면 얼마든지 싸울 수 있어요."

형수님도 말리고 은주와 그녀의 부모님까지 나서서 말렸지만 민규는 막무가내로 동 직원을 따라 나섰다.

모 초등학교 운동장에 갔더니 장정들이 가득 모여 있었다.

울산교육대에서 현역군인들이 와서 모병하는 중이었다. 약 300명의 장정들이 군인들의 인솔 하에 청도 변두리에 있는 커다란 기와집에 들어갔다. 저녁에 현역군인들은 장정들을 청도지구 호국군(護國軍)에 인계하고 떠나면서 말했다.

"내일 차를 가지고 여러분을 수송하러 오겠소."

그러나 다음날 군인들은 오지 않았다. 장정들은 호국군의 인솔하에 기차를 타고 대구에 가서 호국군부대에 들어갔다.

8월 23일, 그들은 국군 제7사단에 정식으로 입대했다. 사단의 포병대와 통신대로 절반씩 나누어질 때 박민규는 통신대에 들어갔다. 사단통신 중대는 대구의 계성중학교에 주둔하고 있었다. 통신대는 전화선을 사용하는 유선반(有線班)과 무전기를 사용하는 무선반(無線班)으로 나누어진다. 박민규는 무선반에 들어갔다. 무선으로 통신하려면 모스(Morse)부호부터 외워야 한다. 조교의 선창에 따라 소리를 내면서 모스부호를 외웠다. 교정에 나무가 많아 그들은 나무 그늘에 앉아서 교육을 받았다.

민규는 여기서 초등학교 1년 선배인 이봉철 형을 만났다. 이봉철은 초등학교 때 싸움을 잘하기로 소문이 나있었다. 그는 서울에서 권투를 배워 한때 선수생활도 했다. 같은 내무반에 최태웅이라는 사람이 있었다. 최 씨는 체구가 크고 힘도 셀뿐더러 성질이 거칠어서 내무반에서 가끔 행패를 부렸다. 하루는 교정에서 교육을 받는데 민규가 그늘진 좋은 자리에 먼저 가서 앉았다. 최태웅이 그 자리가 탐이 나서 빼앗으려 했다. 그러나 민규는 고분고분 양보하지 않고 오히려 상대방에 면박을 주었다. 최태웅은 몹시 화가 났다. 그는 교육을 마치고 내무반에 들어서자 민규의 멱살을 잡고 한 대 쳤다. 옆에서 보고 있던 이봉철이 화를 불끈 내면서 소리 질렀다.

"이 새끼야! 너야말로 건방지구나. 왜 사람을 치나?"

"어?! 이 새끼 봐라. 너는 또 뭐야?"

최태웅이 멱살을 잡고 옥신각신하다가 한 대 쳤다. 이봉철이 날쌔게 피했다. 그리고 권투선수의 자세를 취하면서 날카로운 펀치를 연방 퍼부었다. 최태웅이 아무리 힘이 장사라지만 권투선수의 재주를 당해낼 수는 없었다. 한참 얻어맞더니 뒤로 벌렁 나자빠졌다. 동료들이 일으켜 세웠지만 그는 정신을 못 차리고 비틀거렸다. 코피가 나고 입술이 터지고 눈이 부어 얼굴은 엉망진창이 되었다. 최태웅은 그 후 이봉철만 보면 슬슬 피해 다녔다.

국군은 손실이 많은 2, 5, 7사단을 해체했고 몇 개 연대도 통폐

합했다. 8월 20일, 7사단은 다시 편성됐다. 기존의 3개 독립유격대대가 각각 3연대, 5연대, 8연대로 승격하여 7사단에 예속됐다.

9월 5일, 인민군이 갑자기 영천(永川)에 침입했다. 7사단은 이를 격퇴하기 위해 영천으로 급히 출동한다고 했다. 통신 중대장은 무선통신교육반원을 따로 집합시켜 놓고 명령했다.

"제군들은 아직 무선교육을 충분히 받지 못했기 때문에 전투에 참가할 수 없다. 그러므로 부산에 있는 육군통신학교에 가서 교육을 받고 다시 7사단에 복귀 하도록 한다."

무선통신교육반원은 곧 기차를 타고 부산에 갔다. 초량역에 내려 통신부대에 들어갔다. 영천전투가 어떻게 되는지 궁금했다.

9월 5일, 인민군15사단이 2개 연대의 지원을 받아 국군8사단진지를 돌파하고 영천으로 홍수처럼 밀고 들어왔다. 8사단의 10연대는 이때 포항에 파견 나가 있었고 16연대와 21연대뿐이었다. 영천을 탈환하기 위해 10연대가 급히 복귀하고, 7사단이 출동하고, 1사단과 6사단에서 각각 1개 연대씩 지원해서 총 반격전을 펼쳤다. 인민군은 포위되어 막대한 인명이 희생됐으므로 국군의 대승리로 끝났다.

3. 육군통신학교

통신부대에 들어간 교육반원들은 다음 날부터 소총훈련을 받았다. M-1소총을 들고 가파른 바위산을 힘겹게 올라갔더니 정상에 평탄하게 닦아놓은 대지(臺地)가 있었다. 그들은 대지에서 소총훈련을 했다. 부산항이 환히 내려 보이는 전망이 아주 좋은 곳이었다. 마지막 날은 차를 타고 교외의 사격장에 가서 실탄사격을 했다. 각자의 사격점수가 나왔는데 비교해보니 박민규의 점수는 매우 우수한 편이었다. 교육반원들은 약 1주일간의 소총훈련을 마치고 9월 12일 경, 육군통신학교에 입교하였다.

통신학교는 영도(影島)섬의 남항동(南港洞)에 있었다. 같은 날 다른 부대에서 소총훈련을 마치고 들어온 일행도 있었다. 그들은 대부분 부산지방의 대학생이거나 고등학생으로서 처음부터 통신학교에 지원입대 했다고 한다.

통신학교에 들어와서 다시 유선반, 무선반, 정비반으로 나누어졌다. 박민규는 여전히 무선반을 택했지만 이봉철은 무선이 적성에 맞지 않는다며 유선반으로 갔다.

하루의 일과는 새벽에 점호를 취한 후 영도다리를 건너 부산역전까지 뛰어갔다 온다. 그리고 해변에서 바닷물로 세수하고 들어온다. 낮에는 학과교육을 받고 저녁에는 운동장에서 제식훈련과 체력단련을 한다. 무선교육은 무전기의 키를 눌러 송신하는 방법과 수신하여 받아쓰는 연습이 되풀이된다. 때로는 수기(手旗)로 교신하는 방법을 배우는데 야외에 나가서 수기실습을 할 때가 재미있었다. 하루는 송도해수욕장에 가서 수기실습을 하고 해수욕을 했다. 바닷물이 약간 차가웠지만 군인들은 용감하게 뛰어들어 찌든 때도 말끔히 씻어버려 기분이 상쾌했다.

통신학교장은 조응천(曺應天)대령이었다. 그 분은 미국에서 박사학위를 받고 통신 분야에 권위가 있어 특별히 고급장교로 임명되었다. 일반교육과 내무반의 기강확립은 이석호 중위와 선임 하사인 편광옥 일등상사가 주로 담당하였다.

9월 15일, 유엔군이 인천에 상륙했다는 소식을 듣는 순간 내무반에서는 뜨거운 함성이 울려 퍼졌다.

"와! 인천상륙이다." "만세!" "만세!" "대한민국 만세!"

그들은 이제 국군이 승리하리라 확신했고 하루 속히 일선에 나가고 싶다는 생각이 간절하였다.

역사적인 인천 상륙작전! 이는 맥아더 사령관이 이뤄낸 값진 승리로 영원히 빛난다. 상륙부대는 미10군단, 그 예하에 미 해병1사단, 미7사단, 그리고 국군 17연대와 해병1연대가 참전했다.

학교의 편제에 따라 박민규는 C클래스에 속했다. C클래스 장(長)은 영동농업학교 체육교사인 김영진 씨가 맡았다. 그분은 체력이 강하고 통솔력이 좋으면서 마음씨는 한결 부드러웠다. 같은 C클래스에 영동농업학교 학생 2명이 있었다. 말하자면 스승과 제자가 함께 피란 나와서 함께 입대한 것이다.

김영진 씨는 얼마 후 통신간부 후보생으로 선발되어 갔다.

선임하사가 들어와서 물었다.

"이 가운데 일본 군대에 있던 사람 손들어."

두 사람이 손들었다. 그 중에서 이병필 씨가 C클래스장에 임명되었다. 이병필 클래스장은 군인정신이 투철하고 사담(私談)을 싫어했다. 그 분이 함경도 말씨를 쓰기에 박민규가 물었다.

"혹시 고향이 함경도 같은데 어디지요?"

"나, 함경남도 정평이요."

"네?! 나도 정평인데요. 무슨 면입니까?"

"문장면이요."

"참 반갑수다! 나도 문장이우다."

민규는 어찌나 반가운지 이병필 클래스장의 팔을 잡고 고향 이야기를 계속하려 했다. 그러나 클래스장은 별로 관심이 없는 듯 담담한 표정이었다.

"나는 어려서 고향을 떠나 잘 모르오."

그는 초등학교를 졸업하자 곧 객지를 돌아다녔다고 한다. 민규가 그 후에도 몇 번이나 고향 이야기를 꺼냈지만 이병필 클래스장은 결코 헛된 시간을 낭비하지 않았다.

박민규는 통신학교에 들어온 직후 청도의 형님가족이 머무는 민가에 편지를 보냈다. 형님으로부터 회신이 왔는데 그 집에서 그대로 지낸다고 했다. 그리고 며칠 후 정문위병소에서 호출해서 갔더니 경찰의 형님이 면회와있었다. 청도의 형님으로부터 소식을 듣고 부산에 출장 온 길에 들렀다고 한다. 형님은 울산지구에서 경비에 임하고 있으며 가족과 함께 지낸다고 했다. 윤향숙 양의 소식을 알려주었다.

"숙부님은 나와 같이 근무하고 있다. 가족은 부산에 있다고 하더라. 어쩌면 윤향숙 색시가 면회 올지 모르겠다."

형님은 용돈으로 쓰라며 꽤 많은 돈을 주고 갔다.

그로부터 며칠이 지난 일요일이었다. 위병소에 갔더니 윤향숙 양이 면회와있었다. 남녀는 어찌나 반가운지 서로 끌어 앉았다. 그들은 남들이 보는 앞에서 서슴지 않고 키스를 했다. 피란생활, 군대생활 하는 동안 남녀는 많이 어른스러워졌다.

"어떻게 알고 왔니?"

"숙부님이 편지로 알려 줬어요."

"부산에 있다며? 어디쯤이야?"

"동래(東萊)에 있어요."

향숙은 일요일마다 면회 왔다. 부산 출신들은 가족들이 가끔 면회 왔지만 C클래스는 대구에서 입대한 피란민뿐이라서 박민규 외는 면회 오는 사람이 없었다.

그러던 차에 권은주 양으로부터 편지가 왔다. 서두에는 오빠의 무운(武運)을 빈다는 말과 청도에서 양 가족이 잘 지낸다는 안부를 전해왔다. 그 다음부터는 오빠를 진정으로 사랑하고 있으며 장래에 좋은 인연을 맺자는 애정이 듬뿍 담긴 고백이었다. 민규는 편지를 읽고 난처했다. 윤향숙 양과의 관계를 실토할까 했으나 참았다. 답장은 간단하게 적었다. 나는 기대할만한 인물이 못되니 관심을 두지 말라는 말로 끝맺었다.

9월 28일, 서울이 수복되었다는 소식이 전해지자 내무반에서는 또 한 바탕 뜨거운 함성이 울려 퍼졌다.

"와! 드디어 서울을 탈환했다." "대한민국만세!"

그들은 서로 얼싸안고 흥분과 열광의 도가니였다.

미 해병1사단과 국군해병1연대가 20일, 한강을 건넜다. 그러나 서울서부 연희고지 등에서 인민군18사단의 완강한 저항에 부딪쳐 26일에야 시내에 진입했다. 미7사단 32연대와 국군 17연대가 25일 한강을 건너 남산에 진입했다. 서울소탕작전은 28일 완료되어 9·28수복이라 부른다. 낙동강전선의 인민군도 총 후퇴하고 유엔군은 파죽지세로 돌진하여 38선에 도달했다.

10월 초순, 통신학교는 이전했다. 무선교육대는 동대신(東大新) 초등학교로 옮기고, 유선교육대는 서대신동(西大新洞)에 있는 부산대학교 단과대학 건물로 옮겼다.

아군이 북진함에 따라 피란민들은 대부분 귀향했다. 서울에 살던 윤향숙의 이모가 부산에 내려와 시장에서 장사를 하고 있었다. 향숙은 이모를 만난 후로 가끔 가게에 가서 일을 도와주었다. 숙모가 강원도로 떠나갈 때 향숙은 따라가지 않고 이모네 집에서 지내기로 했다. 민규가 부산에 있는 동안 더 만나보고 싶었기 때문이다. 하루는 이모가 향숙을 따라 통신학교에 면회 왔다.

"이모님, 와주셔서 고맙습니다."

"내 오늘 이 에미나 등쌀에 못 이겨 장사도 못하고 왔당이."

그러면서 꽤 많은 돈을 주머니에 넣어주었다.

민규는 고마워서 어쩔 줄 몰랐다.

"이모님, 이 은혜를 갚을 날이 있을지 모르겠수다."

"남북이 통일되면 고향에 가서 만나게 되겠지비."

그렇다. 북진통일은 머지않아 이루어질 것 같았다.

국군은 10월 1일 38선을 돌파하고, 10일 원산을, 17일 함흥을, 19일, 평양을 점령했다. 유엔군은 파죽지세로 돌진해 들어갔다.

그러나 중공군이 10월 19일 밤에 비밀리에 입북했다. 그 병력은 13병단(兵團)의 6개 군 18개 사단에 포병 3개 사단, 총 34만 명이었다. 중공군의 정식명칭은 중국인민해방군이다. 입북한 군인들은 본인이 지원했다하여 중국인민지원군(志願軍)이라 불렀다. 지원군 사령관은 팽덕회(彭德懷)이고 사령부는 창성군(昌成郡) 대유동(大楡洞)의 광산 갱구(坑口) 속에 있었다.

이때 인민군최고사령부는 평남 덕천(德川)의 기차터널 속에 여객열차를 세워두고 그 안에 주둔했다. 인민군최고사령관 김일성은 객차 안에 기거하면서 평양방어전을 총지휘하느라 얼마 안 되는 전투부대를 독전하고 있었다. 그러나 19일, 평양이 함락됐다는 비보를 접하자 망연자실하는 표정이었다.

바로 이때에 중국대사(大使) 대리(代理) 시성문(柴成文)이 검정세단차를 타고 덕천의 인민군최고사령부를 방문했다. 대사는 병을 치료차 본국에 가있었고 대리가 임무를 수행하고 있었다. 시 대리(柴代理)가 당일(19일), 중공군이 참전한다는 소식을 알려주자 김일성은 너무나 기뻐서 눈물을 흘렸다.

“시 동지! 이 어려운 시기에 우리를 도와주러 오다니 참으로 고맙소. 모택동 주석에게 고맙다는 인사말을 전해주시오.”

그들은 곧 각자의 세단차를 타고 출발했다. 청천강을 건너려했으나 차들이 폭격을 당해 도로가 막혀버렸다. 할 수 없이 김일성의 승용차는 버리고 갔다. 그 승용차는 추격해온 국군2연대가 노획하여 현재 남한에 보존하고 있다. 21일 아침, 한 농가에서 김일성과 팽덕회의 역사적인 상면이 이루어졌다.

국군2군단 예하의 6사단이 가장 선봉에 나서 압록강을 향해 돌진했다. 7연대는 이미 초산(楚山)에 들어갔고 2연대는 벽동(碧潼)에 들어갈 예정이었다. 1950년 10월 25일 아침, 2연대는 운산군(雲山郡)의 온정리(溫井里)를 출발하여 벽동으로 가는 도중에 있는 북진(北鎭)을 향해 북진했다. 2대대, 1대대 순으로 행군했고 3대대는 차를 타고 추월하여 선두에서 달렸다.

중공군 118사단이 전진배치하려다 국군이 들어오므로 길옆에 숨었다. 2연대는 이러한 적정(敵情)을 전혀 모르고 계속 전진했으니 마치 호랑이굴로 들어가는 격이었다. 드디어 낮 12시경, 중공군은 전면과 좌우 3면에서 일제히 기습공격을 퍼부었다. 선두에서 달리던 3대대와 2대대는 혼비백산하여 달아났고, 1대대는 간신히 온정리에 돌아왔다. 팽덕회 사령관은 명령했다.

“아직 적의 주력부대가 들어오지 않았다. 그들을 유인하기 위해 추격하지 말고 잠복하라.”

중공군이 감쪽같이 사라지자 국군2군단지휘관은 적의 소수병력이 게릴라 전법으로 치고 달아났으리라 오판했다. 그리하여 이날 밤에 6사단 19연대와 8사단 10연대가 차를 타고 적진으로 깊이 들어갔으니 마치 섶을 지고 불 속으로 뛰어드는 격이었다.

이날 한밤중에 중공군은 온정리를 습격하여 2연대는 또 다시 기절초풍해서 달아났다. 중공군은 서전에서 멋진 승리를 거두었다하여 10월 25일을 '참전 기념일'로 삼고 있다.

중공군과의 첫 전투를 전사(戰史)에는 '온정리 전투'라 기록됐지만 지도에는 '답하'라 기재되어 서로 다르다. 이유는 왜정시대에 평안북도만 유독 리(里)를 없애고 동(洞)으로 통일했기 때문이다. 온정리(溫井里)도 답하동(沓下洞)으로 바뀌었다. 한데 그곳에 온천이 있어 유명하기 때문에 주민들은 여전히 '온정리'라 불렀다. 그러므로 북진했던 군인들도 '온정리'라 기억하고 있다. 지금은 그곳이 운산군청소재지가 되어 새로운 지도에는 '운산'이라 크게 표시됐다.

적진으로 깊이 들어간 19연대는 26일부터 중공군에 포위되어 막대한 인명이 희생되고 총퇴각했다. 박광혁(朴光赫)대령은 26일 19연대장으로 부임하고 다음날인 27일 전사했다.

10연대도 고전을 치른 끝에 간신히 빠져나왔다.

7연대는 26일, 초산에서 10리 더 들어가서 압록강변까지 진출했다. 그러나 27일부터 철수했으니 너무 늦었다. 30일, 풍장(豊場)이란 곳에서 중공군의 야간기습을 받고 풍비박산됐다. 이후 각자 산 속에서 필사적인 탈출을 시도했지만 평남 개천(价川)까지 무려 130km를 나와야 구출되었다. 11월 6일까지 사선을 뚫고 돌아온 7연대 장병은 3,552명 중 875명에 불과했다. 6사단의 많은 장병들이 포로가 되어 통한(痛恨)의 역사가 시작된다.

6사단 좌측에 인접한 국군1사단은 미1군단에 예속되어 후퇴하지 않고 싸우다보니 전멸될 위기에 처했다. 백선엽 사단장이 철수를 간곡히 요구하여 1사단은 10월 31일, 무사히 철수했다. 그러나 1사단을 지원하러 들어갔던 미1기병사단의 8기병연대는 철수도중 중공군에 포위되어 막대한 인명이 희생되었다. 특히 3대대는 800여 명 중, 600여명이 전사 또는 포로가 됐다.

국군7사단이 개천에서 중공군을 맞아하여 격전을 치른 끝에 간신히 격퇴했다. 중공군은 11월 5일을 기해 1차 공세(攻勢)를 끝내고 전선은 잠잠해졌다.

통신학교 유선교육대는 11월 초순에 졸업했다. 이봉철은 5사단에 배속되어 많은 공로를 세우고 훈장도 받았다.

C클래스의 동료들은 박민규에게 조언했다.

“군인들의 사회는 말이야. 전쟁에 나가면 언제 죽을지 모르기 때문에 여자와의 관계에 대해서는 관대하게 봐주거든. 약혼자가 매주 면회 온다고 말하고 외출을 신청해 봐. 허락해 줄 거야.”

드디어 민규는 용기를 내어 이병필 클래스장과 함께 편광옥 선임하사에게 가서 외출을 신청했다. 선임하사가 물었다.

“두 사람은 어떤 관계인가?”

“약혼한 사이입니다.”

“신병이 외출 나가서 꼭 돌아오리라 믿을 수 있을까?”

이때 이병필 클래스장이 도와주었다.

“제가 책임지겠습니다. 박민규 군은 저와 한 고향이고 초등학교

후배입니다."

냉정한 줄만 알았던 이병필 씨가 이처럼 고향선배로서의 의리를 지키려할 때 민규는 얼마나 고마움을 느꼈는지 모른다. 선임하사는 더 묻지 않고 외출증을 발급해 주었다.

민규는 향숙과 같이 남포동에 가서 점심을 먹었다.

"송도해수욕장에 가볼까? 좀 멀긴 한데."

"괜찮아요. 가 봐요."

남녀는 손을 맞잡고 호젓한 해변도로를 한참 걸었다. 드디어 송도해수욕장의 아름다운 풍경이 펼쳐졌다. 날씨가 쌀쌀해서 해수욕장은 쓸쓸했다. 남녀는 살며시 끌어안고 키스를 했다. 백사장과 바다와 하늘만이 그들을 물끄러미 지켜보고 있었다.

오후 4시경, 부산역 광장에서 헤어져 향숙은 전차를 타고 가고 민규는 부대로 돌아왔다. 민규가 선임하사에게 귀대보고를 하고 술을 사다 드렸더니 그제야 환하게 웃었다.

"야, 이놈아, 너 때문에 걱정을 많이 했어."

민규가 내무반에 들어서자 동료들이 환호성을 질렀다.

"야아, 너 재미있게 놀다왔나? 그냥 보내지는 않았겠지?"

"이병필 클래스장이 수고해준 덕택에 재미있게 놀다왔어요."

그 후 민규는 이병필 클래스장을 형님이라 부르며 클래스장 임무를 수행하는데 많이 도와주었다.

4. 크리스마스 공세

중공군은 1차 공세를 끝낸 후 산 속에 깊이 숨었다. 미군기의 폭격이 심해서 보급이 안 되어 대부분 본국으로 돌아간 것처럼 속였다. 이를 첨병감조지계(添兵減竈之計)라고 한다. 병력은 증가했지만 부뚜막의 수를 줄임으로써 병력이 줄어든 것처럼 보이려는 속임수다. 전국시대에 제(齊)나라 장군은 후퇴하면서 부뚜막의 수를 자꾸 줄였다. 위(魏)나라 장군이 이를 보고 적병이 도망가서 병력이 줄었으리라 오판하고 쳐들어갔다가 참패했다.

맥아더 유엔군사령관도 중공군의 병력이 실제로 줄었으리라 오판했다. 이와 대조적으로 미군은 후방에 있던 미9군단이 미8군의 전방에 배치됐으니 병력은 더 증강한 셈이다. 그러므로 맥아더 사령관은 유엔군이 공산군보다 훨씬 더 우세하다고 판단하고 공격하면 쉽게 이기리라 확신했다.

드디어 11월 24일 오전에 유엔군은 총공세를 감행했다. 맥아더 사령관은 비행기로 전선을 시찰하고 돌아와서 성명을 발표했다.

『이번 공세로 전쟁은 곧 승리로 끝난다. 유엔군장병들은 전쟁을 빨리 끝내고 돌아오는 크리스마스를 집에 가서 보내자.』

그래서 '크리스마스 공세'라고 이름 붙였다.

24일 오후, 육군통신학교에서 하기식(下旗式)을 마치고 이석호 중위가 단상에 올라섰다. 그는 매우 흥분된 어조로 중대한 뉴스를 발표하였다.

"유엔군은 오늘 일제히 총공세를 감행하였다. 이번 공세로 전쟁은 곧 승리로 끝난다. 제군들은 돌아오는 크리스마스를 집에 가서 보내게 될 것이다. 이는 맥아더 사령관이 전 유엔군장병들에게 직접 성명으로 발표한 내용이다."

교육반원들은 이 엄청난 희소식을 듣고 어찌나 감격했는지 뜨거운 함성이 울려 퍼졌다.

"와! 우리는 집으로 돌아간다."

"크리스마스는 앞으로 한 달 밖에 남지 않았다."

"한 달 안에 전쟁은 끝나고 북진통일이 되는구나."

"맥아더장군은 과연 위대한 영웅이야."

"맥아더장군 만세!"

"대한민국 만세!"

그들은 이렇게 외치면서 감격과 흥분의 도가니였다.

1) 덕천전투와 영원전투

국군2군단장 유재흥소장은 예하 7사단을 덕천(德川)에, 8사단을 영원(寧遠)에 배치하고 6사단을 예비로 두었다. 24일 아침, 7사단이 공격을 시작하자 중공군도 2차공세로 돌변하여 맹렬하게 반격했다. 3연대는 미 2사단 진영으로 탈출해서 화를 면했지만 5연대와 8연대는 덕천에서 완전히 포위되어 거의 궤멸됐다. 5연대장 박은석 대령은 포로가 됐고, 8연대장 김용주 대령은 중상을 입었지만 힘센 부하들이 업고 뛰어서 구출되었다. 중공군 38군은 7사단을 멋지게 섬멸했다 하여 '만세군(萬歲軍)'이란 칭호를 받았다. 그리고 중공은 덕천전투를 소재로 하여 『기습』이란 영화를 만들어 남녀노소 모두 관람하였다.

8사단도 영원에서 공세를 펼치자 중공군 42군의 맹렬한 반격으로 막대한 인명이 회생되었다. 10연대장 고근홍 대령과 21연대장 김영로 중령은 전사했다. 예비인 16연대는 피해가 적었다.

국군2군단은 중공군 1차 공세에서 6사단이 패했고, 2차 공세에서 7사단과 8사단이 패했으므로 그 후 해체되었다.

모택동(毛澤東)의 장남 모안영(毛岸英)이 11월 25일, 지원군사령부에서 전사했다. 사령부는 처음에 광산 갱구 속에 있었으나 습하기 때문에 판자건물을 짓고 지냈다. 아침에 공습경보가 울리자 모두들 방공호에 대피했다. 모안영은 다시 건물 안에 들어가서 볶음밥을 해먹고 있었다. 이때 미군기가 와서 소이탄(燒夷彈)을 100발 가까이 떨어뜨려 건물은 화재가 났고 모안영은 그 속에서 불에 타 죽었다. 시신은 평남 성천군(成川郡)에서 분리된 회창군(檜倉郡)에 있는 중국인민지원군열사(烈士)묘지에 묻혔다.

통신학교 무선교육반은 졸업식이 가까워지자 미제 서지(Serge)복이 지급되었다. 서지 복은 정복이고 동복이다.

졸업식을 앞둔 마지막 일요일에 윤향숙이 면회 왔다. 민규가 외출을 신청했더니 선임하사는 전과 달리 쉽게 허락해 주었다. 두 남녀는 서대신동성당(西大新洞聖堂)에 들어갔다. 신부님을 찾아뵙고 정중하게 말씀드렸다.

"저희들은 약혼한 사입니다. 저는 며칠 후면 통신학교를 졸업하고 전방에 나갑니다. 헤어지기 전에 저희들은 결혼식을 올리고 싶습니다. 오늘 성당에서 간소하나마 예식을 올릴 수 있게 해주시면 대단히 감사하겠습니다."

신부님은 고개를 갸우뚱하면서 난처한 표정을 지었다.

"결혼식은 아무리 간소히 한다 해도 최소한의 의식절차가 필요합니다. 처음 오신 분들이 예고도 없이 말씀하시니 곤란합니다. 정히 원하시면 천주님께 두 분의 마음이 합치됐음을 서약하시고 부부로 인정해 주십사 하는 예배를 드리면 좋겠습니다."

남녀는 천주님께 경건한 마음으로 예배를 드렸다. 진실한 사랑을 맹세하오니 부부로 인정해 주십사하고 간절히 기원하였다. 그리고 성당을 나올 때는 진정 부부가 된 기분이었다. 남녀는 곧 여관에 들어갔다. 그들은 멀리 아득한 천년성(千年城)을 무너뜨리는 심정으로 온 열정을 기우렸다. 이윽고 민규가 말했다.

"지금 일선에선 전우들이 피를 흘리며 싸우는데 나는 향숙의 덕택에 후방에서 행복한 시간을 보내고 있으니 고맙기도 하지만 미안하다는 생각이 드는구나."

"나도 오빠덕분에 행복을 느끼고 있어요."

"우리는 이제 죽을 때까지 헤어지지 않기로 맹세하자."

"우리의 사랑은 영원히 변치 않을 거예요. 결혼하면 행복하게 살

수 있으리라 믿어요."

남녀는 새로 찍은 사진을 한 장씩 교환했다. 민규는 군복을 입었고 향숙은 사복을 입어 숙녀 티가 완연했다.

2) 미2사단의 군우리철수전(軍隅里撤收戰)

국군7사단이 패주한 후에도 좌측에 인접한 미2사단은 방어전을 계속했다. 11월 29일 아침, 맥아더사령관은 명령했다.

"유엔군은 총 후퇴하라!"

크리스마스공세가 참담한 패배로 끝났음을 알리는 비통한 목소리였다. 명에 의해 미 2사단은 11월 30일, 사단사령부가 있는 개천군(价川郡) 개천읍 군우리(軍隅里)에서 철수하기로 했다. 길은 두 갈래, 어느 길로 갈 것인가? 직행도로는 수 미상의 중공군이 매복해 있으리라 했고, 우회하는 도로는 타 부대와 합류하는 경우 교통이 혼잡하리라 예상했다. 미2사단장 카이저 소장은 직행도로로 철수하라고 명령했다. 직행도로에는 중공군 38군 113사단의 정예부대가 도사리고 있었다. 그들은 덕천전투에서 승리한 후 하룻밤에 70km를 강행군하여 그 곳에 도달한 것이다.

미2사단의 철수차량 수백 대가 좁은 산골자기를 통과할 때 양쪽 산 속에 매복해 있던 중공군은 맹렬한 기습공격을 퍼부었다. 미군은 무려 15km의 산간도로를 통과하는 동안, 계속적인 치명타를 당했으니 그야말로 아수라장이요, 살육의 도가니였다. 희생자는 무려 3,000명이 넘었다. 사단장 한 사람의 판단착오가 이 엄청난 참화(慘禍)를 일으켰다는 사실에 놀라지 않을 수가 없다.

옛날 고구려의 을지문덕(乙支文德)장군은 수(隋)나라 군사가 개천에서 회군(回軍)할 때 살수(청천강)까지 추격하여 크게 무찔렀다. 이를 살수대첩(薩水大捷)이라 한다. 수군(隋軍)은 개천에서 북으로 철수하다 참변을 당했고 미군은 개천에서 남으로 철수하다 참변을 당했으니 무슨 악연이 있는 것 같다.

육군통신학교 무선교육 반은 12월 3일, 졸업식을 성대하게 거행하였다. 그들은 통신학교 1기 졸업생이고 이등병에서 하사로 진급했다. 졸업식에 이어 회식이 베풀어졌다. 부산출신들은 가족들이 회식장에 들어와 술을 따라주었다. C클래스는 대구에서 입대한 피란민뿐이라서 윤향숙 양 외는 참석한 사람이 없었다. 윤향숙 양이 C클래스의 가족을 대표해서 술을 따라드리고 동료들은 그녀의 미모에 감탄하여 박수갈채가 요란했다.

졸업식을 마치고 정문에서 가족들과 마지막 작별을 고할 때였다. 향숙은 별안간 눈물을 뚝뚝 떨어뜨렸다.

"왜 우니? 너무 서러워하지 마라."

"오빠, 제발 몸조심하고 꼭 살아있어야 해요."

"염려하지 마라. 우리는 다시 만날 수 있을 거야."

이날 향숙이 눈물을 흘리며 작별하던 장면을 두 남녀는 영원히 잊지 못할 것이다. 사랑하는 사람과 헤어지기 서러워서 흘린 눈물이었을까? 아니면 그들의 앞날에 불길한 운명을 예감하고 슬퍼서 운 눈물이었을까?

졸업생 전원이 한 곳에 집합하였다. 이석호 중위가 한 사람씩 호명하고 새로 배속되는 부대 명을 발표해 주었다.

"이동찬, 제2사단"

"박민규, 제1군단"

" .... "

마지막으로 이병필 클래스장은 학교에 조교로 남는다고 했다. 이병필 씨는 군인정신이 투철하고 매사에 솔선수범하였으므로 학교에서 신망이 대단히 두터웠다.

발표가 끝나자 자기가 배속되는 부대가 어디에 있는가 하는 질문이 계속되었다. 박민규가 질문했다.

"제1군단은 어디에 있습니까?"

이석호 중위가 대답했다.

"제1군단은 함경북도 성진(城津)에 있다."

민규는 함경도란 말에 귀가 번쩍 띄었다. 드디어 자기 고향땅을 밟게 되리라 생각하니 어찌나 기쁜지 가슴이 설렜다.

다음 날 이른 새벽에 제1군단에 배속된 일행은 부산항 제1부두에 가서 커다란 미군 수송선 LST에 탔다. 배는 성진을 향해 출항할 예정이라고 했다. 그런데 오전 10시경, 미군과 통역장교가 오더니 통신병들을 모두 배에서 내리라고 명령했다. 통신병들이 부두에 내려서 서성거리고 있는데 배는 그냥 떠나갔다.

"아니, 저 배가 왜 우리를 내려놓고 그냥 갈까?"

그들은 몹시 서운해서 발을 동동 굴렀다. 인솔자가 없어 자발적으로 열을 지어 통신학교에 돌아갔다. 이석호 중위가 그들을 보고 몹시 당황하는 표정이었다. 전화로 한참 통화하고 나서야 사실을 확인했다. 아군이 철수하기 시작했으므로 수송선은 철수하는 병력을 실어오기 위해 빈 배로 떠났던 것이다.

박민규는 1군단 배속이 취소되고 육군본부에 배속되었다. 다음날 아침, 육군본부로 떠나는 60여 명이 정문을 나설 때 출정하는 마지막 장면을 보려고 가족들이 와 있었다. 그 중에 윤향숙 양도 있었다. 향숙은 민규를 따라 부산역까지 갔다. 육군본부는 서울에 있었다. 기차가 부산역을 출발할 때 두 남녀는 손수건을 흔들며 마지막 작별을 아쉬워했다.

"오빠, 잘 가요. 안녕!"

"향숙 씨, 잘 있어요! 우리 다시 만나요."

육군본부는 서울용산의 삼각지(三角地)에 있었다. 연병장이 굉장히 넓고 막사도 붉은 벽돌 건물로 웅장했다. 그들은 육군본부통신대대에 배속되었지만 보직은 없고 대기상태였다. 박민규 하사는 사촌형 최재호 중위를 만나기 위해 같은 건물 안에 있는 육군본부 작전국을 찾아갔다. 그러나 형은 거기에 없었다. 어떤 장교가 민규에게 친절하게 알려주었다.

"최재호 중위는 나와 함께 지냈네. 낙동강으로 후퇴할 때 대위로 진급하고 6사단으로 전출했네."

3) 장진전투(長津戰鬪)

함경도에 진출한 미10군단은 10월 20일부로 미8군 예속에서 벗어나 독자적인 작전권을 행사했다. 미10군단장 아몬드소장의 휘하에 국군1군단, 미 해병1사단, 미7사단, 미3사단, 미 해병 제1항공사단, 그리고 국군해병1연대가 있었다.

국군1군단사령부는 성진(城津)에 있었다. 그 예하의 수도사단은 청진(淸津)에서 더 북상했고, 3사단은 길주(吉州)에서 혜산(惠山) 방면으로 진출했다. 미7사단은 압록강변인 혜산(惠山)과 신갈파(新乫波)를 점령했다. 중공군42군이 10월19일 입북하여 장진(長津)에 포진하고 그 선봉대가 함흥 북방에서 국군3사단과 교전했다. 그 후 미3사단이 원산에 상륙하여 후방을 경비하고 미 해병1사단은 중공군을 추격하여 장진(長津)에 진입했다. 11월 13일, 장진에서 중공군이 교체되었다. 42군은 평안도에 갔고(후에 8사단을 공격), 9병단(兵團)의 3개 군 12개 사단 약 17만 명이 새로 왔다. 이들과 대적할 미 해병1사단은 약 25,000명이었다. 1연대는 황초령(黃草嶺)너머에 주둔하고, 사단본부는 장진군청소재지에 주둔하고, 5연대와 7연대는 서부의 유담리에 집결하여 평안도로 진격할 계획이었다. 미10군단의 크리스마스공세는 11월 27일, 시작됐다. 미군이 공격하자 중공군도 곧 반격했다. 중공군은 미 해병1사단을 3개 지역에 완전히 고립시켜놓고 전멸시킬 기세였다.

「미해병1사단은 중공군에 포위되어 전멸될 위기에 처했다.」 이런 보도가 나오자 미국국민들은 커다란 슬픔에 젖었다. 트루먼 미대통령은 30일, 기자회견을 열고 성명을 발표했다.

「한국에서 위급한 전국(戰局)을 타개하기 위해 원자폭탄을 포함한 어떠한 무기라도 사용할 것을 고려하고 있다.」

이는 원자폭탄을 사용해서 해병사단을 구출하려는 의도였다.

미 해병 제1항공사단이 연포비행장에 주둔하고 여기서 발진하는 전폭격기들이 지상군과 밀접한 합동작전을 펼쳤다. 또 미 항공모함에서 출격하는 함재기도 맹렬하게 폭격했다. 해병들은 항공기의 도움으로 철수로를 하나하나 뚫고 나왔다. 장장 15일간의 악전고투 끝에 12월 11일, 해병들은 철수하는데 성공했다.

미7사단 혼성연대의 비운

미 해병1사단이 평안도로 진출하기로 결정함에 따라 미7사단이 급히 혼성연대를 편성하여 장진호 동쪽에 진출했다. 구성원은 31연대의 2개 대대(1개 대대는 미도착), 32연대의 1개 대대, 포병 1개 대대로 편성하고 31연대장이 총지휘했다. 그런데 연대장은 중공군이 접근하는 걸 보고 늦게 도착하는 아군인줄 알고 환영하려다 포로가 됐고 그 후 사망했다. 공세가 시작되자 혼성연대는 중공군에 포위되어 전멸될 위기에 처했다. 그들은 최후의 돌파작전을 감행했지만 해병사단사령부에 와서 구출된 인원은 600여명이고, 나머지는 전사하거나 포로가 됐다. 미7사단은 일본에서 출정할 때 총병력 26,641명 중, 한국인지원병이 7,804명이었다. 그러므로 미군포로 중에 한국인도 상당수 있었다.

국군해병1연대는 원산항과 연포비행장을 경비했다. 미3사단은 후방에서 모든 경비를 담당했고 12월 12일부터 24일까지 역사적인 흥남철수작전을 엄호했다. 총병력 105,000명과 피란민 91,000명이 흥남부두에서 미군수송선을 타고 남하했다.

중공군 9병단은 동상환자가 5만 명이나 발생했으므로 후방에서 장기간 동상자를 치료하고 이듬해 4월에 전선에 복귀한다.

제 3 장
출정

1. 1·4후퇴

육군본부는 12월 19일, 서울에서 대구로 철수했다. 통신대대는 마당이 굉장히 넓은 회사건물에 주둔했다.

12월 23일, 박민규는 동료 10여 명과 함께 9사단에 전출했다. 트럭을 타고 가다 제천에서 여관에 들어가 잤다. 박민규는 형님 두 분과 윤향숙 양에게 9사단으로 전출한다는 편지를 썼다. 여관주인에게 우표대금과 함께 맡기면서 꼭 부쳐달라고 당부했다.

이날 미8군사령관 워커 중장이 서울에서 의정부로 가는 도중 교통사고로 전사했다. 리지웨이 중장이 그 후임을 맡았다.

워커 중장은 생시에 10군단 독립에 강한 불만을 토로했다.

"제기랄! 내가 없어져야 10군단을 8군 밑에 둘 작정인가?"

말이 씨가 된다고 그 말은 사실이 되었다. 워커가 죽자 10군단은 곧 8군 예속으로 돌아왔으니 말이다.

24일, 박민규 일행은 평창군 대화면(大和面) 대화리에 갔더니 9사단 후방사령부가 있었다. 그들은 다시 차를 타고 전방사령부가 있는 홍천군 내면(內面) 창촌리(蒼村里)에 갔다. 창촌초등학교 운동장에 내리자마자 트럭에 싣고 온 통신기재를 교실까지 운반하는 작업을 했다. 운동장에 눈이 많이 쌓여 작업하는 동안 신발이 다 젖었다. 밤에 교실 마룻바닥에서 아무런 침구도 없이 잤다. 발이 하도 시려서 밖에 나가서 모닥불을 피워 놓고 젖은 양말을 말려서 신었다. 이때 양말을 말려 신지 않고 그냥 잠든 사람들은 가벼운 동상에 걸려 고생했다.

9사단에 와서도 그들은 보직을 받지 못하고 대기상태였다. 창촌 마을주민들은 모두 피란 나가고 빈집마다 곡식이 가득 있었다. 동료들은 낮에 할 일이 없으므로 빈집에 들어가서 밥을 해먹었다. 피란생활과 군대생활을 하는 동안 몹시 굶주려왔는데 이제야 밥을 실컷 먹으니 체중이 자꾸 늘어났다.

중공군은 12월 31일 저녁부터 38선 전역에 걸쳐 대규모의 공세를 감행했다. 이를 중공군 3차 공세라 한다. 3차 공세로 38선에 배치되었던 모든 유엔군이 큰 타격을 받고 총 후퇴했다. 그중에서 국군6사단이 동두천에서 가장 피해가 많았다. 다음은 2사단이 가평에서 크게 패했고 5사단도 춘천서북방에서 피해가 많았다. 9사단도 인민군의 공세에 밀려 조금씩 후퇴하는 중이었다.

1951년 1월 4일, 리지웨이 미8군사령관은 방어전을 더 이상 지탱하기 어렵다고 판단하고 유엔군에 총 후퇴명령을 내렸다. 그래서

'1·4후퇴'라 한다.

박민규 일행은 이날 새벽 통신기재를 트럭에 싣고 그 위에 타고 출발했다. 대화(大和)에 갔더니 동상에 걸려 걷지 못하는 환자들이 기어 다니며 차를 태워 달라고 비명을 지르고 있었다. "나 좀 태워주이소, 야!" "나 좀 살려주이소, 야!"

통신대장은 그들이 하도 측은해서 통신대원들에게 명령했다.

"너희들은 내려서 동상환자를 태워주고 걸어가도록 하라."

민규 일행은 곧 동상환자를 태워주고 걷기 시작했다. 평창을 지날 때부터 9사단뿐만 아니라 7사단과 3사단도 함께 행군하느라 도로를 빽빽하게 메웠다. 그 혼잡한 행군대열 속에서도 육군본부에서 온 10여 명은 인솔자의 말을 잘 들었다. 그런데 동료 중에 주병규 하사가 발병이 심해서 잘 걷지 못했다. 인솔하는 오창환 중사는 한 사람이라도 낙오되면 큰일 난다고 모두들 천천히 걷게 했다. 동료들이 겯부축해서 걷다보니 보행속도는 점점 느려서 나중에는 맨 후미에서 따라가게 되었다. 제천과 영월로 갈라지는 삼거리에 왔을 때 헌병들이 길을 안내해 주었다.

"제천방면으로 가라!"

민규 일행은 전혀 의심하지 않고 지시한 방향으로 갔다. 나지막한 언덕을 넘었더니 길옆에 초가집이 몇 채 있었다. 별안간 초가집에서 인민군 여러 명이 불쑥 나타났다. 그들은 민규 일행을 향해 총을 겨누며 소리쳤다.

"손들고 이리 와라! 도망가면 쏘겠다."

오창환 중사가 다급해서 소리쳤다.

"우리는 속았다. 영월 쪽으로 도망가자."

오 중사가 앞장서서 달리고 일행은 그 뒤를 따라 정신없이 뛰었다. 인민군은 그들을 붙잡으려고 쫓아오면서도 총을 한 방도 쏘지 않았다. 민규 일행은 맨 몸인지라 기를 쓰고 달렸더니 인민군은 더 쫓아오지 않았다. 얼마쯤 갔을 때 오 중사가 인원파악을 했다. 일행 12명 중에서 발병이 심한 주병규 하사만 나타나지 않았다. 주하사는 뛰지 못해서 인민군에 붙잡힌 것 같았다. 민규 일행은 한참 가서 영월로 가는 도로에 들어섰고 또 얼마 더 가서 국군 후미대열에 합류할 수 있었다. 오창환 중사가 말해주었다.

"길을 안내한 헌병들은 인민군이 틀림없어. 국군복장으로 위장하고 우리를 제천방향으로 유인하려 했던 거야."

실제로 대공세가 시작되자 인민군은 재빨리 원주를 점령하고 제천까지 진입했다. 그래서 3사단과 7사단은 원주로 못가고 평창으로 돌아서 나와야 했다. 7사단은 영월에서 방어에 임했고 3사단은 경북 봉화(奉化)에 가서 예비부대가 됐다. 9사단 전방사령부는 영월군 상동면 구래리(九來里)의 텅스텐 광산촌에 주둔하고 예하 연대들은 정선(旌善)에서 방어에 임했다. 공산군은 1월 10일을 기해 3차 공세를 끝내고 전투는 소강상태에 접어들었다.

9사단 예하에 28연대, 29연대, 30연대가 있다. 박민규 하사는 구래에 온 지 3일 만에 동료 2명과 함께 28연대로 전출했다. 28연대통신대의 유상덕 이등상사가 세 사람을 인솔해서 떠났다. 북쪽으로 산길을 한참 가다 날이 어두워서 민가에 들어가 잤다. 유상덕 상사는 인심이 좋아서 자기 돈으로 닭을 두 마리나 사서 신병들을 먹여주었다. 다음날 도착한 곳이 28연대 본부가 있는 정선군(旌善郡) 동면(東面) 화암리(畵岩里)였다. 바위가 그림같이 아름다워 '그림바위'라 부른다.

세 사람은 연대통신대에 가자마자 각 대대에 한 사람씩 배속 받고 떠났다. 박민규는 3대대에 배속 받고 혼자서 찾아갔다. 북으로 약 2km 갔더니 같은 화암리이면서 '좌사(座沙)'라는 조그만 마을에 3대대 본부가 있었다. 박민규는 대대통신대에 가서 통신대장 송 소위와 선임하사인 김 일등상사에게 전입신고를 했다. 통신대장은 박민규 하사에게 이것저것 묻더니 무선반장을 맡으라고 했다. 곧 무선반원들을 집합시켜놓고 그는 명령했다.

"새로 온 박민규 하사다. 오늘부터 무선반장을 맡는다. 앞으로 무선반장을 중심으로 모든 일을 잘 처리해나가기 바란다."

박민규는 가자마자 무선반장을 맡게 되어 어리둥절했다. 무선반원 7명 중에 한 사람만 일등병 계급장을 달고 나머지는 계급장이 없는 것으로 보아 이등병 같았다. 그들도 민규를 보고 어리둥절한 표정이었다. 새파랗게 젊은 애가 하사계급장을 달고 유별나게 서지 복을 입고 있어 괴이쩍게 보였을 것이다.

박민규는 곧 무전실에 들어가서 무선반이 하는 업무가 무엇인지 확인했다. 무선반은 무전기 SCR 694를 가지고 연대본부와 대대간의 교신을 담당하고 있었다. 무전을 칠 때는 한 사람이 의자에 앉아서 발전기 손잡이를 돌려야 발전이 되고 그 출력으로 송수신 한다. 휴대할 때는 무전기 몸통과 발전기와 의자로 나누어 세 사람이 메고 다닌다. 무전기는 라디오방송도 잘 들린다. 대대장은 가끔 무전실에 들어와서 라디오로 전쟁뉴스를 들었다.

무전은 대전전화국에 근무하던 민간인 손 씨가 전담하고 있었다. 그의 통신기술은 일류급이었다. 손 씨는 사복만 입고 군용품을 전혀 지니지 않았다. 모자나 장갑이나 신발도 모두 민간용품이었다. 왜 사복만 입느냐고 물었더니 그의 대답은 이러했다.

"사복을 입어야 적군에 잡히더라도 석방될 게 아니겠어요?"

박 하사는 손 씨로부터 통신기술을 배우며 현장실습을 했다. 약 1주일 후, 손 씨는 연대본부로 가고 박민규 하사가 무전을 전담했다. 처음에는 좀 미숙했으나 차차 자신을 갖게 됐다. 손 씨는 본인이 하도 간청해서 얼마 후 대전으로 귀향했다.

9사단은 1950년 10월 25일, 서울에서 창설되고 대전지방에 가서 공비토벌을 하다 전방에 배치됐다. 구성원은 전쟁 초기에 낙오됐다가 복귀한 장병과 육군병원에서 퇴원한 상이군인이 많았다. 신병의 약 7할은 유엔군으로 지원 입대해서 일본에 주둔하고 있는 미군부대에서 훈련받고 돌아온 사람들이었다. 그들을 '유엔군' 또는 군번 앞에 K자가 붙어 있다 해서 'K군번'이라 불렀다. 그 밖에 훈련소에서 갓 나온 신병들이 계속 보충되고 있었다.

사단장은 김종갑(金鍾甲)준장, 연대장은 이창정(李昌禎)대령, 대대장은 이성열(李成烈)대위였다.

통신대장 송 소위와 선임하사인 김 일등상사는 부상으로 육군병원에 입원해 있다가 나왔다. 선임하사는 복부에 관통상을 입고 대수술을 받았다. 그는 비가 올 것 같으면 상처에서 이상한 통증을 느낀다고 했다.

"야, 상처가 아픈 걸 보니 비가 오겠다."

그의 일기예보는 거의 적중했다.

유선반장 김영근 하사와 무선반의 김기연 일병은 전쟁초기에 낙오되었다가 복귀했다. 그 밖의 유엔군출신과 신병들은 모두 이등병이었다. 김기연 일병은 본시 기갑연대에 있었다. 전쟁이 일어나자 그는 장갑차를 타고 1사단에 파견 나갔다. 6월 28일 밤에 한강을 건너야 하는데 배가 턱없이 부족해서 1사단의 많은 장병들과 함께 낙오됐다. 그가 장갑차 안에서 사용한 무전기는 마이크로만 통화했기 때문에 무전을 제대로 배우지 못했다. 김 일병은 고참이라도 큰 소리치는 법이 없었고 나이어린 무선반장에게도 고분고분 따라주었다.

통신대에 정원 외에 신만섭 일등상사가 있었다. 신 상사는 원래 8사단 10연대 통신대에 있다가 영원(寧遠)전투에서 포로가 되었다. 그리고 인민군에 편입되어 전방에 나오자 탈출해서 28연대 3대대 진영에서 구출되었다. 신 상사는 탈출할 때 인민군 2명을 귀순시켜 데리고 나왔다. 대대장은 그의 용감성을 가상히 여겨 후방으로 보내지 않고 3대대 통신대에 머물게 했다. 국군은 머리를 기르고 인민군은 삭발했다. 신 상사는 인민군에 있을 때 머리를 삭발해서 그 때까지도 머리가 짧았다. 그는 삼척 사람이고 사투리를 써가며 영원전투에서 겪었던 전투담을 말해주었다.

"중공군은 희한한 놈들이야. 아군을 포위 공격할 때 나팔을 불고 꽹과리도 친단 말이다. 고요한 밤에는 피리를 부는데 그 소리가 어찌나 구슬픈지 닭똥 같은 눈물이 뚝뚝 떨어졌다니까. 똥 되놈들 하는 짓들을 보면 참으로 괴상망측하단 말이야."

그가 일등상사라 하므로 소대원들은 선임하사라 불렀다. 그러나 신 상사는 계급장도 안 달고 복장도 단정치 못할 뿐만 아니라 품위가 없고 거친 행동을 잘 했다.

통신대에 군복을 차려입은 묘령의 아가씨가 있었다. 김 선임하사와 '오빠', '동생'하며 호칭했으나 실은 애인이었다. 더 솔직히 말하자면 위안부나 다름이 없었다. 나이는 20세 안팎이고 귀엽게 생겼다. 소대원들은 '미스 김'이라 불렀다. 미스 김은 취사반의 일을 도와 반찬도 만들고 식사 때 밥도 날라주어 소대원들의 호감을 샀다. 3대대에 고참 상사를 따라 다니는 아가씨가 4명 있었다. 하루는 소대장이 박 하사에게 괴로운 심정을 말해주었다.

"오늘 참모회의에서 대대장은 말이시. 아가씨들을 모두 후방으로 보내라고 명령하더라고잉. 그런데 김 상사에게 어떻게 말해야 할지 고민이랑께."

송 소위는 전북 순창(淳昌) 사람이고 3연대 출신으로 상사에서 소위로 현지임관(現地任官)했다. 마음씨가 부드럽고 남에게 싫은 말을 할 줄 모르는 성미였다. 김 상사는 부산 사람이고 5연대 출신이었다. 군대 밥은 누가 더 많이 먹었는지 모른다. 아무튼 송 소위는 김 상사의 의견을 물었을 것이고 대대장에게는 미스 김이 소대원들의 취사를 돕는다는 말도 했을 것이다. 그래서 다른 아가씨들은 모두 후방으로 보냈지만 미스 김만은 통신대에 머물도록 허락해주었다. 미스 김은 그 후 선임하사와 멀어진 대신에 소대원들의 취사를 위해 더 열심히 일했다.

연대 통신대에서 탈영사건이 발생했다. 유선반의 조 모 이등병이 1·4후퇴할 때 행군해 나가다가 경상북도 영주(榮州)의 자기 집에 가서 숨어있었다. 유상덕 상사가 조 이병의 집에 가서 설득해서 데리고 왔다. 그러나 이미 탈영보고가 됐다고 해서 조 이병은 어쩔 수 없이 군법에 의해 총살되었다. 통신대에서는 가혹한 처사라고 원망했지만 항의할 수 없었다. 연대장이 군기를 바로 잡기 위해 군법으로 엄하게 다스리는데 누가 감히 거역할 수 있겠는가? 하지만 유상덕 상사는 땅을 치며 통곡했다.

"나는 조 이병의 아버님께 절을 하면서 아들을 보내달라고 애원했단 말이야. 그런데 멀쩡한 아들을 데려와서 죽였으니 뭐라고 변명할 수 있겠나? 아! 나도 차라리 죽었으면 좋겠다."

옆에서 지켜보던 동료들도 슬퍼서 눈물을 흘렸다.

1월 25일부터 유엔군은 일제히 총공세를 감행했다. 28연대 3대대도 좌사를 출발하여 북으로 전진했다. 여량(餘糧)에서 '아우라지' 강물을 건너 깊은 산속에 들어갔다.

대대병력이 높은 산에서 일제히 깊은 골짜기로 내려가고 있을 때였다. 별안간 양쪽 산 속에 숨어있던 인민군들이 갑자기 기습사격을 가해왔다. 딱콩, 딱콩, 딱콩, … 총소리는 콩 볶듯이 요란했다. 아군은 몹시 당황해서 내려오던 산을 도로 뛰어 올라갔다. 불시의 기습을 받고 사상자가 많이 발생했다. 3대대는 산등성이에 올라가서 박격포를 차려놓고 포격했다.

무선반은 이때부터 전투상황을 무전으로 보고하기 위해 신속하게 움직였다. 산 속에 무전기를 설치하고 안테나 줄을 나무에 매달고 한사람은 의자에 앉아서 발전기손잡이를 돌린다. 박민규 하사는 키를 두드려 연대본부를 호출하고 교신이 이루어진다. 무전은 모두 암호문으로 송수신한다. 암호병 안상준 이병은 송신하는 전문을 암호문으로 바꾸는 일과 수신한 암호문을 해독해서 평문으로 바꾸는 고유의 업무를 담당한다. 그는 암호 문서를 펼쳐놓고 글자를 하나하나 암호화하거나 해독한다. 박민규 하사는 암호문으로만 송수신하기 때문에 교신내용이 무엇인지 모른다.

대대장은 무전을 통해 연대장의 작전 명령을 받았다. 3대대는 다시 공격을 시작했다. 인민군이 정면에 나타나지 않고 어디에 숨어 있는지 알 수 없으므로 조심스럽게 전진했다.

깊은 산골짜기에 들어가 밤을 새워야하는데 집은 한 채밖에 없었다. 오막살이집은 방이 둘이라서 하나는 대대장실로 사용하고 하나는 무전실로 사용했다. 무전실이 꼭 필요한 까닭은 무전을 칠 때 손이 시리면 감각이 둔해서 키를 누를 수 없기 때문이다. 1분간에 보통 120자 정도 송신하려면 키를 누르는 속도가 빨라야 하고 손끝의 감각이 예민해야 한다.

대대장실과 무전실 외는 방이 없으므로 모두들 한데서 자야 했다. 선임하사가 미스 김을 데리고 무전실에 들어왔다.

"박 하사, 미스 김을 이 방에서 재워줘라."

"네, 알겠습니다. 염려하지 마십시오."

그날 밤, 미스 김은 무선반원 7명과 함께 비좁은 방에서 같이 잤다. 그 후에도 방이 귀할 때마다 무전실에 들어와 잤다.

3대대는 왕산면 대기리(大基里)와 발왕산(發旺山,1458m)일대에서 며칠간 전투를 했다. 유선반은 각 중대가 이동할 때마다 선화선을 가설해주고 철수할 때는 전화선을 회수하는 위험부담을 갖는다. 하루는 정의강이병과 유병춘이병이 전화선을 회수하는 도중에 적군의 저격을 받았다. 유이병은 그 자리에서 전사하고 정 이병은 총소리가 여러 번 났지만 맞지 않고 무사히 귀환했다.

3대대는 2월 11일, 평창군 진부면 하진부리(下珍富里)에 주둔했다. 하진부리는 마을이 꽤 크고 기와집도 많아서 산간지방에서는 보기 드문 부자동네였다. 통신소대는 커다란 기와집에 들어가서 잤다. 무선반은 언제 호출이 올지 모르기 때문에 항상 무전기를 설치해 놓고 대기하고 있어야 한다. 잠 잘 때는 한 사람이 리시버를 끼고 불침번(不寢番)을 선다. 12일 새벽 2시경, 무전기를 지키고 있던 홍준태 이병이 별안간 박 하사를 깨웠다.

"반장님, 반장님, 호출입니다."

박 하사는 곤히 자다 말고 일어나 리시버를 끼었다. 연대통신대에서 3대대를 호출하고 있었다. 그는 곧 연대와 교신하여 전문을 받았다. 암호병이 이를 해독해서 대대장에게 갖다드렸다. 그러자 3대대는 즉시 비상이 내렸다. 그들은 급히 트럭을 타고 대관령을 넘고 다시 삽당령을 넘어 정선으로 후퇴했다.

2. 2월 공세

중공군은 1월 10일을 기해 3차 공세를 끝내고 전선은 소강상태에 접어들었다. 미8군사령관 리지웨이 중장은 매우 용감한 지휘관이었다. 그가 독전한 결과 유엔군은 1월 25일부터 일제히 총공세를 감행하여 한강 이남까지 육박했다.

소련수상 스탈린은 1950년 11월, 패전의 책임을 물어 북한주재 소련대사와 군사고문단장을 해임하고 젊고 유능한 라주바예프 중장에게 두 가지 임무를 겸직시켰다. 중공군이 장기간 휴식을 취할 때 김일성과 라주바예프는 팽덕회에게 갈력히 촉구했다.

"승전의 여세를 몰아 적에게 숨 돌릴 틈을 주지 말고 공세를 계속해야 하오. 속히 공세를 재개하시오."

그러나 팽덕회는 차기 공세를 위해 더 많은 휴식과 전투준비가 필요하다며 그들의 요구를 거절했다. 그런데 유엔군이 반격해오니 팽덕회는 당황해서 모택동주석에게 이렇게 건의했다.

"차기공세의 준비를 완료할 때까지 당분간 병력을 한강이북으로 철수시키려고 합니다."

그 말을 듣자 모택동은 화가 나서 호통을 쳤다.

"중국인민들은 서울을 탈환했다하여 경축대회도 열었고 차기공세로 부산까지 내몰라고 야단법석이다. 그런데 후퇴가 웬 말인가? 당장 공격을 재개하라!"

모택동의 불호령이 떨어지자 중공군은 급작스럽게 차기공세를 서둘지 않을 수 없었다. 그리하여 1951년 2월 11일 오후 5시부터 중공군의 4차 공세, 즉 2월 공세가 시작되었다.

1) 횡성전투

후방에서 공비토벌 하던 국군 8사단이 2월 5일 횡성북방에 진출했다. 미10군단의 위력수색(威力搜索)부대로 선정되어 매일 조금씩 전진했다. 아몬드 10군단장의 명령으로 예비부대도 두지 않고 3개 연대가 모두 전방에 배치되었다.

중공군은 13병단의 6개 군만으로는 병력이 부족하다고 판단하고 어느 한 지역을 집중강타하기로 했다. 그 표적이 유난히 돌출해 있는 국군 8사단으로 선정됐다. 그리하여 중공군은 2개 군을 서부지역에 분산시키고 4개 군 12개 사단을 몽땅 투입하여 국군 8사단을 전멸시키기로 했다.

2월 11일 저녁부터 공세가 시작되자 중공군은 8사단을 깊숙이 포위해 놓고 밤새도록 잔인한 섬멸전을 펼쳤다. 12일, 날이 밝자 풍비박산된 국군장병들은 눈이 덮여 숨을 곳도 없는 산과 들을 우왕좌왕하다 대부분 사살되거나 포로로 잡혔다. 8사단이 전진하는 동안, 좌측에 인접한 미2사단 23연대는 전진하지 않고 제자리에 있었기 때문에 양 부대 간에 15km의 공백이 생겼다. 중공군이 그 공백으로 침투했으므로 좌측에 있던 16연대가 가장 피해가 많았다. 16연대장 이존일 대령은 숨을 곳이 없어서 죽은 체하고 엎드려있었더니 중공군병사가 와보고 그의 손목시계만 풀어갔다. 중앙에 있던 10연대도 거의 전멸됐고 연대장 권태순 대령은 전사했다. 우측의 21연대도 큰 타격을 받았지만 후방으로 통하는 국도(國道)로 탈출할 수 있어 피해가 적었다.

8사단은 전쟁사상 미증유(未曾有)의 대 참변을 당한 것으로 확인되었다. 아군발표에 의하면 장교 323명과 사병 7,142명이 전사 또는 실종되었다. 한편 중공군 전사(戰史)는 다음과 같다.

『8사단과 우측에 인접한 3사단의 일부를 포함하여 12,000여 명을 섬멸하였으며 7,800여 명을 생포하였다.』

8사단은 그 후 후방에 가서 공비토벌을 했다.

2) 지평리(砥平里)전투

미 2사단 23연대와 이에 배속된 프랑스군 1개 대대는 양평의 지평리에서 전진하지 않고 진지만 구축하고 있었다. 중공군은 국군8사단을 섬멸한 후 2월 13일부터 지평리의 미23연대를 싹 쓸어버리고 남쪽으로 진출할 계획이었다. 그러나 중공군은 5개 사단이나 투입했지만 연합작전을 펼치지 않고 제각기 공격했기 때문에 엄청난 인명만 희생됐을 뿐이고, 완전탈환에 실패했다. 미불(美佛) 연합군은 진지를 거의 빼앗기고 전멸될 위기에 처하면서도 결사적으로 항전했다. 15일, 미1기병사단의 전차 20여대가 중공군의 포위망을 뚫고 지평리에 들어가서 수비군에 합세했다. 드디어 16일, 중공군은 지평리에서 3만여 명의 희생자를 내고 총퇴각했다. 이로써 중공군의 4차 공세는 실패로 끝났다.

미불 연합군의 승전은 우연한 결과가 아니었다. 미 23연대장 프리먼 대령은 부상을 당하고도 용감하게 지휘하여 후에 대장까지 진급했다. 프랑스군 대대장 몽클라르(Monclar) 또한 희한한 인물이었다. 그는 예비역 중장(中將)이지만 1개 대대를 지휘하기 위해 중령계급장을 달고 참전했다. 그리하여 지평리 승전의 신화(神話)를 남겼으니 그는 가히 전쟁의 귀재(鬼才)가 아니겠는가?!

3) 정선전투(1951.2.16.~2.24)

2월 공세가 시작되자 국군9사단은 신속히 정선으로 후퇴하여 화를 면했다. 그러나 평창을 점령한 인민군2군단이 정선에 침입하여 9사단을 공격했다. 정선과 평창 간에 비행기재가 있다.

28연대 3대대는 2월 16일, 비행기재를 넘어 평창군미탄면(美灘面)창리(倉里)에 들어가서 포진했다. 밤이 어두워지자 갑자기 주변의 산 속에서 총소리가 요란하게 울렸다. 박민규 하사는 하늘을 쳐다보고 깜짝 놀랐다. 총알이 마치 별똥별이 떨어지듯 빨간빛을 내면서 아군진영으로 날아오는 것이었다.

“아니, 저게 뭐야?”

김기연 일병이 설명해주었다.

"저건 예광탄(曳光彈)이라는 거야. 밤에 빛을 발하면서 날아가기 때문에 사격방향을 지시해 주거든."

예광탄이 아군진영으로 날아오는 걸 보고 산 속에 숨어있던 인민군들이 일제히 아군진영을 향해 집중사격을 퍼부었다. 콩, 콩, 콩, 콩, … 총소리는 요란했다. 3대대 장병들은 매우 당황해서 빗발치는 탄우(彈雨)속을 벗어나려고 창리에서 급히 철수했다. 도로를 따라 비행기재 정상에 올라갔더니 사단 헌병들이 길을 막고 후퇴하지 못하게 독전(督戰)하고 있었다. 헌병 소령이 권총으로 공포를 쏘면서 큰 소리로 외쳤다.

"후퇴하지 말라! 후퇴하는 자는 쏘겠다. 다시 공격하라!"

헌병들의 독전에 못 이겨 3대대는 다시 진격하여 창리에 들어갔다. 17일, 밤이 어두워지자 인민군은 또 다시 예광탄을 쏘며 기습사격을 가해왔다. 아군은 또 후퇴하지 않을 수 없었다. 무선반은 무전기를 철수하려면 나무에 매단 안테나 줄부터 풀어서 짐을 꾸리기까지 시간이 많이 걸린다. 그러므로 부대가 갑자기 후퇴할 때 무선반은 항상 나중에 출발하게 된다. 무선반의 안상준 이병은 중요한 암호해독문서를 가죽 가방에 넣어 한쪽 어깨에 메고 다닌다.

이날 밤 웬 군인이 안 이병에게 다가와서 물었다.

"야, 대대장은 어디에 있나?"

그는 안 이병을 대대장 연락병이라 여겼던 모양이다. 소지품이라고는 가죽가방 하나만 달랑 메고 있었으니 누구든지 그렇게 여기기 쉬웠다.

"몰라요."

"그 가방이 뭐냐? 나 줘라."

안 이병이 꼭 잡고 있었으나 그 놈이 가방 끈을 확 낚아채어 빼앗았다. 안 이병은 키가 작고 힘도 약한데 그놈은 키가 크고 힘이 센 것 같았다. 이때 무선반장 박민규 하사가 얼른 달려들어 그 놈의 손목을 잡고 가방을 빼앗으려 했다. 그는 옆에 있는 아군들이 들으라고 일부러 큰 소리를 질렀다.

"당신은 누구요? 왜 남의 가방을 빼앗아요?"

그러자 그 놈은 낮은 소리로 민규를 위협했다.

"너는 뭐가? 덤벼들면 쏘갔어."

무선반에는 김기연 일병만 카빈 소총을 소지하고 그 밖에는 무기가 없었다. 그러나 김 일병은 옆에 없었다. 박하사가 악착같이 달려들자 그 놈은 어깨에서 총을 끌어내어 쏘려고 했다. 박 하사는 이때를 놓칠세라 확 덤벼들어 가방을 낚아챘다. 그리고 날쌔게 도망쳤다. 총을 쏘든 말든 위험을 무릅쓰고 결사적으로 뛰었다. 그놈은 끝내 총을 쏘지 못하고 쫓아오다 단념하고 말았다. 캄캄한 밤이라 잘 보이지 않았지만 그 놈은 국군복장으로 위장한 인민군이 틀림없었다. 그리고 대대장을 찾은 이유는 사살하려는 의도가 분명했다.

만약 암호해독문서가 적의 수중에 들어가는 날이면 큰일 난다. 아군의 암호통신을 적군이 해독하면 어찌되겠는가? 그럴 때는 즉시 암호체계를 폐기하고 다른 암호체계를 사용해야 한다. 무선반장은 이 같은 사실을 모두 소대장에게 보고했다.

18일 낮에 또 창리에 들어갔다. 날이 어두워지면 인민군이 또 기습사격을 해 올 것이 뻔했다. 소대장은 어두워지기 전에 무선반장에게 명령했다.

“무전기를 미리 철수해놓고 대기하라. 후퇴명령이 내리면 즉시 출발하라.”

무전기는 곧 철수해놓고 후퇴명령을 기다렸다. 날이 어두워지자 또 적의 기습사격이 시작되고 후퇴명령이 내렸다. 무선반은 즉시 출발하여 선두에서 달렸다. 대대의 긴 행렬이 도로를 따라 비행기재로 오를 때, 도로측면에서 인민군이 갑자기 기습사격을 가해왔다. 탕, 탕, 탕, 따따따따… 따따따따… 소총소리와 따발총소리가 요란하게 울렸다. 캄캄한 밤이라서 적군이 산속 어디에 숨어있는지 알 수 없으므로 아군은 대응사격을 못하고 오던 길을 도로 내려가야 했다. 그러나 이미 그 지점을 통과한 대대본부의 선두일행은 계속 올라가야 했다. 그 중에는 보급과, 의무대, 무선반 등, 인원이 많았다. 뒤에서 적군이 총을 쏘며 쫓아오므로 그들은 비행기재를 향해 기를 쓰고 뛰어올라갔다. 이때 보급과의 노무자들이 지게에 무거운 짐을 지고 따라오다 사상자가 발생했다. 선두일행은 비전투원이고 무기도 별로 없었다. 그들은 대대본부에서 완전히 이탈하여 비행기재를 넘었다. 보급관 윤 중위가 그들을 인솔하여 다음 날 정선에 가서 연대 본부에 합류했다.

무선반원들은 연대 통신대를 찾아갔다. 무선반의 배 중사가 박하사를 보더니 깜짝 놀라는 표정이었다. 두 사람은 서로 무전으로 교신하는 사이라서 잘 알고 지냈다.

“박 하사! 네가 왜 여기에 왔나?”

“죄송해요. 대대본부에서 이탈했어요.”

박 하사는 비행기재에서 적의 기습공격을 받고 부득이 이탈하게 된 경위를 해명했다.

"이것 참 큰일 났구나. 3대대가 통신이 안 된다고 야단인데 어떡하지?"

배 중사는 박 하사를 데리고 연대 통신대장에게 가서 보고했다. 통신대장 임 대위도 듣더니 대경실색(大驚失色)했다.

"야, 이놈아! 대대통신병이 통신을 안 하고 연대에 오다니! 이런 허무한 일이 세상에 어디 있나? 연대장님은 3대대와 교신하라고 재촉이 성화같은데 이를 어떡하면 좋겠는가?"

통신대장은 곧 연대장에게 가서 사실대로 보고하였다. 연대장은 몹시 화가 나서 노발대발하였다.

"통신이 가장 중요한 시기에 불통이면 작전을 어떻게 하란 말인가? 통신대장이 책임을 질 수 있겠나?"

그날이 2월 19일이었다. 밤이 어두워지자 인민군이 갑자기 정선에 침입하여 28연대 본부를 기습했다. 연대본부는 몹시 당황해서 동쪽의 와평리(瓦坪里)로 달아났다. 3대대 무선반도 탈출하던 중에 마침 지나가는 트럭을 만나 올라탔다. 적탄이 날아오는데도 차는 라이트를 끄고 마구 달려 위기에서 간신히 벗어났다. 동면(東面)의 사단사령부에 가서 내렸다. 무선 반은 사단 통신대의 보호를 받으며 한 농가에 들어가서 불안한 밤을 새웠다.

20일 새벽에 박하사가 무전기 다이얼을 돌리는데 우연히 라디오 방송이 나왔다. 가만히 들어보니 북한에서 전쟁뉴스를 보도하는 것이었다.

『용감한 조선인민군은 남조선군 9사단을 공격하여 크게 무찔렀다. 그중에서 28연대를 완전히 포위섬멸 하였다.』

무선반원들은 이 보도를 듣고 놀라자빠질 지경이었다. 지난 밤, 불과 몇 시간 전에 있었던 일인데 이렇게도 빨리 보도할 수 있을까? 그리고 28연대는 과연 섬멸됐단 말인가? 그들은 얼굴이 하얗게 질리고 간담이 서늘해졌다. 그 보도는 기가 막히게 신속했으나 내용은 많이 과장되었다.

20일 새벽에 30연대가 와서 적군을 격퇴하고 전세를 만회하였다. 동쪽으로 뿔뿔이 흩어졌던 28연대 본부는 다시 정선으로 돌아왔다. 비행기재 서쪽에서 고립됐던 3대대는 대대장의 탁월한 지휘로 포위망을 뚫고 이날 오후 정선에 와서 연대본부와 합류했다. 무선반도 통신소대에 복귀했다. 통신대장은 무선반이 사라져서 간이 콩알만 했는데 다시 돌아온 걸 보고 무척 반가웠다.

"앗다! 너희들은 어디 갔다 인제 온 기여?"

박 하사가 정중하게 사과하고 그동안의 경위를 해명했다.

소대장은 곧 박 하사를 데리고 대대장 앞에 가서 이탈하게 된 경위를 해명했다. 대대장은 박 하사를 보더니 화를 버럭 냈다.

"무선반은 항상 대대장 옆에 있어야 한다. 그런데 왜 먼저 갔나? 무선반장은 그 책임을 지고 중벌을 받아야 한다."

이때 소대장이 머리를 깊숙이 숙이고 사죄했다.

"사실은 제가 무전기를 미리 철수해놓고 후퇴명령이 내리면 즉시 출발하라고 지시했습니다. 책임은 저에게 있습니다."

역시 송 소위다운 인간미가 흐르는 장면이었다. 대대장은 더 추궁하지 않았다. 그는 곧 연대장에게 가서 무선반이 이탈하게 된 경위를 사실대로 보고하였다.

연대장은 무선통신이 안 됐기 때문에 작전에 실패했다고 판단했고 더구나 간밤에 연대본부가 기습받은 것도 그 때문이라 여기고 화가 머리끝까지 치밀었다. 대대장을 즉시 교체했다. 이성열 대위는 연대 작전관으로 가고 연대 작전관 정 소령이 대대장으로 부임했다. 통신대장은 이성열 대대장이 떠나가는 걸 보고 송구스러워 고개를 못 들었다.

3대대가 비행기재 서쪽에서 포위된 동안 유선반장 김영근 하사가 머리에 총탄을 맞고 그 자리에서 전사하였다. 김 하사는 가평사람이고 1연대에 있다가 의정부전투에서 낙오됐고 수복 후에 복귀했다. 그는 언행이 단정하고 남들에게 좋은 인상을 줬다.

유선반장 후임은 기재계(器材係)를 맡고 있던 구회경 이등병이 맡았다. 구 이병은 부산 출신이고 같은 K군번 중에서도 남달리 학식과 품위가 있고 체력이 단단했다. 그는 노무자들을 동원하여 많은 통신기재를 운반하는 임무를 무난히 잘 수행했다. 그의 능력으로 보아 유선반장의 임무도 충분히 감당할 수 있으리라 믿어 의심치 않았다.

21일 밤부터 정선 남쪽의 신월리 일대에서 전투가 계속되더니 나중에는 28연대 전체가 인민군에 포위됐다. 22일, 통신대장 송소위는 소대원들을 집합시켜놓고 중대한 명령을 내렸다.

"오늘밤에 살며시 포위망을 빠져나갈 예정이다. 잠자지 말고 대기하고 있어라!"

드디어 한밤중에 3대대는 조용히 포위망을 탈출하기 시작했다. 캄캄한 밤에 부대가 소리 없이 이동하기란 여간 어렵지 않았다. 날이 밝자 먼데서 적군이 쏜 총탄이 날아오는 소리가 들렸다. 퓽, 퓽, 퓽, 이때 무선반의 홍준태 이병이 총탄을 맞고 앞으로 푹 쓰러졌다. 박 하사는 얼른 자기가 메고 있던 배낭을 안상준 이병에게 넘겨주고 달려가 보았다.

"홍 이병!" "홍 이병!"

그러나 홍 이병은 쓰러진 채 꼼짝도 못했다. 뒷머리에 총탄을 맞아 피가 철철 흘러나왔다. 그는 곧 숨을 거두었다. 박 하사는 홍 이병의 시신을 남겨둔 채, 그가 메고 있던 무전기 몸통을 메고 달렸다. 홍준태 이병은 울산 사람이고 유엔군 출신이었다. 나이는 23세, 활달한 성격이고 믿음직스러운 전우였다.

박민규 하사 일행이 후퇴하느라 기진맥진했을 때 강둑에 웬 낯선 군인들이 엎드려서 사격자세를 취하고 있었다. 수도사단 26연대가 와서 방어해주는 것이었다. 9사단은 동쪽으로 멀리 삼척군 하장면(下長面) 갈전리(葛田里)방면으로 후퇴했더니 인민군은 더 추격해 오지 않고 전투는 잠잠해졌다.

28연대 3대대는 신월리전투와 포위망을 탈출하는 과정에서 의외로 많은 인명피해가 발생했고 장비도 많이 손실됐다. 정 소령은 그 책임을 지고 연대본부로 돌아갔고 이성열 대위가 다시 대대장으로 부임했다. 이성열 대위는 곧 소령으로 진급했다.

3. 인민군 10사단과의 전투

2월 하순, 무선반에 육군통신학교 2기 졸업생인 한인범 하사가 새로 왔다. 한인범 하사는 평양태생이고 서울대학교 상과대학 3학년재학 중이었다. 오락시간에 남들은 모두 유행가를 불렀지만 한 하사는 영어노래를 불렀다. 그가 가장 즐겨 부르는 노래는 〈Young Day's Dream(젊은 날의 꿈)〉이었다.

3월 초순에 통신대장 송 소위는 사단통신대로 전출하고 그 후임으로 권 소위가 새로 왔다. 권 소위는 부산에서 모 대학교재학 중이었고 통신간부후보생으로 지원입대 했다. 권 소위는 박민규 하사에게 가끔 이런 말을 했다.

"박 하사, 남을 지휘하려면 배짱이 세야 하는 기라."

그는 배짱이 세야 함을 좌우명(座右銘)으로 삼고 있는 듯했다.

1·4후퇴 시, 인민군10사단이 빨치산처럼 경무장하고 아군후방으로 깊숙이 침투하였다. 그들은 제천, 영주, 안동, 청송까지 가면서 국군의 보급수송차량을 습격하는 등, 많은 피해를 주었다. 그러나 2월말부터 국군2사단의 과감한 토벌작전에 의해 크게 패하고 태백산 방면으로 후퇴했다. 그들은 이제 게릴라전을 포기하고 북으로

철수하는데 마침 국군9사단의 작전지역을 통과하게 됐다. 국군9사단은 갑자기 초비상이 내렸다. 인민군10사단과 사활을 건 대결전은 피할 수 없는 상황에 이르렀다.

전투는 1951년 3월 12일, 태백산맥의 이기령(耳基嶺)고개에서 시작되었다. 9사단 30연대가 방어하고 있었고 인민군10사단이 통과하려다 교전이 벌어졌다. 인민군은 국군과의 격전을 피하면서 교묘하게 빠져나갔다. 그 북쪽에는 정선에서 묵호(墨湖)로 넘어가는 백복령(白茯嶺)고개가 있다. 29연대가 백복령 일대에서 방어하고 있었으나 인민군이 양동작전(陽動作戰,기만작전)을 펼치는 바람에 많은 피해가 발생했다.

9사단 본부와 28연대는 정선군 임계면에 집결하고 있었다. 3월 15일 새벽 4시경, 28연대 3대대는 적진을 향해 출동했다. 백복령 가까이 갔을 때는 눈이 하얗게 덮여 눈부시게 빛났다.

오후 3시경, 3대대가 행군하는 도로상에 매우 끔찍한 장면이 펼쳐졌다. 아군 트럭 한 대가 불에 타있었고 그 밑과 주변에 국군시체가 20여구나 처참하게 널려있었다. 길 북쪽으로 몇 개의 호(壕)가 파여져 있었는데 호 안팎에도 15구 가량의 시체가 흩어져 있었다. 인민군 빨치산들은 추위를 면하려고 국군시체에서 신발, 양말, 장갑, 방한모 등을 모조리 벗겨갔다. 심지어 내의까지 벗겨가서 흰 살결이 꽁꽁 얼어있는 시체도 몇 구 있었다. 트럭에서 타는 냄새가 나는 것으로 보아 전날 오후나 저녁에 적군의 기습을 받고 몰살된 것 같았다.

트럭이 서있는 도로 바로 남쪽에 도랑물이 고여 있었다. 도랑물은 국군시체에서 흐른 피로 빨갛게 물들었다. 피가 얼마나 많이 흘렀으면 도랑물이 온통 빨개졌을까? 시산혈하(屍山血河)라! 시체가 쌓여 산을 이루고 피가 흘러 강물을 이룬다는 말은 있어도 이렇게 참혹할 줄은 아무도 예상하지 못했을 것이다.

3대대는 참살현장에서 약 1km 더 가서 태백산맥 능선에 집결했다. 사방이 환하게 보이는데 거기가 동서로 갈라지는 분수령(分水嶺)이었다. 모두들 짐을 내려놓고 주위를 둘러보았다. 서쪽은 평평한 들판이 이어지지만 동쪽은 급경사를 이루어 천야만야한 낭떠러지가 아찔해 보였다. 멀리 동해바다가 마치 중천(中天)에 떠오른 듯 신비한 모습이었다. 백복령정상은 남쪽언덕으로 더 가야 있다. 왜냐하면 그 곳에 동해안으로 뻗은 능선이 있고 자동차도로는 능선을 따라 완만하게 내려가기 때문이다.

대대장 일행은 동쪽의 벼랑 끝에 가서 그 아래쪽을 유심히 살펴봤다. 언덕 밑에서 별안간 숨어있던 사람들이 일제히 일어나서 급히 뛰어 내려가고 있었다. 모두 7, 8명이나 되고 복장은 누런 작업복, 검은 외투, 흰 한복 등을 입어 각기 달랐다. 민간인인지 인민군이 사복으로 위장했는지 알 수 없었다. 그들은 급히 뛰어 내려가다 10여초 후에 언덕 밑으로 사라졌다. 그 아래는 경사가 더 심해서 보이지 않았다. 그들은 숨어서 망을 보다가 국군이 나타나자 알리려고 내려간 것 같았다.

대대장은 즉시 박격포로 사격하라고 명령했다. 80mm박격포탄을 무려 50발이나 발사했다. 펑, 펑, 펑, … 요란한 폭음소리가 한동안 천지를 진동했다.

대대장은 연대장에게 무전으로 전투상황을 보고했다. 얼마 후 연대장으로부터 회신이 왔다. 대대장은 전문을 받아들고 난처한 표정을 지었다. 그는 참모들을 불러놓고 의논했다. 날은 이미 어두워지는데 적진으로 깊이 쳐들어가는 것은 위험하리라 예상하고 수색대원을 동원해서 적정(敵情)을 살피려는 것 같았다. 밤 8시 경 대대장은 통신대장에게 명령했다.

"무전으로 연대본부와 교신하라."

그때까지의 전투상황을 보고하려는 것 같았다. 그러나 날씨가 하도 추워서 무전을 제대로 칠 수 있을지 의문이었다. 이때 백복령 영마루는 밤이 되자 바람이 매섭게 불고 기온은 급격히 떨어져 영하 10도 가량의 혹한이었다. 소대장의 명령으로 통신대원들이 무전기 주위에 둘러서서 바람막이를 해주었다. 박 하사는 손을 한참 비빈 다음 무전을 쳤다. 옆에서 무선반원들이 손전등을 비춰주고 한 사람은 발전기를 열심히 돌렸다. 몇 사람은 안테나 줄을 높이 받쳐 들고 있어야 했다. 박 하사는 무전을 치다가 손이 몹시 시리면 중단하고 입으로 훅훅 불어서 녹인 다음 다시 쳤다. 이처럼 매서운 추위와 싸워가며 혼신의 힘을 다한 결과 무선통신은 기어이 완료했다. 박 하사는 통신을 완료하고 나자 통신대가(通信隊歌)의 마지막 구절이 생각났다. —— 통신의 정통은 필통(必通)케 한다 —— 그렇다! 통신은 기필코 통해야 한다.

대대 병력은 능선에서 혹독한 추위에 떨며 밤을 새웠다.

16일 새벽, 날이 밝자 3대대는 일제히 공격을 개시했다. 동쪽으로 가파른 언덕을 한참 내려간 다음에는 북쪽으로 방향을 돌려가며 전진했다. 전날 저녁 아군이 쏜 박격포 탄에 맞아 폭사한 인민군 시체가 여기저기에 널려있었다. 부상자, 동상자, 질병환자 등, 낙오된 인민군이 곳곳에 있어서 그들을 포로로 잡아 인솔했다. 대대장이 예상한대로 이 일대에 인민군 사단병력이 집결하고 있었던 것이다. 박격포 탄 50여 발은 그들의 중심부를 강타했으므로 인민군은 수많은 사상자를 내고 어디론가 사라졌다.

대대장 일행은 전진하는 정면에서 매우 희한한 장면을 목격했다. 인민군 고급장교들의 시체가 둥글게 원을 이룬 상태로 쓰러져있었다. 고급장교라서 장기간의 유격전투에도 불구하고 복장이나 견장(肩章)은 말쑥했다. 계급장을 보니 중성(中星) 4개를 단 대좌(大佐)가 1명, 중성 3개를 단 상좌(上佐)가 4명, 중성 2개를 단 중좌(中佐)가 3명, 모두 8명 정도 되었다. 중성 4개짜리는 한복판에 쓰러졌는데 목이 잘려 머리는 어디로 날아갔는지 없었다.

대대장이 포로에게 중성 4개짜리를 가리키며 물었다.

"이 사람이 누구냐?"

포로가 대답했다.

"저희 사단장입니다."

참으로 기상천외한 장면이었다. 인민군 10사단 참모회의를 하는 한가운데에 포탄이 떨어져 참모들이 모두 몰살하고 사단장은 한복판에 있다가 목이 날아간 것이었다. 인민군은 지휘관들을 잃고 허둥지둥 어디로 달아난 것 같았다.

대대장은 사단장의 권총을 뽑아 들었다. 소련제 신품이고 총신이 가늘고 길었다. 어떤 중좌의 시체 옆에 두꺼운 표지의 커다란 노트가 있었다. 박민규 하사가 노트를 집어 들었다. 표지에 『인민군제10사단 전사기록부』라고 씌어있었다. 노트를 펼쳐보니 앞의 몇 장만 전사(戰史)가 기록되어있을 뿐이고 나머지는 백지였다. 박 하사는 글씨가 씌어있는 몇 장을 그 자리에서 찢어버리고 노트를 무전치는데 사용하려고 가졌다. 만약에 글씨가 있는 몇 장을 버리지 않고 상부에 보고했으면 인민군10사단의 게릴라전을 알 수 있는 귀중한 자료가 됐을 것이다.

목이 없는 사단장의 시체는 담요로 싸서 노무자가 지게에 지고 떠났다. 사단장이나 연대장에게 직접 보이기 위해서였다. 대대장은 행군도중 박민규 하사에게 명령했다.

"무선반장, 여기에 무전기를 설치하라."

대대장은 곧 연대장에게 무전으로 보고했다.

『아군의 박격포사격으로 적 사단장을 비롯하여 참모들이 모두 몰살하고 수백 명이 살상됨. 포로 400여 명을 노획함.』

잠시 후 연대장으로부터 회신이 왔다.

『적 사단장은 북으로 도주했을 것이고 죽은 사람은 부사단장일 것이다.』

대대장이 다시 포로에게 물었더니 그들의 대답은 이러했다.

"군사부(軍事部)사단장과 정치부(政治部)사단장이 있습니다. 중성 4개를 단 사람은 정치부 사단장입니다."

정치부 사단장이란 부사단장과 비슷하나 정치사상의 고유 업무가 있어 약간 다를 뿐이다. 대대장은 인민군포로 중에 장교복장을 한 사람에게 물었다.

"너희 군사부 사단장은 어찌 됐나?"

"간밤에 부대를 인솔하여 북으로 갔을 겁니다."

이는 연대장의 말과 일치한다. 그 곳은 산계리(山溪里)의 깊은 산속이고 집은 한 채도 안 보였다. 3대대는 북으로 도주하는 적을 계속 추격하여 이백여 명의 포로를 더 잡았다. 포로대부분이 부상자나 동상자나 질병환자라서 위생병들이 치료를 해주며 인솔하였다.

낮 12시경, 3대대의 전 병력은 강릉과 정선간의 국도(國道)에 와서 진격을 멈추었다. 도로를 따라 올라가면 정선이고 내려가면 강릉이다. 도로의 남쪽에 초가집이 몇 채 있었고 북쪽은 깊은 계곡이었다. 그곳은 목계리(木界里)라고 했다. 통신대는 도로변의 초가집 한 채를 차지하고 짐을 내려놓았다. 마당에 무전기를 설치하고 연대본부와 교신하였다. 대대장은 연대장으로부터 전문을 받고나서 명령했다.

"여기서 속히 식사를 완료하도록 하라."

대대병력은 일제히 짐을 내려놓고 식사준비에 분주했다.

통신대가 머문 집은 도로변에 바깥마당이 있고 반대편에 안마당이 있었다. 무전기는 바깥마당에 설치했고 방으로 들어가려면 안마당을 통해 들어가게 되어있었다. 식사 준비가 다 되었다고 해서 박하사는 방에 들어갔다. 방안에서 바깥마당 쪽으로 문이 있으나 곡식가마니가 가려서 내다볼 수 없었다.

박 하사는 무전기가 잘 있는지 염려되어 얼른 식사를 마치고 나와 보았다. 이상하게도 발전기에 꽂혀 있어야 할 손잡이 두 개가 없었다. 누가 빼서 보관했으리라 여겼으나 나중에 무선반원들이 모였는데 다들 모른다고 했다. 통신대원들이 모두 동원되어 찾아보았으나 손잡이는 어디에 갔는지 나타나지 않았다. 참으로 해괴한 일이었다. 발전기는 손잡이를 돌려야 발전이 되고 그 출력으로 송수신(送受信)한다. 배터리의 전력으로는 수신만 가능하고 송신은 불가능하다. 그러므로 손잡이가 없으면 무선통신을 할 수 없다. 연대본부와 교신하라는 명령을 받고도 통신을 못하니 매우 심각한 상황에 이르렀다. 대대장이 직접 통신대에 와서 확인했다. 그는 소대장에게 물었다.

"손잡이가 왜 없어졌나?"

소대장은 당황해서 대답을 제대로 못했다.

"저, 저도 잘 모르겠습니다. 매우 이상한 일 입니다."

대대장은 또 김 선임하사에게 추궁했다. 선임하사는 호인이면서 요령이 좋고 임기응변을 잘하는 소질이 있었다.

"제가 한인범 하사에게 무전기를 잘 감시하라고 말했습니다."

한인범 하사가 대대장 앞에 나와서 추궁을 받았으나 아무런 대답도 못하고 고개만 숙였다. 선임하사가 평소에 하던 이야기였고 이날 새로 지시하지는 않았다. 하지만 변명을 하고 싶어도 분위기는 그럴 상황이 아니었다. 그는 서울대학교 상과대학 3학년재학 중이었고 지성인이었다.

대대장은 박민규 하사에게도 추궁했다.

"무선반장은 뭘 하고 있었나?"

박 하사는 하도 어이가 없어서 아무 대답도 못하고 고개만 숙였다. 잠깐 식사하고 나온 사이에 손잡이가 없어지다니 귀신이 곡할 노릇이 아닌가. 바깥마당에는 통신대원과 통신기재를 운반하는 노무자까지 40여 명이나 있었는데 어쩌면 한 사람도 남지 않고 자리를 비웠을까? 그렇더라도 마당 부근에는 대대 병력이 사방에 산재해있는 상황에서 어느 누가 감히 무엇 때문에 손잡이를 뽑아갔단 말인가?

대대장은 무선통신을 해야 연대장의 명령을 받고 다음 작전을 수행하게 되어있었다. 그런데 통신이 불가능하니 어찌해야 할지 몰라 매우 난처했다. 그는 대대본부 요원들에게 명령했다.

"다들 이 근처에서 발전기 손잡이를 찾아보아라."

대대요원들이 일제히 도로변과 가옥, 그리고 산 속까지 들어가서 찾아보았으나 손잡이는 나타나지 않았다. 사태는 점점 더 심각해졌다. 대대장은 부대를 신속히 움직여야 할 텐데 시간은 자꾸 흘러만 가니 초조해서 견딜 수 없었다.

박 하사와 한 하사는 그 책임으로 즉결처분(卽決處分)되리라 예상했다. 전쟁터에서 싸우지 않고 도망가거나, 큰 잘못을 저질렀을 때 상관이 즉석에서 부하를 총살시키는 것을 말한다.

정보관 김중위가 박 하사와 한 하사를 세워놓고 본적, 주소, 생년월일, 군번 등을 물어가며 적었다. 총살을 대비해서 개인의 인적사항을 기록해 두려는 것이 분명했다. 두 사람 모두 총살되면 무전을 칠 사람이 없다. 하지만 통신병 2명의 생명보다도 통신이 안 되어 작전을 수행할 수 없는 상항에 이르렀는데 그 책임을 추궁하지 않을 수 없었을 것이다.

정보관 김중위는 수색대장을 겸하고 있었다. 수색대장의 명령으로 수색대 선임하사인 최 상사가 수색대원 4명을 데리고 나타났다. 그는 박 하사와 한 하사를 데리고 길옆의 산 속으로 들어갔다. 그리고 수건으로 두 사람의 눈을 가렸다.

박 하사는 총살된다고 생각하니 갑자기 어머니의 모습이 떠올랐다. 마치 어머니가 옆에 와서 지켜보는 것 같은 환상을 느꼈다.

'어머니! 이게 웬 일입니까? 저는 대한민국에 충성을 다하려고 국군에 들어왔습니다. 그런데 이렇게 불명예스럽게 죽다니요?! 어머니! 어머니의 힘으로 저를 구해줄 수 없습니까?'

대대장이 마지막으로 총살명령을 내리면 형을 집행하게 되어 있었다. 그런데 대대장은 마음이 괴로운지 명령을 내리지 않고 주저했다. 젊은 두 생명이 애처롭기도 하거니와 즉결처분이 아닌 다른 방도는 없을까 하고 망설이는 것이었다. 그러나 마땅한 생각이 떠오르지 않았다. 촌각을 다투는 전투현장에서 이처럼 우유부단해서야 쓰겠는가? 대대장은 더 지체할 수 없다고 판단하고 용단을 내리기로 결심했다. 드디어 정보관에게 즉결처분을 명령했다. 정보관이 최 상사에게 사격신호를 보냈다. 이때였다!

도로의 위쪽 편에서 사병 2명이 뛰어오고 있었다. 그들은 가까이 오면서 손에 든 물건을 흔들어 보였다. 그것은 분명히 발전기 손잡이였다. 대대장을 비롯한 대대요원들이 깜짝 놀라 눈이 휘둥그레졌다. 정보관이 급히 총살현장을 향해 소리쳤다.

"사격정지!" "사격정지!"

수색대원들은 총을 겨누고 방아쇠를 막 당기기 직전이었다. 손잡이를 들고 달려온 사병은 수색대원이었다. 대대장은 손잡이를 받아 들면서 물었다.

"이 손잡이가 어디서 나왔나?"

"도로를 지나가는 군인들을 몸수색을 하던 중에 어떤 사병의 옷 속에서 나왔습니다."

"그 사병이 누구냐?"

"29연대 통신병이라고 합니다."

"그런데 왜 이걸 뽑아갔대?"

"지나가다가 자기 연대 통신대장이 뽑아오라 해서 뽑았다고 합니다."

"통신대장이 뽑아오라 했다고? 그런 괘씸한 놈이 있나!"

곧 29연대 통신병 2명이 대대장 앞에 연행되어왔다.

"너희 통신대장은 지금 어디에 있나?"

"저 위에서 내려오고 있습니다."

그야말로 천운(天運)이었다. 그들은 손잡이를 빼 가지고 삽당령 쪽으로 올라갔다가 다시 내려왔기 때문에 발각된 것이었다. 잠시 후 29연대 통신대장 육군대위가 나타났다. 대대장 이성열 소령은 육군대위를 제지했다.

"귀관이 29연대 통신대장인가?"

"네, 그렇습니다."

"나는 28연대 3대대장이다. 귀관이 이 손잡이를 빼오라고 지시했는가?"

통신대장은 손잡이를 보는 순간 얼굴이 하얗게 질렸다.

“아, 그 그거 제가 잘 잘못했습니다. 대단히 죄송합니다.”

“통신대장으로서 어찌 그럴 수가 있는가? 이 나쁜 놈아! 너는 총살 시켜도 아깝지 않은 놈이다.”

대대장은 몹시 화가 나서 통신대장을 사정없이 때리고 발로 찼다. 그래도 분함을 참지 못해 길바닥에 쓰러뜨려 놓고 구둣발로 무참하게 밟았다. 대대장은 체구가 크고 힘도 셀 뿐더러 담력이 강했다. 그는 화가 단단히 난지라 사나운 기질을 마음껏 발휘했다. 때마침 3대대 장병들이 출발준비를 하고 도로변에 정렬해 있다가 그 광경을 신기하게 구경했다.

“어머나! 우리 대대장이 왜 저렇게 화가 났을까? 육군대위가 묵사발 되네.”

이거야말로 세상에서 보기 드문 진풍경이었다. 당시 3대대 장병이라면 이 사건을 모르는 사람이 없을 것이다.

대대장은 박 하사와 한 하사에게 손잡이를 건네주며 명령했다.

“연대본부와 즉시 교신(交信)하라.”

두 사람은 다 죽는 줄 알고 넋을 잃었다가 다시 살아나게 되어 어리둥절했다. 그런데 29연대 통신대에서 왜 우리통신대의 손잡이를 뽑아갔을까? 그것이 매우 궁금했다.

29연대는 목계리에서 적의 퇴로를 차단하고 있었다. 그러나 산계리를 출발한 인민군 10사단주력이 새벽 4시경, 목계리를 통과하면서 오히려 29연대 본부를 역습했다. 아군은 갑자기 당한 일이라 피해만 많이 발생했다. 발전기 손잡이도 인민군이 뽑아간 게 분명했다. 그런데 통신대장은 타 연대의 손잡이를 훔쳐서 보충하려 하다니 무슨 심보일까?

3대대 수색대장 김중위는 29연대가 이 일대에서 기습을 받고 피해가 많았다는 사실을 알고 있었다. 그래서 29연대의 소행이라 단정하고 수색대원을 동원하여 길가는 군인들을 몸수색 시켰던 것이다. 그의 예측은 적중하여 손잡이를 귀신같이 찾아냈다.

박 하사는 29연대 통신대장의 소행도 괘씸하지만 자기가 무선반장의 책임을 다하지 못했기 때문에 일어난 불상사라 여기고 몸 둘 바를 몰랐다. 무전기를 감시하며 교대로 밥을 먹게 했더라면 이런 일은 일어나지 않았을 것을! 바깥마당에 그렇게 많던 사람들이 일시에 자리를 비우리라고는 상상도 못했던 바보! 하긴 전날은 하루 종일 굶었고 이날 오후가 되어 배가 몹시 고팠기 때문에 이런 일이 일어났던 것이다.

한편 손잡이를 찾게 해서 목숨을 구해 준 수색대장 김중위가 한없이 고마웠다. 김중위는 대구 사람이고 6연대에 사병으로 입대하여 현지임관 했다. 그는 눈초리가 날카롭게 생기고 판단력이 예리했다. 손잡이가 없어지자 즉시 29연대의 소행으로 단정하고 몸수색을 해서 찾아낸 것도 그의 현명한 판단과 기상천외한 발상으로 이루어낸 쾌거(快擧)였다. 알고 보면 그는 형형(炯炯)한 눈빛과 신통방통(神通旁通)한 예지(叡智)를 지닌 숨은 인재였다. 박 하사는 김중위의 탁월한 상황판단과 기발한 솜씨에 탄복하여 경의를 표함과 동시에 생명을 구해준 은혜는 평생 잊을 수가 없었다.

연대본부와 무선통신이 이루어졌다. 연대장은 명령했다.

“수색 정찰을 하면서 강릉으로 내려가라.”

대대병력은 넓게 산개하여 산 속을 수색하면서 내려갔다. 강릉에 조금 못 미쳐 금산리(金山里)에 갔을 때 날이 어두워졌으므로 민가에 들어가 잤다. 이날이 1951년 3월 16일, 박민규 무선반장에게는 영원히 잊을 수 없는 가장 긴 하루였다.

한편 인민군 10사단주력은 목계리에서 29연대지휘소를 역습한 다음 삽당령을 지나 북으로 철수하려고 했다. 그러나 대기리(大基里)에서 매복하고 있던 28연대 2대대의 기습사격을 받고 대량 살상되었다. 나머지 병력은 혼비백산하여 북으로 도주했다. 이로써 인민군 10사단과의 전투는 국군의 승리로 끝났다.

이때의 전사(戰史)는 다음과 같다. 전과는 적 사살 2,188명, 생포 612명, 귀순 2명, 소총 674정 노획이다. 아군피해는 전사 115명, 부상 264명, 실종 77명이다. 전과는 주로 28연대가 거두었고 아군피해는 29연대에서 발생했다.

28연대는 이 전투의 공로로 모든 사병이 1계급씩 특별 진급했다. 박민규는 이등중사(二等中士)가 되었다. 계급장은 갈매기 셋이었다.

4. 4월 공세

인민군 10사단과의 전투를 마치고 9사단사령부는 강릉에 주둔했다. 28연대본부는 사천면(沙川面)의 사천초등학교에 주둔하고 3대대는 그 북쪽의 석교리(石橋里)에 주둔했다.

박민규 중사는 한가한 때면 사천진(沙川津) 바다에 가서 산책했다. 군인들이 바다오리를 잡으려고 여러 곳에서 사격하고 있었다. 하루는 박민규 중사가 오리를 꼭 잡을 결심을 하고 김기연 하사의 카빙소총을 가지고 새벽 일찍 출발했다. 미스 김이 보고 따라나섰다. 남녀는 다정하게 걸어서 바닷가에 갔다. 사방은 고요했다. 마침 오리 세 마리가 가까이 오고 있었다. 민규는 사격장에서 사격점수가 유달리 우수했던 기억을 떠올리며 자신감을 갖고 있었다. 그는 조준하고 숨을 멈춘 다음 방아쇠를 당겼다. 탕! 두 마리는 날아가고 한 마리는 쓰러져 갸우뚱거렸다. 민규는 바다에 들어가서 오리를 건져왔다. 그는 또 몇 번 사격해서 오리 한 마리를 더 잡았다. 사천진 어항에 고깃배가 방금 들어왔다. 민규는 갓 잡아온 생선 우럭을 몇 마라 샀다. 미스 김과 함께 오리 두 마리와 생선을 무겁게 들고 돌아왔다. 이날 저녁 통신대원들은 오리와 생선을 끓여 맛있게 먹었다. 오리 한 마리는 통신대장이 직접 대대장에게 갖다드렸다.

"대대장님, 박 중사가 바다오리를 두 마리나 잡아왔습니다. 한 마리는 대대장님께 드린다고 해서 제가 가지고 왔습니다. 맛있게 잡수십시오."

대대장은 어찌나 고마운지 눈물이 핑 돌았다.

'내가 그때 즉결처분을 즉시 내리지 않고 망설였던 게 천만다행이었구나. 하마터면 아까운 박 중사를 죽일 번했잖아!'

귀염둥이 미스 김이 집으로 돌아가겠다고 했다. 그녀는 선임하사와 멀어진 대신에 통신대원들의 취사를 위해 열심히 일했다.

미스 김은 떠날 때, 소대장을 따라 대대장 앞에 가서 작별인사를 했다. 대대장은 봉투를 내밀며 미스 김을 치하했다.

"여자의 몸으로 위험한 전쟁터에서 통신대를 위해 수고가 많았소. 훈장을 줘야하겠지만 대신에 전별금을 주겠소. 잘 가오."

"3대대에서 무사히 지낼 수 있게 해주신 대대장님의 은혜를 평생 잊지 않겠습니다. 안녕히 계십시오."

통신대원들도 이별이 서러워 눈물을 글썽거렸다. 미스 김은 석별의 정을 이기지 못하고 기어이 눈물을 마구 흘리며 떠나갔다. 선임하사가 사단사령부까지 바래다주고 여비도 듬뿍 주었다.

4월 초순에 28연대 3대대는 사격시범훈련을 했다. 참관자들을 위해 대대 OP(관측소)는 널찍한 유개호(有蓋壕)로 꾸몄다. 사격시범시간이 임박하자 대대장은 호안에 떨어져있는 낙엽이나 돌멩이를 주우라고 여러 번 지시했다. 그래도 또 떨어지니까 나중에는 대대장이 혼자서 줍고 있었다. 박 중사는 속으로 웃었다.

'대대장도 이제 보니 옹졸한 인간이구나. 참관자는 기껏 해야 사단장 아니면 연대장일 텐데 왜 저렇게 잘 보이려고 애를 쓸까?'

이윽고 참관자들이 OP로 걸어오고 있었다. 가까이 온 그들의 모습을 보고 박 중사는 눈이 뚱그레졌다. 이성가(李成佳)사단장이 앞에서 안내하느라 절절 매고 그 뒤로 정일권(丁一權)참모총장을 비롯한 장성들이 무려 10여명이나 따라오고 있었다. 알고 보니 육군본부에서 주관한 대규모행사였다.

호안에서 장성 대부분이 서서 참관하는데 박 중사는 무전기를 앞에 놓고 의자에 앉아있어야 하니 마음이 조마조마 했다.

이성열 대대장이 사격명령을 내렸다. 소총과 기관총 쏘는 소리가 콩 볶듯이 요란했다. 다음에는 박격포로 사격하고 이어서 사단포병이 포사격을 했다. 포탄은 모두 강 건너 공터에서 폭발하면서 천지가 진동하고 검은 연기가 솟아올랐다.

정일권 참모총장이 이성열 대대장을 보고 치하했다.

"이 소령, 사격시범훈련은 훌륭하게 완료되었소. 그동안 노고가 많았소."

이성열 소령은 매우 유능한 지휘관으로 인정받았다.

4월 11일 경, 맥아더 유엔군사령관이 갑자기 해임됐다는 소식이 전해졌다. 군인들은 전쟁영웅으로 숭배하던 맥아더 장군이 해임됐다고 몹시 서운해 했다. 리지웨이 대장이 유엔군사령관으로 영전하고 밴 플리트 중장이 미8군사령관에 임명됐다.

박민규 중사는 4월 중순부터 사단사령부에 가서 3주간의 무선통신교육을 받았다. 9사단사령부는 사변 전에 8사단사령부가 주둔했던 자리에 있었다. 예전에 지은 퀀셋건물(반원형막사)들이 여러 동 있어서 통신교육반원들은 그 안에서 지냈다. 무선교육은 사단의 고참 상사들이 통신학교조교 못지않게 풍부한 경험을 바탕으로 재미있게 가르쳐주었다. 교육대원 20여 명 중, 박민규 중사가 상급자라서 반장을 맡았다.

통신교육을 담당한 장 상사는 교육반원들에게 자상하고 친절하게 대해주었다. 박 중사가 장 상사에게 간청했다.

"선임하사님, 우리사단은 현재 후방부대가 아닙니까? 혹시 고향으로 군사우편을 보낼 수 없습니까?"

"자네는 고향이 이북인데 어떻게 보내려고 하나?"

"그래도 꼭 보내야 할 데가 있습니다."

장 상사가 주선한 결과 군사우편을 보낼 수 있도록 허가를 받았다. 교육반원들은 모두 기뻐서 편지를 썼다. 박 중사는 형님 두 분과 윤향숙 양에게 편지를 썼다. 군사우편이므로 부대에 관한 자세한 내용은 쓸 수없었다. 다만 인민군 10사단과의 전투에서 대승을 거두어 1계급씩 특진했다는 것과 현재 사단사령부에서 통신교육을 받고 있다는 정도를 알렸다.

사단사령부에서 충격적인 사건이 발생했다. 강릉에 사는 어떤 처녀가 9사단 사병에게 강간을 당했다며 사단사령부에 들어와 울면서 항의했다. 헌병대에서 조사한 결과 군수부에 있는 강 모 중사로 밝혀졌다. 하루는 연병장에서 하기식을 마친 후 헌병대장이 연단에 올라가서 중대한 발표를 했다.

"사단에서 매우 불미한 사건이 발생했다. 일벌백계(一罰百戒)하는 뜻에서 형을 공개집행 한다."

헌병들이 강 중사를 연행하여 나무기둥에 묶어놓고 소총을 발사했다. 탕, 탕, 탕, 강 중사는 곧 형장의 이슬로 사라졌다. 총살현장을 목격한 교육대원들은 커다란 충격을 받고 떠들었다.

"야, 군법이 그렇게도 엄한가? 강간했다고 총살까지 시켜?"

"강릉 처녀들이 예쁜 줄만 알았더니 무섭다, 무서워."

이 사건은 강릉에 주둔한 모든 군인에게 경종을 울려줬다.

유엔군은 동쪽부터 차례로 국군1군단, 국군3군단, 미10군단, 미9군단, 미1군단이 배치되었다. 국군1군단사령부는 주문진(注文津)에 주둔하고 3군단사령부는 하진부리(下珍富里)에 주둔했다. 육군본부는 국군 2개 군단을 지휘하기 위해 강릉(江陵)에 육군본부전방지휘소를 설치하였다.

이 무렵 유엔군은 계속 북진하고 공산군은 수세에 몰려 고전하고 있었다. 팽덕회 사령관은 병력이 부족하다고 판단하고 증원군을 조속히 보내줄 것을 요청했다. 모택동 주석은 그의 요구를 받아들여 중공군 19병단을 파병했고 이어서 3병단도 파병했다. 또 장진전투에서 동상환자가 많아 오랫동안 요양 중이던 9병단도 치료를 마치고 전선에 복귀했다. 그리하여 중공군은 총 55만 명이라는 어마어마한 대병력으로 5차 공세, 즉 4월 공세를 감행했다. 4월 22일 저녁부터 공세가 시작되자 유엔군은 모든 전선에서 후퇴했다. 그중에서 국군6사단이 화천의 사창리(史倉里)전투에서 가장 피해가 많았다.

인제지구에서 국군3군단 예하의 3사단과 7사단도 적의 공세에

밀리어 후퇴하는 중이었다. 9사단은 이를 지원하기 위해 4월 25일부로 국군3군단에 예속되어 인제로 출동했다.

4월 27일, 9사단장이 교체됐다. 이성가(李成佳)준장은 전출하고 최석(崔錫) 준장이 새로 부임했다. 사단 사령부가 인제로 출동했지만 통신교육반은 막사에 남아서 소정의 교육과정을 모두 마치도록 했다. 넓은 영내에 통신교육반원과 막사를 지키는 위병 약간 명만 남아있을 뿐이었다.

중공군은 4월 28일과 29일, 서울에 진입하려고 최후의 대공세를 감행했다. 이에 맞서 미1기병사단이 서울중심부를 담당하고 좌측에 국군1사단, 우측에 미25사단이 합세하여 가공할 물량의 포탄을 퍼부었다. 중공군은 포탄세례를 받고 막대한 인명만 살상됐을 뿐이고 공세는 좌절됐다. 가평, 춘천, 홍천에서도 공세는 저지됐다. 팽덕회 사령관은 눈물을 머금고 후퇴명령을 내렸다.

"공산군은 공격을 전면 중단하고 총 후퇴하라."

4월 공세가 패배로 끝났음을 알리는 비통한 목소리였다. 팽덕회는 중공군과 북한군의 연합사령관을 겸하고 있어 북한군도 총지휘했다. 중공군이 크게 기대했던 4월 공세가 이처럼 허무하게 패배하리라고는 전혀 예상하지 못했을 것이다. 팽덕회 사령관은 이 치욕을 조속히 만회하려고 차기 공세를 서둘렀다.

5월 초에 박민규 중사의 형이 9사단사령부에 면회 왔다.

"네 편지를 받고 면회 왔다. 어디 불편한 데는 없니?"

"괜찮아요. 저에 대해선 염려하지 마세요."

형은 교육대원들이 수고한다며 술과 간식을 내놓고 갔다.

5월 5일, 드디어 소정의 교육과정을 모두 마쳤다. 다음날 아침에 교육대원 20여 명은 트럭을 타고 적막한 막사를 떠났다. 용포(龍浦)라는 조금한 마을에 사단사령부가 있었다.

통신교육수료식은 사단참모장 박정희(朴正熙) 대령이 임석(臨席)하여 거행되었다. 박 대령은 5월 10일 경, 병가(病暇)를 얻어 후방에 갔고 며칠 후 육군정보학교장으로 전출했다. 그는 후에 이 나라 대통령이 되었다.

교육대원들은 수료식을 마치고 각자 자기 소속부대로 돌아갔다. 28연대 3대대본부는 현리(縣里)에서 서북방향인 원대리(院垈里)에 있었다. 1, 2대대는 전방에서 전투 중이고, 3대대는 예비부대가 되어 천막을 치고 지냈다. 교육 중에 이성열 대대장은 전출하고 손덕균 소령이 새로 왔다. 이 무렵 부식은 미역국만 자꾸 끓여주었다. 대대장은 보급과 박 상사를 불러 야단 쳤다.

"야, 이놈아! 너는 박 상사냐, 아니면 밥장사냐? 군인이 미역국만 먹고 어떻게 힘을 내어 싸울 수가 있나?"

박 상사는 취급하기 쉬운 미역만 사왔다가 단단히 혼이 났다.

원대리는 38선 접경에 있었다. 박민규가 밤에 하도 추워서 들어갔다 붙잡힌 초가집이 영내에 있었다. 박 중사가 가보니 대대의무대가 차지하고 노부부가 있었다. 그는 노인에게 물었다.

"그때 나를 붙잡아갔던 아드님은 지금 어디에 있습니까?"

"전쟁이 일어나자 인민군에 나간 후 소식을 모르지요."

서쪽을 바라보면 높은 능선이 남북으로 길게 뻗었다. 박 중사는 인제의 영창에서 석방되던 날 밤에 저 능선을 타고 38선을 넘어왔던 기억이 생생하게 떠올랐다. 그 때 일을 상기하면서 능선에 올라가보고 싶다는 생각이 간절했다.

이 무렵 전군(全軍)에 걸쳐 각개점호(各個點呼)를 실시했다. 육군본부에 비치되어있는 개인인사기록카드와 현지에 있는 인사기록을 대조해서 이상 유무를 확인하는 작업이었다. 그 결과 통신대 신만섭 상사의 허위기록이 탄로되었다. 그는 영원전투에서 포로가 됐다가 귀환했을 때 이미 전사(戰死)한 일등상사의 군번을 대고 자기가 상사라고 허위신고를 했던 것이다. 확인한 결과 그 군번의 소지자는 성이 최 씨이고 전사했으며 신만섭은 같은 통신대에 있던 하사였음이 밝혀졌다. 신만섭 하사는 곧 후방의 보충부대로 전출했다. 떠날 때 소대원들이 망신을 주었다.

"신 하사, 복장이 시커머면 못쓰는 법이여. 앞으로는 계급을 속이지 말고 양심적으로 살아가기 바라네."

이때 박민규 중사가 신 하사를 옹호해주었다.

"잠간 내말을 들어봐. 신 하사는 용기가 있는 분이야. 인민군에서 탈출할 때 인민군 두 명을 귀순시켜 데려왔거든. 이는 훈장을 받아야 마땅한 일이야. 앞으로도 그 같은 용기를 발휘할 수 있도록 우리는 힘껏 격려해 주면 좋겠어."

신 하사도 듣더니 한마디 했다.

"나는 여러 분의 충고와 박 중사의 격려를 받고 깨달은 바가 있네. 앞으로는 양심적으로 바르게 살아가기로 결심했네."

하루는 박 중사에게 윤향숙 양으로부터 편지가 왔다.

『사랑하는 당신에게

편지를 잘 받아봤어요. 나를 아내처럼 여기고 당신이라 불러주니 고마워요. 나도 이제부터 당신이라 부르겠어요.

당신은 그동안 전투에서 대승을 거둬 특진까지 했다니 대견스럽군요. 앞으로 더 많은 공로를 세우리라 기대하겠어요.

숙모님이 부산에 다시 온 후로 식료품 가게를 차리고 있어요. 나는 요즘 가게 일을 돕느라 바쁘게 지낸답니다. 성당에 자주 나갑니다. 하느님께 당신의 무운(武運)과 건강을 기원하고 있어요. 다음엔 더 좋은 소식이 오기를 고대하면서.

1951년 5월 3일 당신을 사랑하는 향숙 올림』

박 중사는 서지 복을 반납하고 작업복으로 갈아입었다. 그 대신 그에게만 멋진 레인코트가 지급됐다. 연분홍 바탕에 알록달록한 무늬가 있는 사치스러운 우의였다. 대대에 한 벌밖에 안 왔지만 야전용이 아니라서 장교를 제외하고 사병 중에서 가장 중책을 맡고 있는 박민규 무선반장에게 주기로 했다는 것이다.

박 중사는 그 보답으로 무전을 더 멋지게 쳐보리라 다짐했다. 비 오는 날이면 화려한 레인코트를 입고 남들 앞에 자랑해야지. 이렇듯 기대에 부풀었건만 기회는 결코 오지 않았다. 그를 비참하게 만든 운명의 대결전(大決戰)이 시시각각 다가오고 있었다.

제 4 장
현리전투

1. 오미치 차단

국군3군단사령부는 하진부리(下珍富里)에 주둔하고 예하사단들은 인제방면에서 좌로부터 7사단, 9사단, 3사단이 배치되었다. 5월 1일부로 7사단은 3군단 예속에서 벗어나 미10군단에 예속되었다. 단순한 예속변경 같지만 이것이 현리전투의 참변을 일으킨 비극의 씨앗이었다.

3군단에서 예하 9사단과 3사단으로 통하는 군사도로는 하나뿐인데 그 상당한 구간이 7사단 지역이고 미10군단의 전투지경선(戰鬪地境線)에 들어갔다. 그러므로 3군단은 남의 전투지경선을 통과해야 하는 불편한 일이 생겼다. 그 중에서도 오미치(五味峙)고개가 가장 문제였다. 해발 562m로 그다지 높지 않지만 서쪽은 산이 높이 솟아오르고, 동쪽은 절벽같이 뚝 떨어져 그 밑에 내린천(內麟

川)이 흐른다. 그러므로 북쪽에서 오미치를 공격하려면 양쪽은 산과 물이 가로막혀 난공불락의 요새가 된다. 실제로 중공군이 오미치를 점령하면 그 북쪽에 있는 국군 9사단과 3사단은 퇴로가 차단되어 곤경에 처한다.

이 무렵 전세는 유엔군이 반격하여 4월 공세에서 잃었던 땅을 대부분 되찾는 중이었다. 특히 30연대는 5월 7일부터 10일까지 인민군과 격전을 치른 끝에 한석산(寒石山, 1119m)을 탈환하는 전과를 올렸다.

팽덕회 사령관은 4월 공세에서 엄청난 병력이 손실된 것을 참을 수 없는 치욕이라 여기고 이를 조속히 만회하려는 심산이었다. 사령관이 독촉한 결과, 4월 공세가 끝난 지 불과 보름만인 5월 16일, 또다시 대공세를 감행했다. 서부는 미군의 막강한 화력을 당해낼 수 없으므로 5월 공세는 동부의 산악지대에서 전차가 없는 한국군 사단을 공격하기로 했다.

1951년 5월 16일 16시, 5월 공세가 시작하자 중공군은 제일먼저 국군7사단을 집중공격 했다. 두 시간 동안 맹렬하게 포격한 후 18시부터 어마어마한 대병력이 소양강을 건너 7사단진영으로 돌입했다. 5연대진영에는 20군의 3개 사단 9개 연대가 덮쳤고, 8연대진영에도 27군의 3개 사단 9개 연대가 덮쳤다.

5연대진영은 삽시간에 백병전(白兵戰)이 벌어져 처절한 살육장(殺戮場)으로 변했다. 아군은 무참하게 패주했으며 일부 병력은 28연대진영으로 탈출했다. 중공군은 소탕전을 하는 한편 오미치를 차단하기 위해 능선을 타고 남쪽으로 부지런히 달렸다. 5연대장 조성화(趙成華)대령은 밤 10시 경, 28연대장 이창정 대령과 간신히 유선 통화를 할 수 있었다.

"이창정 대령이오? 나는 5연대장 조성화요. 중공군이 어마어마한 대병력으로 쳐들어왔소. 우리연대는 중과부적(衆寡不敵)으로 진지를 버리고 후퇴하고 있소. 적의 포격으로 통신망이 모두 두절됐기 때문에 7사단장에게 전투상황을 보고하지 못하고 있소. 이 대령이 내대신에 보고해 주시오."

28연대장은 이 사실을 즉시 7사단장뿐만 아니라 9사단장에게도 보고했다.

8연대는 견고한 진지를 구축하고 있었으므로 그 속에서 오래도록 저항했다. 그러나 더 견딜 수가 없어 철수하는데 퇴로가 차단되어 좌측의 5사단 진영으로 탈출했다. 다만 1대대는 굳게 포위되어 나오지 못했으며 부연대장과 대대장은 포로가 됐다.

국군3군단 지휘관들은 7사단 5연대가 궤멸된 사실을 16일 밤 10시, 5연대장의 전화통화로 알게 되었다. 중공군이 이 같은 파죽지세라면 머지않아 오미치를 차단하고 3군단을 위협하리라 예상됐다. 3군단 작전참모 이주일(李周一) 대령은 전에 2군단 작전참모로서 중공군 1차, 2차 공세에서 참패한 경험을 뼈저리게 느끼고 있었다. 이 대령은 그 같은 전철(前轍)을 밟지 않으려고 신속히 철수할 것을 건의했으나 그의 뜻은 받아들여지지 않았다.

9사단장 최석(崔錫) 준장도 적이 곧 오미치를 공격하리라 예상하고 병력을 배치하고 싶었다. 그러나 예비인 29연대를 동원할 수 없으므로 3사단장 김종오(金鍾五) 준장에게 요청했다.

“오미치가 위험합니다. 병력을 배치해야 하겠는데 예비인 29연대는 현리와 용포를 방어하고 있으므로 빼낼 수 없습니다. 3사단에서 예비부대를 동원하면 어떻겠습니까?”

이에 대해 3사단장은 난색을 표명했다.

“현재 22연대 정면에 적의 공세가 강화되었소. 예비인 23연대는 22연대를 지원해야 하므로 동원할 수 없소.”

3사단장은 오미치의 위험을 대수롭지 않게 여기고 자기진지만 지키려고 했다. 그리하여 오미치는 아무도 방어하지 않았다.

7사단 예비인 3연대가 방어에 나섰지만 홍수같이 밀려오는 적군을 막아내기에는 역부족이라서 계속 후퇴할 뿐이었다.

운명의 오미치 고개는 17일 새벽 3시, 중공군 20군 60사단 178연대가 점령했다. 중공군은 군의 번호에 3배하면 사단번호가 나오고 사단번호에 3배하면 연대번호가 나온다. 따라서 20군에 58, 59, 60사단이 있고 60사단에 178, 179, 180연대가 있다.

9사단은 사단장의 명령으로 공병대와 보급수송차량을 후방으로 철수시키고 있었다. 차량행렬을 지휘하는 이근양 중령이 오미치 밑에 왔을 때 차량들은 모두 정지하고 있었다. 이 중령은 웬일인가 해서 공병대원을 지휘하여 오미치 정상에 올라가보니 중공군이 점령하고 있었다. 중공군이 접근해오므로 그들은 다급해서 뛰어내려왔다. 부사단장 이용문(李龍文)대령이 철수대열을 총지휘하여 오미치 밑에 왔다. 부사단장은 이 중령으로부터 오미치가 중공군에 점령됐다는 보고를 받은 즉시 최석 사단장에게 유선전화로 알렸다.

3군단장 유재흥(劉載興)소장은 전에 2군단장으로 중공군 1차, 2

차 공세에서 패하여 군단이 해체된 바가 있다. 이번엔 3군단장으로 현리전투를 지휘하게 됐으니 어찌될지 귀추가 주목된다.

유재흥 장군은 밤 10시, 5연대가 격파되었다는 보고를 받았지만 예비인 3연대가 지연작전을 잘 펼쳐 주리라 믿었다. 그래서 다음날 아침까지의 상황을 지켜본 다음에 적절한 조치를 취하려고 했다. 그런데 새벽 3시에 오미치가 중공군에 점령됐다는 보고를 받고 대경실색했다. 소양강에서 오미치까지는 지도상거리 25km나 되는 험한 산인데 야밤에 지리에 미숙한 그들이 어찌하여 그 시각에 도달할 수 있었다는 말인가? 하지만 인제 남쪽에서 오미치까지 능선이 곧게 뻗었다. 5연대를 돌파한 중공군이 그 능선을 타고 나왔다면 충분히 가능한 일이었다.

3군단 병사 중에 밤에 그 능선을 타고 38선을 넘어온 사람이 있으니 그는 바로 박민규 중사다. 박 중사는 대암산(大岩山) 바위를 넘을 때가 약간 험난했을 뿐이고 그밖에는 순탄해서 넘어오기 쉬웠다. 중공군은 야간행군에 이력이 난지라 그 능선을 단숨에 넘어왔을 것이다.

5월 17일 이른 새벽에 28연대 3대대에 비상이 내렸다. 박민규 중사는 자다 말고 천막 밖으로 나왔다. 산에서 위생병들이 들것을 들고 내려오다 천막 옆에 내려놓고 쉬었다. 그들은 몹시 과로에 지친 듯 숨을 헐떡거리며 땀을 닦고 있었다. 들것에 누워있는 부상자들은 중상을 입은 듯 피투성이였다. 두 사람은 장교이고 한 사람은 상사였다. 박 중사가 위생병들에게 물었다.

"웬 부상자들이요? 어디서 전투가 벌어졌어요?"

"저 산 너머에서 전투가 크게 벌어지고 있어요."

"소속이 어디요?"

"7사단 5연대요."

"여기는 9사단 28연대 진영인데 왜 이리로 왔어요?"

"중공군이 엄청난 병력으로 쳐들어왔어요. 아군은 퇴로가 차단되어 이리로 피해왔어요."

위생병이 물었다.

"여기 혹시 구호소가 없습니까?"

"저기 가면 초가집이 있어요. 거기가 우리대대 의무대요."

위생병들은 들것을 들고 허둥지둥 내려갔다.

얼마 후 산 위에서 웬 낯선 군인들이 휘청거리며 내려오고 있었다. 모두 50여 명이나 되고 장교도 포함되어있었다. 그들도 밤새도록 전투에 지치고 혼이 나간 사람들 같았다.

28연대 3대대는 새벽에 출발하여 8시경에 현리(縣里)에 도착했다. 현리는 마을이 꽤 크고 인제군 기린면(麒麟面)사무소가 있다. 이때는 3사단 사령부가 주둔하고 있었다. 현리 들판에 여러 부대의 많은 군인들이 속속 모여들고 있었다.

9사단장은 새벽 4시에 예하연대에 철수명령을 내렸다.

"방어임무를 즉시 중단하고 속히 현리로 철수하라."

3사단장은 오전 8시경, 28연대가 철수했다는 보고를 받은 다음에 예하연대에 철수명령을 내렸다.

"18연대, 22연대순으로 철수하라. 23연대는 타부대의 철수를 엄호한 후에 철수하라."

23연대는 너무 늦게 철수했으므로 추격하는 적군과 싸우느라 밤 늦게 현리에 도착할 예정이었다. 후미에서 따라오던 많은 군인들이 적군의 추격을 받고 전사 또는 포로가 됐다.

현리 들판에 수많은 군인들이 계속 모여들었다.

"적군에 포위됐다!"

이런 말이 오고갔지만 병사들은 별로 걱정하지 않았다. 이렇게 많은 군인들이 모였는데 무엇이 겁나랴?!

용포(龍浦)에 있던 9사단사령부는 가까운 오미치에 적군이 와있으므로 현리로 철수했다. 용포란 조그만 부락이고 행정상 현리에 속한다. 현리중심부에서 남쪽으로 약 4km 떨어져있다.

오전에 3사단장과 9사단장이 만나 작전을 협의했다. 오미치의 적을 격퇴하고 철수하기는 어려우리라 판단하고 이 같은 의견을 군단장에게 보고하였다. 그러나 군단장은 단호하게 명령했다.

"3사단과 9사단이 합동하여 오미치의 적을 격퇴하고 차량과 중장비를 가지고 나오라."

현리에 집결한 3군단병력은 부대별로 정렬하여 마냥 기다렸다. 점심때가 지났어도 밥은 주지 않았다. 소총부대의 몇 사람만이 반합에 밥을 지어 갖고 와서 눈치를 보며 먹고 있었다.

오후 2시경, 3사단장과 9사단장이 현리의 서쪽 들판에 있는 간이 비행장에 갔다. 잠시 후 경비행기가 착륙하고 유재흥 3군단장이 미 고문관을 대동하고 내렸다. 군단장과 두 사단장이 모여 작전회의를 했다. 적의 포위망을 어떻게 빠져나갈 것인가? 군단장은 오전에 명령한 바와 같이 단호하게 명령했다.

"오미치의 적을 격퇴하고 장비를 가지고 나오라."

하지만 이날 오전에 대암산 바위 위로 중공군이 개미떼처럼 줄지어 나가는 장면을 29연대 전초고지에서도 목격했고 미군기의 항공 정찰에서도 확인했다. 이런 식으로 몇 시간 동안 나왔다면 그 병력은 어마어마하게 많을 것이 아니겠는가?

실제로 7사단은 중공군에 쫓기어 오미치에서 남쪽으로 멀리 후퇴했다. 이때 7사단병력이란 3연대가 위주였고 5연대는 겨우 86명이 참가했으며 8연대는 5사단진영으로 탈출하여 참가할 수 없었다. 이날 한밤중에 아몬드 10군단장은 명령한다.

"7사단은 서쪽으로 멀리 홍천군 서석면 풍암리로 철수하라."

7사단이 서쪽으로 멀리 가버리면 오미치로부터 운두령까지의 긴 구간이 모두 적의 수중에 들어가고 만다.

사단장들은 공격이 매우 어려우리라 예상했지만 군단장의 명령이 단호하니 따르지 않을 수 없었다. 3사단장이 제안했다.

"2개 사단에서 각각 1개 연대씩 선발해서 오미치를 돌파하려고 합니다."

군단장은 이를 승인하고 다음과 같이 명령했다.

1) 오미치를 공격하여 돌파하라.
2) 두 사단장이 협의하되 최종적인 결정권은 선임(先任)인 김종오 3사단장에게 부여한다.
3) 철수하여 창촌에 집결하라.

회의를 마치고 군단장은 비행기를 타고 하진부로 돌아갔다.

비행기가 날아가는 걸 보고 병사들은 저마다 떠들었다.

"야, 우리사단장이 비행기를 타고 간다."

"적군에 포위됐으니까 사단장은 비행기를 타고 먼저 가는 거야. 비행기를 타고 가니 얼마나 편할까?"

그러나 사단장들의 심정은 편하지 않았다. 승산이 없는 전투를 어떻게 치러야할지 그저 눈앞이 캄캄할 뿐이었다. 두 사단장이 협의하여 대략 다음과 같은 계획을 세웠다고 하나 확실치 않다.

가) 3사단 18연대와 9사단 30연대를 공격부대로 선정한다.

나) 공격 개시선은 용포교(龍浦橋)로 하고 18연대 전술지휘소에 지휘본부를 둔다.

다) 공격개시 시각은 17일 밤 9시로 정한다.

라) 오미치까지의 7km구간은 30연대가 공격하고 18연대는 엄호한다. 오미치는 18연대가 공격하고 30연대는 엄호한다.

사단장들은 이 같은 계획에 대해서 연대장들과 의논하지 않았다. 18연대장과 30연대장 간에도 전혀 협의가 없었다.

오후 4시 경, 수송기가 와서 낙하산으로 상자 몇 개를 떨어뜨렸다. 사단장의 요청으로 포탄과 건빵을 보내온 것이다.

2. 비참한 철수전

1) 5월 17일

오후 5시경, 현리에 집결한 3군단병력은 남쪽을 향해 출발했다. 오미치를 돌파하고 장비를 가지고 나올 계획이었다. 9사단이 앞에 서고 3사단이 뒤를 따랐다. 박민규 중사 일행이 용포 가까이에 갔을 때 전방에서 총소리가 들렸다. 탕, 탕, 탕, … 총소리가 계속 울리자 군인들은 행군을 멈추고 그 자리에 서서 기다렸다.

용포의 남단에 용포교(龍浦橋)가 있다. 공격명령을 받은 30연대 3대대가 제일 먼저 용포교를 건너 몇 개의 고지를 점령하고 대기했다. 다음에 18연대의 2대대와 3대대가 용포교를 건너지 않고 그 주변에 산개(散開)했다. 그 뒤를 따라 오던 9사단 병력은 용포에 집결하는 중이었다.

오후 5시 50분 경, 용포 서쪽의 산 속에서 방어중인 29연대 1대대진영에 중공군이 침입하여 총격전이 벌어졌다. 중공군이 쏜 총탄이 용포에 집결하고 있는 9사단진영에도 날아와 큰 위협이 되었다. 수많은 국군이 적탄이 날아오는데도 무방비상태로 노출되었으니 매우 당황했다. 사태는 이렇듯 위태해졌지만 그들에게 명령하는 자는 아무도 없었다. 적탄을 피하려면 동쪽 산으로 올라가는 수밖에 없었다. 성급한 군인들이 산에 오르자 이를 지켜보던 군인들이 제지하기도 하고 따라 오르기도 했다. 대오는 점점 흐트러지고 혼란해질 뿐이었다. 용포에서 최고지휘관은 9사단장 최석 준장이었다. 그의 보좌관들이 다급해서 재촉했다.

"각하, 어떻게 하시겠습니까? 속히 명령을 내려주십시오."

그러나 사단장은 결단을 내리지 못하고 주저했다.

"내가 뭐라고 명령하면 좋겠소?"

군단장으로부터 오미치를 돌파하라는 군령을 받았는데 이를 거역하고 산으로 올라가라고 명령할 수는 없는 일! 그렇다고 적탄이 날아오는 용포에서 공격을 개시하는 밤 9시까지 대기하라고 명령하기도 어려운 상황이었다. 사단장은 이러지도 저러지도 못하고 부하들의 행동을 지켜보기만 했다. 적탄은 계속 날아오고 지휘관들이 제지하지 않자 군인들은 너나 할 것 없이 모두 산으로 올라갔다. 사단장도 부하들의 뒤를 따라 산으로 올라가는 수밖에 없었다. 용포의 모든 군인들이 산으로 오르자 북으로 길게 늘어섰던 군인들이 연쇄적으로 산에 올라갔다. 그리하여 오미치 돌파계획은 무산됐다.

그곳은 방태산(芳台山)의 서쪽 끝자락이었다. 방태산은 해발 1444m나 되는 높은 산이고 주능선(主稜線)이 동서로 길게 뻗었다. 서쪽은 용포에 와서 뚝 그친다. 박민규 중사 일행이 산에 처음 오를 때는 경사가 심해서 기어서 오르다시피 했다. 용포에서 현리까지 길게 늘어섰던 군인들이 연쇄적으로 산에 올라갔지만 나중에는 하나의 주능선에서 합치게 된다. 이때 2개 사단병력이 한데 엉

켜서 대 혼잡을 이루는 장면을 상상해 보라! 자기 소속부대는 형체도 없이 사라지고 아무도 지휘할 수 없는 오합지졸(烏合之卒)로 변했다. 통신소대도 뿔뿔이 흩어졌지만 무선반원 7명은 박 중사가 악착같이 인솔해서 흩어지지 않았다. 밤 8시경 숲 속이 캄캄해서 그들은 아무데서나 낙엽을 깔고 잤다.

박 중사가 누워있는 머리맡에서 3미터 쯤 떨어진 곳에 어떤 군인이 앉아서 손전등을 비춰가며 지도를 보고 있었다. 누군가 하고 유심히 살펴보니 28연대장 이창정 대령이었다.

'아! 우리 연대장이 옆에 있어서 마음이 든든하구나.'

병사들은 상관이 옆에 있으면 사기가 오른다고 한다.

9사단 포병대장 장경석(張庚石) 소령은 포병의 철수명령을 받으려고 9사단장을 찾았다. 그러나 사단장의 승용차만 발견됐을 뿐이고 그 부근에 아무도 없었다. 장 소령은 3사단 포병대장 송찬호(宋贊鎬) 소령을 만나 협의했다.

"용포의 군인들이 모두 산으로 올라갔소. 9사단장도 차를 버리고 산에 올라갔소. 우리도 포를 파괴하고 철수합시다."

송찬호 소령도 같은 의견이었다.

"나도 3사단장으로부터 철수명령을 받으려고 했지만 통화가 안되오. 보병이 철수했으니 우리도 철수해야지요."

두 포병대는 어둠 속에서 적진을 향해 조준도 안하고 포탄을 마구 퍼부었다. 그리고 포를 파괴하고 산으로 철수했다.

18연대의 2대대와 3대대는 여전히 용포교 동편에 산개하여 대기하고 있었다. 2대대장 정승화(鄭昇和) 중령은 무전기로 연대장과 통화하려고 무척 애를 쓰다가 밤 8시경에 통화가 가능했다. 18연대장 유양수(柳陽洙)대령은 명령했다.

"군단병력은 방태산으로 철수하고 있다. 2대대는 방태산으로 오르는 고지를 점령하고 아군의 철수를 엄호하라."

명을 받고 2대대는 산으로 올라가 높은 고지에서 아군의 철수를 엄호했다. 3대대는 연대장과 통화가 안 됐으므로 용포교에서 바로 철수했다. 29연대는 현리와 용포에서 방어전을 치르고 최후미에서 철수했다. 30연대 3대대는 고지에서 오래도록 대기하고 있다가 밤 늦게 철수했다.

2) 5월 18일

철수병력은 새벽부터 일어나 걷기 시작했다. 오솔길을 내려갈 때는 많은 군인들이 몰려들어 혼잡했다. 박민규 중사는 혼잡한 가운데서도 무선반원들을 악착같이 인솔하려고 애를 썼다. 그런데 발전기를 멘 허철(許哲) 일등병이 잘 걷지 못하고 뒤에 처졌다. 허 일병은 서울태생이고 동국대학교 2학년 재학 중이었다. 그는 원래 유선반에 있었으나 무선반에 오기를 간청했으므로 박 중사가 받아주었다. 그는 철학과에 다닌 듯 가끔씩 철학에 관한 이야기를 해서 동료들을 즐겁게 해주었다. 발전기는 쇳덩어리라서 무겁고 멜빵으로 한쪽 어깨에 메면 반대쪽 옆구리에 매달린다. 허 일병이 발전기를 메고 뒤떨어지기에 박 중사가 야단쳤다.

"허 일병, 왜 떨어지나? 빨리 따라와."

"반장님, 힘들어 못 걷겠어요. 미안해요."

그는 참을성이 부족했다. 할 수 없이 박 중사는 발전기를 유진석 일병이 메도록 하고 유 일병의 배낭을 허 일병이 메도록 했다. 그래도 허 일병은 잘 걷지 못하고 뒤에 처졌다.

가다가 내린천을 건너야 했다. 강폭이 넓은 대신에 수심은 얕았다. 강 건너편은 공터가 넓어서 많은 군인들이 강변에 앉아서 발을 닦으며 쉬고 있었다. 박 중사가 말했다.

"강을 건너면 허 일병을 찾기 어려울 것 같다. 여기서 기다리기로 하자."

무선반원들은 모두 강변에 앉아서 기다렸다. 박 중사와 한인범 중사는 기다리는 시간이 지루해서 강물에서 발을 씻고 있었다.

이때였다!! 강 건너 산꼭대기에서 웬 낯선 군인들이 뛰어 넘어오고 있었다. 복장은 누렇고 쌀자루 같은 배낭을 메고 있었다. 처음엔 10여명 정도였으나 그 뒤로 계속 넘어오는데 나중에는 50명도 넘는 듯 했다. 그들은 더 가까이 뛰어내려오더니 아군을 향해 무차별 사격을 퍼부었다. 탕, 탕, 탕,… 따따따따… 따따따따… 소총 소리와 함께 따발총 소리가 요란하게 울렸다. 강변에 몰려있던 군인들이 깜짝 놀랐다.

"아?! 인민군이다!"

그들은 다급해서 뛰기 시작했다. 강을 건넌 군인들은 강변을 따라 행군 방향인 동쪽으로 뛰었고 강북에 있던 군인들은 북쪽의 가파른 산으로 뛰어 올라갔다. 그들을 지휘하는 자는 아무도 없어서 제멋대로 행동했다. 1개 군단 병력이 1개 중대도 못 되는 적군에 대항도 못하고 달아났으니! 이는 국군으로서 가장 수치스러운 장면이라 아니 할 수 없으며 훗날 웃음거리가 됐다.

박 중사와 한 중사는 남들이 달아난 후에야 발을 닦고 신발을 신고 뛰기 시작했다. 총소리는 계속 요란하게 울렸다. 가파른 산을 올라가는데 앞서간 군인들이 총이나 배낭을 벗어던져 여기저기에 흩어졌다. 박 중사와 한 중사도 한참 오른 후에야 배낭을 벗어 던졌다. 드디어 방태산의 주능선에 올라섰다. 능선을 따라 병사들이 삼삼오오 떼를 지어 동쪽으로 이동하고 있었다. 산은 무척 높아서 5월 중순인데도 찬바람이 불고 비가 오다가 나중에는 눈발이 펄펄 날렸다. 그들은 능선을 따라 한참 나간 후 남쪽으로 내려갔다. 날이 어두워졌으므로 숲 속에 들어가 잤다.

고요한 밤에 멀지않은 곳에서 피리소리가 처량하게 들렸다. 그 곡조는 어찌나 구슬픈지 사람의 애를 끊을 것 같고 피눈물이 쏟아질 지경이었다. 이는 포위된 병사로 하여금 싸울 용기를 잃게 하고 항복을 유도하려는 심리전이었다. 박 중사는 피리소리를 듣고 신만섭 하사가 하던 이야기가 생각났다.

"저건 중공군이 부는 피리소리요. 전에 신만섭 하사가 영원전투에서 중공군이 피리를 불더라는 얘기를 했어요. 바로 저 소리와 같았을 거요. 그 얘기를 귀담아듣고 정신을 차려야 했는데."

한 중사도 불만을 터뜨렸다.

"허 일병이 낙오되지 않았으면 우리는 멀리 갔을 거요. 그 놈이 괜히 무선반에 들어와서 우리를 골탕 먹였소."

그들은 피리소리에 눈물을 흘리며 가슴이 오그라지는 듯 했다.

이날 강변에서 기습을 받았던 곳은 인제군 상남면 미산리(美山里)다. 그곳에서 강변도로를 따라 동남쪽으로 약 15km 가면 홍천군 내면 광원리(廣院里)가 된다. 3군단 철수병력은 대부분 광원리에 갔다. 광원리로 안가고 산을 넘어 남쪽으로 곧장 나간 군인들은 대부분 중공군에 포로로 잡혔다. 중공군은 아군을 포위해 놓고 나팔을 불며 접근해 왔다. 이는 패잔병의 사기를 더욱 떨어뜨려 대항하지 못하게끔 하려는 심리전이었다. 국군병사들은 꼼짝도 못하고 그들에게 포로로 잡혔다.

철수병력의 선봉대열은 광원리를 지나 저녁에 창촌(蒼村)을 통과하려 했다. 그러나 중공군이 차단하고 있어 우왕좌왕했다.

오전에 미군기가 와서 현리와 용포 간에 버려진 아군차량을 네이팜탄으로 폭격했다. 18연대 2대대 장병들은 고지에서 철수병력을 엄호하는 한편 폭격하는 장면을 환히 볼 수 있었다. 그들은 오후에 하산하여 내린천 북쪽 강변을 따라 이동했다.

3) 5월 19일

박 중사와 한 중사는 새벽에 일어나 걷기 시작했다. 산을 내려가는데 정면으로 약 50m되는 거리에서 인민군 여러 명이 옆으로 지나가고 있었다. 그들은 두 사람을 발견하자 걸음을 멈추고 빤히 쳐다보는 것이었다. 인민군장교가 손짓을 해가며 소리쳤다.

"내려와라! 괜찮다. 손들고 내려와라!"

두 사람은 기겁해서 다시 뛰어올라갔다. 인민군이 소리쳤다.

"서! 도망가면 쏜다."

탕, 탕, 두 사람이 산 속으로 깊이 숨어버리자 잠잠해 졌다.

남쪽을 향해 계속 내려가다 보니 정면으로 먼 골짜기에 강물이 흐르고 거기에 인민군 여러 명이 지키고 있었다. 두 사람은 강을 피하려고 동쪽으로 자꾸 이동했다. 그러나 아무리 가도 강은 계속 동쪽으로 뻗어가고 있었다. 할 수 없이 그들은 위험을 무릅쓰고 강을 건넜다. 그러자 인민군들이 쫓아오며 총을 쐈다. 탕, 탕, 탕, … 이때 박민규 중사가 오른팔에 총탄을 맞고 앞으로 푹 쓰러졌다. 같이 뛰던 한인범 중사가 걸음을 멈추고 불렀다.

"박 중사!" "박 중사!"

그러나 박 중사는 꼼짝도 못 하고 아무 대답도 못했다. 한 중사는 박 중사가 적탄에 급소를 맞고 목숨을 잃었으리라 판단했다. 인민군이 쫓아오므로 그는 더 지체할 수가 없어 도망가야 했다. 이때 박 중사는 일부러 죽은 체 하고 가만히 엎드려 있었다. 만약에 한 중사가 자기를 구출하러 온다면 위험하리라 여겼기 때문이다. 소매를 걷어보니 상처에서 피가 철철 흘러나왔다. 손수건으로 꽉 눌렀지만 피는 멈추지 않았다. 뒤에서 쫓아오던 인민군이 박 중사를 발견하고 소리쳤다.

"손들어!"

박 중사는 엎드린 채 왼손을 겨우 들어보였다. 인민군 세 사람이 와서 그를 연행하여 인민군집결지에 갔다. 거기에 국군포로 여러 명이 있었다. 상처를 보니 4, 5cm간격으로 두 군데서 피가 흘러나오고 있었다. 총알이 옆으로 살짝 뚫고 지나간 자국이었다. 인민군이 박 중사의 팔에 압박붕대를 감아주어 피는 조금 멈췄다. 강변을 따라 한참 내려간 후 인민군 연대본부 쯤 되는 곳에 들어갔다. 거기에 국군포로가 엄청나게 많았다. 박민규는 구호소에 가서 치료를 받았다. 인민군 남자군의관과 여자간호병이 상처를 봉합수술 해주었다. 군의관이 말해주었다.

"동무, 상처는 매우 가볐소. 잘 치료하면 곧 나을 거요."

박민규는 상처가 가볍다는 말에 고무되어 새로운 희망과 용기를 얻었다. 상처 때문에 죽을 염려는 없으리라 여기고 탈출하기로 결심했다. 밤에 잠잘 때 감시망을 피해 살며시 탈출했다. 상처의 통증을 참으면서 부지런히 산 속을 걸었다. 나중에는 기진맥진해서 숲속에 들어가 낙엽을 깔고 잤다.

광원리에 집결한 철수병력은 창촌에 적군이 있어 나가지 못하고 밤새도록 우왕좌왕했다. 새벽 4시경, 별안간 호각소리가 나고 지휘자의 우렁찬 목소리가 들렸다.

"나는 30연대 3대대장 김진동(金鎭東)중령이다. 창촌에 적군이 있어 나갈 수 없다. 그러므로 동쪽의 을수동(乙水洞) 계곡으로 나가고자 한다. 3대대 장병들은 대오를 갖추고 나를 따르라. 타 부대 군인들도 우리의 뒤를 따르라."

3대대는 용포에서 맨 나중에 철수했기 때문에 대오가 흩어지지 않고 잘 유지됐다. 타 부대원들도 그들의 뒤를 따라갔다.

18연대 2대대는 새벽에 내린천을 건너 남쪽으로 곧장 나갔다. 얼마쯤 갔을 때 중공군이 사방을 포위하고 나팔을 불며 접근해왔다. 2대대 장병들은 돌파작전을 시도했지만 중공군의 사격을 받고 저지되었다. 중공군이 가까이 와서 소리쳤다.

"쥐셔(擧手, 손들어)!" "라이라이(來來, 이리와라)!"

제아무리 백골부대 용사라지만 중공군의 기세에 꺾여 꼼짝도 못하고 포로로 잡혔다. 정승화 대대장도 포로가 됐다. 다만 8중대는 무거운 박격포와 중기관총을 메고 다니는 화기중대라서 먼저 나갔기 때문에 포위망에 걸리지 않고 무사히 통과했다.

3군단 부군단장 강영훈(姜英勳)준장은 비행기를 타고 다니며 확성기로 방송했다.

"창촌에 적군이 있다. 창촌에 가지 말고 하진부로 가라."

철수병력은 대부분 무기를 버리고 계급장도 떼어버렸다. 3일간 산속을 헤매느라 굶주림과 과로에 지쳐서 기진맥진했다.

이 비참한 대열 속에서 3사단장과 9사단장도 병사들과 똑같이 행동했다. 사단장도 배가 고프기는 마찬가지였다. 어떤 사병이 옥수수를 먹고 있기에 사단장이 손을 내밀었다.

"야, 옥수수 나 좀 다오."

사병은 그가 사단장인줄 모르고 욕설을 퍼부으며 주먹으로 치려는 시늉까지 했다. 옆에서 지켜보던 사단참모가 말렸다.

"야, 너 그러면 못 써! 이분은 사단장 각하시다."

사병은 깜짝 놀랐다.

"각하! 대단히 죄송합니다. 이거 드십시오."

사병은 그 아까운 옥수수를 절반이나 각하에게 드리고 어디론가 총총히 사라졌다.

철수병력의 마지막 난관은 해발 1,000m가 넘는 차령산맥(車嶺

山脈)을 넘는 일이었다. 대다수의 철수병력은 광원리에서 을수동 계곡을 지나 을수재(1,150m)를 넘었다. 을수(乙水)란 강물이 을(乙)자 모양으로 꼬불꼬불 흐른다고 해서 붙인 이름이다.

예전에 광원리 주민들은 광원리에서 18km나 되는 을수재를 넘어 하진부리에 가서 소금을 비롯한 생활필수품을 사왔다.

철수병력의 선봉대열은 19일 오후부터 경강국도상의 하진부리, 속사리, 유천리에 와서 구출되었다.

4) 5월 20일

새벽이 되자 박민규는 걷기 시작했다. 조심스럽게 가던 중에 국군 두 사람을 만나 동행했다. 그들은 그때까지도 총과 배낭을 메고 있었다. 웬 일이냐고 물었더니 그들이 말해주었다.

"우리는 9사단 대전차포 중대요. 현리에서 가장 늦게 출발했기 때문에 낙하산으로 투하한 건빵을 우리중대원들이 나눠가졌어요. 그걸 먹어서 아직은 힘이 남아있어요."

민규는 그들에게 건빵이 있느냐고 묻고 싶지만 차마 그 말이 입에서 나오지 않았다. 이 비상시기에 식량이 있고 없고는 생사를 좌우하리만큼 중요한 것인데 어찌 남의 생명을 요구할 수 있을까! 두 사람은 대담하고 침착해 보였다. 산을 비스듬히 올라가는데 위쪽에서 인민군 여러 명이 떠들면서 내려오고 있었다. 두 사람은 바위틈에 숨어서 총을 겨누었다.

"쏠까?" "쏘자!"

하지만 인민군은 여러 명이 앞뒤로 간격을 유지하며 내려오고 있었다. 선불리 대항했다간 모두 전멸될 것 같았다. 그들은 끝내 쏘지 못하고 총만 겨누고 있었다. 인민군이 가까이 와서 그들을 발견하고 총을 겨누며 소리쳤다.

"손들어!"

두 사람은 총을 버리고 손을 들었다. 인민군 4, 5명이 와서 총을 뺏고 몸수색 한 후 활짝 웃는 얼굴로 소리쳤다.

"동무들, 해방됐소!" "동무들은 이제 해방이오! 반갑소."

하면서 악수를 청하는 것이었다. 세 사람은 어리둥절하면서도 악수를 하고나니 마음이 한결 놓였다.

국군포로는 이동할수록 인원이 증가하여 강변대로에 왔을 때는 장사진을 이루었다. 그들은 몹시 굶주린 상태에서 하루 종일 행군만 했다. 어떤 포로들은 배가 하도 고프고 기진맥진해서 길가에 쓰러졌다. 박민규도 상처에서 피를 많이 흘려 기운이 없고 현기증이 나서 길가에 쓰러 졌다. 뒤에서 인민군 여러 명이 따라오고 있었다. 인민군장교가 민규를 툭툭 차면서 소리 질렀다.

"동무, 일어나기요."

"피를 많이 흘려서 기운이 없어요."

"그러면 죽어도 좋단 말이오?"

인민군장교는 권총을 들이대고 쏘려고 했다. 민규는 깜짝 놀라서 정신이 번쩍 들었다.

"아! 제발 쏘지 마세요. 일어나겠어요."

민규는 죽지 않으려고 온 힘을 다해 행군대열을 쫓아가려고 무진 애를 썼다. 뒤편에서 가끔씩 총소리가 들렸다. 탕, 탕, 탕, 낙오자들은 이렇게 처리되는 것이었다.

이 비참한 대열 속에서 18연대의 부연대장과 2대대장이 함께 행군하고 있었다. 부연대장은 잘 걷지 못해서 포로가 됐고 행군대열 속에서도 기어이 낙오되고 말았다. 대대장은 부연대장을 구출할 수 없었던 일을 몹시 안타까워했다.

한인범 중사는 악착같이 달려 20일 밤에 구출되었다. 그는 박민규 중사가 적탄에 맞고 그 자리에서 전사했다고 보고했다.

현리전투는 1차로 중공군 20군과 인민군 5군단이 합동작전으로 국군 3군단을 포위공격 했다. 2차는 중공군 27군과 12군 그리고 인민군 2군단이 차령산맥을 넘어 국군을 추격했다.

5월 20일까지 구출된 인원은 3사단이 3,621명, 9사단이 4,582명, 계 8,203명이었다. 이는 처음 인원의 37.2%에 해당한다. 이후에도 많은 인원이 구출됐지만 인명피해는 엄청나게 많았다.

현리전투는 국군 1개 군단이 총 한 번 못 쏘고 무기를 버리고 달아나다 궤멸된 어처구니없는 비극이었다.

사가(史家)들은 말한다. 우리나라의 3대 패전은 임진왜란 때 원균(元均)이 지휘하다 전멸한 칠천량해전(七川梁海戰)과, 병자호란(丙子胡亂) 때 경상도 관군이 남한산성(南漢山城)에 입성하려다 청군(清軍)에 궤멸된 쌍령전투(雙嶺戰鬪)와, 한국전쟁 때의 현리전투(縣里戰鬪)라고 한다.

3. 5월 공세와 반격

국군포로는 계속 증가하여 4,000명이 넘는 듯 했다. 그들은 국도를 따라 북으로 행군했다. 미군기가 갑자기 나타나면 그 많은 인원이 미처 숨을 곳을 찾지 못해 당황했다. 그러나 폭격은 한 번도 당하지 않았다. 미군비행사가 포로의 집단임을 알고 폭격을 안 하는 것 같았다. 기관포 쏘는 소리가 사방에서 드르륵, 드르륵, 울리고 네이팜탄을 투하하여 시커멓게 타버린 곳도 있었다. 포로들은 국군이 패망하여 멀리 달아났으리라 여겼다.

1) 5월 21일

이른 아침에 용평(龍坪)의 3군단 간이비행장에서 밴 플리트 미8군사령관과 백선엽 1군단장과 미3사단장이 모여 작전회의를 했다. 사령관은 지도를 펼쳐놓고 명령했다.

"3군단 지역으로 침입한 공산군을 귀관들이 막아야 한다. 국군1군단은 동에서, 미3사단은 서에서 협동하여 적을 격퇴하라."

그들이 회의를 마치고 떠나자 곧 공산군이 경강국도에 육박했다. 3군단철수병력은 무기가 없으므로 싸우지 못하고 총퇴각했다. 3군단사령부는 영월로, 3사단은 정선군 임계로, 9사단은 평창군 대화로 철수했다.

중공군은 경강국도를 완전히 점령하고 승전을 자축했지만 그 기쁨은 하루도 못 넘겼다. 이날 경기도 광주(廣州)에서 예비부대로 있던 미3사단이 번개같이 나타나서 운두령을 향해 반격했다.

대관령에 이미 11사단 20연대가 방어하고 있었지만 이날 오후 수도사단 1연대가 급히 증파됐다. 1연대가 미처 방어태세를 갖추기도 전에 중공군과 인민군의 합동 5개연대병력이 대관령으로 쇄도하여 치열한 공방전이 벌어졌다.

2) 5월 22일

대관령에서 공방전은 하루 종일 격렬했다. 전면에서 싸우던 20연대는 전력이 소진되어 물러났고, 1연대는 야간까지 결사적인 방어전을 치른 끝에 공산군을 격퇴하고 대관령을 사수했다. 이날 3사단은 1군단에 예속되고 9사단은 미10군단에 예속되었다.

미 3사단은 이날 18시에 운두령을 완전히 탈환했다. 운두령은 공산군이 경강국도로 나오는 유일한 통로로서 모든 병력이나 군수물자는 이 고개를 통해 나왔다. 그런데 이 중요한 고개가 적군에 탈환됐으니 어쩌겠는가? 공산군은 보급이 끊겨서 싸울 수가 없고 후퇴하려 해도 퇴로가 차단되어 도리어 역 포위되었다. 이로써 전세는 대역전되었다. 승승장구(乘勝長驅)하던 공산군의 기세가 이처럼 급전직하(急轉直下)하리라고는 아무도 예상하지 못했을 것이다.

3) 5월 23일

경강국도에 진출한 공산군은 진퇴양난에 이르렀다. 팽덕회 사령관은 눈물을 머금고 후퇴명령을 내렸다.

“공산군은 총 후퇴하라.”

5월 공세가 패배로 끝났음을 알리는 비통한 목소리였다. 공산군은 운두령이 막혔으므로 차량과 중장비를 모두 버리고 산으로 퇴각했다. 미3사단과 수도사단이 그들을 맹렬하게 추격했다.

중공군이 총 후퇴하는 와중에 유독 12군 31사단 91연대는 무선통신이 안 되어 후퇴명령을 받지 못했기 때문에 계속 국군9사단을 추격했다. 9사단후미대열은 다급해서 모릿재로 뛰어오르고 중공군은 더 빠른 속도로 쫓아와서 총격을 가했다. 탕, 탕, 탕, 간격은 점점 좁혀져서 위기일발의 순간에 이르렀다. 이때 모릿재에서 웬 군인들이 중공군을 향해 일제히 소총사격을 퍼부었다. 탕 탕 탕 … 총소리는 요란했다. 중공군은 별안간 기습사격을 받고 추격을 멈췄다. 사격을 퍼붓는 군인들은 30연대 3대대 장병들이었다. 9사단장 최석 준장은 30연대장 손희선 대령과 3대대장 김진동 중령을 불러놓고 명령했다.

“우리 사단에서 현재 전투력을 유지하고 있는 부대는 오직 30연대 3대대뿐이다. 지금 중공군이 추격해 오고 있다. 3대대는 즉시 모릿재에 올라가서 적을 격퇴하라.”

3대대 장병들은 모릿재에 오르자 곧 중공군이 추격해 왔으므로 일제히 소총사격을 퍼부었다. 중공군은 별안간 국군의 반격을 받고 당황했다. 그들은 더 이상 추격하기가 어려우리라 판단하고 철수했다. 9사단은 무사히 대화로 철수했다. 모릿재는 하진부와 대화간의 도로상에 있고 진부면과 대화면의 경계가 된다.

중공군 91연대는 이제 적진에 깊이 들어와 고립되었음을 알았다. 퇴로는 겹겹이 차단되어 돌아갈 길은 망막했다. 그래도 91연대 병사들은 온갖 고난과 위험을 무릅쓰고 용감하게 철수작전을 감행했다. 천신만고 끝에 그들은 29일, 양구북방에서 중공군 진영으로 복귀하는데 성공했다. 팽덕회 사령관은 그들의 무용담을 듣고 찬사를 아끼지 않았다.

"이번 공세에서 91연대가 가장 큰 공을 세웠구나. 적진으로 깊이 추격했을 뿐만 아니라 7일간 철수작전을 감행하느라 얼마나 노고가 많았겠는가? 그들의 공로는 높이 치하해야 마땅한 일이다."

4) 5월 24일

전세는 나날이 급변하여 수도사단은 태백산맥을 따라 진격했고 미 3사단은 국도로 진격하여 창촌을 점령했다.

국군포로들이 행군하다 쉬는 시간이면 인민군장교가 선전했다. 김일성 장군을 찬양하는 한편, 미 제국주의와 리승만 도당을 타도하고 남반부 인민을 해방시켜야 한다고 역설했다. 때로는 포로에게 김일성 장군의 노래를 가르치며 부르게 했다.

박민규는 그 노래가 듣기 싫어서 월남했건만 또 다시 불러야 하는 신세가 되어 한숨이 절로 나왔다. 그보다도 북에서 월남한 사실이 탄로되면 혹독한 형벌을 받으리라는 공포에 떨어야 했다. 밤에 모두들 잠잘 때 그는 살며시 감시망을 피해 탈출했다.

5) 5월 25일

박민규는 밤새도록 산속을 걸었더니 날이 밝았다. 산은 점점 낮아지더니 정면에 도로와 강물이 가로놓여 있었다. 강을 건너면 밭이고 곧 산에 닿는다. 박민규는 조심스럽게 도로와 강을 건너 밭 위를 뛰었다. 이때 산골짜기에서 인민군 여러 명이 내려오다가 민규를 발견하고 소리쳤다.

"야! 저놈 봐라. 국방군이다. 잡아라."

박민규는 허둥지둥 도망쳤지만 인민군 3, 4명이 날쌔게 달려와서 붙잡히고 말았다. 그는 인민군에 연행되어 대대본부에서 조사받고 연대본부에서 조사받았다. 그리고 한참 가는데 커다란 마을이 나타났다. 어딘가 하고 살펴보니 현리였다. 현리는 이때 공산군의 전진기지가 되어 매우 부산했다. 인민군과 중공군이 분주하게 움직이고 군용차량들이 난폭하게 질주했다.

박민규는 사단사령부쯤 되는 막사에 연행되어갔다. 거기에 민규처럼 도망치다 붙잡힌 국군포로 다섯 명이 있었다. 포로들은 영창에서 엄중한 감시를 받으며 하룻밤을 지냈다.

9사단은 5월 25일부터 작전상 미 3사단에 예속되어 공격에 가담했다. 국군사단이 같은 급의 미군사단에 예속되는 경우는 이번이 처음이자 마지막이었다.

9사단 병사들은 어리둥절하면서도 신바람이 나서 떠들었다.

"야, 우리부대에서 낙오된 전우들은 포로가 되어 끌려가고 있을 거야. 부지런히 추격해서 전우를 구출하자."

그들은 전우를 구출해야 한다는 사명감을 가지고 용감하게 싸웠다. 아군이 반격해 들어가자 민가나 산 속에 숨어있던 국군낙오병들이 상당수 구출되었다. 적지에서 며칠간 공포에 떨던 한 병사가 국군을 보고 반가워서 달려왔다.

"나는 국군이오. 반갑소."

"소속이 어디야?"

"28연대 3대대요."

"우리도 28연대 3대대다. 몇 중대야?"

"통신대 무선반이요."

그는 암호병, 안상준 일병이었다. 안 일병은 어떤 농가 근처에 숨어서 나무 열매도 따먹으며 지내다 구출되었다. 그는 곧 통신대를 찾아갔다. 무선반은 다시 한인범 중사가 무전을 치고 안상준 일병이 암호를 담당하여 무선통신은 이루어졌다.

18연대 2대대장 정승화 중령도 포로가 되어 북으로 끌려가던 중에 탈출했다. 중공군이 사방 곳곳에 있어서 빠져나오기가 여간 어렵지 않았다. 그는 홍천군 내면 방내리(坊內里)의 최관용 씨 집에서 숨겨주어 지내다 아군이 들어와서 구출되었다.

후일, 정승화(鄭昇和)장군은 제3군단장이 되어 그 지방에 갔을 때 최관용 씨 내외분을 찾아뵙고 정중하게 인사했다.

"저의 생명을 구해주셔서 대단히 감사합니다. 앞으로 친부모님처럼 정성껏 모시겠습니다."

내면 사람들은 이 사실은 자랑스럽게 여기고 널리 홍보하였다.

6) 5월 26일

아침에 약 200명의 포로들이 북으로 행군하고 있었다. 인민군장교가 박민규를 포함한 포로 여섯 명을 그 대열 속에 합류시켜주었다. 포로들은 한참 행군해서 오후에 굉장히 많은 포로들의 집단에 들어갔다. 민규가 탈출했던 바로 그 집단이었다. 동료들의 이야기는 거기서 원통리가 멀지 않다고 했다.

국군 3군단은 5월 26일부로 해체됐다. 육군본부전방지휘소도 해체됐다. 육군본부는 이제 국군1군단을 지휘할 권한마저 없어지고 오로지 국군의 인사, 행정, 군수, 훈련만을 담당하였다.

5월 공세를 분쇄하고 전세를 역전시킨 주역은 미10군단이었다. 그 예하에 우로부터 국군7사단, 국군5사단, 미2사단, 미 해병1사단이 배치됐다. 7사단은 중공군 2개 군의 공격을 받고 초전에 박살됐다. 5사단은 단계적으로 철수해서 피해가 적었다. 미2사단은 중공군의 포위망을 어렵게 뚫고 철수했다. 미 해병1사단은 정면에 대치한 중공군39군이 지난 4월 공세에서 피해가 많았으므로 이번 공세에서는 공격해오지 않아 무사했다. 그래서 미2사단은 담당지역을 미 해병1사단에 인계하고 동쪽으로 진출했다.

미2사단의 전차부대가 공격을 멈추고 있을 때 헬기를 타고 가던 미 10군단장 아몬드소장이 내려서 지휘자인 뉴먼 소령에게 호령했다.

"지체하지 말고 즉각 공격하라!"

전차부대는 곧 적진을 종횡무진으로 쳐들어가서 중공군의 보급수송차량들을 대량으로 파괴하고 소양강변까지 진출했다.

7) 5월 27일

미2사단은 승전의 여세를 몰아 5월 27일, 전격적으로 현리를 탈환했다. 국군3군단이 철수한지 10일만이었다. 그 남쪽에서 후퇴하던 공산군은 현리에서 퇴로가 차단되어 곤경에 처했다.

국군포로들은 자신들이 포로가 된 원인이 현리전투에서 국군이 참패했기 때문이라 여기고 그 패인이 무엇인지 궁금했다. 동료 간에 서로 정보를 주고받으며 현리전투가 어떻게 전개됐는지 대략적인 윤곽을 알 수 있게 되었다. 16일 저녁부터 5연대진영을 돌파한 중공군이 밤에 능선을 타고 나와 오미치를 점령했다고 한다. 이로 인해 국군3군단은 퇴로가 차단되어 참패했다는 것이다. 박민규는 그 얘기를 듣고 자신의 지난 일들이 퍼뜩 생각났다. 중공군이 넘어왔다는 능선이 알고 보니 내가 38선을 넘어왔던 그 능선이 아니겠는가?! 아! 내가 그 능선을 넘어왔을 때는 얼마나 기뻤던가! 하지만 지금은 중공군이 넘어와서 나는 포로가 되어 잡혀가는 신세가 됐으니 한이 맺히는구나. 참으로 희비가 엇갈리는 운명의 능선인 것을!!

동료들은 현리에 집결했을 때 왜 하루 종일 시간을 낭비했는지 궁금했다. 이에 대해 어떤 동료가 해명해주었다.

"3사단 23연대는 타부대의 철수를 엄호하고 추격하는 적군과 싸우느라 밤늦게 현리에 도착할 예정이었거든. 그러니 23연대를 기다리느라 모든 계획을 늦게 잡았을 거야."

동료들은 현리에서 용포까지 길게 늘어섰던 군인들이 한꺼번에 산에 올라갔기 때문에 오합지졸이 되어 싸울 수가 없었다고 통탄했다. 왜 처음부터 산으로 질서 있게 올라가지 않고 용포에 갔을까? 이에 대해 여러 동료들이 말해주었다.

"처음에는 중장비를 가지고 나올 계획으로 용포에 갔거든. 그러나 중공군의 사격을 받고 산에 올라갔지만 오합지졸이 되었으니 싸울 수가 없어 참패한 거야. 그러니까 장비를 아끼려고 하다 인명마저 잃었다는 결론이지. 말하자면 소탐대실(小貪大失)한 거야."

동료들은 또 배가 몹시 고팠다고 원망했다.

"현리에 하루 종일 있으면서 왜 밥이나 간식을 안 주었을까? 우리는 배가 하도 고프고 기운이 없어서 적군이 쫓아오는데도 도망치지 못하고 붙잡혔던 거야."

박민규는 전세가 위급한 줄 모르고 무선반원을 악착같이 인솔하려 했던 잘못을 나중에야 깨달았다. 더구나 강변에서 허철을 기다리며 발을 씻고 있었던 어리석음을 두고두고 후회했다.

27일 오후에 포로들의 소지품을 일제히 검사했다. 각자 소지품을 꺼내놓고 인민군이 돌아가며 호주머니를 일일이 뒤져보는 것이었다. 박민규는 소지품을 이미 버렸고 윤향숙 양의 사진만을 호주머니에 넣고 다녔다. 이제 그것마저 버려야 했다.

'사랑하는 향숙 씨, 당신의 사진을 찢어야하는 나의 심정을 이해

해주구려. 나는 영어(囹圄)의 몸이라 돌아갈 길은 막막하니 어떡하면 좋겠소? 당신이 성당에 가서 열심히 기도해주구려. 내가 다시 자유의 몸이 되어 남한에 갈 수 있도록 해달라고 말이요.'

용문산(龍門山)전투

국군6사단은 4월 공세 때 패한 후 양평(楊平)의 용문산에 진을 치고 설욕의 기회를 노리고 있었다. 중공군 63군의 3개 사단이 5월 16일부터 용문산에 침입하여 6사단을 공격했다. 5일 간 치열한 공방전을 치른 끝에 중공군은 기세가 꺾여 후퇴했다. 그러자 6사단은 바짝 추격했다. 중공군은 북한강을 건너 가평, 춘천, 화천으로 후퇴하는 과정에서 막대한 인명이 희생되었다. 특히 60군의 180사단은 국군6사단과 미7사단에 포위되어 전멸했다. 만여 명의 병사 중에서 살아서 돌아간 자는 수백 명에 지나지 않았다.

팽덕회 사령관은 이 비보를 듣고 노발대발했다.

"180사단이 전멸했단 말인가? 도대체 그 패인이 뭔가?"

"적의 포위망을 탈출할 때 사단장이 병력을 집중시키지 않고 분산시켰기 때문이라 합니다."

"저런 머저리 같은 놈이 있나! 천치바보가 아닌가?"

팽덕회는 수많은 전투에서 지략과 용맹을 떨쳐 중공군에서 1인자로 손꼽혔다. 하지만 재래식 무기로는 미군의 막강한 화력을 당해낼 수 없었다. 1차, 2차, 3차 공세에서는 대승을 거뒀으나 4차 공세부터 패하기 시작하여 5차 공세에서는 막대한 인명이 희생됐다. 6차 공세로 그 치욕을 만회하려 했지만 오히려 더 큰 타격을 받았다. 중공군은 이후 다시는 대공세를 감행하지 않았다. 다만 휴전직전에 7차 공세가 있을 따름이다.

국군 6사단이 화천저수지(華川貯水池)로 밀어붙이자 중공군은 도망갈 곳이 없어 저수지물에 빠지고 말았다. 그런 뜻에서 이승만(李承晩) 대통령은 저수지를 파로호(破虜湖)라 이름 붙였다.

6사단장 장도영(張都瑛)준장은 동두천전투와 사창리전투에서 대패하여 사단장 직에서 해임될 뻔했으나 용문산전투에서 대승을 거두어 일약 명장이 되었다.

4. 회양에 끌려가다

원통리 근처에 집결한 국군포로 4,000여명은 5월 27일 밤에 북쪽을 향해 출발했다. 엄청나게 많은 중공군이 도로를 빽빽하게 메우며 총 후퇴하고 있었다. 그 비좁은 틈새로 국군포로의 행렬까지 함께 가느라 여간 혼잡하지 않았다. 길 한복판으로 짐을 가득 실은 자동차와 마차도 지나갔다. 미군기가 나타나면 산 위에서 항공감시병들이 총을 쏜다. 탕, 탕, 탕, 이는 공습경보를 알리는 신호다. 산에 올라야 비행기 소리를 들을 수 있고 총을 쏴야 자동차는 라이트를 끄고 멈춘다. 총소리가 나면 걸어가는 군인들이 자동차 운전병을 향해 소리친다.

“페이지 라이러(飛機來了, 비행기가 왔다).”

한 번은 하늘에서 비행기 소리가 들리는 한편 사람의 말소리도 들렸다. 박민규는 귀신에 홀렸나 하고 깜짝 놀랐다. 그러나 말소리는 점점 더 커지고 분명하게 들렸다. 알고 보니 비행기에서 확성기로 방송하는 것이었다. 여자의 아름다운 음성이고 중국어로 말하는 소리가 뚜렷하게 잘 들렸다. 중공군더러 항복하라거나 귀순해 오라고 선전하는 것 같았다.

높은 고개의 정상에 올라갈 때, 동료들은 먼 남쪽을 자꾸 뒤돌아 보았다. 탐조등 같은 긴 불빛 여러 개가 하늘로 높이 솟아오르기도 하고 밑으로 사라지기도 했다. 이날 27일, 현리를 탈환한 미2사단이 산 속에 숨어서 후퇴하는 공산군을 탐색하기 위해 탱크에서 서치라이트를 비추는 것이었다. 평지에서 높은 산으로 비추면 빛은 가끔 하늘로 높이 솟아오르기도 했다. 이날 미군이 갑자기 현리까지 진격했으므로 원통리 방면에 있던 중공군은 매우 당황해서 총 후퇴하는 중이었다.

국군포로는 계속 행군해서 다음 날 저녁에 한 농촌에 들어가서 각 농가에 분산 수용됐다. 밥은 각 농가별로 해먹고 잠은 부엌이나 헛간 또는 마당에서 잤다. 그곳은 회양군(淮陽郡)내금강면(內金剛面))이었다.

낮에는 공습을 피해 뒷산 나무 그늘에 모여 앉아서 인민군 장교로부터 정치학습을 받았다. 북한을 찬양하고 남한에서 미 제국주의자들을 타도해야 한다는 이야기는 수없이 들었다. 인민군은 국군포로를 해방전사(解放戰士)라 불렀다. 전사(戰士)란 싸우는 병사라는 뜻이지만 다른 한편으로 인민군의 말단계급도 전사라 했다. 인민군전사계급장은 견장만 있고 그 안에 아무런 표시도 없다. 그러므로 해방 전사란 미 제국주의로부터 해방되어 인민군의 말단계급이 되었다는 뜻이기도 하다.

박민규는 신만섭 하사가 해방 전사로 인민군에 편입되었다가 탈출해 넘어간 일을 상기했다. 여기 모인 국군포로도 언젠가는 인민군에 편입될지 모른다고 예상했다.

정치학습 도중에 막간을 이용해서 노래도 불렀다. 〈김일성장군의 노래〉는 우렁차고 엄숙하게 불러야 했다. 〈인민군행진곡〉, 〈샘물터〉 등, 몇 가지 노래를 배워서 불렀다.

숙소에서 쉬는 시간이면 동료들이 모여 앉아서 현리전투에서 겪었던 전투담을 서로 이야기했다. 7사단 8연대 부연대장 박윤덕 중령도 포로가 되어 박민규와 같은 농가에서 지냈다. 그분은 부연대장이었다는 사실이 탄로되었으므로 자기의 신원을 공개하고 다녔다. 동료들이 모이면 박 중령이 가운데 앉아서 현리전투에서 겪었던 체험담을 실감나게 이야기했다.

"우리 8연대는 워낙 견고한 진지를 구축하고 있었거든. 웬만한 적의 공격은 막아낼 수 있다고 장담했네. 그러나 중공군이 엄청난 병력으로 쳐들어오는데 견딜 수 있어야지. 할 수 없이 최후의 돌파작전을 감행했지만 중공군에 포로가 되고 말았네."

박 중령은 현재의 전세에 관해서 자신의 판단을 주장했다.

"지금의 전세는 유엔군이 북으로 많이 진격한 게 틀림없네. 그날 밤 중공군이 허둥지둥 달아나는 꼴이 아니던가? 전선은 여기서 멀지 않으리라 생각되네."

그로부터 며칠 후 박 중령은 밤에 쥐도 새도 모르게 사라졌다. 동료 한 두 명과 함께 야간탈출 했으리라 짐작했다.

박민규는 여기서 아는 사람을 몇 명 만났다.

무선반의 허철 일병도 포로가 되어 왔다. 박민규는 허 일병이 낙오됐기 때문에 그를 기다리다가 포로가 됐다고 원망했지만 이제는 소용없는 노릇이다. 그보다도 자기가 이북출신이란 걸 허 일병이 알고 있을 텐데 혹시 밀고하면 어쩌나하는 공포에 떨어야 했다. 민규는 조용한 곳에서 허 일병에게 당부했다.

“허 형, 내 고향이 어딘지 알고 있나?”

“함경남도란 건 알고 있지.”

“여기서는 강원도 영월이라 속이고 있어. 춘천에서 학교 다닌 것도 숨기고 영월에서 농사를 지었다고 했거든. 계급은 하사라고 했어. 앞으로 내 신상에 대해서 비밀을 지켜주기 바란다.”

“박 중사의 심정을 알겠어. 비밀을 지켜줄게 염려하지 마.”

유선반의 정의강 일병도 포로가 됐다. 정 일병은 고향이 평안남도 성천(成川)이고 아군이 북진했을 때 치안대에 들어가서 빨갱이들을 붙잡아 혼내주었다고 자랑했다. 그는 며칠 후부터 아주 안 보이는 것으로 보아 탈출한 것 같았다.

유선반의 조성수 일병도 포로가 되어 가끔 만났다. 민규는 자기 신원을 조 일병이 모를 것 같아서 말하지 않았다.

28연대 3대대 작전과 탁 상사도 포로가 되어 같이 지냈다. 그이도 며칠 후부터 안 보이는 것으로 보아 탈출한 것 같았다.

박민규와 통신학교 동기생이고 28연대 본부 통신대에 있던 박병홍 중사도 포로가 되어 같이 지냈다. 박병홍은 부산출신이고 통신학교에서 A클래스에 있었기 때문에 박민규의 애인이 면회 왔다거나 그가 이북출신이란 사실을 모르고 지냈다.

박민규가 여기서 가장 반갑게 만난 사람은 동창생인 한병진이었다. 북에서 같이 자취생활을 했고 병진이 먼저 월남한 영향을 받고 민규도 월남했다. 두 사람은 만나자마자 반가움보다도 자신들의 불행한 처지를 서로 위로하였다.

"야! 형은 왜 이런 데까지 왔나?"

"자네는 정말 오지 말아야 할 곳에 왔구먼."

"우리는 결코 남한에서 오래 살 수 없는 운명인가 봐."

"그러니까 세 사람 모두 북으로 돌아오지 않았나."

"그게 무슨 말이야? 혹시 정동혁의 소식을 알고 있나?"

"응, 인민군이 서울을 점령하던 날, 동혁은 서대문형무소에서 석방됐다. 그리고 며칠 후 내 숙소에 왔더라. 서울시노동당위원장의 비서가 됐다고 우쭐대던데. 지금은 북에 와서 노동당 간부로 활약하고 있을 거야."

"형은 결혼했나?"

"인민군이 서울을 점령하고 있는 동안 나는 약혼녀의 집 다락방에 숨어서 지냈다. 그리고 작년 10월에 결혼식을 올렸어."

"형은 어느 부대에 있었나?"

"29연대에 있었다."

"나는 28연대에 있었는데, 계급은 뭐였나?"

병진은 낮은 소리로 비밀리에 말해주었다.

"나는 1·4후퇴 때 부산에 가서 육군종합학교를 나왔다. 소위가 되어 29연대에서 소대장을 했어. 종합학교 졸업식 하던 날, 내 처가 면회 왔더라. 그때 임신 4개월이었거든."

얼마 후면 아기아빠가 될 한병진이 포로의 신세를 얼마나 원망했을까? 그는 탈출하려고 기회를 노리고 있었다.

박민규는 초등학교 3년 선배인 윤경철 형도 만났다.

"아니, 윤경철 형이 아니요? 참 바갑수다."

"야아, 너 박민규구나. 이런데 와서 무시기 반갑니?"

"그래도 형은 지금까지 살아 있는 것만도 다행이잖아요."

윤경철은 윤향숙과 친척이 된다. 소양병원에서 원장의 조수 겸 원무 일을 하고 있었다. 민규가 월남해서 입원했을 때 친절하게 치료도 해주었다. 그는 1949년 3월에 국군8연대에 입대했다.

"형은 8연대에 그대로 있었어요?"

"아니야, 18연대로 갔어."

"왜 18연대로 갔어요?"

"전쟁이 일어나고 후퇴하는 도중, 경북 예천(醴泉)에 갔을 때 말이다. 수도사단의 3연대와 8연대와 18연대가 합쳐서 1개 연대로 편성했거든. 그것이 지금의 18연대야."

"왜 하필 18연대라 했어요?"

"18연대는 사변 전부터 백골부대라 해서 용맹을 떨쳤거든. 그래서 지금도 백골부대라 부르는 거야. 대대편성을 할 때 18연 군인들은 1대대가 되고, 8연대 군인들은 2대대가 되고, 3연대 군인들은 3대대가 된 거야. 8연대에서 대대장을 하던 정승화(鄭昇和) 중령이 2대대장이 됐거든. 그래서 8연대의 연대기(聯隊旗)를 우리 2대대에서 갖고 다녔다. 고참들이 많으니까 강한 부대가 되더라."

"형은 그렇게 강한 부대에 있으면서 왜 포로가 됐어요?"

"우리 2대대는 말이야. 타 부대의 철수를 엄호하고 맨 나중에 철수했거든. 그래서 억울하게 포로로 잡힌 거야."

윤경철은 2대대 의무대에서 상사로 있었다.

“형은 아군이 북진했을 때 고향에 가봤어요?”

“응, 고향에 가봤다. 우리 18연대 2대대는 북진할 때 정평에서 하룻밤 자고 갔거든. 그때 아군은 함흥을 점령해서 정평은 후방이었어. 그날 저녁 집에 불쑥 들어갔더니 아버지와 어머니가 깜짝 놀라시더라. 하도 반가워서 끌어안고 한참 울었다.”

“대대본부는 정평의 어디에 주둔했어요?”

“제일 큰 집인데 신광고급중학교 기숙사였다고 하더라.”

“내가 그 기숙사에서 한 달가량 지냈어요.”

18연대 2대대 본부가 정평의 기숙사건물에 주둔한 날 밤이었다. 어떤 처녀가 정승화(鄭昇和) 대대장에게 울면서 하소연했다.

“이 집은 본시 저의 집이우다. 해방 후 저의 가족들은 지주라 해서 쫓겨났수다. 국군 아저씨들이 공산당을 쫓아냈으니 이 집을 도로 찾게 해주우다.”

대대장은 그 처녀를 위로하는 한편 치안대장에게 물었다.

“이 아가씨가 예전에 이집 주인이라고 하는데 사실인지 확인해 보시오.”

치안대장이 아가씨에게 물었다.

“에미나는 누군지 이름을 대보기요.”

“저는 김대순의 셋째 딸 김옥진이우다.”

치안대장이 처녀의 얼굴을 유심히 들여다보았다.

“맞수다. 얼굴을 보니 예전의 모습이 틀림 없쟁이요.”

“그러면 이 집을 도로 옛 주인에게 돌려주도록 하시오.”

대대장은 바쁜 중에도 주민의 민원까지 살펴주어야 했다.

박민규는 윤경철에게 또 한 가지 물었다.

"아군이 철수할 때 형은 흥남에서 배를 타고 나왔어요?"

"아니야, 1군단이 철수하려고 성진(城津)에 집결했을 때 말이다. 수도사단의 18연대는 3사단으로 가고 3사단의 26연대는 수도사단으로 갔거든. 서로 맞교환한 거야."

"왜 맞교환했어요?"

"3사단은 원래 약한 부대였거든. 18연대가 들어가서 강한 부대가 된 거야. 3사단은 성진에서 배를 타고 제일 먼저 나왔다. 수도사단은 흥남에 가서 배를 타고 나왔을 거야."

민규가 윤향숙과의 관계를 말했더니 윤형은 알고 있었다.

"향숙은 내 조카라서가 아니라 보기 드물게 착한 애야. 너희들이 서로 운이 닿으면 결혼할 수 있을 게다. 아무튼 희망을 잃지 말고 살아야 한다."

윤경철은 민규와 헤어질 때는 이런 말로 위로했다.

"민규야, 하늘이 무너져도 솟아날 구멍이 있당이."

하루는 포로들이 일하러 동원됐다. 민규는 팔의 상처가 다 낫지 않았지만 따라갔다. 마을에서 10 리쯤 갔더니 내금강산(內金剛山)으로 들어가는 입구가 나타났다. 그 안으로 들어가면 금강산의 아름다운 풍경이 펼쳐진다. 커다란 전나무들이 높이 솟아 하늘을 뒤덮은 듯이 울창하고 그 밑은 그늘이 져서 대낮인데도 침침했다. 인민군은 미군기의 공습을 피하려고 널따란 그늘 속에 커다란 군수기지를 만들었다. 쌀가마니가 가장 많아 산더미처럼 쌓여있었다. 포로들은 장안사(長安寺)에 들어가 보았다. 수많은 건물들은 모조리 불타버리고 잿더미위에 깨진 기왓장만 앙상하게 깔려있었다. 장안사는 내금강산에서 가장 큰 절이고 찬란한 불교문화를 자랑했건만 전쟁의 참화(慘禍)로 폐허가 되었다.

포로들은 한 가마니에 50 킬로씩 들어 있는 쌀을 두 가마니에 절반씩 나누어 놓았다. 그리고 각자 쌀 반가마니를 새끼로 멜빵을 해서 양어깨에 지고 떠났다. 전방이 가까워지자 대포소리가 크게 들렸다. 비행기가 낮게 날아오면 인민군은 등을 땅에 대고 누워서 종을 쐈다. 이를 보고 고참인 동료가 말해줬다.

"비행기는 원래 누워서 쏘는 게 기본자세야. 사변 전에는 국군도 저런 자세로 훈련을 받았거든."

소총을 쏴서 비행기를 떨어뜨린 사람은 영웅칭호를 받고 영웅훈장을 달고 다녔다. 인민군졸병 중에 간혹 번쩍번쩍 빛나는 영웅훈장을 달고 다니는 모습을 볼 수 있었다.

포로들은 쌀을 전방에서 멀지 않은 군단사령부쯤 되는 곳에 운반해주고 당일 돌아왔다. 전선이 가까워서 탈출하려는 사람이 많았겠으나 인민군의 감시도 더욱 삼엄했다.

박민규는 전선이 멀지 않다는 사실을 확인했으므로 탈출하기로 결심했다. 숙소 내에서 같이 탈출할 사람을 찾아봤다. 18연대에 있었다는 이종무 씨와 뜻이 맞아 같이 탈출하기로 했다.

6월 12일, 두 사람은 잠잘 때 기회를 엿보았다. 순시하는 경비병이 다른 데로 간 사이에 살며시 뒤뜰로 가서 토담을 넘었다. 마을과 들판을 지나 산 속에 들어가서 부지런히 걸었다. 날이 밝자 바위틈에 숨어서 지냈다. 그들은 서로 자신의 신원을 밝혔다.

"박 군은 무엇 때문에 탈출하려고 하나?"

"나는 이북에서 월남했어요. 고향이 이북이란 사실이 탄로되면 형벌을 받을 것 같아서 탈출을 결심했어요."

"나도 사실은 18연대 상사였어. 백골부대라 하면 불리할 것 같아서 22연대에 있었다고 하고 계급은 하사라고 했네."

밤이 되자 다시 걷기 시작했다. 산 속에 허술한 초가집 한 채가 나타났다. 그들은 부엌에 들어가서 음식이 있나 하고 뒤져보았다. 다음 날 아침에 삶아먹을 옥수수가 물에 담겨져 있었다. 바가지에 옥수수를 건져 담고 먹다 남은 밥과 반찬을 모조리 주워 담았다. 방안에서 노인이 문을 열고 소리쳤다.

"부엌에 누가 왔소?"

두 사람은 바가지를 움켜잡고 산으로 도망갔다. 밤새도록 부지런히 걷다가 날이 새어 계곡에 들어가 바위틈에 숨었다. 낮에는 잠을 자고 어두워지면 걷기 시작했다. 감자밭에 들어가서 감자도 캐먹고 오디나 딸기도 따먹었다. 전방이 가까워지자 대포소리가 요란하게 들렸다. 이종무 상사가 말했다.

"오늘밤이면 사선을 넘을지 모르겠다."

밤새도록 걸었더니 박격포 탄이 터지는 소리가 들리고 소총소리도 들렸다. 새벽이 되어 날이 어슴푸레 밝기 시작했다. 최전방이거나 전선을 이미 넘었으리라 짐작했다. 그들이 조심스럽게 걸어가는데 별안간 8미터쯤 떨어진 호 속에서 큰 소리가 들렸다.

"서! 암호?"

두 사람은 깜짝 놀랐다. 분명히 인민군이었다. 왜냐하면 국군은 '정지!'하고, 인민군은 '서!'하고 서로 다르다.

"손들어!"

두 사람은 손을 들었다. 그들은 인민군에 붙잡혀서 소대본부로부터 군단 사령부쯤 되는 곳까지 가서 조사를 받았다. 그리고 두 사람은 회양의 포로들이 집결하고 있는 마을에 후송되었다. 3중대 2소대에 있었다고 했더니 2소대장이 와서 확인조사를 했다. 소대장은 박민규를 보고 화를 버럭 냈다.

"동무는 팔에 부상을 당하고도 탈출했단 말이오? 강원도 영월에서 농사를 지었다고 했소? 새빨간 거짓말이 아니오?"

그들은 방공호로 파놓은 지하영창에 들어갔다. 그 속에 이미 세 사람이 들어와 있었다. 그 중에 한병진 소위도 있었다. 두 사람은 고향을 숨기느라 서로 모른 체했다.

영창에 들어간 지 4일째 되는 새벽에 포로들은 모두 밖으로 나왔다. 인민군 대위가 한 사람씩 각각 다른 소대로 분산배치 했다. 박민규는 새로운 소대장을 만나 따라갔다. 이날 아침 식사를 마치고 포로들은 마을을 떠나 행군이 시작되었다.

제 5 장
수용소군도

1. 강동포로수용소

포로들은 5월 28일, 회양에 왔다가 6월 20일, 떠났다. 가는 길에 장안사에 들려 각자 쌀을 약 13킬로그램씩 가마니에 넣어 양어깨에 지고 행군했다. 쌀은 그들과 인민군이 행군하는 동안에 먹을 식량이었다.

회양군(淮陽郡)에서 철령(鐵嶺)을 넘으면 함경남도 안변군(安邊郡)이다. 회양을 출발한 포로의 행렬이 철령을 넘기 직전에 한 곳에 모여서 휴식을 취했다.

이때 윤경철이 박민규를 발견하고 반가워했다.

"민규야, 너 요새 왜 안 보였니? 나 하고 잠깐 저기 가자."

윤경철은 민규를 어떤 인민군 특무장(特務長)에게 소개했다.

"애가 박진규 씨의 동생이 앵이요. 너, 인사해라. 우리 고향 분이다."

민규는 어리둥절해서 자기 이름만 겨우 댔다. 특무장은 민규를 반갑게 맞으면서 악수를 했다.

"나 이호성이야. 자네 형님을 잘 알고 있네. 계급은 뭔가?"

민규는 몹시 당황해서 대답을 못 했다. 처음 보는 인민군이 어떻게 형이 경찰인 것까지 알고 있을까? 그러자 특무장은 민규의 손을 잡아주며 안심시키려고 했다.

"괜찮아. 경찰이란 걸 다 알고 있어. 그 동안 진급 했나 해서 물어본 것뿐이야."

윤경철이 설명해 주었다.

"이분은 전에 국군장교였어. 육군사관학교를 졸업하고 8연대에서 육군소위로 복무했던 거야."

이호성 특무장이 설명을 덧붙였다.

"춘천에서 자네 형님과 몇 번 만났네. 그 후 표무원 소령이 대대를 인솔해서 월북할 때 나도 함께 월북했던 거야."

민규는 그제야 생각이 떠올랐다.

"네, 알겠습니다. 저의 형님으로부터 이야기를 들었어요. 고향분이고 장교인데 표 소령과 함께 월북했다고 하더군요."

"나도 자네 이야기를 들었네. 동생이 월남해서 C중학교에 다닌다고 하더군."

민규는 한 가지 궁금한 점을 물었다.

"표무원 소령은 그 후 어찌 됐습니까?"

"그 분은 지금 잘 있네. 인민군 대좌(大佐)야."

이호성 특무장은 그 말을 하고 나서 표정이 침울해졌다. 똑 같이 의거(義擧)월북했건만 표 소령은 대좌까지 진급했는데 자기는 사병으로 강등됐으니 기분이 매우 언짢았던 것이다. 이북에서 월남했고 출신성분도 좋지 않아 오래도록 특무장으로 지냈다. 특무장이란 사병 중에서 가장 높은 계급이고 계급장은 T자형이다. 국군에 그대로 있었으면 소령쯤은 됐을 텐데 인민군에서 사병으로 지내는 모습이 안쓰러워보였다. 공교롭게도 그는 윤경철의 소대를 인솔하고 있었다. 윤경철이 한바탕 웃으며 말했다.

"나는 전에 이호성 소위가 권유해서 국군 8연대에 입대했거든. 그런데 지금은 또 이호성 특무장이 나를 포로로 인솔하고 있는 거야. 우리의 인연이란 참 묘한가봐."

이호성 특무장은 헤어질 때 민규에게 위로의 말을 했다.

"포로가 되었다고 너무 상심하지 마라. 고통을 참고 지내다보면 좋은 일도 있을 게다. 아무튼 건강에 조심해야 한다."

윤경철은 언제나 작별할 때 하는 말을 잊지 않았다.

"민규야, 하늘이 무너져도 솟아날 구멍이 있당이."

이렇게 헤어지고 민규의 뒤편에서 따라와야 할 두 사람의 모습은 그 후 전혀 볼 수 없었다. 민규가 아무리 찾아보아도 그분들의 행방은 묘연했다. 참으로 이상한 일이었다.

철령으로 오르는 길은 경사가 완만하지만 정상에서 신고산(新高山) 쪽으로 내려가는 지형은 움푹 파여서 찻길이 꼬불꼬불 돌아가는 광경을 한 눈에 볼 수 있었다. 경사가 심해서 폭격의 피해는 거의 없는 듯, 자동차는 헤드라이트를 밝게 켠 채 마음 놓고 달리고 있었다.

그러나 철령을 다 내려와서 평지를 지날 때는 폭격이 매우 심했다. 미군기가 나타나면 도로 근처에서 감시병들이 총을 쏴서 공습 경보를 알린다. 그러면 길에서 중공군이 소리친다.

"페이지 라이러."

또 인민군도 소리친다.

"항공(抗空)!"

쾅, 쾅, 폭탄이 터지는 소리가 여기저기서 요란하게 울린다. 길가에 지뢰나 시한폭탄을 투하해 놔서 가끔씩 폭발하기도 한다.

포로의 행렬은 신고산을 지난 후 큰 도로에서 벗어나 깊은 산길로 들어섰다. 산 속은 폭격의 위험이 거의 없었다. 좁은 산길이지만 중공군은 공습을 피할 수 있어 빈번하게 왕래했다.

중공군은 복장이 모두 똑 같고 계급장이 없어서 상급자와 하급자를 구별하기 어렵다. 여자군인도 가끔 보이는데 바지만 입고 다녀 자세히 보지 않으면 남자인지 여자인지 구별하기 어렵다.

어떤 동료가 길가에서 종이를 주웠는데 거기에 시(詩)가 적혀있었다. 박민규와 동료들이 시를 함께 읽으며 해석해 보았다.

颯爽英姿五尺槍 삽상영자오척창
曙光初照演兵場 서광초조연병장
中華兒女多奇志 중화아녀다기지
不愛紅裝愛武裝 불애홍장애무장

為女民兵照 毛澤東　위녀민병조　모택동

상쾌하고 씩씩한 모습에 다섯 자의 창을 드니
새벽 햇빛이 비로소 연병장을 비치는 구나
중국의 젊은 여자들은 기특한 뜻이 있어
다홍치마를 싫어하고 군복을 좋아 하네
여자민병대를 위해 사진을 보고 지음　모택동

동료들은 시를 음미하며 중공군여자들이 검소한 복장을 하고 있는 까닭을 확실히 이해할 수 있었다.

중공군의 무기는 구식장총(舊式長銃)도 여러 종류인데 그것마저 없는 군인이 많다. 그 대신 방망이 수류탄을 몇 개씩 허리에 주렁주렁 차고 다닌다. 곤봉같이 생겨서 던지기 편리하다.

중공군의 장기는 뭐니 뭐니 해도 행군이다. 걷는 모습도 특이해서 발꿈치를 가볍게 들고 껑충껑충 뛰는 것 같다.

중공군의 식량은 쌀이나 잡곡을 볶아서 미숫가루를 만들어 먹는다. 전대(纏帶)라는 가늘고 긴 자루에 미숫가루를 넣어 어깨에 메고 다닌다. 중공군이 공동 취사하는 장면도 가끔 본다. 큰솥에 죽을 쑤어놓으면 각자 컵을 갖고 가서 몇 번 씩 퍼다 먹는다.

민규는 신고산을 지나면서 다음 행선지가 자기 고향인가 아닌가 하고 마음이 조마조마했다. 고향을 싫어하는 사람이야 있으랴 만은 그는 이때 고향가기가 싫었다. 고향사람들 앞에서 포로라는 비천한 모습을 어찌 보인단 말인가? 더구나 자기신분이 탄로되면 반동분자라는 낙인이 찍혀 혹독한 형벌을 받을 것이 뻔했다. 포로들의 공통 관심사는 전쟁이 빨리 끝나서 석방되기를 고대할 뿐이다. 그러나 고향이 이북이라면 남한으로 보내주지 않을 것이다. 아! 그리운 대한민국이여! 언제 다시 가볼 수 있을까?

신고산에서 깊은 산길을 한참 지난 후 그곳 주민들에게 물었다.

"여기가 무슨 군입니까?"

"강원도 이천군(伊川郡)이요."

이천은 강원도 서북쪽이고 황해도와 가까와서 마음이 놓였다. 그러나 다음 날 어떤 할머니에게 물었더니 뜻밖의 대답이었다.

"여기는 함경남도 문천군(文川郡)이 앵이요."

민규는 그 말을 듣고 가슴이 철렁 내려앉았다. 문천이면 다음에는 고향인 정평(定平)에 가리라 생각하니 마음이 몹시 괴로웠다. 그러나 다음날 어떤 노인에게 물었더니 뜻밖의 대답이었다.

"여기는 황해도 곡산(谷山)이외다."

아! 곡산이면 함경도와 멀리 떨어져서 마음이 놓인다. 그런데 왜 강원도에서 함경도로 두 번이나 돌아서 왔을까? 그 까닭은 훗날 지도를 보고서야 알 수 있었다. 실은 신고산에서 곡산으로 똑바로 간 것이지만 동서로 갈라지는 분수령(分水嶺)이 심하게 굴곡을 이루고 도(道)경계도 분수령을 따라 정했기 때문이다.

포로의 행렬이 곡산(谷山)의 깊은 산속을 지난 다음에는 평야가 넓어지고 마을도 커졌다. 마을 사람들이 포로의 모습이 매우 애처로운 듯 슬픈 표정으로 구경하고 있었다.

간혹 어떤 집 대문에는 붓글씨로 '두문벌'이라고 커다랗게 써 붙여있었다. 포로들은 무슨 뜻인지 몰라 궁금했다. 박민규가 어떤 노인에게 물었더니 비밀리에 말해주었다.

"두문벌(杜門罰)이란 대문을 막아 출입을 못하게 하는 형벌이외다. 가족 중에 남조선으로 월남한 사람이 있으면 그 집은 두문벌을 받게 되지요. 이웃 간에 출입을 못하게 하고 가족들은 10 리 밖을 나가려면 당국의 허가를 받아야 합네다."

포로의 행렬 속에 자기 집 앞을 지나온 사람이 있었다. 곡산에서 1·4후퇴 때 월남하여 30연대에 있었다는 신영섭 씨! 그는 포로수용소에서 고향이 이북이란 사실이 탄로된 후에야 그때의 피 눈물 나는 사연을 말해주었다.

"우리 집은 도로 옆에 있었어야. 언뜻 보니까 대문에 '두문벌'이라고 써 붙여있는 거야. 그 옆에 아버지와 어머니와 여동생이 서있었어야. 나는 그 앞을 지나는데 어떡하면 좋겠니? 고개를 푹 숙이고 모른 체했어야. 눈물이 핑 돌더구먼. 아이들도 언뜻 보니까 누군지 알겠더라만 걔들은 나를 못 알아봤을 거야."

동료들은 그의 피눈물 나는 사연을 듣고 눈시울이 뜨거웠다.

포로들은 회양을 출발한 지 4일 만에 강동포로수용소에 들어갔다. 강동(江東)은 평양에서 동쪽으로 가까이 있다. 수용소는 철조망으로 울타리를 높이 세우고 그 안에 창고 같은 일자건물들이 여러 동 있어서 포로들은 거기에 수용되었다. 전에 탄광 광부들이 숙식하던 사택이었다.

포로수용소에 이미 2, 3천명의 포로들이 수용되어 있었다. 그들은 모두 영양실조가 심해서 몸이 바짝 마르고 얼굴은 병색이 완연했다. 그중에는 걸음을 잘 못 걷는 환자가 많았다. 새로 온 동료들은 그들의 모습을 보고 매우 실망했다. 자기들도 여기에 오래 있으면 저 사람들처럼 여위고 병들이라 생각하니 기가 막혔다. 동료들이 환자들을 보고 물었다.

"당신들은 어디가 아파서 잘 걷지 못하는 거요?"

"이질에 걸려 죽을 지경이요."

"이질에 대한 예방책은 없어요?"

"물을 조심해야 하오. 찬물을 많이 마시면 곧 설사를 하고 이질에 걸리는 거요."

새로 온 동료들은 이질에 걸리지 않으려고 물을 아주 조심스럽게 마셨다. 기존의 인원에 새로 온 인원까지 합쳐서 방마다 초만원을 이루었다. 수돗물이 부족해서 세수를 제대로 못했다.

밥은 아주 적게 주어 모두들 배고파 죽을 지경이었다. 쌀은 드물고 고량미(高粱米), 좁쌀, 피, 옥수수, 콩 등, 잡곡이 많았다. 고량미는 중공산(中共産)이고 수수와 비슷하나 풀기가 적다. 부식은 멀건 콩나물국이었다. 이처럼 급식이 불량하다보니 영양실조가 나날이 심해질 수밖에 없었다. 그릇과 숟가락은 양철과 비슷하나 더 저질이라서 벌겋게 녹이 슬어 보기 흉했다.

이질 환자들은 설사를 자주 하면 기력을 잃고 누워서 앓는다. 약품이 없어서 치료가 안 되고 내무반에서 오랫동안 앓다가 증상이 심해지면 죽는다. 시체는 정문 밖 공터에 내다묻는다. 매일 환자가 2, 3명 씩 죽어가니 가히 '죽음의 수용소'란 악명이 붙을 만하다.

철조망을 경계로 건너편에 미군을 비롯한 유엔군 포로 수백 명이 수용되어 있었다. 그들도 불량한 급식과 불결한 환경에 적응하지 못하고 대부분 이질에 걸려 신음하고 있었다.

수용소 북쪽으로 약 250m 떨어진 곳에 야산이 있고 큰 나무들이 많았다. 포로들은 매일 나무 그늘에 앉아서 정치학습을 받았다. 과거 국군에 있을 때의 과오를 반성하고 조국의 품안에 들어와서 새로이 출발해야 한다고 역설한다. 인민군은 국군포로를 '남반부(南半部) 동무'라고도 부른다. 북한에서는 공화국이 수립된 이후로 남반부와 북반부로 구분한다.

중공군이 참전하게 된 동기에 대해서는 속담을 인용한다. 함경도 출신 장교가 억센 사투리를 써가며 설명해줬다.

"속담에 입술이 없으면 이가 시리다는 말이 있쟁이요. 한문으로 말하면 순망치한(脣亡齒寒)이라 함메. 미국 놈들이 쳐들어와서 우리 공화국이가 패망하는 날이면 중국은 어떻게 되겠슴메? 마치 입술이 없어서 이가 시린 거와 마찬가지가 앙이겠슴둥? 그러니 어찌 가만히 보고만 있겠슴둥? 중국 군인들은 본인이 지원해서 왔당이. 그래서 중국인민지원군(志願軍)이라 부름메."

중공군은 원래 모자에 붉은 별을 단다. 그러나 북한에 들어와서는 별을 떼어버린다. 중공군이 정식으로 참전하지 않았다고 변명하기 위해서다.

정치학습 시간에 막간을 이용해서 노래도 부른다. 〈김일성장군의 노래〉 다음에 많이 부르는 노래는 〈스탈린 대원수(大元帥)의 노래〉다. 가사의 뒷부분은 이러하다.

…… …… ……

천추만대 기리 빛날 스탈린 대원수
클렘린 멀리 향해 만세를 외친다
인류태양 그대에게 만세를 외친다

그들은 스탈린이 전 세계를 공산주의화 하고 온 인류를 해방시켜 주리라 굳게 믿기 때문에 인류의 태양이라 떠받든다.

수용소 안에 인민군 심사관이 있어서 포로를 개별적으로 심사했다. 박민규는 회양에서 탈출했던 기록이 있어 1차적으로 심사를 받았다. 인민군 대위가 민규의 기록카드를 보면서 꼬치꼬치 캐물었다.

"동무! 탈출하게 된 동기가 뭐가?"

"이종무 동무가 같이 가자고 해서 따라갔습니다."

"그건 거짓말이구. 동무 사변 전에는 뭘 했소?"

"집에서 농사를 지었습니다."

"그것도 거짓말 같소. 동무, 이북말씨를 쓰는 기 아닌가?"

민규는 내심으로 섬뜩했지만 겉으로는 태연한 척 했다.

"아닙니다. 강원도 영월말씨가 원래 이렇습니다."

"다음에 다시 부르갔어. 나가 보라우."

민규는 다음엔 탄로될 것 같다는 예감이 들어 전전긍긍했다. 그는 이종무 상사에게 심사받은 얘기를 하고 도움을 요청했다. 이 상사는 두 번 째 심사받을 때 민규를 적극 변명해 주었다.

"박민규 동무는 영월에서 농사를 짓고 있었기 때문에 마음이 순진합니다. 남의 말을 잘 들을 것 같아서 제가 설득해서 데리고 떠났습니다. 모든 책임은 저에게 있습니다."

심사관은 그 후 민규를 다시 부르지 않았다.

한병진 소위도 탈출한 경력 때문에 1차적으로 심사를 받았다. 그는 함경도 사투리가 심해서 심사관이 대뜸 알아차렸다.

"동무, 이제 보니 함경도 말씨를 쓰는구먼."

한병진은 극구 부인했지만 심사관이 영창에 넣겠다고 협박하는 바람에 할 수 없어 고향이 함경남도 정평이라고 자백했다.

"동무, 군번을 대보기요."

한병진은 너무 긴장했던 탓으로 꾸며놓은 사병군번이 잘 떠오르지 않아 떠듬거리며 겨우 댔다.

"동무, 자기군번을 잘 못 외우는 걸 보니 거짓말 같소. 혹시 장교가 아니었소?"

병진은 완강하게 부인했다. 다음날 심사관은 포로명단을 보고 한병진과 같은 중대에 있던 장교를 불러 넘겨잡고 물었다.

"한병진 소위는 몇 소대장이었소?"

그 사람은 한병진이 이미 장교로 탄로된 줄 알고 대답했다.

"2소대장이었습니다."

그래서 한병진은 이북 출신에 장교에 탈출까지 한 최고 악질분자로 분류되었다.

박민규는 한병진의 이야기를 듣고 조성수에게 당부했다.

"심사관이 같은 소대에 있던 사람에 대해서 물어볼지 몰라. 그러면 사실대로 대답해야 하자 않겠나? 조군은 광주에서 중학교에 다녔지? 나는 고향이 영월이고 집에서 농사를 지었어. 계급은 하사라고 했으니까 심사관이 묻거든 하사라고 대답해 줘.”

"알았응께. 염려하지 말드라고 잉."

박민규와 같은 내무반에서 가장 친하게 지내는 사람은 강태봉 씨였다. 강 씨는 평안도 사투리를 쓰고 언행으로 보아 장교인 것 같았다. 하루는 강 씨가 심사 받고 나오는데 얼굴이 사색이 되었다. 민규가 위로하면서 왜 그러느냐고 물어도 대답을 않다가 나중에야 귓속말로 은밀하게 말해 주었다.

“오늘 심사 받으러 갔다가 매우 놀라운 일이 있었어. 심사관 대위가 바로 내 친구였단 말이야. 평양에서 중학교 동창생이고 매우 가까운 사이었거든. 내가 이북 말씨를 쓴다는 제보를 받고 부른 모양인데 꼼짝없이 탄로되고 말았다.”

강 씨는 심사 받은 후로 몹시 괴로워했다. 그런데 10여일 후부터 심사관에게 자주 불려 다니고 나서는 얼굴에 화색이 돌았다. 민규가 이상해서 물었다.

“형, 무슨 좋은 일이라도 생겼어요?”

“응, 심사관이 우리 집에 가서 죄다 이야기했다는 거야. 앞으로 부모님도 만나게 해주고 좋은 곳으로 보내주겠다고 하더라.”

그리고 며칠 후 강 씨에게 마지막 호출이 왔다. 강 씨는 민규에게 귓속말로 얘기해 주었다.

“나는 지금 심사관 실에 간다. 거기서 바로 수용소를 떠날 것 같다. 다른 사람들에게는 절대 비밀로 해줘. 그럼 잘 있어라.”

“형, 잘 가요.”

강 씨는 그 때 나간 후 돌아오지 않았다.

미군기가 가끔 수용소 근처에 와서 폭격했다. 기관포 쏘는 소리가 사방에서 '드르륵' '드르륵' 울리고 대형폭탄이 폭발하는 소리도 '쿵' '쿵' 하고 울렸다. 그러나 포로수용소 상공에는 비행기가 한 번도 날아오지 않았다.

박민규는 자기보다 먼저 들어온 동료들의 체험담을 들어보았다. 1·4후퇴 때 붙잡힌 6사단, 2사단, 5사단 장병들이 가장 많았다. 그 중의 많은 동료들이 평양 동편의 미림(美林)비행장과 황해도 황주(黃州)비행장에서 활주로 복구공사를 했다고 한다. 그러나 비행기는 한 번도 착륙하지 않았다고 한다. 사실은 중공군이 새로 창설한 공군을 조선전쟁에 참전시키려고 했던 것인데 무슨 까닭인지 중단하고 말았다.

횡성전투에서 포로가 된 8사단 장병들의 이야기도 들었다.

"횡성전투에서 포로가 엄청나게 많이 잡혀왔어요. 처음 왔을 때는 숙소가 모자라서 몇 사람은 지하 방공호 속에서 지냈어요. 그 후 많은 동료들이 떠나가고 남은 사람은 많지 않아요."

4월 공세 때 사창리전투에서 포로가 된 6사단 장병들도 많았다. 그들은 남들보다 늦게 와서 영양실조가 심하지 않았다.

7월 초순에 국군 포로 30여명과 미군 포로 10여명이 강동포로수용소에 들어왔다. 그들은 모두 함흥(咸興)형무소에 수감되어 있다가 왔다. 국군포로는 대부분 중공군 1차, 2차 공세에서 포로가 됐고 그 후 탈출해서 동해안에 가서 배를 타고 남하하려다 붙잡혔다고 한다. 그들은 아군이 후퇴한지 오랜 후에 체포됐으므로 간첩으로 오인 받고 내무서에서 혹독한 고문을 당했다.

"네놈은 비행기에서 낙하산을 타고 내려온 간첩 같당이."

"아닙니다. 저는 국군포로로 있다가 탈출한 사람입니다."

'거짓말 맙세. 가지고 온 무전기는 어디에 숨겼지비?'

"그런 건 전혀 모릅니다."

"간나 새끼! 거짓말만 한당이. 바른 대로 대지 못하겠니?"

그들은 지독하게 매를 맞아 온 몸이 상처투성이가 됐다.

7월 중순에 인민군 복장을 한 사람이 포로수용소에 들어왔다. 동료들이 웬 일이냐고 물었더니 그의 대답은 이러했다.

"나는 8사단 21연대에 있다가 영원전투에서 포로가 됐어요. 그 후 인민군에 편입되어 있었는데 탈출하다 붙잡혔어요."

동료들이 물었다.

"탈출하다 붙잡혔는데도 살려주던가요?"

"원래 인민군이면 총살시킨다고 했어요. 그러나 국군포로였기 때문에 죽이지 않고 포로수용소에 보내준 거요."

"인민군에 있을 때 어디서 무슨 일을 했어요?"

"강원도 이천군(伊川郡)에서 항공감시초소에 근무했었어요. 미군기가 나타나면 총을 쏴서 공습경보를 알려주는 일이지요. 그 근처에 중공군사령부가 있다고 하더군요."

그랬다. 중공군사령부는 이때 이천군의 광산갱구 속에 있었다. 그 후 중공군사령부는 평남 회창군(檜倉郡)에 있는 커다란 광산갱구 속에 들어가서 휴전될 때까지 지낸다.

며칠 후 또 인민군 복장을 하고 들어온 사람이 있었다. 그 사람은 박민규와 같은 내무반에서 지냈다. 이름은 염종우라고 했다. 염 씨의 이야기는 이러했다.

"나는 2연대에 있다가 작년 10월 25일 중공군과 처음 교전할 때 포로가 됐어요. 벽동(碧潼)포로수용소에 있다가 금년 3월, 인민군에 편입했어요. 그리고 탈출하다 붙잡혔어요."

"인민군에 있을 때 어디서 무슨 일을 했어요?"

"원산 남쪽의 안변에서 도하작업(渡河作業)을 했어요. 철교가 복구 안돼서 기차가 못 다니는 곳이 있거든요. 그럴 때는 군인들이 기차에서 화물을 꺼내들고 강을 건너 다음기차에 옮겨 싣는 거요. 그것이 도하작업이요."

그 후 두 사람은 작업복으로 갈아입고 남들과 똑같이 지냈다.

이질 환자가 급증해서 하루에 4, 5명이나 사망했다. 드디어 운명의 여신이 그들에게 구원의 손을 내밀었다. 인민군장교가 개인별로 노동을 할 수 있는지 없는지를 확인하는 신체검사를 했다.

"동무, 팔다리를 굽혔다 폈다 해봐요. 불편한 데가 없소?"

민규는 팔의 상처 때문에 통증을 느꼈지만 말하지 않았다. 그리하여 신체활동에 지장이 없는 사람만으로 2,000여명이 선발되었다. 그들은 8월 2일경, 강동포로수용소를 떠났다. 출발할 때 쌀가마니를 양어깨에 지고 정문을 나섰다.

2. 철산 모나즈 광산

포로들은 오랜만에 바깥 세상에 나와보니 기분이 상쾌했다. 북쪽으로 약 1시간 행군한 후 굉장히 넓은 평야가 펼쳐졌다. 평야의 중심부는 폭이 약 200m되는 구간이 절벽같이 깊게 파이고 그 밑에 커다란 강물이 흐르고 있었다. 옆에서 누가 소리쳤다.

"여기가 대동강(大同江)이다!"

말만 듣던 대동강! 지평면에서 15m나 깊은 곳에 숨어서 흐를 줄은 정말 몰랐다. 강물은 급류를 이루고 진한 황토색이었다. 그들은 나룻배를 타고 밧줄을 잡아당기며 대동강을 건넜다.

저녁부터 국도를 따라 행군했다. 밤에 기차가 지나가는 소리는 들리는데 기차는 안 보였다. 불빛을 철저히 가렸기 때문이다.

도로 근처에 감시초소가 있어 비행기가 올 때마다 총을 쏴서 공습경보를 알린다. 때로는 비행기에서 조명탄을 떨어뜨려 지상을 환하게 밝힌다. 이런 때 자동차는 숨을 곳을 찾지 못해 폭격을 당한다. 쾅! 쾅! 폭탄이 터지는 소리가 여기저기서 울린다.

포로들은 지고 온 식량으로 민가에 들어가서 밥을 해먹었다. 오랜만에 김치나 고추장 등을 맛보니 기가 막히게 달았다.

오후 3시경, 청천강을 건너려하자 인민군이 와서 제지했다.

"낮에는 폭격이 심해서 못 갑니다. 해가 지면 가십시오."

그들은 해질녘에 강을 건넜다. 청천강은 강폭이 넓은 대신에 수심이 얕아서 바지를 걷어 올리고 건넜다. 강바닥은 평탄한 자갈밭이라서 강물이 무척 맑았다. 동료들이 감탄했다.

"야, 강물이 하도 맑으니까 청천강(淸川江)이라 부르나 보다."

오른 편에서는 중공군이 대량으로 건너가고 건너오고 했다.

정주(定州)에 못 미쳐 허허 벌판을 지나고 있을 때였다. 대로 옆에 조은 길이 나있었고 길옆에 오산중학교입구(五山中學校入口)라는 초라한 푯말이 서있었다. 민규는 모교의 교장선생님을 비롯한 은사님들과 학우들이 다녔던 학교라서 관심이 많았다. 그런데 명문인 오산중학교가 정주읍에서 멀리 떨어져 있다는 게 이상했다. 정주읍은 폭격이 심해서 거의 폐허가 되었다.

그러나 다음 선천(宣川)을 지나면서 보니 서양식 교회건물이 많고 폭격의 피해는 거의 없었다. 교회건물이 많으니까 미군비행사는 하나님이 무서워서 폭격을 못 하는 것 같았다.

22연대에 있었다는 박명근 상사는 고향이 선천이고 마을 앞을 지나다가 자기 아버지를 만났다고 한다. 박 상사는 고향을 속이려고 무척 애를 썼지만 심사관에게 이북출신이란 사실이 탄로된 후에야 그 때의 기막힌 사연을 말해주었다.

"우리 집은 도로 가까이 있었디. 길가에 노인과 아이들이 나와서 구경하고 있었어야. 내레 유심히 쳐다보고 있으니끼니 아버지와 시선이 딱 마주쳤던 거이야. 아버지는 깜짝 놀라면서 소리치지 않갔어. '야! 네레 명근이 아니가?' 내레 이 순간 억하면 좋갔니? 고개를 홱 돌리고 모른 체했어야."

동료들이 그 말을 듣고 핀잔을 주었다.

"너 어쩌면 그럴 수가 있나?"

"그때만 해도 이북출신이란 걸 숨기려고 애썼던 거인데 지금 생각하면 불효자식이지 뭐가!"

동료들은 박 상사의 피맺힌 사연을 듣고 눈시울이 뜨거웠다.

포로들은 8월 5일경, 철산(鐵山)의 한 농촌에 들어갔다. 아흔아홉 칸 집이라 하는 굉장히 큰 기와집에 수용됐다.

다음 날부터 마을에서 조금 떨어진 강바닥에서 중노동이 시작됐다. 그곳이 악명 높은 철산모나즈광산이다. 광산하면 보통 산에 있지만 모나즈는 강바닥에서 캔다. 강바닥에서 모래를 몇 삽씩 퍼서 널찍한 체에 담고 물을 부어가며 흔든다. 그러면 모래는 밑으로 빠지고 나중에 남는 쇳조각 같은 것이 모나즈다.

일제시대에 일본 사람들이 캐면서 '모나즈'라 불렀다. 영어로 모나자이트(Monazite)다. 모나즈는 물속에서 녹슬지 않고 열에 강하므로 왜정시대에 대포의 포신(砲身)을 만드는데 쓰인다고 했다. 하지만 그곳 주민들은 소련에서 부지런히 캐가는 걸 보고 원자폭탄을 만드는데 쓰인다고 몰래 말해주었다. 동료들은 당시 그 말을 믿지 않았지만 지금은 모나자이트가 방사성 등 다양한 성질을 갖고 있다고 알려졌으니 그 말이 사실인 것 같았다.

포로들은 강을 따라 길게 늘어서서 조별로 작업을 했다. 모래를 퍼 담는 일, 물을 계속 퍼붓는 일, 체를 흔드는 일, 그 모두가 여간

힘든 일이 아니었다. 포로들은 잘 먹지도 못하고 잠자리도 불편한 조건에서 가혹한 중노동에 혹사당했다.

밥은 쌀이 드물고 고량미, 좁쌀, 피, 콩, 콩깻묵 등이었다. 콩깻묵은 콩에서 기름을 짜낸 찌꺼기라서 곰팡이냄새가 나고 불결했다. 그래도 포로들은 기갈(飢渴)이 감식(甘食)이라 아주 달게 먹었다. 콩깻묵은 모두 중공산(中共産)이었다.

부식은 고구마 줄기를 말려서 국을 끓여 주었다.

모나즈는 한 작업조에서 하루 종일 캐면 두세 홉 정도 되고 전체 모으면 서너 말 되었다. 인민군 장교가 작업조별로 제출하는 모나즈의 양을 일일이 재보고 많이 캤느니 적게 캤느니 하며 책임량을 추궁했다. 포로들은 그들의 강요에 견딜 수가 없어 중노동을 하지 않을 수 없었다.

포로들의 작업장에서 하류 쪽으로 조금 떨어진 곳에서 민간인 약 300명이 모나즈를 캐고 있었다. 그분들은 조별로 깃발을 꽂아놓고 경쟁적으로 일을 열심히 했다. 그분들은 국군이 북진했을 때 길을 안내해주거나 짐을 운반해주는 등, 사소한 부역행위를 했기 때문에 강제노동을 한다고 주민들이 말해줬다.

하루는 포로들이 작업을 마치고 아흔 아홉 칸 집 마당에 줄을 지어 앉아있었다. 인민군장교가 앞에서 지시사항을 시달하는 중이었다. 모나즈를 캐던 민간인 약 30명이 귀가 도중 그들의 뒤편에 서서 국군포로들의 모습이 매우 애처로운 듯 슬픈 표정으로 구경하고 있었다. 박민규는 맨 뒤로부터 두 번째에 앉아서 뒤에 서 있는 민간인들을 쳐다보았다. 그런데 바로 뒤편에서 삽을 메고 서있는 사람이 어쩌면 자기 사촌형과 꼭 닮았을까?! 하도 이상해서 그 사람을 유심히 쳐다보고 있는데 그 사람도 민규를 보고 깜짝 놀라는 표정이었다. 틀림없는 사촌 형제간임을 서로가 확인하는 순간이었다. 형이 불렀다.

"민규야!"

민규는 몹시 당황해서 고개를 홱 돌렸다. 말은 못 하고 마음속으로만 한없이 울부짖었다.

'형님, 제발 말하지 마세요. 저는 이북출신이란 사실을 숨기고 있는데 탄로되면 큰일 납니다. 모르는 체 해야 합니다.'

뒤편에서 인민군경비병이 쫓아와서 소리 쳤다.

"동무! 누구를 불렀소? 아는 사람 있소?"

형은 눈치를 채고 시치미를 뗐다.

"아, 아무것도 앙이우다."

경비병은 더 추궁할까 하고 망설이다가 그냥 제 위치로 돌아갔다. 얼마 후 민규는 고개를 돌려 뒤를 돌아보았다. 형은 허공을 바라보며 망연자실(茫然自失)하는 표정이었다.

박홍규 형! 그는 민규와 사촌간이지만 한 가족처럼 지냈다. 앞뒷집에 살면서 매일같이 민규네 집에 와서 농사일도 해주고 밥도 같이 먹었다. 민규보다 12년 연상이고 결혼도 했다. 동생이 월남해서 잘 있으리라 여겼을 텐데 뜻밖에 포로가 되어 왔으니 얼마나 상심했을까? 다음 날부터 민규는 맨 뒤에 앉고 형은 바로 그의 등 뒤에 서있었다. 민규는 팔을 뒤로 돌려 형님의 다리를 만지며 골육의 정을 느꼈다. 그러던 어느 날, 포로들은 숙소를 다른 데로 옮겼다. 옮긴 후

형제는 서로 만날 수 없게 되었다.

포로들은 야외에 아주 엉성하게 꾸며놓은 숙소로 옮겼다. 바닥은 볏짚과 마른풀을 깔고 지붕은 나무를 얽어매어 그 위에 솔잎과 풀을 덮었다. 사방은 아무런 바람막이도 없는 한데였다. 말하자면 지붕과 바닥만 겨우 풀을 깔아 놓은 엉터리 숙소였다. 비가 오면 지붕에서 물이 뚝뚝 떨어져 옷이 젖는다.

1951년 9월 23일, 철산에 첫 얼음이 얼었다. 동료들은 추위가 이렇게 일찍 오리라고는 상상도 못했고 오래도록 잊지 못할 것이다. 그들은 숙소에서 잠자려면 모로 누워서 옆 사람과 바짝 붙어있어야 추위를 견딜 수 있었다. 날씨는 더욱 추워서 새벽 3시경이면 가장자리에 누운 사람부터 추위를 견디지 못하고 일어나 앉는다. 그러면 다음 사람도 차례로 일어나 앉는다. 나중에는 모든 사람들이 웅크리고 앉아서 몸을 떨며 밤을 새운다.

작업할 때 땀이 났다가 식으면 감기에 걸리기 쉬웠다. 많은 동료들이 감기 몸살을 앓았다. 이질 환자도 나날이 증가했다.

박민규도 감기를 앓다가 이질까지 겹치자 완전히 기력을 잃고 쓰러졌다. 숙소에서 가마니를 뒤집어쓰고 하루 종일 떨며 지내야 했다. 열이 심하게 나서 밥을 절반도 못 먹고 설사만 계속했으니 병세는 더욱 악화될 뿐이었다. 감기와 이질을 겹쳐 앓는 환자들이 자꾸 죽어가고 있었다. 박민규도 얼마 있으면 죽을 것만 같았다. 보고 싶은 얼굴들이 아련히 떠올랐다. 어머니, 형님, 형수님, 누님, 윤향숙 양, …

고향집에서 가족들은 두문벌의 고통을 받고 있었다. 10리 밖을 나갈 수 없고 이웃 주민들과의 접촉도 금지되었다.

남한의 형들은 민규의 생사를 알지 못해 무척 궁금했다. 9사단은 현리전투가 끝난 후 철원지구로 이동했다. 경찰의 형은 철원에 가서 마침 9사단 헌병대장 김정득 소령과 업무상 협의하는 기회가 있었다. 형은 김 소령에게 동생의 소식을 확인해 달라고 간곡하게 부탁했다. 김 소령은 28연대 3대대 통신대에 직접 가서 확인 했다. 한인범 중사가 무선반장으로 있으면서 당시의 상황을 상세히 증언했다.

"인민군이 총을 쏘며 쫓아올 때 박민규 중사는 저와 함께 뛰다가 총탄에 맞고 푹 쓰러졌습니다. 제가 아무리 불러도 말도 못하고 꼼짝도 못 했습니다. 급소를 맞고 곧 전사했을 것입니다."

김 소령은 그 말을 인정하고 다음과 같은 편지를 보냈다.

『……. 슬픈 소식을 전하게 되어 대단히 죄송합니다. 박민규 중사는 지난 5월, 현리전투에서 전사했습니다. 같이 있던 동료가 증언했습니다. 박 중사는 자기와 함께 뛰다가 적탄에 맞고 그 자리에서 숨을 거두었다고 합니다. …….

1951년 9월 12일. 육군소령 김정득 올림 』

형은 이 비보를 듣고 어찌나 슬픈지 눈물이 마구 쏟아졌다. 아! 동생은 인제지구에서 어렵게 월남했건만 기어이 그 곳에서 전사했구나. 차라리 월남하지나 말 것을!

영월의 형도 동생의 전사소식을 듣고 기가 막혔다. 얼마나 기대가 컸던 동생인데, 그 희망이 허무하게 사라질 줄이야!

서울의 누나도 비보를 듣고 땅을 치며 통곡했다. 어머니가 애지

중지하던 늦둥이 막내인데 벌써 세상을 떠나다니요!

권은주도 민규의 전사소식을 듣고 눈물을 펑펑 쏟았다. 장차 자기 남편이 되리라 기대하고 있었는데 벌써 세상을 떠나다니!

윤향숙은 명식을 데리고 민규 오빠와 함께 거닐던 송도해수욕장에 놀라갔다. 집에 와보니 숙부님으로부터 편지가 와있었다.

『너에게 슬픈 소식을 전하게 되어 대단히 미안하다. 박민규 군은 지난 5월, 인제지구 전투에서 전사했다는구나. 9사단 헌병대장이 민규 형에게 편지로 자세히 알려왔다고 하더라. 박 군은 적탄에 맞고 그 자리에서 숨을 거두었다는 거야.

향숙아, 너무 슬퍼하지 마라. 이런 때일수록 마음을 굳게 먹고 정신을 차려야 한다. 아무리 슬프고 괴로운 일일지라도 세월이 지나면 다 잊게 마련이다. 앞으로 민규 군에 관한 일들은 하루 속히 잊어버리도록 노력해라. 그리고 새로운 희망과 용기를 가지고 굳세게 살아가기 바란다.』

향숙은 이 놀라운 비보에 그만 하늘이 무너지는 것 같은 충격을 받고 눈앞이 캄캄했다. 한없이 슬피 울다가 기어이 혼절하고 말았다. 식음을 전폐하고 며칠 동안 누워서 앓았다. 모든 희망이 사라져 살고 싶은 생각도 없었다. 그래도 성당에 나가야 했다. 남편의 영혼을 위로하기 위해서다.

하느님이시, 제 남편은 조국을 위해 싸우다 명예롭게 전사했습니다. 남편의 영혼을 거두어주소서. 천국에 올라가서 평안히 안식할 수 있도록 인도하여 주소서.

민규는 병세가 더욱 악화되어 사경을 헤매고 있었다. 그런데 불덩어리처럼 뜨겁던 몸이 서서히 정상으로 되돌아오는 것 같았다. 열이 내리자 밥을 쉽게 먹을 수 있었다. 설사도 멈추고 건강은 나날이 회복되었다. 그 후 작업장에는 못나갔지만 숙소를 돌아다니며 동료환자들을 병간호했다.

드디어 10월 6일, 포로들은 60일간의 강제노동을 마치고 철산에서 떠났다. 그들은 시골길을 가다가 들판에 앉아서 휴식을 취했다. 이때 몇 사람은 콩밭에 들어가서 덜 여문 날콩을 뜯어먹었다. 이를 보고 처음엔 흉을 봤지만 나중엔 모든 사람들이 콩밭에 들어가서 날콩을 뜯어먹느라 정신이 없었다. 포로수용소에 들어가면 굶어죽을지 모른다는 공포심 때문에 생존을 위한 본능적인 행동이었으리라. 경비병들이 총을 들이대고 그들을 쫓아냈다.

"그거이 무슨 짓이가? 콩밭에서 날래 나오지 못하간?"

포로들은 미친 듯이 게걸스럽게 날콩을 뜯어먹다 쫓겨났다.

철산군에서 경의선(京義線)상에 있는 차련관(車輦館)역이 가장 컸다. 포로들은 차련관역을 지나면서 하치장(荷置場)에 모나즈가 산더미처럼 쌓여있는 광경을 보고 눈이 휘둥그러졌다.

"와아! 엄청나게도 많이 쌓였구나. 저 속에는 우리들이 60일간 뼛골 빠지게 캐낸 모나즈도 있을 거야."

모나즈는 모두 기차에 실려 소련으로 수출되었다.

3. 천마포로수용소

철산을 출발한 포로들은 하루 종일 행군해서 하늘이 문을 닫는 해넘이에 천마포로수용소(天摩捕虜收容所)에 들어갔다. 수용소는 5개 중대로 편성되어 있었고 새로 온 포로들은 기존의 각 중대에 분산수용 되었다. 4중대의 1개 동에는 장교가 수용되고 1개 동에는 하사관이 수용되었다. 박민규는 계급이 하사라 해서 4중대 하사관 동에 들어갔다. 철산에서 많은 인원이 들어와서 방마다 초만원을 이루었다. 그래도 뜨끈뜨끈한 온돌방에서 자게 되어 천만다행이었다.

수용소에 들어온 첫날밤이었다. 박민규와 동료들은 캄캄한 방안에 누워서 잠이 들락날락 하고 있었다. 이때 취사장에서 일을 마치고 잠자러 들어온 사람이 있었다. 그 사람은 문간 쪽에 자리를 잡으면서 새로 온 동료들에게 말을 걸었다.

"여기 혹시 강원도 영월사람 없어요? 나 영월이요."

아주 우렁찬 목소리이고 담찬 사나이 같았다. 누워서 잠을 자려던 동료들이 박민규를 찾았다.

"야, 박민규가 영월이지? 박민규 어디 있나?"

박민규는 문간으로부터 네 번째쯤에 누워서 잠을 자려다가 깜짝 놀랐다.

"저요, 제가 영월인데요."

"그래요? 반갑소. 영월 어디요?"

"영월면인데요."

"나도 영월면이요, 무슨 동네요?"

"하송리(下松里)예요."

"참 반갑소. 나도 하송리요. 어디쯤이요?"

"전매청(專賣廳) 근처예요."

"나는 그 윗동네요. 그러면 내 친구 김호규라고 알겠소?"

"잘 모르겠는데요."

"엄상진은 알아요?"

민규는 일부러 생각하는 척하며 뜸을 들이다가 대답했다.

"글쎄요, 생각이 잘 안 나는데요."

그러나 모두 모른다고 대답하면 남들이 이상하게 여길 것 같아서 어떤 때는 거짓말을 했다.

"네, 알아요."

그리고는 아무 말도 덧붙이지 않았다. 그는 잠이 와서 귀찮다는 듯이 낮은 소리로 대답만 짧게 했더니 상대방도 미안해서 더 묻지 않았다. 민규는 이때 잠이 오기는커녕 가슴이 두근두근 뛰었다. 그가 하송리 사람을 알기는 뭘 알겠는가? 그의 형이 영월전매청에 있어서 본적과 주소를 영월로 속이고 있을 뿐, 아는 사람이란 없었다. 그런데 아닌 밤중에 홍두깨를 내민다더니 참 밤중에 웬 하송리 사람이 나타나서 사람을 놀라게 할까? 다행히 캄캄해서 얼굴 표정을 보이지 않아서 위험한 고비를 넘길 수 있었다. 하송리에서 왔다는 사람은 채병섭(蔡炳燮) 상사였다. 민규는 다음 날 은밀한 곳에 가서 실토했다.

“저는 집이 영월이지만 춘천에 가서 학교에 다녔어요. 그래서 영월에 대해서 잘 몰라요. 하지만 여기서는 춘천에서 학교에 다닌 걸 숨기고 있으니 남들에게 말하지 마세요.”

채 상사는 눈치가 빨라서 말귀를 금방 알아차렸다.

‘박 군은 영월사람이 아니군. 고향을 속이는 걸 보니 이북사람이 틀림없겠지. 함경도 말씨와 억양이 비슷한데.’

그 후 그들은 영월에 관해서 별로 얘기하지 않았다. 그러나 남들 앞에서는 동향 사람이라 가까운 체하며 지냈다.

포로수용소는 남향이고 정문 앞에 개울이 흐른다. 포로들은 아침마다 개울에서 얼음을 깨가며 찬물로 세수했다.

그곳은 의주군(義州郡) 고령삭면(古寧朔面) 천마동(天摩洞)이었다. 지금은 천마군(天摩郡) 천산리(天山里)로 바뀌었다. 천마산(天摩山)이 해발 1169m나 되는 화산(火山)이고 정상은 화산분화구자리에 물이 차서 연못을 이룬다. 서쪽 산 중턱에서 금이 많이 산출됐다. 수용소 건물은 금광광부들이 숙식하던 사택이었다. 개울물은 압록강 하류에 흘러들어간다. 산골짜기의 지명이 ‘뺑골’이라 해서 포로들은 천마포로수용소를 일명 ‘뺑골’이라 불렀다.

천마수용소에서 주는 밥도 쌀이 드물고 잡곡이 많았다. 부식은 수용소 안에 콩나물공장이 있어서 자체생산 한 콩나물로 국을 끓여

주었다. 포로들은 밥이 적어서 항상 배를 곯아야 했고 영양실조가 오래 계속되면 병들어 죽으리라 염려했다.

취사반원들은 취사장에서 일이 고되지만 밥을 실컷 먹을 수 있고 누룽지를 조금씩 갖고나왔다. 채병섭 상사도 일하고 나올 때 누룽지를 조금씩 갖고 나와서 민규에게 주었다.

“민규야, 누룽지를 먹어라.”

“고마워요.”

민규는 무척 고맙게 받아먹었다. 배가 고프고 영양실조가 심해지면 병들어 죽을지 모를 상황인데 누룽지를 먹을 수 있다는 것은 마치 생명을 구제 받는 거와 같은 행운이 아닐 수 없었다. 민규는 채형이 주는 누룽지를 고맙게 받아먹으면서 훗날 그 은혜를 꼭 갚으리라 마음먹었다. 채 상사는 2사단에 있다가 1951년 1월 초에 가평전투에서 포로가 되었다. 그는 몸이 비대하고 살결은 여자처럼 하얗고 보들보들했다. 반면에 성격은 매우 다부지고 대범했다. 특히 그의 눈은 매우 크고 사납게 생겨서 사람들이 감히 쳐다보지 못할 정도로 무서웠다.

12월 중순 어느 날, 채병섭 상사는 수용소에서 갑자기 사라졌다. 취사장에서 일하다말고 나갔는데 그의 행방을 아는 사람은 아무도 없었다. 그날도 박민규는 채상사가 누룽지를 갖다 주리라 고대하고 있었는데 가뭇없이 사라졌으니 물질적으로나 정신적으로 엄청난 손해를 보았다. 채 상사는 전에 영창에 들어가서 오래 있었다고 말했다. 그렇다면 극단적인 반동분자로 분류되어 다른 곳에 격리되었을까? 아니면 인민군에 편입되었을까? 민규는 채 상사의 은혜를 고맙게 생각하며 그의 행방을 오래도록 궁금하게 여겼다.

수용소울타리는 통나무와 판자를 높이 세우고 그 위에 철조망을 쳤다. 울타리 뒷산 언덕에 망대(望臺)가 높이 세워져있었다. 경비병들은 망대에서 수용소내부를 환히 내려 보며 감시했다.

1, 2, 3중대는 일등병과 이등병 그리고 하사 일부가 수용되었다. 하지만 그 속에 장교와 하사관 여러 명이 계급을 속이고 숨어 있었다. 5중대는 큰 울타리밖에 따로 2개 동으로 구성됐다. 주위에 돌담으로 쌓고 그 위에 철조망을 높이 쳤다. 5중대는 환자들이 수용된다 해서 환자중대라 불렀다.

강동포로수용소에 남아있던 장교를 포함한 많은 동료들이 9월 초순에 천마포로수용소에 들어왔다. 4중대 장교 막사에 한병진 소위도 이미 와 있었다. 민규는 이북 출신이란 사실이 탄로될 염려가 있어 한 소위와 얘기할 때는 조심해야했다. 한 소위는 천마수용소에 와서도 탈출할 기회를 노리고 있었다.

"여기서 탈출하면 성공할 수 있을까?"

"글쎄, 고향에 들린 후 동해에서 배를 타고 나가면 어떨까? 우리 둘이 같이 탈출할까?"

"아니야, 자네는 휴전되면 남한에 갈 수 있을지 몰라. 좀 더 기다려 봐."

포로들은 소대별로 뒷산에 올라가서 나무를 해왔다. 기다란 참나무를 도끼로 잘라서 한쪽 끝은 어깨에 메고 다른 끝은 땅에 끌면서 운반했다. 나무는 풍부해서 온돌방이 항상 뜨끈뜨끈하게 땔 수 있었다. 그러나 바깥 날씨는 무척 추웠다. 그들은 국군 작업복만 입고 내의도 없이 오래도록 추위에 떨며 지내야 했다. 11월 하순에야 중공제(中共製) 솜 누비옷이 지급되었다. 누비옷은 뜨뜻해서 좋았다. 신발도 중공제 농구화가 지급되었다.

인민군은 장교에게만 양말을 지급하고 사병에게는 발싸개를 지급했다. 발싸개는 네모진 광목으로 발을 둘둘 싸매고 신을 신는다. 포로에게는 양말이나 발싸개가 전혀 지급되지 않았다. 그들은 할 수 없이 입고 다니던 국군작업복을 뜯어서 덧버선을 만들어 신었다. 동료들 중에 바느질 솜씨가 특출한 사람들이 있어서 덧버선을 예쁘게 만들어 신었다.

천마포로수용소에 모인 동료들은 모두 중공군의 1차부터 6차까지의 대공세에 의해 포로가 되었다고 한다. 그 후에는 대공세가 없었으므로 새로 들어온 포로는 없었다. 그들은 첫인사를 나눌 적이면 으레 묻는다.

"동무는 어느 전투에서 포로가 됐소?"

"나는 덕천포위요." "나는 횡성포위요."

이제 무슨 포위, 무슨 포위하는 것은 그 사람의 대명사처럼 따라다녔다. 그들은 인민군과는 용감하게 싸웠지만 중공군의 대공세에서는 맥도 못쓰고 잡혔다고 한탄했다.

"인민군이 포위할 때는 10 리나 20 리 나가면 구출될 수 있었거든. 그러나 중공군은 100 리나 200 리까지 포위하니 탈출하기 어려웠던 거야. 규모로 보면 인민군은 한껏 해야 대대 정도를 포위했지만 중공군은 포위했다하면 사단 아니면 군단이었거든. 그러니 대량으로 포로가 될 수밖에 없었지."

많은 동료들의 체험담을 통해서 중공군의 대공세에서 국군이 어떻게 참패했는지 환히 알 수 있었다. 동료들은 포로가 되고나서 여러 곳을 전전하며 수많은 고역을 치렀다고 한다. 그들의 체험담을 모두 종합하면 국군포로들이 거쳐 온 수용소군도(收容所群島)의 전모(全貌)가 밝혀진다. 이는 국군포로들의 수난의 역사이며 온갖 고역을 치르는 역정(歷程)들이 장장하게 펼쳐진다.

박민규는 각 전투별로 한 사람씩 만나 대화를 나누면서 그분들의 체험담을 들어보기로 했다.

중공군 1차 공세(1950.10.25.~11.5.)에서 6사단은 2연대, 19연대, 7연대순으로 격파되었다. 2연대 2대대에 있던 문대영 상사는 총상이 심해서 양쪽 다리를 절룩거리며 다녔다. 그는 몇 번이나 죽을 고비를 넘겼던 체험담을 들려주었다.

"2연대는 북진하는 동안 양덕(陽德)에서 하루 전투했을 뿐이고 그밖에는 전투가 없었거든. 그래서 10월 25일도 마치 소풍가는 기분으로 온정리를 출발해서 대로를 행군했던 거야. 그런데 낮 12시경, 이상한 군인들이 산에서 내려와 정면을 가로막더라. 우리는 행군을 멈추고 그들을 예의주시했거든. 인원은 점점 증가하여 우리를 에워싸면서 가까이 오는 거야. 대대 정보관이 그들을 유심히 보더니 큰 소리로 외치더라.

'팔로군(八路軍)이다! 되놈이다!'

그러자 대대장은 더 큰 소리로 명령을 내리는 거야.

'후퇴하라!' '후퇴하라!'

아군이 후퇴하자 팔로군이 일제히 쫓아오면서 총을 쏘더라. 우리는 다급해서 뛰기 시작했거든. 그런데 길 양편에 매복하고 있던 팔로군까지 뛰쳐나와서 사격하는 거야. 정말 환장하겠더라."

박민규가 물었다.

"팔로군이 뭐요?"

"중공군을 예전에 팔로군이라 불렀어. 참전하기 전까지는 그렇게 불렀거든. 나는 뛰다가 다리에 총탄을 맞고 푹 쓰러졌어. 피가 철철 흘러나왔지만 죽은 체하고 가만히 엎드려 있었거든. 이상한 말로 떠드는 소리가 나기에 눈을 떠봤더니 내 앞에 중공군 네 명이 서 있더라. 한 사람은 나를 쏘려고 총을 겨누고 있는 거야. 나는 겁이 덜컥 나서 얼떨결에 '쎄쎄(謝謝), 쎄쎄, …' 하면서 살려달라는 표정을 지었거든. 그랬더니 중공군은 쏘지 않고 그냥 지나가더라."

박민규가 또 물었다.

"쎄쎄가 무슨 뜻이요?"

"중국어로 고맙다는 말이야."

"뭐가 고마웠어요?"

"그 말밖에 아는 게 있어야지. 아무튼 그래서 목숨을 살려주었으니까 고맙지 뭐야. 그 후 어떤 민간인이 지나가기에 살려달라고 했더니 나를 업어서 어떤 농가에 내려놓고 가더라. 다음 날 그 집은 미군기의 폭격으로 불타버렸어. 나는 부상자 네 명과 함께 근처의 방공호 속에 들어가서 숨어있었거든. 3일째 되는 날 인민군이 와보고 소리치더라.

'국방군 가이 새끼들, 날래 나오지 못 하간?'

나는 기어서 나갔어. 인민군은 걸을 수 있는 두 사람만 데려가고 걷지 못하는 세 사람은 도로 방공호 속에 들어가라 하더라. 내가 앞장서 들어가는데 뒤에서 인민군이 총을 쏘는 거야. 두 사람은 죽고 나는 중상을 입고 쓰러졌거든. 인민군이 들어와서 우리의 소지품을 갖고 나가다가 우산대로 내 얼굴을 쿡 찌르는 거야. 나는 깜짝 놀라서 눈을 떠봤거든. 인민군도 깜짝 놀라더라.

'어?! 이 새끼 봐라. 아직 죽지 않았네.'

인민군은 차마 면전에서 못 쏘고 밖에 나가서 또 총을 난사하더라. 나는 또 팔다리에 총상을 입고 거의 죽어가고 있었거든."

민규가 이상해서 물었다.

"왜 걷지 못하는 중상자를 죽이지요?"

"그야 중상자를 운반하기도 힘들고 치료해 주기도 귀찮아서 그랬겠지. 또 중상자의 고통을 일찍 덜어주는 것도 좋은 일이 아니겠나? 그날 밤, 어떤 사람이 방공호에 들어와서 시체를 더듬더듬 만져보더니 중얼거리는 거야.

'아이고 마! 다 죽은 기라.'

그가 경상도 말씨를 쓰기에 나는 국군인 줄 알고 말했어.

'당신은 누구요? 나는 아직 살아 있어요.'

그제야 그 사람은 반가워서 자기가 겪은 일을 말해주더라.

'나는 이 근처 방공호 속에 숨어 있었던 기라. 인민군이 와보고 걸을 수 있는 사람만 데려가고, 걷지 못하는 세 사람은 방공호 속에 도로 들어가라 카데에. 내가 앞장서 들어가는데 인민군이 총을 쏴서 두 사람은 죽고 나만 살아남은 기라. 밤이 어둡고 너무 무서워서

이리로 도망 왔다 아이가.'

그 사람은 내 생명이 위독한 걸 알고 밖에 나가서 소리치더라.

'사람 살려요. 사람 살려요.'

그러자 어떤 노인이 들어와서 나를 업고 자기 집으로 가더라. 노인이 정성껏 간호해 준 덕택에 나는 죽지 않고 살아난 거야. 그 후 중상을 입은 국군포로 100 여명이 한 부락에 집단수용 되었거든. 내무서원들이 가끔 와서 우리를 조사하더라."

민규가 또 질문했다.

"내무서원들이 왔으면 치료를 잘해주던가요?"

"치료가 다 뭐야. 나는 상처가 곪아서 살이 썩어들어 갔어. 살 썩는 냄새가 어찌나 고약한지 한 방에서 같이 지내는 동료들이 코를 막고 상을 찌푸리더라. 홑이불을 뜯어서 상처를 싸매고 있었는데 풀어보면 상처에서 구더기가 나오는 거야. 나는 정말 죽을 목숨이었는데 천우산조(天佑神助)로 살아났거든. 1951년 3월 하순, 우리는 모두 벽동(碧潼)포로수용소로 이동했다. 나처럼 걷지 못하는 중상자는 소달구지를 타고 갔네."

다음은 19연대에 있던 신재홍 상사의 체험담을 들어본다.

"19연대는 예비부대로 사단본부와 함께 희천(熙川)에 있었거든. 10월 25일, 2연대가 중공군에 격파됐다는 소식이 전해지자 우리연대는 그날 저녁 차를 타고 밤새도록 적진으로 깊이 들어간 거야. 26일부터 중공군은 아군을 포위해놓고 나팔을 불고 꽹과리를 치면서 쳐들어오더라. 아군은 전열이 무너지고 뿔뿔이 달아났거든. 나는 박광혁(朴光赫) 연대장과 함께 뛰었어. 갑자기 기관총 소리가 '드르륵, 드르륵' 울리더니 연대장이 푹 쓰러지는 거야. 나는 얼른 달려가서 불렀지.

'연대장님!' '연대장님!'

그러나 연대장님은 말을 못하고 가슴에서 피가 철철 흘러나오더라. 곧 숨을 거두었어. 박광혁 대령은 26일, 19연대장으로 부임하고 다음 날인 27일, 전사했거든. 참으로 애석한 일이었어. 전임인 김익렬 대령은 26일, 후방으로 전출해서 화를 면한 거야.

나는 목이 말라서 물먹으러 계곡으로 내려가다 중공군에 붙잡혔다. 포로들은 운산군(雲山郡)북진읍(北鎭邑)의 광산 갱구 속에 들어가서 지냈거든. 중공군이 옥수수를 통째로 삶아서 가마니에 넣어 갖고 와서 한 끼에 한 컵씩, 하루에 두 끼씩 주더라. 우리는 그릇이 없어서 모자나 손바닥에 받아먹었어. 땅바닥이 질퍽해서 편안히 앉지 못하고 추위에 떨며 지내야 했거든. 11월 중순, 인민군에 인계되어 벽동포로수용소에 들어갔다."

다음은 7연대에 있던 이창복 중사의 체험담을 들어본다.

"우리 1대대 1중대는 10월 26일, 초산(楚山)에서 10리 더 들어가서 압록강 강변인 신도장(新島場)에 도달했거든. 인민군은 한명도 안 보이고 강 건너 중국 땅도 조용하더라. 우리는 드디어 북진통일이 됐다고 여기고 태극기를 흔들며 만세를 불렀어. 이승만 대통령에게 압록강 물을 기념으로 바친다고 해서 내가 수통 2개에 물을 넣어 보냈거든. 그러나 그 수통을 싣고 가던 차량은 중공군에 차단되어 못나갔다고 하더라.

27일부터 7연대는 일제히 철수했거든. 30일, 풍장(豊場)이란 곳에서 중공군의 야간기습을 받고 풍비박산 된 거야. 나는 탈출하던 중에 2대대장 김종수(金鍾洙)중령의 일행을 만나 따라다녔어. 미군 비행사가 우리일행 속에 끼어들더라. 비행기는 격추되고 자기는 낙하산을 타고 내려왔다는 거야. 비행사가 지나가는 비행기에 거울을 비쳐가며 신호를 보내더라. 그랬더니 얼마 후 미군 헬리콥터가 와서 내려앉는 거야. 비행사는 대대장에게 같이 타고 가자고 제의하더라. 그러나 대대장은 단호하게 거절했어.

'나는 부하들을 사지(死地)에 넘겨두고 나만 살려고 혼자 가지 않겠다. 귀관들과 생사를 함께 할 것이다.'

부하들이 한사코 말렸지.

'아닙니다. 대대장님은 꼭 사셔야 합니다. 어서 타십시오.'

그러나 대대장은 끝내 거절하더라. 할 수 없이 헬리콥터는 미군 비행사만 태우고 날아갔어. 그 후 우리는 탈출을 시도했지만 기어이 중공군에 포로로 잡혔거든. 김종수 중령도 포로가 되어 지금 4중대 장교막사에 있다."

그랬다. 김종수 중령은 구출될 수 있는 절호의 기회를 뿌리치고 포로가 됐다. 다행히 김종수 중령은 휴전 후 포로송환 된다.

4. 벽동포로수용소

1950년 11월 중순부터 국군포로들은 벽동중학교에 수용되고, 미군포로들은 벽동초등학교에 수용됐다.

11월 24일부터 중공군 2차 공세로 7사단은 덕천에서, 8사단은 영원에서 참패하여 많은 장병들이 포로가 됐다.

7사단 5연대에 있던 서범수 하사의 체험담을 들어본다.

"7사단은 11월24일부터 공격했지만 중공군의 반격으로 덕천에서 완전히 포위됐거든. 나는 5연대장 박은석 대령을 따라다녔어. 우리 일행이 산에 들어가려 하자 산속에서 중공군이 나와서 총을 겨누는 거야. 연대장은 권총을 빼들고 비장한 각오로 외치더라.

'나는 저놈들을 먼저 쏘고 자결하겠다.'

연대장이 총을 겨누는 걸 보고 중공군이 고함지르는 거야.

'쥐셔(擧手, 손들어)!'

연대장은 총을 쏘려고 했지만 부하들이 다칠까 염려되어 단념하고 말더라. 그래서 우리는 모두 포로로 잡혔거든. 북진의 광산사택에 수용되고 그곳을 북진포로수용소라 불렀어."

다음은 8사단 10연대에 있던 송성규 상사의 체험담이다.

"8사단은 24일부터 공격했지만 중공군은 아군후방까지 깊숙이 포위하더라. 나는 탈출하다 기어이 포로로 잡혔거든. 인민군이 우리를 인수하고 장교와 하사관과 병졸로 분리하더라. 병졸 중에서 많은 사람들이 사라졌어. 아마 인민군에 편입했을 거야."

송 상사가 연대통신대에 있었다고 하기에 민규가 물었다.

"혹시 10연대 통신대에 신만섭 하사가 있었어요?"

"신만섭 하사라고? 있었지. 나와 같이 포로가 됐는데 그 후 어찌 됐는지 모르고 있다. 그런데 네가 신만섭을 어떻게 아나?"

"신 하사는 인민군에 편입했어요. 전방에 나가자 탈출해서 28연대 3대대진영에서 구출됐거든요. 탈출할 때 인민군 2명을 귀순시켜 데려왔어요. 대대장은 신 하사의 용감성을 가상히 여기고 3대대통신대에 머물게 했어요. 그래서 나와 같이 지냈던 거요."

"신 하사는 담력이 강해서 탈출할 수 있었을 거야."

북진에 있던 국군포로들은 1월 중순, 벽동수용소로 이동했다.

벽동군에 우시면(雩時面)이 있다. 평야가 넓고 농촌도 꽤 크다. 1951년 1월 하순, 벽동에 있던 국군포로들은 대부분 우시로 옮겼다. 우시의 커다란 마을이 포로수용소로 변했다. 주민들은 모두 철거시키고 집집마다 포로들이 가득 수용됐다. 2월 초순부터 우시수용소에 발진티푸스가 유행하여 많은 환자들이 사망했다. 그때의 참혹했던 실상을 신재홍 상사가 말해주었다.

"환자들이 열이 심하게 나니까 밤새도록 잠을 못 자고 '아버지!' '어머니!' 하고 울부짖더라. 그러다가 새벽이 되면 싸늘한 시체로 변하는 거야. 환자들이 목이 말라서 '물! 물!' 하고 찾지만 함부로 줄 수 없었어. 왜냐하면 물을 마시면 금방 죽거든.

아침이면 인민군 장교가 집집마다 다니며 소리치더라.

'사망자가 있으면 빨리 운반해 오시오.'

그러면 넓은 마당 여기저기에 시체가 가득 모이는 거야."

민규가 물었다.

"하루에 보통 몇 명이나 사망했어요?"

"사망자는 하루에 보통 20명이 넘더라. 많을 때는 30명도 넘었어. 그 지방은 겨울에 눈이 많이 쌓이기 때문에 달구지대신에 썰매 같이 생긴 발구를 사용하더라. 발구 대여섯 대에 시체를 차곡차곡 포개 싣고 소 대신에 사람들이 끌고 가는 거야. 비참한 장례행렬이 빙판길을 소리 없이 지나가는데 때마침 압록강에서 매서운 설한풍이 불어오더라. 그 소리는 마치 원혼들을 달래주는 장송곡이었어. 시체는 땅이 얼어서 파묻지 못하고 산골짜기나 들판 아무데나 갖다 버리거든. 눈 덮인 산과 들 여기저기에 시체가 널브러지는데 차마 눈뜨고 볼 수 없는 지경이었어. 시체에서 원혼들이 뛰쳐나와 울부짖는 귀곡성(鬼哭聲)! 하늘 높이 구만리장천까지 울려 퍼졌네. 희(噫)여! 희(噫)여! 애고(哀苦)! 애고(哀苦)!

살아있는 우리도 울부짖었네.

아! 통한의 우시여! 이 무슨 지옥이란 말인가?! 우리도 얼마 있으면 저렇게 버려지겠지?! 아! 하늘이 무심하구나! 하늘이!"

민규도 다 듣고 나서 한 가지 물었다.

"그때의 우시(雩時)는 몇 시(時)를 가리켰나요? 절망의 '25시(時)'가 아니던가요?"

우시에서 기승을 부리던 장티푸스는 3월 초순부터 누그러졌다. 3월 중순 어느 날, 병졸 중에서 약 300명이 선발되어 집합했다. 서범수 하사도 계급을 이등병이라 속이고 대열 속에 끼어들었다. 서하사의 체험담을 또 들어본다.

“인민군 장교가 우리를 집합시켜놓고 일장 연설을 하더라.

‘동무들! 기뻐하시오. 조선민주주의인민공화국 수상이시고 인민군최고사령관이신 김일성장군께서 관대한 은혜를 베푸셨소. 동무들은 조국을 위해 보답할 때가 왔소.’

우리는 곧 남쪽을 향해 행진했거든. 가다가 민가에 들어가서 밥을 먹는데 오랜만에 배불리 먹었어. 나는 열이 점점 심하게 나서 도저히 따라갈 수 없는 거야. 인민군장교가 나를 국군포로들이 집결하고 있는 부락에 인계하고 가더라. 그 부락에는 온정리 전투에서 중상을 입은 환자 100여 명이 집단수용 되어있었거든. 내가 들어간 집 주인할아버지는 침을 놓을 줄 아는 분이었어. 나를 진맥하더니 먹은 것이 체했다는 거야. 그래서 침을 맞았더니 금방 났더라. 그 후 환자들은 행군해서 벽동포로수용소에 들어갔거든. 그때 나와 함께 행군했던 동료들은 어디 갔는지 모른다.”

민규가 알려주었다.

“그 친구들은 인민군에 편입했어. 그 중 한 사람이 탈출하다 붙잡혀서 수용소에 왔거든. 지금 2중대에 있는 염종우 씨야.”

1951년 4월 하순, 벽동수용소에 있던 국군포로는 모두 천마수용소로 이동했다. 압록강에서 배를 타고 하강하여 수풍(水豊)에서 내려 천마수용소로 걸어갔다. 미군포로들은 벽동에 그대로 남았다.

그 후 미군포로일부는 위원(渭原)포로수용소로 이동했다.

벽동포로수용소에 있을 때 국군포로 몇 사람이 탈출한 일이 있었다. 그분들은 탈출에 성공했는지 알아본다.

1951년 11월 중순이었다. 경사진 눈길에서 다리를 절룩거리는 사람이 미끄러져 넘어졌다. 박민규가 얼른 일으켜 세우면서 그 사람을 유심히 보았다. 그 모습은 분명히 최재호 외사촌 형이었다. 형도 민규를 알아보고 깜짝 놀란다.

"형님! 이게 어찌된 일입니까?"

"너는 왜 이런 데까지 왔니?"

형제는 서로 끌어안고 반가움보다도 슬픔에 젖어 눈물을 흘렸다. 그날 밤 으슥한 곳에서 형제는 이야기를 나누었다.

"나는 작년 7월, 대위로 진급하고 6사단 2연대에 가서 중대장을 했다. 10월25일, 우리 3대대는 온정리에서 차를 타고 선두에서 달렸거든. 그러나 전혀 예상치 못했던 중공군의 기습공격을 받고 꼼짝도 못하고 포로로 잡혔다."

"아군이 북진할 때는 신바람아 났지요?"

"그야 물론이지. 우리중대는 북진할 때 청천강에서 김일성의 승용차를 노획했다. 도하지점에 차가 몰려 있다가 폭격을 당해서 도로가 막혀버렸거든. 김일성의 승용차는 그 속에서 발견했다. 검정 세단차이고 7인승으로 길게 생겼더라. 스탈린이 김일성과 모택동에게 한 대씩 기증한 거라고 하더라."

그랬다. 김일성의 승용차는 이승만 대통령이 교통사고로 사망한 워커 미8군사령관의 부인에게 기증했다. 그 후 한국인 모 대령이 그 승용차를 다시 한국에 들여와 보존하고 있다.

"형님은 왜 발을 다쳤어요?"

"나는 작년 12월, 벽동수용소에서 장교 한 사람과 같이 탈출했다. 서해에서 배를 타고 나가려고 정주 방면으로 갔거든. 밤에 눈 속을 헤맸더니 발에 동상이 걸리더라. 우리는 꼼짝도 못하고 포로로 잡혔다. 영창에 오래 가두는 바람에 발은 다 썩어서 문드러졌다. 같이 탈출했던 장교는 그 후 병으로 사망했다. 나는 이제 생명에 애착이 없다. 이렇게 병신이 돼가지고 뭘 하겠니?"

"형님, 왜 그런 말씀 하세요? 남한에 가서 보상을 받아야지요."

"나는 이북출신이라서 보내주지 않을 게다. 너나 잘 숨어 있다가 돌아가기 바란다."

민규는 재호 형님의 발을 만져봤다. 한쪽 발은 다 썩어서 없어지고 뼈만 앙상했다. 형제는 끌어안고 눈물을 흘렸다.

다음은 19연대에 있던 신재홍 상사의 얘기를 들어본다.

"19연대 작전관이고 나의 상관인 박정인 소령이 포로가 되어 벽동포로수용소에서 같이 지냈거든. 1951년 1월 하순에 박 소령을 비롯한 장교 6명이 야간에 집단탈출 한 거야. 그분들은 그 후 소식이 없는 것으로 보아 탈출에 성공한 것 같아."

그분들이 탈출에 성공했는지는 휴전 후에 알려진다.

장진전투에서 미 7사단 혼성연대가 포위되어 많은 군인들이 포로로 잡혔다. 그중에 한국인지원병도 상당수 있었다. 한국인포로들은 4월 중순에 천마포로수용소에 들어왔다. 서울에서 대학교수로 지냈다는 김병우 교수의 체험담을 들어본다.

"미군이 공격을 시작하자 중공군은 엄청난 병력으로 반격해 오더군. 미군은 전멸될 위기에서 최후의 돌파작전을 감행했지만 대부분 중공군에 사살되거나 포로로 잡혔네. 우리는 포로가 된 후 모두 발에 동상에 걸리더군. 이것 좀 보게나."

김 교수는 양쪽 발가락이 모두 없어지고 발끝이 뭉툭했다.

중공군 3차공세로 38선에서 방어하던 모든 유엔군이 총퇴각했다. 6사단 19연대에 있던 하성복 상사의 체험담을 들어본다.

"12월 31일 저녁부터 중공군의 대공세로 우리는 동두천에서 한강 이남까지 쫓겨 갔거든. 나는 한강을 건너려다 붙잡혔다. 철원의 모 초등학교에 수용됐을 때, 인민군장교가 말하더라.

'동무들 중에서 우선 200명을 선발해서 석방하겠소. 단, 국군장교였던 사람을 알려주는 사람부터 먼저 선발하겠소.'

그러자 어떤 동료들은 자기 직속상관을 고자질하는 거야.

'이 사람이 국군 장교였어요. 우리 중대장이었지요.'

인민군은 곧 장교를 격리시키고 그 사람을 대열 속에 넣어주더라. 나는 몰래 대열 속에 끼어들었거든. 그런데 내 부하 놈이 와서 나를 고자질하는 거야.

'이 사람은 국군 상사였어요. 우리 소대 선임하사였지요.'

그래서 나는 대열에서 빠지고 그 놈이 대신 들어갔거든. 참, 기가 막혀서 환장하겠더라. 내가 가장 아끼고 사랑하던 놈인데 어쩌면 배은망덕도 유만부동(類萬不同)이지 그럴 수가 있나? 선발된 200여명은 석방된 것이 아니라 인민군에 편입했을 거야. 그 후 우리는 평양의 미림비행장에서 활주로 복구공사를 했다."

다음은 2사단 포병대에 있던 김동호 중위의 체험담이다.

"우리 포병대는 가평북방에 있었거든. 12월 31일 밤에 철수하려 했지만 예하 연대의 차량들이 몰려오는 바람에 도로가 막혀서 나갈 수가 없더군. 우리는 포를 지키고 있다가 그 자리에서 포로가 되고 포 30문을 몽땅 빼앗겼네. 나는 탈출해서 어떤 농가에 들어갔거든. 젊은 여자가 갓난아기를 안고 있더군. 내가 구조를 요청했더니 여자가 한복을 꺼내주는 거야.

'이것은 내 남편의 옷입니다. 남편은 국군에 입대했어요.'

나는 고맙다고 인사하고 얼른 갈아입었거든. 중공군이 들어와서 집안을 샅샅이 뒤져볼 때 나는 그 여자의 남편처럼 행세해서 무사했네. 그날 밤, 그 집에서 자는데 이불이 하나 밖에 없으니 어쩌겠나? 할 수 없이 한 이불 속에 들어가서 같이 잤네. 그러나 여자와는 아무 일없이 그냥 밤을 지냈네."

동료들이 한 마디씩 쏘아붙였다.

"자네 그 말을 누가 믿겠나? 솔직하게 말해 보게."

김중위는 동료들의 추궁에 마지못해 실토하고 말았다.

"사실은 그냥 자려고 했거든. 그러나 여자가 내 몸을 자꾸 끌어안는데 어쩌겠나? 할 수 없이 일을 치르고 말았네. 다음 날도 중공군이 들락거릴 때마다 우리는 진짜 부부처럼 다정하게 행세해서 무사했거든. 여자는 그 날 밤도 자고 가라고 붙잡는 걸 나는 뿌리치고 군복으로 갈아입고 나왔네. 이틀간 탈출하느라 헤맸지만 기어이 중공군에 잡혔거든. 국군포로들은 김화(金化)의 한 농촌에 집단수용되어 있더군. 장티푸스가 유행해서 많은 환자들이 사망했네. 나도 병들어 죽을 뻔했으나 다행히 살아났네."

다음은 5사단 36연대에 있던 지승엽 소위의 체험담이다.

"36연대는 춘천서북방에서 포위되어 뿔뿔이 흩어졌거든. 나는 산속을 헤매다가 중공군에 붙잡히고 말았어. 그 후 포로들은 황주(黃州)비행장에서 활주로복구 공사를 하면서 민가에서 숙식을 했거든. 내가 숙식한 집주인은 공산주의를 비판하고 국군포로를 동정하더라. 그 집에 성숙한 딸이 있었어. 그 처녀도 포로에게 무엇이든지 잘 해주려고 애쓰는 거야. 나하고는 농담도 잘하고 가까운 사이가 됐거든. 하루는 내가 배 아프다고 꾀병을 부리고 방안에 누워있었더니 그 처녀가 죽을 쑤어 갖고 들어오는 거야.

'배가 몹시 아픕니까? 죽을 좀 먹어 보라우야.'

나는 처녀가 하도 고마워서 침이 마르도록 칭찬해 주었거든.

'아가씨는 얼굴이 예쁘게 생겼을 뿐만 아니라 마음씨도 비단같이 곱수다레. 어디 손 좀 만져보자우야.'

내가 손을 슬그머니 만졌더니 처녀는 기분이 좋아서 웃더라. 나는 다시 그녀를 확 끌어안았거든. 여자는 움찔움찔하더니 나중에는 자기도 내 몸을 끌어안는 거야. 그래서 우리는 서로 부둥켜안고 방안에서 한바탕 뒹굴었어. 부모님은 일 나가고 집에 없었거든. 우리는 뒹굴다가 기어이 문을 잠가놓고 일을 치르고 말았네. 그날 밤 처녀가 정성껏 만들어준 음식을 싸들고 탈출했거든. 그러나 인민군에 붙잡혀서 강동포로수용소에 들어갔네. 천마에 와서 3중대에 있었으나 장교로 탄로되어 4중대로 옮겼네."

중공군 4차 공세로 8사단이 횡성에서 대 참변을 당했다. 10연대 보급관으로 있던 유대현 대위의 체험담을 들어본다.

"2월 11일 저녁부터 중공군이 엄청난 병력으로 쳐들어오더군. 12일, 날이 밝자 중공군이 사방에서 수색작전을 펼치는데 숨을 곳이 있어야지. 나는 가랑잎을 뒤집어쓰고 누워있었거든. 중공군이 와서 가랑잎을 헤쳐 보더니 툭툭 차면서 일어나라는 거야. 나는 중국에 오래 살아서 중국어를 잘 하거든. 중국어로 밥을 달라고 말했어. '게이워 판츠(給余 飯炊).' 그랬더니 중공군이 컵에 눈을 넣어 녹인 다음 전대(纏帶)에서 미숫가루를 꺼내 타주더군."

박민규가 물었다.

"천마수용소에 어느 부대 장병들이 가장 먼저 들어왔어요?"

"횡성에서 포로가 된 8사단 장병들이 4월 초순에 제일 먼저 들어왔네. 말하자면 우리가 천마포로수용소를 개설한 걸세. 다음에는 4월 중순에 미 7사단 사병들이 들어왔고, 4월 하순에는 벽동수용소에 있던 6, 7, 8사단 장병들이 들어왔네."

중공군 5차 공세로 6사단이 화천의 사창리(史倉里)에서 가장 피해가 많았다. 7연대에 있던 곽노규 중사의 체험담을 들어본다.

"4월 22일, 중공군의 대공세로 6사단은 후퇴해서 사단사령부가 있는 사창리에 집결했거든. 그러나 중공군의 야간기습을 받고 풍비박산 된 거야. 사단장이 판단을 잘못한 것 같아. 사창리에 머물지 말고 더 멀리 나갔더라면 피해는 적었을 거야.

나는 두 번이나 붙잡혔다 탈출해서 강동포로수용소에 가는 도중, 성천(成川)에서 동료와 함께 또 탈출했거든. 어떤 농가에 들어갔더니 주인아주머니가 국군포로를 동정하더라. 그 아주머니의 기지로 우리는 이웃집에서 잠자고 있는 인민군의 군복과 총을 훔쳐 갖고 달아났거든. 군복이 하나뿐이라서 나 혼자 다 입었어. 그리고 동료를 꽁꽁 묶어서 앞장세우고 나는 등 뒤에 총을 들이대고 따라갔거든. 마치 인민군이 국군포로를 연행하는 것처럼 말이야. 그러나 인민군 검문소에 걸려 둘 다 체포되고 말았다. 밤에 트럭을 타고 가다 나는 또 차에서 뛰어 내려 탈출했거든. 인민군이 나를 체포하여 수안내무서에 인계하더라. 내무서원이 총과 군복의 출처를 대라고 심하게 매질하는 거야. 그러나 나는 우리를 도와준 아주머니에 대해서 끝까지 말하지 않았어. 그들은 조사를 단념하고 나를 강동포로수용소에 보내주더라."

박민규가 물었다.

"곽 중사, 그러면 모두 몇 번이나 탈출한 거야?"

"나는 초산전투에서 세 번, 1·4후퇴 때 세 번, 사창리전투에서 네 번, 모두 열 번 탈출했다."

"과연 탈출의 명수로구나. 곽 중사는 고향이 어디야?"

"나는 경상북도 봉화군(奉化郡)의 두메산골에서 자랐다. 군대에 들어오기 전까지는 두메산골에서 농사를 짓고 있었지."

"두메산골에서 농사나 짓던 사람이 어쩌면 그런 용기와 기지를 발휘할 수 있었나? 참으로 놀라운 일이야."

제 6 장
암흑의 세월

1. 정치학습과 자아비판

박민규 일행은 천마수용소에 온 다음 날부터 정치학습을 받았다. 수용소 울타리 안에 널찍한 야외학습장이 마련되어있었다. 기다란 통나무를 두 개씩 붙여서 긴 의자처럼 만들어놓고 포로들은 거기에 걸터앉아서 아침부터 저녁까지 학습을 받는다. 정면에 연단이 있고 인민군 군관(軍官, 장교)들이 교대로 올라와서 정치 강연을 한다. 야외의 추운 곳에 앉아서 하루 종일 강연을 듣기란 여간 괴롭지 않다. 더구나 같은 내용을 여러 번 되풀이해주기 때문에 짜증스럽기도 하고 귀가 따갑다. 장시간에 걸쳐서 떠드는 학습내용이 많을 것 같지만 몇 가지 기본사항에 지나지 않았다. 공산주의 이론과 변증법적 유물론, 마르크스레닌주의 사상으로 무장, 미 제국주의 타도, 남반부인민 해방, 그리고 레닌, 스탈린, 김일성, 모택동의 혁명사상과 그들의 업적을 찬양하는 내용이었다.

다만 색다른 대목도 있었다. 6·25전쟁이 왜 일어났는가 하는 데에 대해서 인민군군관은 다음과 같이 설명했다.

“6·25전쟁은 국방군이 먼저 북으로 침공했기 때문에 일어났소. 국방군이 6월 25일 새벽부터 38선 전역에 걸쳐 1km 내지 2km 침공했소. 그래서 인민군이 반격했던 것이오.”

당시 38선에서 전투를 체험한 고참 하사관들은 그들의 북침(北侵) 주장을 듣고 놀라움과 분노를 참을 수 없었다. 정의에 불타는 이종무 상사가 제일 먼저 이의(異議)를 제기했다.

“군관동무, 이의가 있습니다.”

“뭐가? 말해보라우.”

“6·25전쟁은 국군이 먼저 일으킨 것이 아닙니다. 나는 그날 초소에 있다가 인민군이 침공하는 것을 분명히 보았습니다.”

그러자 옆에 있던 신재홍 상사도 가세했다.

“나도 그날새벽 잠자다가 인민군의 기습을 받았습니다.”

이런 발언을 할 수 있는 사람은 하사관뿐이고 장교들은 중죄인처럼 유구불언(有口不言)이라 함부로 말하지 못했다.

단상에서 신나게 강연하던 군관이 당황해서 고함을 질렀다.

“뭐이 어드래? 이자 발언한 동무레, 날래 나오라우. 사상검토를 받아야 하갔이요.”

인민군 소대장이 두 사람을 연행하여 심사관실로 데리고 갔다. 군관은 다시 학습을 진행하며 북침주장을 되풀이했다.

“리승만 도당이 전쟁을 일으킨 것은 사실이오. 그러고도 북에서 먼저 일으켰다고 허위선전을 하고 있소. 동무들은 그 허위선전에 속았던 것이오. 분명히 국방군이 1km 내지 2km 침공했기 때문에 인민군이 반격했던 것이오."

두 상사는 심사관으로부터 호되게 야단맞고 영창에 들어갔다. 포로들은 이제 항의도 못하고 잠자코 들어야 했다.

정치학습 시간에 중공군에 관한 자랑도 많이 했다.

"중국인민지원군은 인력자원이 풍부하오. 병력손실이 아무리 많아도 얼마든지 보충할 수 있어 미군과 싸워 이기오."

중공군의 대장정(大長征)에 관해서는 수없이 자랑했다.

"중국인민해방군을 예전에 홍군(紅軍)이라 불렀소. 홍군은 장개석(將介石)이 이끄는 국부군(國府軍)의 대대적인 포위공격을 피하기 위해 1934년부터 1935년까지 온갖 고난을 극복하면서 대이동했소. 이를 대장정(大長征)이라 하오. 중부지방에서 출발해서 티베트와 서역(西域)을 돌아 북부지방의 연안(延安)에 가서 근거지를 마련했소. 병사들은 배가 하도 고파서 신고 다니던 가죽구두를 삶아먹었다고 하오."

가죽구두를 삶아먹었다는 이야기는 학습시간을 통해 여러 번 되풀이해 주었다. 대장정의 업적에 대해서도 자랑했다.

"처음 장정에 오른 군인은 8만여 명이었으나 도중에 전사, 병사, 실종, 또는 낙오되어 최후까지 남은 사람은 1만여 명에 불과했소. 그 소수의 정예 군인들이 장정을 이겨낸 저력으로 대군을 양성하여 오늘날의 중화인민공화국을 수립하였소.

조선 사람은 모두 10명이 장정에 참가했으나 끝까지 남은 사람은 두 사람뿐이었소. 그 중의 한 사람은 사망하고 남은 사람은 김무정(金武亭)장군 단 한 사람이오. 김무정 장군은 중국인민해방군에서 포병부사령관을 역임하였소. 지금은 조선전쟁에 참전하여 한때 인민군 2군단장을 지냈소."

수용소의 조그만 방에 도서실이 있었다. 마르크스, 엥겔스의 공산주의 이론서적과 볼셰비키 당사(黨史, 소련공산당역사), 그리고 레닌, 스탈린의 저서와 공산주의를 선전하는 책들이 있었다. 중공군의 대장정에 관한 책도 있어서 박민규는 관심 깊게 읽었다. 병사들이 배가 고파서 가죽구두를 삶아 먹었다는 내용도 있었다. 또 가죽혁대도 삶아 먹었다고 한다.

정치학습은 하루 종일 강연만 듣는 것이 아니라 막간에 노래 부르는 시간도 있었다. 새로운 노래도 불렀다.

모택동을 찬양하는 노래는 〈동방홍(東方紅)〉이다. 가사는 중국어라서 그들은 뜻도 모르고 엉터리로 불렀다. 유대현 대위가 인민군군관에게 가사를 적어달라고 했더니 종이에 적어 주었다. 유대현 대위와 동료들이 함께 읽으면서 해석해 보았다.

東方紅, 太陽升	동방홍, 태양승
中國出了個毛澤東	중국출료개모택동
他爲人民謀幸福	타위인민모행복
他是人民的大救星	타시인민적대구성

동쪽이 붉어온다, 태양이 떠오른다.
중국에서 모택동이 태어났다.
그는 인민의 행복을 도모한다.
그는 인민을 구하는 큰 별이다.

〈압록강〉이라는 노래도 불렀다. 중국어로 〈야루장(鴨綠江)〉이라 한다. 〈야루장〉의 1절은 중국어로 부르고 2절은 우리말로 부른다. 가사 내용은 예로부터 두 나라 인민이 압록강에서 물도 같이 마시며 사이좋게 지냈다는 것이다.

〈빨치산의 노래〉도 자주 불렀다.
태백산맥에 눈 내린다. 총을 메어라 출진이다.
눈보라는 밀림에 우나. 가슴속에 피 끓는다.
높은 산을 넘고 넘어 눈에 묻혀 사라진 길을 열고
빨치산이 영(嶺)을 내린다. 원수를 찾아 영을 내린다.

박민규는 이 노래를 부를 적이면 태백산맥에서 인민군 10사단 빨치산과 싸우던 기억이 생생하게 떠올랐다.

합창이 끝나면 이따금 개인 오락회라 해서 노래를 잘 부르는 사람이 나와서 독창을 했다. 남한에서 부르는 유행가는 자본주의 잔재요소(殘滓要素)가 있다 해서 못 부르게 하고 민요나 명곡은 허용했다. 이때 호남 사람들이 잘 부르는 〈육자배기〉가 가장 인기가 좋았다. 서양민요로 〈내 고향으로 날 보내 주〉와 〈아, 목동아〉를 많은 동료들이 부르며 향수를 달랬다.

포로들은 이따금 자아비판(自我批判)을 했다. 자아비판이란 자기의 과오를 자기가 스스로 비판하는 것이다. 이어서 제삼자가 나와서 미진했던 부분을 신랄하게 비판한다. 마치 시어머니보다도 고자질하는 시누이가 더 얄밉게 굴듯이 날카롭게 비판한다.

국군포로 중에 가장 과오가 많은 사람부터 나와서 자아비판을 했다. 제일 먼저 나온 사람은 덕천전투에서 포로가 된 5연대장 박은석 대령이었다. 중공군 38군은 덕천전투에서 국군7사단을 크게 무찔렀다 해서 '만세군(萬歲軍)'이란 칭호를 받았다. 또한 덕천전투를 소재로 『기습』이란 영화를 만들어 남녀노소 모두 관람하였다. 그 비운의 주인공, 박은석 대령이 자아비판 하러 단상에 올라섰다. 선비 같이 맑은 모습에 온화한 표정이었다.

"무지몽매한 탓으로 미 제국주의와 리승만 도당의 앞잡이 노릇을 한 것을 크게 뉘우치는 바이며…. 연대장으로서 많은 부하를 앞장세워 조국과 인민 앞에 총부리를 들이댔던 과오는 너무나 커서 어떻게 사죄해야 용서를 받을 수 있을지…. 조국의 따뜻한 품안에 들어와서 새로운 삶을 얻게 된 것을 무한한 영광으로 생각하는 바이며, 이를 보답하기 위해 …."

박 대령은 자기의 감정을 억제하고 수용소 당국이 요구하는 사항들을 이야기했다. 이어서 18연대에 신병으로 있었던 고병렬 군이 올라가서 신랄하게 비판했다.

"연대장으로 조국과 인민 앞에 커다란 과오를 저질렀음에도 불구하고 자아비판 하는 태도가 진심으로 뉘우친 것 같지 않았고 형식에 지나지 않았으며 …. 아직도 자본주의 사상을 버리지 못하고 있다는 것은 매우 유감스러운 일로서…."

고병렬군은 현리전투에서 포로가 됐다. 최근에 공산주의 사상으로 변심한 듯 열렬하게 토론하더니 말솜씨도 많이 늘었다. 새파랗게 젊은 이등병이 연대장을 혹독하게 비판하는 장면! 이는 북한의 포로수용소가 아니고는 볼 수 없는 진풍경이었으리라.

마지막으로 인민군군관이 총평(總評)을 했다.

"연대장의 자아비판이라 하기엔 미흡한 점이 너무 많았고…. 부하를 짓밟고 호화롭게 지내던 그전 날의 향수를 아직도 버리지 못하고 있는 듯…. 미 제국주의와 리승만 도당의 죄상을 낱낱이 파헤치고 신랄하게 비판해야 함에도 불구하고 매우 미온적이었다는 사실을 지적하지 않을 수 없으며…. 앞으로 학습을 더 많이 받아야 이러한 과오들이 시정되리라 기대하는 바…."

박은석 대령은 이렇게 수모를 당하면서 참아왔으나 휴전 후 포로송환 되지 않았다. 비판을 가했던 고병렬 군도 송환되지 않았다. 고군은 처벌이 두려워서 송환을 거부했는지 아니면 공산주의사상에 확실히 물들었는지 알 수 없었다.

그 밖의 영관급 장교와 위관급 장교들도 박 대령과 비슷한 자아비판을 했다.

헌병으로 있던 사람들은 양민을 괴롭혔다 하여 혹독한 비판을 받았다. 수용소에 헌병 장교와 상사 몇 명이 있었다. 그 중에서 가장 악질로 지목 받은 사람은 권혁진 대위, 최호열 상사, 천기백 상사였다. 권혁진 대위는 점잖게 생겼으나 헌병대장으로 있었다고 해서 많은 과오를 저지른 중죄인으로 단정했다. 최호열 상사는 훤칠한 체구에 매우 사납게 생겼다. 그의 눈은 호랑이 눈보다 더 무섭게 번쩍번쩍 빛났다. 그가 헌병상사로 행세했을 때는 많은 사람들이 겁을 먹고 벌벌 떨었을 것이다. 천기백 상사는 인상이 무섭기도 하지만 기백이 하늘로 뻗칠 것같이 펄펄 날고 남에게 굽힐 줄 모르는 성미였다. 그들은 가장 악질적인 반동분자라 하여 신랄하게 비판받았다.

식당에 들어가서 누룽지를 훔쳐 먹다 발각된 사람도 단상에 올라가 자아비판을 했다.

정치학습과 자아비판 외에 토론회(討論會)도 했다. 포로들이 연단에 올라가서 자기가 주장하는 내용을 토론한다. 토론의 주제는 대부분 공산주의를 찬양하고 미 제국주의를 규탄하는 내용으로 일관한다. 토론하는 사람들을 보면 공산주의 사상이 확고하여 자발적으로 나오는 경우는 드물고 각 소대별로 인원을 할당하기 때문에 어쩔 수 없이 지명되어 나오는 경우가 많았다.

밤에는 각 내무반 별로 방에 앉아서 토론회를 진행한다. 낮에 배운 학습내용 중에서 어떤 주제를 선정해 주면 그 주제에 관해서 각자 돌아가며 토론한다. 자발적인 토론이 없으면 사회자가 지명해서 전원이 의무적으로 토론하게끔 한다. 인민군 소대장들이 방마다 순시하면서 토론회를 지켜보기 때문에 안 할 수 없다. 만약에 토론이 중단되고 있으면 소대장이 야단친다.

"동무들, 뭘 하는 기야요? 날래 토론회를 진행하라요."

천마포로수용소에 여자 포로 다섯 명이 있었다. 그녀들은 모두 미 군사고문관을 따라다니던 위안부였다. 당시 미 군사고문관이 국군연대본부까지 파견되었다. 위안부들은 현리전투에서 군복을 입고 있었으므로 군인으로 오인 받고 포로수용소까지 끌려왔다. 그녀들은 수용소 울타리 밖에서 따로 침식을 하고 아침마다 학습장에 나와서 함께 학습을 받았다.

하루는 다섯 명중에서 얼굴이 가장 예쁘고 고혹적인 자태를 자랑하는 여자가 연단에 올라와서 토론했다. 그녀는 미 제국주의를 통렬하게 비판하는 중에 재미있는 대목이 있었다.

"미 제국주의자들은 모두 나쁜 놈들입니다. 미 군사고문관은 더욱 나쁜 놈입니다. 그 짐승 같은 놈이 하룻밤에 아홉 번이나 덤벼들었습니다. 나는 몹시 괴로워서 죽을 지경이었습니다."

미 고문관은 그 여자가 하도 예뻐서 하룻밤에 아홉 번이나 사랑했던 모양이다. 그 후부터 그 여자의 별명은 '아홉 방짜리'가 되었다. 아홉 방짜리는 수용소에서 가장 인기가 좋았다. 아침마다 학습장에 나타나면 사람들이 환호성을 질렀다.

"야, 저기 아홉 방짜리가 온다. 어디 좀 보자."

여자포로 다섯 명은 학습장의 맨 뒤 구석자리에 앉았다. 그녀들이 가끔씩 깔깔대는 웃음소리에 남자들은 기분이 마냥 흐뭇했다. 포로수용소의 살벌한 분위기를 한결 부드럽게 해주어 큰 위로가 되었음은 말할 것도 없다.

소련의 집단농장을 콜호스라 한다. 〈콜호스의 밤〉이라는 노래가 있다. 가사의 앞부분과 뒷부분은 이러하다.

『콜호스에 밤이 오면 즐거운 오락회가 시작된다.

…… ……

늙은이 젊은이 다 모였네.』

포로들은 가사를 바꾸어서 불렀다.

『뽕골에 밤이 오면 괴로운 토론회가 시작된다.

…… ……

암포로 수포로 다 모였네.』

그 암포로들은 수용소에서 1년 넘게 지내다가 어디론가 사라졌다. 여자이고 군인이 아니라서 어떤 작업장에 가서 강제노동을 하리라 짐작했다.

야간 토론시간에 졸다가 지적받는 경우가 많았다. 박민규도 여러 번 졸다가 나중에는 사회자가 그에게 자아비판을 시켰다.

"박민규 동무! 또 졸고 있소? 일어서서 자비(自批)하시오."

자비란 자아비판을 줄인 말이다. 북한에서 가장 많이 쓰이는 용어는 '동무'와 '자비'다. 자비는 공산주의사회에서 엄격한 규율을 유지하기 위한 채찍질과 같다.

박민규는 지적받고 할 수 없이 일어나서 자비했다.

"…… 조국과 인민 앞에 커다란 과오를 범한 것을 깨닫고 깊이 반성합니다. 앞으로는 토론시간에 절대로 졸지 않고 열심히 들을 것을 맹세하는 바입니다. ……"

2. 포로 심사

천마포로수용소에서 포로들은 여러 차례에 걸쳐 심사를 받았다. 심사관 실이 두 군데 있었고 심사관도 두 명이었다. 계급은 모두 인민군 상위(별 셋)였다. 처음 심사받을 때는 개인별로 심사기록카드를 작성한다.

박민규는 심사에 대비한 신상명세서를 다음과 같이 꾸몄다.

계급; 하사

본적, 주소; 강원도 영월군 영월면 하송리 73번지

직업; 농업 학력; 영월중학교 2년 중퇴

가족; 부 박경석 44세 농업, 모 이종화 43세, 가사

여동생 박영숙 16세 가사

친척; 백부 박경태 47세 하송리 농업

고모 박경주 40세 영흥리 가사

외숙부 2명, 이름과 나이, 북면 마차리 농업,

민규는 이 복잡한 내용을 종이에 적어놓을 수도 없고 머릿속에 항상 외우고 있어야 하니 정신적인 고통이 이만저만이 아니었다. 해가 바뀌면 자기만 나이를 먹는 것이 아니라 꾸며놓은 가족들의 가

짜 나이에도 하나씩 더해야 하는데 헛갈리기 쉬웠다.

그는 심사받을 때 머릿속에 외워둔 사항들을 조심스럽게 떠올리며 대답했다. 심사관은 기본사항만을 질문하고 기록했다.

"좋소. 나가 보기요."

그 말이 민규에게는 가장 반가웠다. 너무 긴장했던 탓으로 등에서 식은땀이 흘렀다.

많은 동료들이 심사받는 과정에서 거짓이 탄로되어 야단맞았다. 고참 하사관들은 자기 군번을 그대로 대고 계급만 속였다가 탄로되는 경우가 많았다. 사변 전의 군번을 보면 몇 연대 출신이고 언제쯤 입대한 것까지 알 수 있었다. 심사관들은 그러한 군번의 내력을 알고부터 고참들을 불러 계급을 자백 받았다.

"동무! 이 군번은 전쟁이 일어나기 2년 전에 3연대에 입대했다는 증거가 아니오? 그런데도 이등병이라니 말이 되오?"

장교가 사병으로 속이고 있다가 발각되는 경우도 가끔 있었다. 가장 심각한 사실은 이북에서 월남한 사람들이 본적을 이남으로 속이고 있다가 발각되는 경우였다. 처음에는 모두 속이고 있었으나 심사 받는 과정에서 이북 사투리가 탄로되어 어쩔 수없이 자백하는 경우가 가장 많았다. 그 밖에 꾸며낸 본적이나 주소를 잘못 외웠다가 재심에서 발각되는 경우도 있었고 남의 밀고에 의해 탄로되는 경우도 있었다. 분명한 사실은 이북 출신으로 밝혀진 사람들은 휴전 후 단 한 사람도 포로송환 되지 않았다.

포로 심사는 개인의 신상을 조사하고 다음에는 사상을 검증한다. 정치학습을 통해서 세뇌교육이 잘 이루어졌는가 하는 것을 확인하는 것이다.

심사 받는 요령은 우물쭈물 넘어가는 것이 좋다. 북한의 정치가 나쁘다고 항의하면 반동분자라 하여 영창에 들어간다. 반면에 공화국을 지나치게 찬양하면 앞장서게 해서 열성분자가 되기를 강요받는다. 정치토론을 하는 사람들을 보면 뒤에서 심사관이 조종하는 경우가 많았다. 심사관은 또 영창에 들어간 사람을 내보낼 때 비밀 정보원으로 이용하기도 했다.

"앞으로 열심히 하겠습니다. 제발 용서해주기 바랍니다."

"그러면 좋소. 내가 한 가지 요구조건을 제시할 테니 들어주겠소? 들어준다면 당장 내보내주겠소."

"네, 말씀해 주십시오. 무엇이든지 듣겠습니다."

"동료 중에 수상한 정보가 있으면 나에게 비밀리에 알려줄 수 있겠소?"

"네, 그렇게 하겠습니다."

"좋소. 곧 내보내줄 테니 반드시 실행해야 하오."

이렇게 다짐을 받고 영창에서 석방되는 것이었다. 그리하여 남의 밀고에 의해 영창에 들어갔던 사람이 남을 또 밀고해야 하는 악순환이 되풀이되었다. 그러나 의지가 굳건한 대부분의 고참 상사들은 심사관의 요구를 결단코 실행하지 않았다.

심사관은 대부분 함경도사람이었다. '면도날'이라는 별명을 가진 심사관도 함경도사람이었다. 이 사람은 면도날처럼 날카롭게 추궁하여 심사 받는 사람들의 눈물을 쏙 빼놓는다. 그는 철저하게 캐고 들어가 많은 허위진술을 밝혀내고 나아가 새로운 사실도 자백 받는다. 사람들은 자기 고향말씨를 특별히 잘 알아듣는 특성을 지닌 것 같다. 함경도 출신 포로들은 심사관이 동향이기 때문에 심사 초기부터 이북 출신임이 탄로되었다.

드디어 박민규도 '면도날' 심사관에게 심사받으러 갔다. 그는 무척 긴장해서 가슴이 두근두근 뛰었다. 사투리를 피해야 하고 표준말을 써야 하며 함경도 특유의 억양이 탄로되지 않도록 조심조심하였다. 심사관이 민규의 신상명세서를 보면서 하나하나 캐물었다.

"동무, 고향이 어디요?"

"저는 강원도 영월입니다."

"언제 어디서 입대했습메?"

"1950년 8월 23일, 대구에서 입대했습니다."

"8월이면 인민군이 낙동강까지 진격했을 때가 아니요? 그런데 영월 사람이 어째서 대구에 가 있었지비?"

"저의 사촌형이 피난 가자고해서 따라 갔습니다."

"피난?! 동무는 반동분자가 아니요? 시골에서 농사짓다 말고 대구까지 피난 간 이유가 무시기요?"

"저의 사촌형은 아무 것도 모르면서 친구의 꾐에 속아서 따라 갔습니다. 우리 형제는 나중에 몹시 후회했습니다."

"좋소. 군대에 입대한 동기가 무엇인지 말해 보기요."

"피난생활이 너무 괴로웠기 때문입니다. 밥을 구걸하기도 힘들고 잠자리도 불편해서 군대에 들어가고 말았습니다."

"공화국에 들어와서 느낀 소감은 어떻습메?"

"조국의 품안이 따뜻하고 행복하다는 걸 느꼈습니다."

"동무, 억양이 좀 이상하당이. 혹시 고향이 이북이 앵이요?"

순간 민규는 가슴이 섬뜩하고 온몸에 전율을 느꼈다. 그러나 겉으로는 내색을 안 하려고 태연한 척 했다.

"아닙니다. 영월 말씨가 원래 이렇습니다."

"거짓말 같당이. 솔직하게 말해 보기요."

"사실입니다. 저는 영월입니다."

"좋소. 나가보기요."

민규는 심사받고 나오면서 가슴이 두 근반 세 근반 뛰었다. 위험한 고비를 간신히 넘겼지만 다음 심사 때는 꼬투리가 잡힐지 모른다는 불안감에 사로잡혀 전전긍긍했다.

하루는 민규와 친하게 지내는 윤영모 씨가 심사 받고 나오는데 얼굴이 사색이 되었다. 민규가 위로하면서 왜 그러느냐고 물어도 대답을 않다가 나중에야 말해주었다.

"나는 본적과 주소를 수원군이라 했거든. 그런데 심사관이 하는 말이 수원시(水原市)는 있어도 수원군(水原郡)은 없다는 거야. 나는 있다고 자꾸 우겼지. 심사관은 화를 내면서 내가 이북 말씨를 쓴다는 거야. 솔직하게 자백하지 않으면 영창에 넣겠다고 협박하는데 어쩌겠나? 할 수 없이 고향이 황해도라고 자백하고 말았어. 그런데 수원군은 진짜 있는 거야, 없는 거야?"

"윤형, 참 딱하구려. 수원군은 없어졌어요. 1948년에 수원읍이 수원시로 승격하고 수원군은 화성군(華城郡)으로 바뀌었어요."

"아하, 그랬었구나. 나는 1·4후퇴 때 월남하자마자 국군에 입대했으니 남한 사정을 알 수 있어야지."

성격이 무던하고 남에게 친절을 베풀던 윤영모 씨! 그는 이북 출신으로 밝혀져 휴전 후 포로송환 되지 않았다.

윤영모 씨는 어느 날, 민규에게 이런 이야기를 들려주었다.

"우리들이 신고산을 지날 때 말이야. 동료 한 사람이 길옆에 들어갔다가 지뢰(地雷)가 폭발해서 중상을 입었거든. 그러자 인솔하던 인민군 특무장이 그 사람을 업고 어디론가 뛰어가더라. 그 후 특무장도 돌아오지 않았고 부상당한 친구도 수용소에 오지 않았어."

민규가 물었다.

"그 사람이 어떻게 생겼어요?"

"체구가 크고 18연대 의무대에 있었다고 하더라."

민규는 그 말을 듣고 깜짝 놀랐다. 오랫동안 행방을 몰라 궁금하게 여겼던 윤경철 형과 이호성 특무장이 틀림없었다. 특무장이 업고 갔으면 야전병원에 입원하여 치료를 잘 받았을 것이다. 그리고 부상이 심해서 불구자가 됐으면 포로수용소에 오지 않고 고향에 돌아갔으리라 여겼다.

박민규는 이북 말씨가 탄로되면 어쩌나 하고 걱정이 태산 같았다. 춘천에서 학교 다닐 때 동급생들로부터 사투리가 심하다고 놀림을 받았다. 이를 딱하게 여긴 친구들이 많이 고쳐주었다. 특히 심종대 군이 단어로부터 회화에 이르기까지 표준어를 하나하나 가르쳐주느라 수고가 많았다. 그 덕택에 사투리는 많이 줄었지만 함경도 특유의 억양은 좀처럼 고치기 어려웠다.

동료들이 가끔 민규의 억양이 이상해서 물었다.

"야, 너 그게 어디 말씨야?"

“나, 강원도 영월이야.”

영월은 경상도와 인접해 있기 때문에 말씨가 애매모호해서 적당히 넘어갈 수 있었다. 그러나 영월과 인접한 정선(旌善)에서 왔다는 서제원 하사가 민규의 말씨에 대해 트집을 잡았다.

“너, 정말 영월이야? 영월 말씨가 그렇지 않은데 이상하다.”

민규는 가슴이 뜨끔했다. 서하사를 데리고 조용한 곳에 가서 해명했다.

“나는 고향이 영월이지만 춘천에 가서 학교에 다녔거든. 그래서 춘천 말씨와 혼합이 된 거야. 그러나 여기서는 춘천에서 학교 다닌 걸 숨기고 있다. 너도 남들에게 말하지 마라.”

“춘천말씨도 그렇지 않은데 이상하다. 너 혹시 이북에서 월남하지 않았나?”

“무슨 터무니없는 말을 하나?”

“알겠다. 그만해 두자.”

민규가 더 해명하려 했지만 서하사는 외면하고 가버렸다. 민규는 그 후 서하사만 보면 피해 다녔다. 서하사가 혹시 내가 이북말씨를 쓴다고 밀고하면 어쩌나 하는 공포에 떨어야 했다.

4중대에 윤병섭 상사가 있었다. 윤 상사는 고향이 서울이라 말했지만 사실은 황해도 말씨를 쓰고 있었다. 심사관이 윤 상사를 심사하다 말고 물었다.

“동무, 고향이 어디요?”

“저는 서울입니다.”

“그런데 어째서 이북말씨를 쓰지비?”

"저는 어려서 만주(滿洲, 중국동북지방)에서 자랐습니다. 친구들이 모두 이북말씨를 쓰기 때문에 따라서 배웠습니다."

마침 심사관이 만주에서 살아서 중국말을 할 줄 알았다. 그는 사실여부를 확인하려고 중국말로 질문했다. 네 이름이 뭐냐, 몇 살이냐, 오늘 날씨는 어떠냐는 등, 간단한 질문을 던졌다. 윤 상사가 중국어로 유창하게 대답했으므로 심사관은 사실로 인정하고 무사히 넘어갔다.

포로에게 담배는 전혀 지급되지 않았다. 애연가들은 인민군이 담배를 피우고 버린 꽁초를 주워서 피웠다. 인민군이 담배를 피우고 있으면 눈여겨보다가 꽁초를 버리는 순간에 우르르 달려가서 서로 주우려고 싸운다. 그리고 꽁초를 주우면 혼자만 피우는 것이 아니라 여러 사람이 돌려가며 한 모금씩 빤다.

박민규네 소대를 담당한 인민군소대장은 얌전하게 생기고 마음씨가 고왔다. 그는 포로들 앞에서 담배를 피우다가 일부러 덜 피우고 꽁초를 버리곤 했다. 민규는 소대장의 말씨가 유난히 자기 고향말씨와 똑 같다고 여겨져 관심이 많았다.

왜정시대에 조선총독부 관리로 있으면서 조선어를 연구한 학자가 있었다. 그가 발표한 바에 의하면 함경도 말씨는 영흥과 정평을 경계로 하여 크게 다르다고 했다. 즉 영흥 이남은 표준어에 가까운 반면, 정평 이북은 함경도 사투리가 심하다는 것이다. 사실은 그 경계에 높은 산맥이 가로놓여 있다. 그래서 그 경계지방은 고을마다 말씨가 조금씩 다르다.

하루는 동료 소대장이 와서 그 소대장에게 물었다.

"동무, 고향이 정평이라고 했지비. 무슨 면입메?"

"나 정평군 덕산면이 앵이요."

민규는 그 말을 듣고 깜짝 놀랐다. 덕산면이면 자기 고향인 문장면과 인접하고 있다. 형수님들의 친정도 덕산이고 중학교 동창생 중에도 덕산에서 다니던 친구들이 많았다. 민규는 소대장과 이야기를 해보면 서로 아는 사람이 많으리라 여겼다. 고향사람과 가깝게 지내게 되어 반갑긴 하지만 자기 말씨를 알아차릴까 두려워 더욱 조심해야 했다.

천마수용소에 가끔 나타나는 가장 두려운 인물은 표무원(表武源) 대좌(大佐)였다. 그는 춘천에서 8연대 1대대장으로 대대병력을 인솔하여 월북했던 표 소령이다. 표무원이 천마수용소에 나타났을 때는 대좌(중성4개) 계급장을 달고 위세가 당당했다. 그는 직책이 독립 부대장이라고 말했으나 자세히 밝히지 않았다. 오히려 천마수용소에 자주 와서 포로를 심사하는 심사관의 역할을 더 많이 했다. 오른쪽 옆구리에 권총을 차고 왼쪽 옆구리에 가죽가방이 매달려 있었다. 얼굴에 살이 포동포동 찌고 체구가 컸다. 그는 주로 장교와 상사들을 심사했다. 7연대부연대장이던 최영수(崔泳洙)중령과는 육군사관학교 2기 동기생이다. 한 사람은 포로의 신세이고 한 사람은 그를 심문하는 심사관으로서 천마수용소에서 서로 만났다. 최영수 중령은 고향이 벽동이고 바로 이웃인 초산에 진격했다가 포로가 되었다. 포로가 된 직후에는 고향인 벽동포로수용소에 수용되어 있었다. 금의환향(錦衣還鄉)하는 순간에 수의(囚衣)로 바꿔 입은 그의 심정은 가히 헤아리고도 남으리라! 최영수 중령은 이북출신이라서 휴전 후 포로송환 되지 않았다.

표무원이 나타났을 때 가장 공포에 떤 사람은 이근성 상사였다. 이근성 상사는 8연대 1대대에서 표 소령이 월북할 때 따라가다가 도망쳐 나온 사람이다. 표무원은 포로들의 밀고에 의해 그 같은 사실을 알아내고 이 상사를 불렀다.

"야, 이놈아! 너, 그때 왜 따라오지 않고 도망갔나?"

이 상사는 대답을 못하고 부들부들 떨었다.

"몇 중대 몇 소대에 있었나?"

"2중대 1소대에 있었습니다."

"소대장은 누구였나?"

"이호성 소위였습니다."

"이호성 소위라고? 나와 같이 월북했었지. 지금 인민군에 잘 있을 거야"

"네, 제가 보았습니다."

"어디서 보았나?"

"저희들이 회양에서 신고산으로 갈 때 그 분이 포로를 인솔하고 있었습니다. 계급은 특무장이었습니다."

"그랬나? 이호성 소위는 고향이 함경남도지. 해방 후 월남한 경력 때문에 군관이 못되고 아직도 특무장으로 있군 그래."

이 상사는 18연대를 거쳐 3사단 경리부에 있었다. 현리전투 때 경리부 군인들은 돈을 가득 넣은 포대를 메고 방태산까지 올라갔으나 나중에는 처치곤란해서 수풀 속에 몰래 버렸다고 한다. 이근성 상사는 근성이 착해서 휴전 후 포로송환 된다.

수용소 울타리밖에 심사관 실이 새로 생겼다. 심사받으러 갈 때는 인민군 경비병이 인솔해서 정문을 출입했다. 밖에서 심사 받는 사람들은 대부분 장교 아니면 상사였다. 그들은 심사받을 때 심사관이 담배를 한 개비씩 주어 잘 피웠노라고 자랑했다. 또 감자나 옥수수를 주어 잘 먹었다고 말해주는 사람도 있었다. 심사관은 젊고 공산주의학설을 깊이 연구한 듯 해박한 이론을 전개하면서 포로에게 공산주의자가 되기를 설득한다고 했다.

하루는 인민군 경비병이 박민규를 심사 받으러 가야한다며 정문 밖으로 데리고 나갔다. 심사관 실로 조심스럽게 들어가는데 심사관이 벌떡 일어나서 다가왔다. 민규는 심사관의 모습을 보는 순간 너무나 놀라서 눈이 휘둥그러졌다. 인민군군관복장을 한 그 모습은 분명히 동창생인 정동혁이 아닌가?!

"민규야!"

"정 형!"

두 사람은 하도 반가워서 서로 끌어안고 눈물을 흘렸다.

"자, 앉아서 이거나 같이 먹자."

식탁에는 감자와 옥수수가 정성들여 놓여있었다.

"형은 서울시 당에 있었다고 들었는데 언제 입대했나?"

"서울시당위원장이 추천해 주어 평양에 가서 인민군군관학교를 졸업했다. 내가 여기에 와있는 걸 알고 있었나?"

"아니, 전혀 몰랐는데."

"한병진이 말해주지 않았구나. 병진은 나에게 부탁하더라. 너에 대해서 만나지도 말고 모르는 체 해달라고 말이야. 그러나 오늘은 네가 하도 보고 싶어서 이렇게 불렀다."

"나는 고향을 숨기고 있는데 앞으로 어떻게 되는 거야?"

"여기에 너의 신상면세서가 있다. 그럴 듯하게 꾸며 놓았구나. 하지만 언젠가는 탄로되고 말 거야. 그럴 바엔 차라리 나에게 먼저 자백하는 편이 낫지 않겠나?"

"그건 안 돼. 나는 휴전되면 남한에 가야 해. 제발 좀 모르는 체 해주길 바란다."

"너는 아직도 정치학습을 덜 받았구나. 공산주의가 반드시 승리한다는 사실을 깨닫지 못하는 걸 보니."

동혁은 담배를 피우면서 표정이 점점 굳어졌다.

"너에게 신세를 많이 져서 은혜를 갚을 생각도 했다. 하지만 나는 지금 고민하고 있다. 너를 모른 체하고 숨겨둔다는 것은 내 직책상 있을 수 없는 일이거든. 너도 짐작하겠지만 우리 당은 사사로운 인정에 얽매이는 따위는 용납되지 않는다. 앞으로 3개월간의 여유를 주겠다. 그때까지 자백하기 바란다. 만약 자백하지 않으면 내가 너의 신상을 폭로하겠다."

"형, 여유를 주어 고맙지만 조금 더 기다려 줄 수는 없을까?"

이에 대해 동혁은 대답하지 않았다. 두 사람의 분위기는 점점 싸늘해지다가 나중에는 험악해 졌다. 민규는 착잡한 심정으로 심사관실을 나왔다. 그렇게도 반가운 친구가 자기의 앞길을 가로막는 원수가 될 줄이야! 만약 이북출신이란 사실이 탄로되면 휴전돼도 남한에 갈 수 없을 것이다. 민규는 정동혁의 출현으로 불안과 공포에 떨며 괴로운 나날을 보내야 했다.

한편 정동혁도 갈등에 쌓여 고민했다. 당성(黨性)으로 봐서는 당연히 폭로해야 하지만 사람의 도리로선 차마 못할 짓이 아닌가! 그는 타부대로 전속 가기를 원했다. 그러나 상급자들은 그가 심사관의 직책이 가장 적격이라며 놓아주지 않았다.

하루는 조성수가 박민규를 만나 심사받은 얘기를 했다.

"오늘 심사를 받았는데 말이시. 심사관이 박 형의 심사기록카드를 꺼내놓고 일일이 확인 질문을 했당께. 형이 말한 대로 계급은 하사고 고향은 영월이고 직업은 농업이라 말했구만이라."

"참 잘했어. 고마워."

민규는 그 이야기를 허철에게 알리려고 하는데 마침 허철이 어떤 친구를 데리고 와서 민규와 대면시켜 주었다.

"너희 두 사람은 같은 C중학교에서 같은 학년에 다니던 친구사이야. 서로 잘 알 텐데."

두 사람은 반갑다고 악수를 했지만 서로 알아보지 못했다. 그 친구의 이름은 김세중이라고 했다. 김 군은 민규에게 동급생 아무개, 아무개를 아느냐고 물었다. 민규는 아는 사람은 안다하고 모르는 사람은 우물우물 넘겼다. 민규도 몇 사람의 이름을 말했더니 김 군이 잘 안다고 대답했다. 틀림없는 동급생임이 입증되었다. 민규는 자신의 신원을 적당히 꾸며서 말했다.

"나는 영월중학에 다니다가 3학년 때 편입했다. 그래서 모르는 친구들이 많다."

김 군은 고개를 갸우뚱하다가 문득 생각이 떠올랐다.

"너 이제 보니 소양병원 원장 집에 하숙했었지? 원장 딸과 연애한다고 소문이 났던 친구 아니냐? 고향은 이북이고 말이야."

민규는 처음엔 부인했지만 나중에는 할 수 없이 시인했다.

"네 말이 맞아. 하지만 나는 고향이 영월이라 속이고 있다. 춘천에서 학교에 다닌 것도 숨기고 집에서 농사를 지었다고 했거든. 그러니 나를 아는 체하지 마라. 비밀을 지켜주기 바란다."

"너의 심정을 알겠다. 비밀을 지켜줄게."

"너는 어느 부대에 있다가 어디서 포로가 됐나?"

"국군이 북진할 때 7연대가 춘천에 주둔했거든. 그때 친구들과 함께 7연대에 입대한 거야. 초산까지 진격했다가 중공군에 포로가 됐다. 친구들도 같이 있었는데 지금은 다 흩어지고 나 혼자야."

박민규와 김세중은 그 후 만나면 가볍게 인사만 하고 대화는 별로 없었다. 그 후 김세중은 수용소에서 가뭇없이 사라졌다. 민규가 아무리 찾아봐도 그의 행방은 묘연했다. 허철에게 물었더니 인민군에 편입했을 거라고 했다.

3. 죽음의 해빙기

이 설움 저 설움해도 배고픈 설움이 제일이라 했다. 포로수용소에서 가장 고통스러운 일도 배고픈 설움이었다. 인민군은 쌀을 무게로 달아주었다. 전방 군인에겐 1인당 하루에 1,000g씩 지급하고, 후방 군인에겐 800g씩 지급했다. 국군포로에겐 하루에 600g씩 지급한다고 했으나 취사반원들이 재본 결과 보통 500g 미만이었다고 한다. 그나마 쌀은 드물고 좁쌀, 고량미, 옥수수, 콩깻묵 등 잡곡이 많아서 열량은 훨씬 떨어졌다. 부식은 콩나물국에 소금만 넣어 주었다. 이처럼 급식이 불량하다보니 날이 갈수록 영양실조가 심해지지 않을 수 없었다.

하얀 쌀밥을 먹는 날은 북한의 국경일뿐이었다. 김일성의 생일인 4월 15일과 인민공화국 건국일인 9월 9일, 그리고 인민군창군일인 2월 8일, 모두 세 번이었다. 포로들은 오랜만에 하얀 쌀밥을 보고 너무나 감격해서 환호성을 질렀다.

"와! 덴노헤이카!"

왜정시대에 일본왕을 천황폐하(天皇陛下)라 하고 일본말로 '덴노헤이카'라 했다. 덴노헤이카는 평민이 감히 볼 수 없는 귀한 존재였다. 이와 마찬가지로 흰 쌀밥은 포로들이 감히 보기 어려운 귀한 것이라서 그들은 덴노헤이카라 불렀다.

수용소 안에 의무실이 하나 있고 군의관, 간호군관, 간호병이 한 명씩 있었다. 군의관은 대위이고 50세가량의 뚱뚱한 여자였다. 포로들은 군의관할머니라 불렀다. 그녀는 서울의전(醫專)을 졸업한 내과 의사였다. 외과수술이 필요할 때면 국군포로 중에 대학후배인 김경원 군의관에게 수술을 의뢰했다. 김경원 군의관은 외과의사로서 7연대에 있다가 초산전투에서 포로가 되었다. 수용소에 수술용 칼이 없으니 어쩌겠는가? 미제 워커군화의 깔창 속에 납작한 스테인리스 깔판이 있었다. 김경원 군의관은 자기군화의 깔창 속에서 스테인리스를 뜯어내어 예리하게 갈아서 수술용 칼로 사용했다. 그가 스테인리스 칼로 수술한 덕택에 맹장염으로 죽을 번한 환자 몇 사람이 목숨을 구했다.

간호군관은 소성 1개를 달고 키가 늘씬한 미인이었다. 머리를 길게 늘어뜨려 매력이 넘치고 발랄했다. 간호군관은 식사 때마다 취사장에서 검식(檢食)을 한다. 밥을 먼저 먹어보고 이상이 없어야 배식(配食)해도 좋다고 명령한다. 취사장 옆에 목욕탕이 있었다. 하루는 간호군관이 목욕을 하는 장면을 어느 취사반원이 몰래 엿보았더니 음모(陰毛)가 없더라고 한다.

"간호군관은 음모가 없다!!"

이런 소문은 삽시간에 수용소 전체에 퍼져서 모르는 사람이 없을 정도였다. 모두들 그 이야기를 하면서 한바탕씩 웃었다. 그 후부터 그녀를 백XX, 또는 백 간호군관이라 불렀다. 누가 그런 거짓말을 퍼뜨렸는지 모르지만 아무튼 간호군관의 미모와 그 헛소문으로 인해 동료들은 한 동안 웃음꽃이 피고 정신적으로 많은 위안을 받았다.

간호병은 나이가 어린 순진한 아가씨였다. 군의관할머니를 도와 열심히 간호했던 일들을 환자들은 잊지 못할 것이다.

1952년 2월부터 수용소에 무서운 전염병이 유행하여 많은 환자가 발생했다. 환자들은 열이 심하게 나서 밥을 먹지 못하고 신음했다. 수용소에 환자가 급증하고 증세가 심해지면 환자중대(5중대)에 입원한다. 보통 20일 이상 앓다가 사망하기도 하고 회복하기도 한다.

병명에 관해서 군의관할머니는 말해 주지 않았으나 국군군의관출신들은 인플루엔자(influenza)라고 했다. 동료들은 인플루엔자가 뭔지 모르고 그저 무서운 전염병이라고만 알고 있었다. 지금은 유행성 감기 또는 독감(毒感)으로 잘 알려져 있다.

수용소에서 인플루엔자는 겨울 날씨가 풀리는 해빙기에 가장 많이 발생하였다. 사람의 체질이 추울 때는 긴장이 되어 잘 견디다가도 해빙기에 기온이 상승하면 해이해져서 저항력이 약해지는 것 같았다. 해빙기란 말은 '얼음이 녹는 시기'지만 환자에게는 '인체가 녹는 시기' 즉 '죽음의 시기'라 할 것이다. 천마산골짜기의 해빙기는 2월부터 4월까지 길었다.

박민규는 2월 하순부터 인플루엔자로 앓았다. 그는 열이 심하게 나고 식욕이 떨어져서 밥을 먹을 수 없었다. 이 무렵 그와 통신학교 동기생이고 28연대에 같이 있던 박병홍 중사가 식당에서 취사반원으로 일했다. 박병홍은 나이가 어리고 어린애처럼 귀엽게 생겼다. 연대통신대에 있을 때의 별명은 '아기중사'라고 했다. 수용소에 와서도 가장 어려 보이므로 '아기포로'라 해도 좋았을 것이다. 박병홍은 박민규가 앓고 있다는 말을 듣고 식당에서 누룽지를 끓여갖고 왔다.

"박 중사, 누룽지를 먹고 기운을 차려."

민규가 누룽지를 입에 넣었더니 신기하게도 잘 넘어갔다.

"박 중사, 고마워. 이 은혜를 꼭 갚아야 할 텐데."

박병홍이 여러 번 누룽지를 끓여다 주었지만 민규는 열이 내리지 않고 병세는 더욱 악화될 뿐이었다. 할 수없이 동료들이 부축해서 환자중대에 입원했다. 병실에는 같은 병을 앓는 환자들이 초만원을 이루었다. 환자에게는 흰죽을 조금씩 주는데 그것도 열이 심해서 절반도 못 먹었다. 약은 해열제 등 가루약이 투여됐지만 별로 효과가 없는 것 같았다.

민규는 열이 점점 오르고 회복될 가망이란 거의 없는 절망상태에 이르렀다. 그가 의식이 혼몽해서 사경을 헤매고 있을 때 누가 머리맡에 와서 불렀다.

"박 형, 박 형."

억지로 기운을 차려 쳐다보니 조성수였다.

"아, 조 군도 입원했는가?"

"병세는 좀 어떻다요?"

"나는 아무래도 죽을 것만 같네."

"그라믄 쓰간디? 기운을 차려 회복해야 한당께."

조 군도 몹시 괴로운지 곧 옆에 드러누웠다.

동료 환자들이 자꾸 죽어가고 있었다. 민규도 수일 내에 죽으리라 생각하니 보고 싶은 얼굴들이 아련히 떠올랐다.

윤경철은 신고산에서 지뢰가 폭발해서 중상을 입었다. 생명이 위태했지만 이호성 특무장이 그 무거운 체구를 업고 뛰어서 야전병원에 입원시킨 덕택에 살아났다. 하지만 한 쪽 다리를 절단하고 목발을 짚고 다니는 불구자가 됐다. 그는 병원생활을 마치고 고향에 돌아갔다. 윤항숙의 어머니를 만나 항숙의 소식을 전해주었다. 그리고 박민규와 국군에서 만난 적이 있다고만 말하고 포로가 됐다는 말은 하지 않았다.

이 무렵 판문점(板門店)에서 휴전회담이 진행되고 전쟁은 소강상태에 접어들었다. 남한의 각 급 학교들은 전쟁이 일어나자 휴교했으나 전세가 호전됨에 따라 다시 개교했다.

권은주는 청주사범학교에 다시 다녔다.

윤항숙은 부산에서 D여고에 편입하였다. 공부에 집중하다가도 오빠의 죽음을 생각하면 눈물이 샘솟듯 솟아나왔다. 3월 중순, 미국에서 큰 숙부님으로부터 편지가 왔다.

『나는 귀국하지 않기로 하고 이곳에서 병원을 개업했다. 너는 고등학교를 졸업하면 대학은 미국에 와서 다녀라. 네가 사랑하는 박민규 군과 같이 유학 오면 더욱 좋겠다. 박 군은 천문학을 전공하겠다고 했으니 어차피 미국에 와서 공부해야 하지 않겠니? 학비에 대해서는 염려하지 않아도 된다.』

항숙은 숙부님의 편지를 받아보고 무척 고마웠다. 하지만 민규 오빠가 이 세상에 없다는 것이 한없이 슬펐다. 오빠의 영혼을 위로

하기 위해 성당에 가서 열심히 기도했다.

하느님이시여, 간절히 기원하나이다. 불쌍한 오빠의 영혼이 내 주위를 맴도는 것 같습니다. 천당에 올라가서 편안히 안식할 수 있도록 거두어 주소서.

민규는 병세가 더욱 악화되어 기력을 잃고 빈사(瀕死)상태에 이르렀다. 그러던 어느 날, 죽을 입에 넣었더니 신기하게도 잘 넘어갔다. 열이 조금 내렸기 때문일까? 또 한 숟갈 입에 넣고 또 넣고 해도 수월하게 넘길 수 있었다. 그리하여 죽음의 문턱까지 갔던 그는 다시 건강을 회복하게 되었다.

민규는 이제 조성수 군의 병세가 염려되었다. 조 군은 열이 더 심하게 나서 사경을 헤매고 있었다.

"조성수, 좀 어떤가? 기운을 차려."

"박형, 나는 아무래도 죽을 것만 같당께. 기운이란 쬐끔치도 없으이 어떻게 한다요?"

"죽으면 안 돼. 죽을 억지라도 먹고 기운을 차려야지."

조 군은 이미 체력의 한계를 넘은 듯 회복될 가망이 없어보였다. 그래도 악착같이 살아야 하겠다는 욕심에서 안간힘을 쓰며 죽을 먹으려고 애를 썼다. 그러던 어느 날, 조 군은 숟가락을 입에 문 채 숨을 거두고 말았다. 민규가 조군의 얼굴을 만져보니 싸느랗게 굳어 있었다. 조군의 입에서 숟가락을 빼내는 그의 심정은 이루 말할 수 없이 비통했다. 아! 다정스러운 옛 전우여! 전쟁이 없는 평화의 동산에 가서 고이 쉬소서.

조성수는 광주에서 좋은 집안에 태어나 중학교 재학 중이었다.

아직 군대에 갈 나이가 아니건만 그는 일찍 자원입대해서 아까운 생을 마감하였다. 환자들이 숟가락을 입에 물고 죽는 경우는 조성수뿐만 아니라 여러 사람이 있었다. 기력은 다 떨어졌지만 악착같이 음식을 먹으려고 애쓰다가 숨을 거둔 최후의 모습이란 차마 눈뜨고 볼 수 없는 지경이었다.

민규가 20여일 입원하고 있는 동안 같은 병실에서 20여명이 사망했다. 그들 대부분은 신병이고 젊은 사람이었다.

환자중대에는 환자가 아닌 사람들이 있어서 식사당번, 환자간호, 송장운반 등, 궂은일을 한다. 환자들이 먹지 못하고 남긴 밥은 간호하는 사람들이 먹어 치운다. 시체는 들것에 들고 나가 뒷산 골짜기에 매장한다. 겨울에는 땅이 얼어서 파묻지 못하고 돌멩이나 낙엽으로 대충 덮어놓는다. 4월 중순, 땅이 녹아야 구덩이를 파서 시체 몇 구씩 한데 묻는다.

민규는 서서히 건강을 회복하고 본인의 희망에 따라 밥을 먹기 시작했다. 3월 하순에 퇴원하여 4중대로 돌아갔다.

민규와 같은 내무반에 있던 동료 두 사람이 사망했다. 전호경 중사와 임영돈 하사였다. 전호경 중사는 덕천전투에서 포로가 됐고 인민군8사단에 편입했다. 그리고 탈출하다 붙잡혀서 포로수용소에 들어왔다. 그는 배가 몹시 고프다고 불평했다.

"야, 인민군에 있을 때는 배불리 먹었는데 수용소에 오니까 왜 이렇게 밥이 적으냐? 배고파 못 견디겠다."

"그러면 인민군에 그냥 있지 왜 탈출했나?"

"사실은 4월 공세 때 인민군8사단은 서울서북부에서 국군1사단의 방어진지에 걸려 대량살상 됐거든. 나도 하마터면 국군의 총탄에 맞아죽을 뻔했어. 그래서 탈출했는데 붙잡히고 말았다."

그는 배고프다고 비실비실하더니 기어이 병사하고 말았다.

임영돈 하사는 대구에서 모 중학교 재학 중이었다. 전쟁이 일어나자 가장 먼저 22연대에 현지입대 했다. 그는 혜산에 들어갔던 감격적인 장면을 늘 자랑스럽게 얘기했다.

"우리 22연대 1대대 3중대는 11월 30일, 혜산에 들어갔거든. 미7사단 17연대가 우리에게 인계하고 철수하더라. 혜산은 국경도시인데 공산군은 한 사람도 안 보이고 조용했어. 압록강과 중국 땅을 바라보던 그때의 광경이 지금도 눈에 선하단 말이야."

그는 다시 압록강 가까이에 왔지만 천마산의 원혼이 되었다.

천마수용소에서 많은 환자들이 회복하지 못하고 사망했다. 취사장에서 식사인원을 점검하는 동료가 말해 주었다.

"식사인원은 하루에 보통 10명 이상씩 줄었다. 그 숫자는 곧 사망자수와 일치한다."

이로 미루어보면 1952년의 해빙기에만 사망한 인원은 적어도 300명은 넘으리라 추정되었다.

인민군 군가에 〈육탄용사(肉彈勇士)〉라는 노래가 있다. 포탄을 끌어안고 적진에 들어가 적과 함께 폭사(爆死)한 전우를 위로하는 노래다. 가사의 뒷부분은 이러하다.

「……………………

남은 적은 염려 마라 내가 있으니

남은 적은 염려 마라 내가 있으니

포탄을 끌어안고 전우는 갔구나.」

적을 못다 죽이고 폭사한 전우에게 나머지 적은 내가 꼭 죽일 터이니 염려하지 말고 고이 잠들라는 뜻이다. 참으로 무서운 복수심과 불타는 적개심을 나타내고 있다.

포로들은 이 노래의 가사를 바꾸어서 불렀다.

「……………………

남은 밥은 염려 마라 내가 있으니

남은 밥은 염려 마라 내가 있으니

숟갈을 입에 물고 전우는 갔구나. 」

밥을 먹으려고 안간힘을 쓰다가 숟갈을 입에 물고 죽은 동료에게 남은 밥은 내가 꼭 먹어치울 것이니 염려하지 말고 고이 잠들라는 뜻이다. 이는 굶주림에 지치고 한이 맺혀 죽은 동료의 원혼을 달래주는 위령곡이었다. 동료들은 이 노래를 부를 적이면 비통한 심정이 되어 숙연한 자세로 합창했다.

민규는 퇴원하고 며칠 후부터 야맹증(夜盲症)에 걸려 밤눈이 안 보였다. 낮에는 웬만큼 보이지만 어스름한 밤부터 완전히 장님이 되는 병이다. 밤에 화장실에 다닐 때가 가장 괴로웠다.

"야, 누구 나 좀 붙잡고 가자. 아무것도 안 보인다."

장래에 천문학자가 되려는 그가 이제는 밤하늘에 반짝이는 별도 볼 수 없는 장님이 됐으니 한숨이 절로 났다.

야맹증은 비타민A의 결핍증이라고 한다. 봄이 되어 산에 나무하러 갈 때 민규는 산나물이나 나무열매나 풀잎 등을 닥치는 대로 뜯어먹었더니 야맹증은 나았다.

세균전(細菌戰)

1952년 2월부터 인민군군관이 학습시간을 통해서 미군이 세균전을 자행한다고 맹렬하게 비난했다.

"미군비행기에서 우리나라 상공에 장티푸스균을 비롯하여 몇 가지 세균을 투하했소. 많은 양민들이 병에 걸려 앓고 있소. 사망자도 많이 발생했소. 우리는 미 제국주의자들의 간악한 세균전을 강력히 규탄해야 하오."

포로들은 미 제국죽주의자들의 세균전을 규탄하는 궐기대회도 열었고 『미제(美帝)의 세균전을 규탄하는 노래』 도 배워서 부르다가 그 해 12월부터 잠잠해졌다.

포로가 된 미군비행사 78명 중, 38명이 세균을 투하했다고 자술서에 서명했다. 서명한 비행사들은 휴전 후, 포로송환 되어 나오자 이구동성으로 변명했다.

"우리는 중공군의 가혹한 고문에 견딜 수가 없어서 허위자술서에 서명해야 했소. 만약 서명하지 않으면 국제재판에 회부하여 처형하겠다고 협박했소."

미군을 비롯한 유엔군포로들은 중공군이 관리했다. 다만 딘 소장은 인민군이 관리하고 평양 근처의 민가에서 혼자 지냈다.

4. 평안북도 내무국

1952년 6월 중순, 박민규는 동료 100여 명과 함께 노력동원에 차출되었다. 트럭을 타고 신의주시가를 통과하는데 도시는 폭격이 심해서 거의 폐허가 됐다. 그들은 동쪽으로 더 가서 나지막한 야산에서 하차했다. 산에 나무가 별로 없어 사방이 환하게 보였다. 북쪽은 중국대륙의 광활한 대평원이 펼쳐지고 멀리 지평선이 가물가물했다. 그러나 북쪽 가까이로 압록강이 흐르지만 산이 경사가 심해서 보이지 않았다.

신의주가 폭격이 심해서 평안북도 내무국(경찰청)이 이곳으로 옮겨 올 계획이라고 했다. 포로들은 야산에서 내무국이 사용할 지하건물을 짓기 위해 땅을 파는 작업부터 시작했다. 내무원(경찰)들이 어디를 어떻게 파라고 일일이 지시했다. 소장 계급장을 단 내무국장이 다리를 절룩거리며 지휘감독을 했다.

날씨가 무척 더워서 삽으로 땅을 파는 작업을 조금만 해도 땀이 막 흘렀다. 식사는 동네 여자들이 동원되어 큰솥을 걸어 놓고 밥을 지어주었다. 오랜만에 김치나 여러 가지 반찬을 맛보니 기가 막히게 달았다. 잠은 천막 속에서 자고 수용소에서 인솔해온 인민군들이 경비를 담당했다.

박민규는 밤에 자다가 천막 밖에 나왔다. 동료들이 모여서 서쪽의 한 지역을 유심히 보고 있었다. 민규는 웬일인가 해서 그쪽을 바라보는 순간 너무나 신기한 광경에 놀랐다. 사방은 온통 암흑천지인데 오직 한 지역만 환한 불빛들이 반짝이고 있었다. 커다란 대도시에서 전등불이 휘황찬란하게 빛나는 것이었다.

"아니, 저기가 어디야?"

"안동(安東)이야."

안동은 중국 땅이라서 폭격을 안 하기 때문에 환한 불빛으로 불야성(不夜城)을 이루고 있었다. 고층 건물 방마다 전등불이 환하게 켜지고 네온사인 불빛까지 현란하게 빛났다. 자동차 행렬이 헤드라이트를 밝게 켜고 압록강 변으로 분주히 왕래하고 있었다. 강변에는 배가 수십 척이나 떠있어 조그만 불빛들이 반짝이고 있었다. 압록강 한복판에도 유심히 보면 배가 여러 척이 떠있어 희미한 불빛들이 깜빡거렸다. 그러나 남쪽강변이나 신의주 일대는 암흑 천지였다. 이 밤중에 압록강에서 중공군의 엄청나게 많은 병력과 군수물자들이 배로 실려 오는 것이었다. 포로들은 낮에 중노동을 하고 피로했지만 밤이면 안동시내와 압록강에서 펼쳐지는 수송 작전을 구경하느라 잠을 설쳤다.

안동은 그 후 단동(丹東)이라 이름이 바뀌었다.

방공호 파는 작업은 땅속으로 깊이 들어갈수록 일이 힘들고 능률도 오르지 않았다. 포로들은 과로에 몹시 지쳤다.

날씨가 무더운 어느 날 오후였다. 포로들은 작업을 일찍 마치고 북쪽으로 내려갔다. 압록강의 웅장한 모습을 바로 눈앞에서 바라보며 그들은 가슴이 설렜다. 강폭이 굉장히 넓고 강물도 깊어 보였다. 강 건너편은 평평한 들판이 펼쳐지고 멀리 초가집들이 보였다. 중성 두 개를 단 인솔책임자가 말해 주었다.

"동무들, 저 건너는 위화도(威化島)요. 옛날 이성계(李成桂)장군이 원정(遠征)가려다 회군(回軍)했다는 섬 말이요."

박민규가 질문했다.

"위화도는 어느 나라 땅입니까?"

"우리나라 땅이오. 의주군(義州郡) 위화면(威化面)으로 되어 있소. 섬이 굉장히 커서 조선 사람들이 많이 살고 있소."

포로들은 내무원들의 안내를 받으며 압록강에 들어가서 목욕을 했다. 깊은 곳에는 못 들어가게 철저히 감시해 주었다. 포로들은 물속에 들어가서 헤엄도 쳐보고 찌든 때도 씻어버려 마냥 즐거웠다. 포로가 된 후 그들은 처음으로 강물에서 목욕을 했다. 더구나 압록강에서 목욕했다는 것은 뜻 깊은 추억이 될 것이다.

하루의 일과 중에 식사시간이 가장 즐거웠다. 밥을 지어주는 여자들은 가까운 동네에 살고 반찬거리를 머리에 이거나 들고 다녔다. 모두 10여 명 중에 처녀가 3, 4명 되었다. 처녀들은 통치마를 입고 긴 머리에 댕기를 달고 있었다. 그녀들은 국군포로에게 친절하게 대해주고 관심도 많았다. 그 중에서 한 처녀는 얼굴이 매끈하게 생기고 활달한 성격이라서 포로들과 서슴없이 농담을 주고받았다.

"아가씨는 이름이 뭐요?"

"내레 리보영이야요."

"몇 살이요?"

"열아홉 살이야요."

리보영 아가씨에게 다가가서 수작을 부리는 사람이 있었다. 서울 출신이고 허여멀쑥한 얼굴에 넉살스럽고 입담이 좋은 김한철 씨였다. 김씨는 갖은 수작을 부려 보영 아가씨의 마음을 사로잡았다. 두 남녀는 서로 밀담을 주고받는 사이로 발전하였다. 아가씨는 가끔 맛있는 음식을 싸들고 와서 남자에게 몰래 주었다. 그리고 귓속말로 한참씩 속삭였다. 처녀의 순진한 가슴에 사랑의 불꽃이 피기 시작하더니 급속도로 달아올랐다. 어느 날 자기 집 약도를 그려 남자에게 몰래 주었다. 김 씨는 그날 밤 경비병의 감시를 피해 몰래 마을에 내려갔다. 보영이 혼자 자고 있는 방 앞에 와서 낮은 소리로 불렀다.

"보영 씨! 보영 씨! 나요."

보영이 잽싸게 나와서 맞이했다. 김 씨는 그녀를 힘껏 끌어안고 정열적인 키스를 퍼부었다. 두 남녀의 몸뚱어리는 용광로처럼 뜨겁게 달아올랐다. 보영이 김 씨의 손을 잡고 헛간에 들어갔다. 멍석을 깔아놓고 그 위에 미친 듯이 드러누웠다. 김 씨는 마치 적진에 돌진하는 기세로 그녀를 덮쳤다. 남녀는 한동안 불꽃 튀는 열전을 치르고 난 후에야 제 정신을 차릴 수 있었다.

다음 날 식사 때, 리보영은 활짝 웃는 얼굴로 김한철에게 밥 한 그릇을 더 퍼다 주고 반찬도 수북하게 주었다.

이틀 후 김한철은 또 한 밤중에 리보영의 집에 갔다. 헛간에서 일을 한창 치르는 중에 그만 그녀의 아버지가 나타나서 들키고 말았다. 아버지는 몹시 화가 났지만 이웃 사람들이 들을까 염려하여 큰 소리도 못 지르고 조용히 김씨를 쫓아버렸다. 그리고 방안에 들어 와서 딸을 손찌검하면서 야단쳤다.

“에미나이레, 그게 무슨 미친 짓이가? 네년이 환장하지 않고서야 어드렇게 그런 일이 있을 수 있갔니? 국방군포로 가이새끼레 미친 놈이지. 그 놈이 무슨 희망이 있갔어, 장래가 있갔어? 네년이 무얼 믿고 그 놈과 어울린 거이야?”

“아버지, 잘못 했이오. 하지만 그 사람을 너무 욕하지 마시라요. 마음씨가 착하고 좋은 분이야요. 우리는 남북이 통일되면 결혼하기로 약속했이요.”

다음날 저녁, 작업을 마치고 포로들은 한 데 집합했다. 내무국장이 처음으로 그들 앞에 나서서 일장 훈시를 했다.

“나는 인민군연대장으로 있으면서 국방군과 전투를 많이 치렀소. 격전을 치르던 중에 다리를 부상당하고 지금은 내무성에 와 있소. 그렇기 때문에 해방 전사 동무들을 누구보다도 잘 이해하고 있소. 동무들의 고생을 조금이라도 덜어주려고 애써왔던 것이오. 하지만 앞으로는 그렇지 않을 것이오. 영내에서의 모든 규율을 엄격하게 지킬 것을 명령하는 바이오. 이 경비구역을 함부로 이탈하지 마시오. 만약에 무단히 이탈하는 자가 있으면 엄중한 처벌을 받게 될 것이오. 오늘부터 경비병들이 철저하게 감시할 것이니 각별히 조심하기 바라오.”

포로들은 무슨 영문인지 몰라 어리둥절했다. 내무국장이 국군과 많은 전투를 치렀음에도 불구하고 국군포로를 관대하게 대해 준 것이 고마워 눈시울이 뜨거웠다.

리보영 아가씨는 그 후 취사장에 나타나지 않았다. 사랑은 목숨보다 더 귀하다 하였던가?! 그녀의 타오르는 욕정은 식을 줄 몰랐다. 보영은 도저히 참을 수가 없어서 편지를 써서 친구인 리순자에게 부탁했다. 리순자가 몰래 김한철에게 쪽지 편지를 전해주었다. 김한철도 참기 어려웠던지라 그날 밤, 삼엄한 경비망을 뚫고 나가 리보영과 만났다. 두 남녀는 아무도 없는 숲 속에 들어가서 마음껏 사랑의 불꽃을 태웠다.

며칠 후 한밤중에 영내에서 '탕!' 하고 총소리가 요란하게 울렸다. 잠자던 포로들이 깜짝 놀라 천막 밖으로 뛰쳐나왔다.

"무슨 일이야?"

사방을 살펴보니 경비병이 포로 한 사람을 연행해 오고 있었다. 가까이 온 그의 모습을 보고 동료들이 수군거렸다.

"김한철이다. 몰래 나가다가 붙잡힌 모양이다."

김한철은 영창에 들어가서 며칠 동안 갇혀있었다.

포로들은 한 달가량 중노동을 하고 천마수용소로 돌아왔다. 떠나오던 날 마지막 식사는 특별히 밥도 많이 퍼주고 반찬도 맛있게 만들어 주었다. 내무국장이 해방 전사들에게 그 동안의 노고에 감사한다는 간곡한 인사말을 했다.

1952년 7월 하순에 4중대 하사관 동에서 박민규를 포함한 150여명이 6중대에 갔다. 6중대는 수용소 본부에서 개울을 따라 약 2km 올라가서 깊은 산골짜기에 있었다. 광산 사택으로 쓰던 건물이 두 개 있었다. 큰 건물은 주위에 철조망을 쳐서 포로들이 수용되고 작은 건물은 관리자들이 사용했다. 건물 옆에 금광으로 들어가는 갱구(坑口)가 있었고 케이블카로 광석을 실어 나르던 흔적도 있었다. 주변은 가파른 산이고 바위와 돌이 많았다. 내무반장인 성기덕 상사가 작업조를 짜면서 제안했다.

"산이 험악해서 나무하러 다니기가 위험할 것 같소. 그래서 나이가 제일 어린 박민규 하사와 이준한 하사에게는 화장실청소를 시키려고 하는데 다들 괜찮겠지요?"

동료들은 아무도 반대하지 않았다.

박민규는 성기덕 상사의 호의를 고맙게 받아드렸다. 그러나 알고 보니 화장실 청소만 하는 것이 아니었다. 드럼통에 인분을 퍼 담아 목도를 메고 50여 미터 가서 절벽 밑으로 쏟아버리는 일까지 했다. 목도를 메면 어깨가 아프고 똥냄새가 고약하게 났다. 똥물이 몸이나 옷에 묻으면 오래도록 지워지지 않았다. 이준한은 경기도 이천(利川) 사람이고 7연대에 있다가 초산전투에서 포로가 됐다. 두 사람은 일을 마치고 나면 시간이 남아서 잡담도 많이 했다. 하루는 이준한이 민규에게 충고의 말을 했다.

"너하고 가까이 지내다보니 네가 함경도말씨를 쓰는 걸 알겠더라. 그래서 한 가지 고쳐주고 싶은 말이 있어. 우리는 보통 '안 한다'고 하는데 너는 '하지 않는다'고 거꾸로 말하는 거야. 예를 들면 '밥을 안 먹는다'고 할 것을 너는 '밥을 먹지 않는다'고 말하니 이상하지 않아? 앞으로 그 말을 고치도록 노력해라."

민규도 그의 말을 인정하고 고치려고 하지만 잘 안 된다.

6중대 사람들이 먹는 식량은 몇 사람씩 수용소 본부에 가서 공급받아 어깨에 지고 왔다. 운반조의 조장은 최기철 상사였다. 어느 날, 최 상사는 창고에서 물품을 인수하는 도중에 공급을 담당한 인민군 특무장의 눈을 속여 소금 한 가마니를 몰래 더 가져왔다. 같이 운반해 온 노경만 중사는 탄로되면 공동처벌을 받을 것이 두려워 밤에 몰래 소대장에게 일러바쳤다. 최기철 상사는 곧 소대장에게 야단맞고 다음에는 중대장 실에 들어가서 호되게 질책을 당했다. 그리고 수용소 본부에 가서 전체 포로들이 모인 앞에서 자아비판을 했다.

"6중대 사람들이 철이 지난 산나물을 먹었더니 싱겁기도 하고 독성이 있어서 몸이 부었습니다. 소금을 뿌리면 나물 맛도 좋고 독성이 제거되리라 믿었습니다. 그래서 소금이 절실히 필요하다고 여기고 한 가마니를 몰래 더 가져왔습니다. 조국과 인민 앞에 커다란 과오를 범한 것을 깨닫고 깊이 반성하는 바입니다."

최 상사는 자기 개인을 위해서가 아니라 중대원들의 건강을 위해서 범행을 저지른 것이다. 수용소당국자들은 그의 자아비판을 듣고 정상을 많이 참작하기로 했다. 포로수용소장이 직접 최 상사를 불러 일장 훈계를 하고 영창에 넣는 대신에 반성문을 쓰게 하고 돌려보냈다. 포로수용소장은 상좌(上佐, 중성 3개)이고 나이가 많은 편이었다. 점잖게 생기고 언행에 품위가 있었다.

6중대 사람들은 9월 초에 일제히 4중대로 돌아왔다. 박민규는 6중대에서 40여일 지내는 동안 매일 화장실청소만 했다. 목욕이나 빨래를 할 수 없어 몸과 옷에서 똥냄새가 오래도록 풍겼다. 동료들은 그가 가까이 가면 상을 찌푸렸다.

"박민규, 네 몸에서 왜 똥 냄새가 나니? 저리 좀 비켜라."

박민규가 6중대에서 돌아 온 다음날이었다. 한병진이 민규를 데리고 은밀한 곳에 가서 비밀 이야기를 털어놓았다.

"나는 곧 탈출하려고 한다. 요즘이 덥지도 않고 춥지도 않고 밭에 곡식이 많아서 탈출하기가 가장 좋을 때야. 내가 탈출해서 성공하면 다행이지만 실패할 경우 자네가 남한에 가면 내 처갓집에 가서 소식을 전해주기 바란다. 보문동 165번지야. 내 처의 이름은 오미선이라고 해. 꼭 잊지 말고 찾아가 주게나."

"아니야, 형은 꼭 성공할 수 있을 거야. 형이 남한에 가면 영월전매청의 나의 형님에게 소식을 전해주기 바란다."

"아무튼 우리는 남한에 가서 다시 만날 수 있기를 기원하자."

"형, 잘 가. 몸조심하고 꼭 성공하기를 기원한다."

이렇게 헤어지고 나서 며칠 후 수용소에 소문이 퍼졌다.

"장교 두 사람이 탈출했단다. 중위와 소위이고 모두 함경도 출신이란다. 산에 나무하러 갔다가 행방불명됐다는 거야."

민규는 한병진이 탈출에 성공하기를 간절히 기원했다.

그로부터 며칠 후, 야외 학습장에 전원이 집합하고 있었다. 정문 밖에서 두 사람이 연행되어 들어오더니 곧바로 단상에 올라섰다. 그 모습은 분명히 한병진 소위와 같이 탈출했던 고동훈 중위였다. 그들은 한 사람씩 나서서 자아비판을 했다.

"조국의 품안이 따뜻하다는 사실을 깨닫지 못하고 어리석은 생각으로 탈출했던 과오를 깊이 반성합니다. 앞으로는 절대로 조국과 인민을 배반하지 않겠으며 공화국을 위해 열심히 살 것을 맹세하는 바입니다."

두 사람은 자아비판을 마치고 곧 정문 밖으로 나간 후 소식이 없었다. 친한 동료들의 입을 통해 그분들의 고향이 어디라는 사실이 알려졌다. 고동훈 중위는 함경남도 영흥(永興)이고, 한병진 소위는 함경남도 정평(定平)이라고 했다.

박민규는 한병진의 불행이 슬퍼서 가슴이 찢어질 듯이 아팠다. 그들의 자초지종은 이러했다. 고동훈 중위와 한병진 소위는 영흥에 가서 밤에 몰래 고 중위의 집에 들어갔다. 부모님이 깜짝 놀라면서 반겨주었다. 어머니는 곧 밥상을 차려왔다. 수저를 막 들려고 하는데 별안간 내무서원들이 들이닥쳐 두 사람은 체포되고 말았다. 그들이 꽁꽁 묶여서 끌려갈 때 부모님이 맨발로 따라오면서 비명을 질렀다.

"동훈아! 동훈아! 꼭 살아서 돌아와야 한당이."

"아버지, 어머니, 염려하지 마십시오. 꼭 돌아올 것입니다."

두 사람은 곧 천마포로수용소에 연행되어 왔다. 정동혁 심사관과 면도날 심사관이 합동으로 심사를 했다. 정동혁은 한병진을 심사하면서 전혀 아는 내색을 안했다. 인솔해온 군관들은 심사관으로부터 심사기록을 한 부씩 복사해 가지고 갔다. 탈출자들은 곧 약식 재판을 받고 신의주 형무소에 수감되었다.

이 무렵 소련공군기들이 비밀리에 만주(滿洲)의 안산(鞍山)비행장에 기지를 두고 한국전쟁에 참전하고 있었다. 천마포로수용소 상공에서 가끔씩 미 공군기와 소련 공군기간에 공중전이 벌어져 기관포 쏘는 소리가 '드르륵' '드르륵'하고 울렸다.

미 공군기가 압록강 가까이 왔다가 회항(回航)할 때 가끔씩 다 써버린 연료통을 떨어뜨리고 갔다. 포로들이 산에 나무하러 갔다가 떨어뜨린 연료통을 주워서 수용소로 갖고 왔다. 하얀 알루미늄 통이라서 가벼웠다. 길이는 약 250cm, 지름은 약 50cm 되는 원통형이고 한쪽 끝은 원추형으로 뾰족했다. 연료통을 줄칼로 썰어서 잘게 분해했다. 동료들 중에 미제 야전 스푼을 갖고 있는 사람이 몇 명 있었다. 진흙을 단단하게 다져서 납작한 판을 두 짝 만든다. 스푼을 그 사이에 넣고 압착하면 스푼과 똑 같은 모양의 틀이 만들어진다. 알루미늄조각들을 양재기에 넣어 장작불에 달구면 알루미늄만 그릇 속에서 녹는다. 녹인 쇳물을 진흙 틀에 부어 넣으면 미제 스푼과 똑 같은 모양의 제품이 만들어진다. 기술적으로 얼마나 정교했던지 스푼에 'US' 라고 쓴 글자까지 선명하게 나타났다. 동료들은 스푼을 만져보고 무척 감탄했다.

"야, 이건 진짜 미제 스푼과 똑같아서 구별할 수 없잖아!"

연료통을 여러 개 주워 갖고 와서 미제와 똑같은 스푼을 대량으로 생산했다. 스푼을 많은 사람들이 나눠가져 박민규도 하나 가졌다. 그동안 숟가락이 벌겋게 녹이 슬어 기분이 상했는데 알루미늄 스푼으로 밥을 떠먹으니 맛이 한결 좋았다.

알루미늄으로 만든 또 하나의 제품은 머리빗이었다. 국군포로들은 그동안 머리를 빗지 못해 늘 덥수룩했는데 이제야 알루미늄 빗으로 머리를 말끔하게 빗을 수 있었다.

서울출신이라고 꽤 뽐내는 양호택 중사가 있었다. 양 중사는 만

나는 사람마다 붙잡고 서울자랑을 늘어놓았다.

"너희들, 서울에 가보았나? 나는 서울에서도 종로(鍾路)거리를 내 집 안마당처럼 여기고 놀던 사람이야."

그는 머리를 길게 기르면서 또 자랑삼아 떠들었다.

"나는 이제 여기서 머리를 안 깎을래. 휴전되면 서울 종로이발관에 가서 이발할 거야."

양 중사는 이렇게 떠들면서 오래도록 머리를 안 깎고 지내다가 인민군군관에게 발각됐다. 심사관은 그를 호되게 야단쳤다.

"동무! 서울자랑만 하고 굳이 종로이발관에 가서 이발하겠다는 이유가 무시기요? 남반부가 북반부보다 더 좋다고 선전하는 기 아닙메? 휴전은 언제 될지도 모르는데 곧 될 것처럼 떠들고 다닌 것도 용서할 수 없당이. 동무는 아주 악질반동분자요."

양호택 중사는 이 일로 인해 영창에 들어갔다. 그리고 반동분자라는 낙인이 찍혀 휴전 후 포로송환 되지 않았다. 그는 자신의 경솔함을 뼈저리게 후회했지만 때는 이미 늦었다. 아! 통한의 종로이발관이여! 영원히 돌아갈 수도 없는 대한민국이여! 양 중사는 이렇게 울부짖으며 천추의 한이 맺혔으리라.

제 7 장
판문점의 봄소식

1. 휴전회담과 포로대우

국군포로들은 절망 속에 신음하면서도 한 가닥 희망을 품고 있었다. 전쟁이 끝나면 포로들은 석방되어 남한에 갈 수 있으리라는 절실한 바람이었다.

소련의 유엔대표 말리크는 싸움을 말리는 소질이 있었다. 그가 1951년 6월 23일, 휴전을 제의하자 7월 10일부터 개성(開城)에서 휴전회담이 개최되었다. 군사분계선을 어디로 설정할 것인가 하는 것이 문제였다. 유엔군은 현재의 군사접촉선을 주장한 반면 공산군은 38선을 주장하여 설전을 벌이다가 8월 23일 휴전회담은 결렬되었다. 그러자 유엔군은 더욱 강력한 공세를 펼쳤다. 공산군은 다시 휴전회담을 제의하여 10월 25일부터 판문점(板門店)에서 재개되었다. 공산군은 그제야 현 접촉선에서 군사분계선을 설정하자는 유엔군의 주장에 동의하였다. 유엔군사령관은 1개 대대이상의 공격을 하지 못하도록 전투를 억제했다. 그 결과 전투양상은 진지전(陣地戰)으로 변하고 소강상태에 접어들었다. 드디어 1951년 11월 27일, 양측 대표는 현재의 군사접촉선에서 군사분계선을 확정하고 쌍방 2km씩 비무장지대를 설정하기로 가조인(假調印)하였다. 이때 가조인한 분계선이 오늘날의 휴전선이 됐으며 다만 몇 곳에서 약간 수정됐을 뿐이다.

천마포로수용소에서 포로들은 휴전회담이 진행되고 있다는 소식을 민간인들을 통해서 어렴풋이 듣고 있었다.

서고동(西古洞)에서 천마포로수용소로 들어가는 십오 리 길은 좁아서 자동차가 통행하기 불편했다. 보급수송차량이 어떤 때는 서고동의 보급창고에 보급품을 내려놓고 돌아가곤 했다. 그러면 포로들이 서고동에 가서 보급품을 운반해 왔다. 한 번에 보통 50명 씩 가서 쌀이나 부식을 가마니에 넣어 양어깨에 지고 왔다. 서고동의 보급창고 옆에 '포로의 어머니'라 하는 할머니가 살고 있었다. 포로들이 짐을 운반하러 갔다가 그 집에 들어가면 할머니는 반갑게 맞아주었다.

"어서 오라야. 배가 얼마나 고프갔어? 이걸 먹으라야."

할머니는 감자를 쪄 놓고 있다가 포로들에게 하나씩 나누어주곤 했다. 박민규가 물었다.

"할머니, 휴전회담은 어떻게 되는 겁니까?"

"걱정하지 말라야. 그저 잘 되어가고 있으니끼니 조금만 더 기다려 보라야."

할머니는 국군포로를 무척 불쌍히 여기고 경비병의 눈을 피해가며 무엇이든지 잘해주려고 애를 썼다. 포로들은 할머니를 '포로의 어머니'라 부르며 고마워했다.

수용소 남쪽 골짜기에 초가집이 한 채 있었다. 남자는 인민군에 나가고 젊은 여자가 갓난아기를 데리고 외롭게 살고 있었다. 그 여자도 생활이 어렵지만 가끔씩 포로들에게 나물을 뜯어주는 인정을 베풀었다. 콩나물 공장에서 빤히 올려 보이는 집이라서 콩나물공장 당번들이 가끔 들렸다. 그 중에서 서태경 씨가 그 여자를 은근히 좋아해서 자주 들렸다. 서 씨는 허우대가 좋고 얼굴도 미끈하게 잘 생겼다. 어느 날 저녁, 서 씨는 콩을 세 됫박 정도 몰래 꺼내가지고 그 집에 들어갔다.

"아주머니, 생활이 어려운데 우리가 신세만 져서 되겠어요? 그 보답으로 콩을 조금 가져왔어요."

여자는 펄쩍 뛰면서 사양했다.

"내레 가난하게 살디만 이런 건 받을 수 없우다레. 도로 가져가라요."

"괜찮아요. 아주머니의 사정을 잘 알고 가져왔는데 사양하지 말고 어서 받아요."

서 씨는 이런저런 이야기를 해가며 여자의 마음을 구슬려 보려고 엉큼한 수작을 부렸다. 그는 여자 곁으로 점점 다가가다 나중에는 여자의 손목을 슬쩍 잡았다. 여자는 소스라치게 놀라면서 고함질렀다.

"이거이 무슨 짓이가?"

그리곤 날쌔게 부엌으로 달려가더니 부지깽이를 들고 와서 치려고 했다.

"서 씨레 엉큼한 사람인 줄 내레 몰랐시다. 당장 나가라우!"

서 씨가 당황해서 허둥지둥 나갈 때 여자는 콩 자루를 홱 집어던졌다.

"이것두 갖구 가라우. 더러워서 안 먹갔어."

서태경 씨는 무안을 당한 후로 다시는 그 집에 못 갔다.

포로들은 할머니와 젊은 여인의 제보로 휴전회담이 진행되고 있다는 소식을 어렴풋이 듣고 있었다. 그러나 아무리 기다려도 휴전이 됐다는 소식이 없으니 애가 탔다.

1951년 12월, 포로명단이 교환되었다. 유엔군은 인민군포로 15만 명과 중공군포로 2만 명을 제시했다. 공산군은 국군 포로 7천명과 유엔군(주로 미군) 포로 4천명을 제시했다. 유엔군은 국군포로가 왜 적으냐고 항의했다. 그 근거로 국군포로 중에 상당수가 인민군에 강제로 편입된 사실을 탈출자들의 증언을 자료로 제시했다. 공산군은 대체적으로 이를 시인했다.

공산군포로는 모두 거제도에 수용됐다. 포로송환을 희망하는 공산포로와 송환을 거부하는 반공포로로 분리하여 35개의 수용소에 분산 소용했다. 포로송환을 거부하는 포로를 어떻게 처리할 것인가? 이에 관한 제네바협정은 다음과 같다.

제7조: 포로는 본 협정에 의하여 그들에게 보장된 권리를 포기할 수 없다.

제118조: 포로는 전쟁이 끝나면 지체 없이 석방하고 송환해야 한다.

공산군은 118조를 내세워 포로를 전원 송환해야 한다고 주장했다. 반면에 유엔군은 7조를 내세워 강제 송환은 본인의 권리를 박탈하는 행위이므로 받아들일 수 없다고 맞섰다. 이 같은 의견차로 휴전회담은 설전만 벌일 뿐 진전되지 않았다.

인민군포로 중에 약 5만 명은 민간인으로 분리됐다. 그들은 남한 출신으로 인민군에 강제로 편입 된 사람들이었다. 그들도 사상적인 대립이 심각해서 공산주의자와 반공주의자로 분리됐다. 반공주의자 4만여 명은 1952년 10월까지 남한에서 석방되어 귀가했고 공산주의자 9천여 명은 포로수용소에 남아 있다가 휴전 후 북으로 포로송환 된다.

1952년 9월 하순, 박민규는 서고동에 보급품을 운반하러 갔다가 수풀 속에서 미군기가 떨어뜨린 전단을 한 장 주웠다. 민규가 보고 있는데 이병욱 상사가 보자고 해서 가져갔다. 이 상사가 친한 동료에게 몰래 보여주고 있을 때 옆에서 엿보던 동료가 떠드는 바람에 내무반의 모든 동료들이 알게 되었다. 그들은 무척 신기해서 전단을 돌려가며 읽었다. 내용은 자유진영에 귀순해 오라는 선전뿐만 아니라 휴전회담에 관해 다음과 같이 적혀있었다.

『공산군포로 중에 포로송환을 거부하는 사람이 많다. 유엔군은 그들의 의사를 존중하여 송환시키지 않을 방침이다. 그러나 공산군은 포로를 전원 송환해야 한다고 주장하여 휴전회담은 진전되지 않고 있다.』

동료들은 전단을 읽고 무척 놀랐다.

"야, 우리는 아직 포로송환희망여부도 조사하지 않고 있는데 저쪽은 벌써 그런 일이 다 있었나?"

실내의 분위기는 사뭇 웅성웅성했다. 그러자 내무반장인 남기설 상사가 일깨워주었다.

"잠깐 내말을 들어봐. 전단을 여러 사람이 돌려가며 보았다는 사실이 탄로되면 우리는 처벌을 받게 될 거야. 그렇다고 숨길 수는 없지 않은가? 일이 더 크게 벌어지기 전에 전단을 관리소에 갖고 가서 신고하자."

이에 대해 아무도 반대하지 않았다. 남상사가 전단을 신고하자 곧 박민규와 이병욱은 심사관 실에 불려갔다. 전단을 주우면 즉시 신고해야 한다는 규칙을 위반했다 해서 두 사람은 영창에 들어갔다. 영창은 지하 방공호 속이라 어둡고 습했다. 그 속에 이미 두 사람이 들어와 있었다. 한 사람은 노한열 소령이었다. 노 소령은 16연대 1대대장으로 횡성전투에서 포로가 되었다. 그는 동료들에게 반동적인 선전을 했을 뿐만 아니라 정치학습에 누누이 불참했다 해서 표무원 대좌로부터 호되게 야단맞고 영창에 들어왔다. 또 한 사람은 1중대의 한대용 씨였다. 한 씨는 전에 식당에서 누룽지를 훔쳐 먹다 발각되어 야외광장에서 자아비판을 한 적이 있다. 그는 또 누룽지를 훔쳐 먹다 발각되어 이번에는 영창에 들어왔다.

영창은 바닥에 가마니와 짚을 깔았다. 천장에서 가끔씩 물방울이 뚝뚝 떨어져 습기가 찼다. 9월 하순이라 날씨는 나날이 추워지는데 그들은 하복만 입고 추위에 떨어야 했다. 출입문은 열쇠로 잠그고 식사 때와 용변을 볼 때 경비병이 와서 열어주었다.

박민규 일행이 영창에 들어온 지 3일째 되는 날, 우종환 중위가 들어왔다. 우 중위는 실내에서 실시하는 야간토론을 훼방하고 반동적인 발언을 하다가 순시하는 인민군소대장에게 발각되어 영창에 들어왔다. 우 중위는 10연대 3대대 9중대장으로 있다가 횡성전투에서 포로가 됐다. 그는 지난 일을 몹시 후회했다.

"10연대 3대대장 최병도 소령도 포로가 되어 나와 함께 지냈어요. 최 소령이 주동하여 장교 몇 사람이 야간탈출하기로 계획했거든요. 그런데 탈출하는 그 시각에 나는 그만 잠이 깜박 들었어요. 깨어나 보니 모두들 떠나갔더군요. 그분들은 그 후 소식이 없는 것으로 보아 탈출에 성공한 것 같아요."

이야기를 듣고 노한열 소령도 자기 체험담을 들려주었다.

"나도 우리 16연대 부연대장 윤태호 중령과 함께 탈출하다 붙잡혔네. 중공군이 총을 쏘며 쫓아오기에 경황없이 뛰다보니 윤태호 중령은 따라오지 않더군. 그 분은 죽었는지 살았는지 소식을 몰라 매우 안타깝네."

박민규와 이병욱은 영창에서 6일간 갇혀있다 나왔다.

포로들은 비누가 없어서 몸을 깨끗이 씻을 수 없고 칫솔과 치약이 없어서 이는 항상 닦지 못해 누렇다. 그들은 불편을 느낄 때마다 제네바협정이란 말이 은밀하게 나돌았다. 포로를 관대하게 대우해 주자는 국제협정이라고 한다. 고급장교들은 제네바협정에 관한 교육을 받았으므로 중요한 조문들을 알고 있었다. 동료들이 끈질기게 강요하는 바람에 그분들은 마지못해 중요한 조문들을 하나하나 발설했다.

제네바협정 제23조: 포로를 전투의 포화지역에 노출시켜 군사작전에 방해가 되면 안 된다.

1952년 7월, 교통의 중심지인 신안주(新安州)에 포로수용소를 신설하고 천마수용소에 있던 국군포로 약 500명을 수용했다. 인근에 중공군고사포진지가 있어 대공사격을 해도 미군기는 포로수용소가 인접해 있기 때문에 폭격을 할 수 없었다. 말하자면 중공군은 국군포로를 방패로 삼은 것이다. 그해 12월, 신안주에 있던 국군포로들은 모두 자성(慈城)포로수용소로 이동했다.

제네바협정 제26조: 급식은 양호한 건강상태를 유지할 수 있도록 하고 영양실조의 발생을 방지하는데 충분해야 한다.

동료들은 이 조문을 알고 분통을 터뜨렸다.

"제기랄! 우리는 모두 영양실조가 심했잖아? 그래서 병들어 죽은 사람이 얼마나 많으냔 말이야?"

국군포로나 미군포로나 똑같이 영양실조로 병사(病死)한 사람은 나이 많은 사람보다도 젊은 사람이 더 많았다. 포로들은 그 원인을 젊은이들은 인내심이 부족해서 삶을 일찍 포기하기 때문이라 여겼다. 그러나 미국의학계에서 발표한 내용은 다르다.

『젊은이들은 신진대사가 빠르게 진행된다. 그러므로 인체에 꼭 필요한 영양소가 빨리 소진(消盡)되기 때문에 일찍 죽는다. 특히 무기질(칼슘, 철분, 등)이 빨리 소진되는 것이 사망의 결정적인 요인이 된다. 반면에 나이 많은 사람들은 영양소가 서서히 소진되므로 오래 살 수 있다.』

실제로 천마수용소에서 병사한 사람은 대부분 젊고 신병들이었다. 고참들은 혹독한 훈련에 단련됐으므로 사망자가 적었다.

휴전회담이 진행됨에 따라 급식이 조금씩 나아지고 의료약품도 많이 공급되어 사망자는 조금씩 줄었다.

제네바협정 제34조부터 제37조: 종교의 자유가 보장되고 종교별로 예배의식을 거행할 수 있도록 한다.

북한은 기독교를 반동으로 규정하고 탄압했다. 국군포로 중에 기독교신자가 많았으나 자신이 신자란 사실을 숨기고 지냈다.

정치학습 시간에 이종무 상사가 인민군군관에게 질문했다.

"군관동무, 질문이 있습니다. 공화국헌법에 종교의 자유가 있다는 조문이 있습니까?"

그러자 군관이 즉석에서 답변했다.

"분명히 있소. 공화국헌법에 모든 공민(公民)은 종교와 신앙의 자유를 가진다고 명시되어 있소."

"그러면 왜 기독교를 못 믿게 합니까?"

"우리는 종교의 자유도 있지만 비판할 자유도 있소. 기독교는 우리의 혁명 사상에 위배되기 때문에 비판하는 것이오."

다음엔 유대현 대위가 질문했다.

"기독교는 언제부터 비판을 받았습니까?"

"마르크스가 처음으로 유물론을 주장하면서 종교를 비판했소. 레닌도 기독교는 아편이나 독버섯과 같다고 비판했소."

이종무 상사는 기독교를 못 믿게 하는 데에 강한 불만을 품고 동료들을 규합해서 항의하려다 영창에 들어가서 고생했다.

휴전회담은 포로송환 문제로 장기간 설전만 벌이다가 1952년 10

월 9일부터 무기휴회(無期休會)가 되었다. 회담을 언제 다시 열자는 기약도 없이 끝났다.

휴전회담이 무기휴회가 되기 직전부터 몇 곳에서 치열한 전투가 벌어졌다. 그중에서 철원의 백마고지(白馬高地)전투가 가장 치열했다. 국군9사단이 방어하는 고지를 중공군 38군이 탈환하려고 전투가 벌어졌다. 1952년 10월 6일부터 15일까지 고지를 열 번이나 뺏고 빼앗기는 격렬한 혈전을 치른 끝에 중공군이 총퇴각함으로써 국군의 승리로 끝났다.

김화동북방의 저격능선(狙擊稜線)전투도 치열했다. 10월 14일부터 국군2사단은 저격능선을 공격했고, 미7사단은 그 좌측의 삼각고지를 공격했다. 그 중간에 상감령(上甘嶺)이 있다. 삼각고지는 그 북쪽의 오성산(五聖山, 1062m)에서 남쪽을 환히 내려 볼 수 있어 남측에 불리했다. 따라서 미7사단이 삼각고지를 공격하다 피해가 많아 물러났고 국군2사단이 인수하여 며칠간 공격하다 11월 5일, 전면 철수했다. 저격능선전투는 여전히 계속되어 11월 24일까지, 42일간 장기전을 치른 끝에 무승부로 끝났다. 중공군은 이 전투를 모두 상감령(上甘嶺)전투라 부르고 자기들이 이겼다고 주장한다.

2. 포로송환 희망조사

1952년 10월부터 천마포로수용소에 여러 가지 변화가 일어났다. 흰 천막에 빨간 페인트로 'PW'라고 커다랗게 써서 수용소 중앙건물 지붕위에 펼쳐놓았다. 미군비행사에게 여기가 포로수용소란 걸 알려서 폭격을 하지 말라는 대공표지(對空標識)다. 'PW'란 Prisoner of War 의 약자로 전쟁포로를 의미한다.

10월 중순, 수용소 당국에서 각 중대별로 서클을 조직하여 무대위에서 공연하라고 했다. 서클이란 소규모의 연예오락 반이었다. 내용은 합창, 독창, 시 낭송이 기본이고, 연극이나 촌극(寸劇)도 가능하다고 했다.

4중대에서 홍종범 상사가 서클반장이 되어 공연연습을 지도했다. 유봉석 하사가 시 낭송을 맡아 실내에서 연습하고 그 옆에서 홍종범 상사와 박민규가 지켜봤다. 시 낭송은 감정이 풍부해야 하고 내용에 걸맞게 강약과 고저도 필요하다. 박민규가 유 하사의 시 낭송을 듣고 있다가 한마디 조언했다.

"이 부분은 이렇게 읊으면 어떨까?"

하고 시를 읊었다. 홍종범 반장이 듣더니 잘한다고 하면서 더 해

보라 해서 끝까지 읊었다. 유 하사는 민규의 조언대로 연습이 잘 진행되었다. 홍종범 반장이 민규에게 요청했다.

"시 낭송에 인원 제한은 없다. 4중대에서 유 하사도 하고 박 하사도 하면 좋겠다."

박민규는 계급이 하사라 해서 '박 하사'로 통했다. 그는 무대에서 시낭송하기를 꺼렸다. 이북출신이란 사실이 탄로될 염려가 있고 공산주의를 싫어하기 때문이다. 이 무렵 수용소에서 서클활동에 참여하는데 대해 찬반토론이 벌어졌다. 반대하는 측은 서클이란 공산주의를 선전하는데 이용된다고 했다. 반면에 찬성하는 측은 〈예술은 국경이 없다〉는 말을 내세웠다. 예술이란 사상을 초월하여 민주주의나 공산주의 어디서나 공존할 수 있다는 것이다. 따라서 서클도 예술이니 참여해도 괜찮다는 의견이 많았다. 박민규도 시 낭송이 예술이라면 참여해도 괜찮으리라 여기고 나가기로 했다. 그는 시를 낭송할 때 약간 떨리는 음성이고 감정이 풍부했다. 4중대를 위해 잘 해보겠다는 심정으로 시를 낭송했다.

11월 초순, 수용소전체를 대표하는 소(所)서클이 조직되고 있었다. 각 중대 서클에서 소질이 있는 사람을 선발하는 중이었다. 소 서클에서 민규에게 시 낭송을 해달라는 요청이 왔으나 그는 거절했다. 그러자 이종무 상사가 와서 민규를 설득했다.

"민규야, 나도 소 서클에 들어갔어. 소 서클에서 너를 꼭 데려오라 하더라. 우리 둘이 같이 지내면 얼마나 좋겠니. 어서 가자."

민규는 남들의 이목이 두려워 거절하려 했으나 이종무 상사가 막무가내로 잡아끄는 바람에 할 수 없이 따라갔다.

소 서클 반원은 모두 17명이고 방 하나에서 함께 지냈다. 이응한(李應漢) 씨가 소 서클 반장이 되어 합창을 지휘했다. 그는 사병이라 속이고 3중대에 있었으나 합창지휘에 두각을 나타낸 후로 통역장교였음이 탄로되었다. 그는 소 서클 반원들에게 통역장교였다고 실토하면서 오히려 자랑까지 했다.

"나는 통역장교로 있을 때 맥아더 장군과 악수를 했어요."

동료들은 그 말을 듣고 몹시 놀랐다. 이응한 씨가 대단한 인물이라 여기고 그를 우러러보았다.

"언제 어디서 악수를 했어요?"

"작년 3월, 강릉비행장에 갔을 때였어요. 맥아더 장군이 비행기에서 내리면서 사단장과 나에게 악수를 청하더군요."

이응한 씨는 9사단장을 수행하는 통역장교였고 현리전투에서 포로가 되었다. 그는 일본 도쿄에서 대학을 나오고 부산에서 경남고교 아니면 경남상고에서 영어교사로 지냈다. 도쿄에서 수재들만 다닌다는 제1고등학교에 다니던 자랑도 많이 했다. 이응한 씨는 훌륭한 인격자일 뿐만 아니라 미남이고 음성이 맑으며 합창지휘에 천재적인 소질을 발휘했다. 악보가 없으므로 자기가 기억하는 명곡이나 민요를 악보에 나타내는 일부터 했다. 작곡이 아니라 있던 곡을 캐낸다 해서 채보(採譜)라 한다. 채보한 곡을 4부로 편곡하여 4중창으로 부르니 그 화음(和音)이 기가 막히게 훌륭했다. 4부 파트는 퍼스트 테너, 세컨드 테너, 바리톤, 베이스라 불렀다. 각 파트별로 4명씩 모여서 담당한 곡을 충분히 연습한 다음에 전체가 모여서 4중창으로 맞추어 본다. 악기도 하나 없이 그들은 이응한 씨의 훌륭한 지휘로 그가 만든 악보를 보고 노래를 부를 수 있는 실력을 갖게 되었다.

의사 출신인 김유진 군의관도 음악에 조예가 깊어 합창지도에 보조역할을 했다. 서울에서 초등학교 교사로 있던 김근화 선생도 바리톤에서 보조역할을 했고, 대구상고재학 중이던 배상덕 군도 테너에서 열창했다. 박민규도 베이스에서 음정을 바로 잡는 일에 앞장섰다. 그리하여 합창공연은 놀라울 만치 훌륭했고 청중들이 모두 감탄했다.

소 서클의 합창이 매우 높은 수준이라는 평판이 나돌자 수용소 관리자들이 어디서 노래 책을 구해주었다. 소련의 명곡이나 군가를 우리말로 번역한 노래도 있었다. 시베리아 대지곡(大地曲), 카자흐기병대의 노래, 우랄 포병대의 노래 등, 수준 높은 곡이지만 그들은 모두 훌륭하게 해냈다.

박민규는 이응한 씨로부터 2부나 3부로 편곡하는 방법을 배웠다. 그리고 어떤 곡이든 악보만 보면 금방 노래를 부를 수 있는 실력을 갖게 된 것을 대단히 고맙게 여겼다.

연극은 김병우 교수가 맡아 총지휘했다. 김 교수는 서울에서 모대학교수였고 미7사단에 있다가 장진전투에서 포로가 됐다. 그는 함경도 사투리가 심해서 함경도 사람이라는 걸 다들 알고 지냈다. 김 교수는 연극의 각본을 쓰고 연출하고 무대 뒤에서 대사를 읽어주는 프롬프터 역할까지 다 했다.

박민규는 별도로 시 한 수를 낭송해야 했다. 수용소에서 주는 시집(詩集)을 보고 가급적이면 온화한 내용의 시를 선택했다. 시 낭송을 하고 나면 그를 아는 동료들이 한마디씩 했다.

“야, 박민규, 너 언제 그렇게 연습했나? 참 놀랍다.”

민규는 이런 말을 들을 때마다 괜히 시 낭송을 했다고 후회했다. 남의 이목에 자주 오르다가 이북 출신이란 사실이 탄로되면 어쩌나 하는 공포에 떨었다. 그는 도저히 참을 수가 없어서 서클에서 나가겠다고 제안했다. 그러나 서클반원들이 모두 만류했다.

“네가 나가면 시를 누가 낭송하겠나?”

민규가 고민하고 있을 때 인민군 경비병이 와서 불러냈다. 심사를 받아야 한다며 정문 밖으로 데리고 나갔다. 정동혁 심사관이 이번에는 아주 반갑게 맞이했다.

“어서 와라. 내가 어제 소 서클의 공연을 관람했다. 그런데 시를 낭송하는 사람을 보니까 너와 꼭 닮았더구나.”

“그런 걸 왜 봤나? 창피하게.”

“아니야, 대단히 놀랐어. 네가 그런 소질이 있는 줄은 정말 몰랐다. 오늘은 네가 시낭송을 잘 해서 칭찬하려고 부른 거야. 마음을 푹 놓고 음식을 많이 먹어라.”

식탁에는 감자와 옥수수가 정성들여 놓여있었다.

민규는 동혁이 베푸는 우정이 더없이 고마웠다. 이날 두 사람은 기분 좋게 정담을 나누고 헤어졌다.

1953년 2월 중순, 소 서클은 해체됐다. 해체를 앞두고 이응한 씨는 심각한 고민을 털어놓았다.

“국군포로들이 구국투쟁동맹(救國鬪爭同盟)을 결성한다고 합니다. 그 목적은 미 제국주의자들을 몰아내고 나라를 구하려는 것입니다. 과거 국군에 있던 사람이면 누구든지 가입할 수 있습니다. 남한에서 국방경비대 총사령관을 지낸 송호성(宋虎聲)장군이 월북했습니다. 그분이 구국투쟁동맹 위원장이 되고 표무원 대좌는 부위원장이라고 합니다. 나더러 천마포로수용소의 위원장을 맡으라고 강요합니다. 나는 아직 확고히 대답을 못하고 있습니다. 불원간에 평양에서 구국투쟁동맹 대표자회의가 열린다고 합니다. 어쩌면 내가 천마를 대표해서 참가할지 모릅니다."

국군을 초창기에 국방경비대 또는 국방군이라 불렀다. 송호성 장군은 국방경비대 총사령관을 지냈다. 그는 중국에서 광복군(光復軍)에 있을 때 유동열(柳東悅)장군의 직계였다. 해방 후 유동열 장군이 미군정하에서 통위부장(統衛部長, 국방부장관격)으로 있을 때 그분의 배려로 총사령관이 되었다. 그러나 송장군은 학식과 통솔력이 부족해서 요직에서 밀려나 방위대 고문단장이란 한직에 있었다. 전쟁이 일어나자 부하들이 철수하자고 재촉했지만 송호성 장군은 거절하고 서울에 남아 있다가 인민군에 협조했다. 그는 사변전부터 북한과 내통했다는 기록도 발견되었다.

고참인 장교와 하사관은 송 장군을 잘 알고 있었다. 그런데 그가 월북해서 활동하고 있다는 말을 듣고 대경실색했다.

소 서클은 해체되어 각자 자기중대로 돌아갔다. 다만 이응한 씨는 천마수용소에서 영원히 사라졌다. 그는 너무 늦은 시기에 구국투쟁동맹위원장직을 거절했기 때문에 미움을 받고 어디론가 추방된 것 같았다. 그리고 휴전 후 포로송환 되지 않았다.

구국투쟁동맹의 취지는 인민군포로 중에 상당수가 송환을 거부하므로 국군포로도 반미투쟁을 전개해서 송환을 거부하도록 유도하려 했던 것이다. 그러나 아무도 응해주지 않으므로 약점이 많은 고급 장교나 헌병출신들을 앞장 세워 은밀하게 추진하려 했지만 그것도 잘 안 되어 구국투쟁동맹은 조용히 끝나고 말았다.

공산군은 포로를 전원 송환해야 한다고 주장했으므로 국군포로에게 포로송환희망여부를 조사하지 않고 지냈다. 드디어 1953년 2월 중순부터 포로송환희망여부를 조사하기 시작했다. 심사관은 단순히 송환희망여부만을 묻는 것이 아니라 포로들의 사상까지 검증했다. 심사는 대략 다음과 같이 진행되었다.

"휴전되면 어떻게 하겠소?"

"남반부에 가야지요."

"그 반동분자들이 날뛰고 있는 남반부에 가겠다는 거요?"

"남반부가 나쁘다는 것은 알고 있지요. 하지만 고향에 부모, 형제, 처자식이 있으니 가서 만나봐야 하지 않겠어요?"

"그러면 좋소. 남반부에 가더라도 반동적인 언행은 하지 말고 조국과 인민을 위해 ~~하고 ~~하기 바라오."

"네, 그렇게 하겠습니다."

대략 이 같은 과정을 거쳐 포로송환 희망여부를 결정짓는다.

박민규는 2월 중순, 면도날 심사관 실에 들어갔다. 자기가 소 서클에서 시낭송하는 걸 봤다면 열성분자로 이용하리라 염려하였다. 이를 미연에 방지하려고 선수를 친다는 것이 그만 너무 과해서 큰 실수를 저질렀다.

"박 동무, 미 제국주의와 싸울 용의가 있습메?"

"저는 미국이 제국주의라고 하는 것이 좀 이상한데요."

"그기 무슨 말입메?"

"미국이 제국주의라 하지만 2차 대전 후, 식민지였던 필리핀을 독립시키지 않았습니까? 그리고 남조선에 주둔했던 미군도 대한민국정부가 수립된 후, 철수하지 않았습니까? 그래서 저는 미국이 제국주의라고 하는 것은 이상하다고 생각합니다."

심사관은 갑자기 안색이 변하고 숨소리가 거칠어졌다.

"무시기?!"

그는 몹시 화가 나서 주먹으로 탁상을 내리쳤다.

"동무!! 그러면 미국이 제국주의가 아니라는 말입메? 이는 매우 악질적인 발언이라 아니할 수 없당이. 동무는 반동사상을 가지고 있기 때문에 그런 발언을 하는 게 앵이오?"

아뿔싸! 너무 지나친 말을 했구나. 미 제국주의와 싸우는 그들에게 미국이 제국주의가 아니라고 말했으니 일은 매우 크게 벌어질 것 같았다. 민규는 겁에 질려 아무런 대꾸도 못했다. 심사관은 안색이 붉으락푸르락하면서 더욱 언성을 높였다.

"동무의 발언은 사실과 다르오. 미국이 제국주의란 사실은 삼척동자(三尺童子)도 알고 있소. 그럼에도 불구하고 악의적인 발언을 한 데 대해서는 용서할 수 없당이. 어떤 처벌을 내려야 할지는 다음에 다시 불러서 결정하겠소. 나가 보기요."

민규는 어찌나 충격이 심했는지 돌계단을 오르다가 쓰러졌다. 이 악질적인 발언 때문에 신상에 매우 불행한 일이 닥쳐오리라 염려했다. 그는 정신적인 고통이 심해서 시름시름 앓다가 어느 날 도서실에 들어갔다. 이때 도서실장 최경환(崔景煥)씨가 민규를 보고 반가워했다. 그는 민규를 얼른 데리고 밖으로 나왔다.

"면도날로부터 박 동무가 발언한 내용을 다 들었당이. 박 동무는 좀 똑똑한 줄 알았는데 이제 보이 헹페이(형편이) 없쟁이요. 필리핀이 독립하구 남한에서 미군이 철수한 거 뉘귀 모릅메? 여기가 어디멘데 그따위 소리를 했지비? 어서 '면도날'한테 가서 잘못했다고 용서를 빌기요."

민규는 최경환 씨로부터 구체적인 조언을 들었다. 그리고 마음을 단단히 가다듬고 심사관실에 들어갔다.

"제가 아무 것도 모르면서 터무니없는 발언을 해서 대단히 죄송합니다. 제가 발언한 내용이 사실이 아니란 것을 깨달았으므로 그 발언을 취소하겠습니다. 용서해 주기 바랍니다."

면도날은 그제야 안색이 환해졌다.

"좋소. 박 동무가 잘못을 깨닫고 그 발언을 취소하겠다니 나도 더 캐묻지 않기로 하겠소. 용서해 줄 테니 다시는 그런 과오를 범하지 않도록 조심하기요."

"네, 대단히 감사합니다."

민규는 면도날 심사관에게 진정으로 고마움을 느꼈다. 면도날처럼 날카롭기만 한 것이 아니라 인정이 있고 자기의 과오를 관대하게 용서해 준 은인이라 생각되었다.

최경환 도서실장도 한없이 고마웠다. 최 실장은 함경도 사투리가 심해서 고향이 함남 북청(北靑)이란 사실을 공개하고 다녔다. 체구가 크고 학식이 풍부해서 재미있는 이야기도 많이 들려주었다. 최 실장은 7사단 8연대에서 사병으로 있다가 덕천전투에서 포로가 되었다. 그는 9사단장 최석(崔錫) 준장과 절친한 사이라고 말했다. 같은 북청에서 자랐고 최 씨 종친간이며 일본 와세다 대학에도 같이 다녔다고 한다. 육군사관학교 전신인 군사영어학교(軍事英語學校)에도 같이 입교했으나 마침 좋은 직장이 생겨서 도중에 나와 버렸다고 한다. 그는 그때의 일을 몹시 후회했다.

"그때 그냥 졸업했으면 지금쯤은 별을 달았거나 최소한 대령은 됐을 거야. 최석이는 공부를 잘 했지만 성적은 나보다 아래였어. 그런데 그 친구는 사단장을 하고 있는데 나는 포로의 신세가 됐으니 이기 무슨 개망신이야!"

최경환 씨는 자기직업에 대해선 말하지 않았으나 부인이 생활비를 절약해서 몰래 저축을 하더라는 이야기를 했다.

심사관실과 도서실은 서로 가까이 있었다. 두 사람은 가끔 마당에서 고향이야기를 하는 것 같았다. 심사관은 민규가 소 서클에서 시낭송하는 걸 알고 있었다. 그래서 처벌하자니 남들의 이목이 있어 고심하던 차에 민규가 도서실에 자주 가는 것을 보고 도서실장을 통해 해결해주었다. 민규는 절망의 구렁텅이에 빠질 번했으나 두 분의 도움을 받고 다행히 구제됐다.

최 실장은 민규가 함경도 말씨를 쓰는 걸 알고 있었다. 그래서 민규에게 특별히 관심을 갖고 재미있는 이야기도 많이 들려주었고 이번 일도 애써서 도와주었다. 최 실장이 민규에게 들려준 이야기 중에서 한 토막을 소개하면 다음과 같다.

함경남도 신흥군(新興郡)과 풍산군(豊山郡) 경계에 금패령(禁牌嶺)이 있다. 해발 1676m나 되어 우리나라에서 두 번째로 높은 고개다. 왜 금패령이라 하는지 그 유래에 대해서 최경환 실장은 다음과 같은 이야기를 들려주었다.

옛날 고개 중턱에서 아낙네들이 나물 캐러 다니다가 웬 남정네가 쓰러져 있는 것을 발견했다. 다들 그냥 지나갔지만 한 아기 엄마가 그 남정네에게 자기 젖을 먹여주었다. 마침 그 여자의 남편이 산에 나무하러 왔다가 아낙네들로부터 망측스러운 이야기를 듣고 달려왔다. 그는 몹시 화가 나서 자기부인을 먼저 패대기치고 다음에 그 남자를 사정없이 때리고 발로 찼다. 남자는 땅바닥에 쓰러져 뒹구는데 옷 속에서 마패(馬牌)가 보였다. 두 남녀는 깜짝 놀랐다. 그 사람은 암행어사였던 것이다. 선비의 몸으로 높은 고개를 넘다가 허기가 지고 기진맥진해서 죽기 직전이었는데 다행히 그 여자의 젖을 먹고 살아났다. 다음 날 여인은 관가에 불려갔다. 암행어사는 여인에게 생명을 구해준 은인이라며 극구 칭찬했다.

"당신은 참으로 훌륭한 여인이오. 당신이 젖을 먹여주지 않았으면 나는 그 자리에서 굶어죽었을 것이오."

나라에서 그 여인에게 후한 상금을 내렸다. 그 후부터 그 고개를 '마패를 가진 자는 넘지 말라'는 뜻에서 금패령(禁牌嶺)이라 부른다고 했다. 박민규는 최경환 실장의 은혜를 고맙게 생각하며 이 이야기를 고이 간직하고 있었다.

포로송환 희망여부를 조사하는 과정에서 많은 사람들이 영창에 들어갔다. 의지가 굳건하고 양심을 소중히 여기는 사람들이 자기의 본심을 솔직하게 말했기 때문이다. 이를테면 북한은 나쁘고 남한이 좋기 때문에 송환을 희망한다거나, 남한에 가서 조국과 인민을 위해 싸워야 할 과업을 제시할 때 이를 완강하게 거절하는 따위다. 심사관은 북한을 노골적으로 비판하는 사람을 사정없이 영창에 넣었다. 그리고 영창에 들어갔던 많은 사람들이 반동분자라는 낙인(烙印)이 찍혀 휴전 후 포로송환 되지 않았다.

소 서클반원 17명중에서 포로송환 되지 않은 사람은 반동으로 낙인이 찍힌 이응한, 김유진, 조한규, 이종무와 이북출신인 김병우(함남), 한석호(황해도, 노래 잘 함), 모두 6명이였다.

이응한 씨는 구국투쟁동맹 위원장직을 끝내 거절했기 때문에 미움을 받고 어디론가 추방됐다. 그는 학창시절에 도쿄의 밤거리에서 술에 만취해 부르던 노래를 서클반원들 앞에서 서슴없이 부르기도 했다. 그의 이 같은 자유주의사상과 학구적인 기풍, 정의감은 소 서클 반원들에게 많은 영향을 주어 여러 사람이 항거하다 억류됐다. 심사관을 가장 두려워하던 박민규조차도 미국은 제국주의가 아니라고 항의했을 정도로 그분의 영향력은 컸다.

김유진 군의관은 겉으로는 유순해보였으나 내심에는 강한 정의감이 불타고 있었다. 그는 횡성전투에서 포로가 됐다.

조한규 소위는 고려대학교재학 중이었고 학창시절에 연극을 해서 연기력이 대단히 뛰어났다. 조 소위는 23연대에서 소대장이었으며 양심을 소중히 여기고 불의를 참지 못하는 성미였다.

이종무 상사는 노래를 잘 불러 웬만한 가수 못지않았다. 그는 서울출신이고 결혼도 했으며 18연대보급과에 있었다. 언젠가 이 상사는 민규에게 이런 이야기를 들려줬다.

"보급품을 조달하러 후방에 갔을 때였어. 여관에 들어갔더니 피란민들이 가득차서 방이 없는 거야. 여관주인이 미안하게 여기고 여자 손님이 혼자 자는 방에 가서 딱한 사정을 얘기 하더군. 그랬더니 여자 손님이 합숙해도 괜찮다는 거야. 그래서 나는 그 여자와 한 방에서 같이 잤거든. 다음날 아침 일어나서 옷을 입는데 그 여자가 나를 쳐다보고 하는 말이 '아저씨는 병신인가 봐.' 이러는 거야. 나를 고자(성불구자)로 알았던 모양이야."

민규는 이야기를 듣고 매우 감동했다. 자기부인 아닌 여자를 건드리면 죄가 된다는 기독교적인 윤리관이 확고하고 하늘을 우러러 한 점 부끄럼 없이 지내는 그의 굳은 지조에 탄복하여 머리가 저절로 수그러졌다. 이종무 형은 심사관에게 끝까지 반항하다 영창에 오래도록 갇혀서 최장기수(最長期囚)기록을 세웠다. 아! 정의의 투사, 이종무 형! 형이야말로 국군포로의 양심을 지킨 의인(義人)이로소이다! 하나님의 가호가 있으시기 기원합니다.

이상으로 포로송환 희망조사는 본인의 희망을 모두 들어준 것이 아니었다. 포로송환이 되고 안 되고 하는 것은 심사관이 그들의 사상을 철저히 검증함으로써 결정하였던 것이다.

3. 마지막 투병

1953년 2월 중순부터 천마포로수용소에 또 다시 죽음의 해빙기가 돌아왔다. 인플루엔자가 기승을 부려 많은 환자가 발생했다. 박민규도 3월초부터 인플루엔자에 걸려 환자중대에 입원했다. 병실에 들어갔더니 허철이 먼저 와서 누워 있었다. 민규는 동료들의 양해를 구하고 허철 곁에 누웠다.

"허 형, 병세는 좀 어떤가?"

"열이 심하게 나서 먹지 못하고 기운이 하나도 없네."

허철은 병세가 나날이 악화되었다. 나중에는 신음소리가 절로 나고 몸을 가누지 못했다.

"박 중사, 나는 아무래도 죽을 것 같네. 내가 죽거든 우리 집에 가서 알려주게나. 주소는 마포구 대흥동 243번지야. 꼭 기억해주기 바란다."

"형, 죽으면 안 돼! 휴전되면 고향 가야지."

다음날 새벽에 민규가 깨어나 보니 허철의 숨소리가 거칠고 이상했다.

"허 형, 허 형, 왜 이래? 기운을 차려!"

그러나 허철은 이미 기력이 다 떨어진 듯 숨을 몰아쉬고 있었다. 동료들을 깨워서 몇 사람이 지켜보는 가운데 허철은 고요히 숨을 거두었다. 눈을 뜬 채로 사망했으므로 민규가 그의 눈을 살며시 감겨주었다. 그리고 비통한 심정이 되어 울부짖었다.

아! 생사고락을 함께 했던 옛 전우여! 휴전되면 고향 간다고 기뻐서 날뛰던 허 형! 그 꿈은 허망하게 사라지고 천마산의 원혼이 되었구려. 전쟁이 없는 평화의 동산에 가서 고이 쉬소서! 이 몸도 죽으면 형의 뒤를 따라가리다.

허철이 사망한 후 민규도 병세가 더욱 악화되어 절망상태에 이르렀다. 죽을 한 순갈 입에 넣고 한참 기를 써야 겨우 넘길 수 있었다. 이러다가 자기도 순갈을 입에 문 채 죽을 것만 같았다. 보고 싶은 얼굴들이 아련히 떠올랐다.

철산 모나즈 광산에서 만났던 박홍규 형은 1년이 넘도록 강제노동에 혹사당하고 집으로 돌아왔다. 그는 고생이 어찌나 심했는지 얼굴이 새까맣게 타고 피골(皮骨)이 상접(相接)해 있었다. 철산에서 민규를 만났던 사실을 그의 형에게 이야기했다. 형은 몹시 놀랐다. 윤경철을 만나 동생의 소식을 솔직하게 말해 달라고 요구했다. 그제야 윤경철은 사실을 털어놓았다.

"죄송합니다. 사실은 동생이 저와 함께 포로가 됐습니다. 신고산에서 저는 부상을 당해 떨어지고 민규는 평안도 쪽으로 갔을 겁니다."

형은 이 슬픈 소식을 몇 달 동안 숨기고 지내다 기어이 어머님께 말씀드렸다. 어머니는 청천병력과도 같은 슬픈 소식을 듣고 한없이 울다가 기어이 혼절하고 말았다. 그 후부터 새벽마다 뒤란에 나가서 정화수를 떠놓고 정성 드려 빌었다.

"천지신명께 비나이다. 막내 놈이 지금 포로가 되어 죽을 고생을 하고 있습니다. 집에는 돌아오지 않아도 좋으니 지가 원하는 대로 남조선으로 꼭 돌아가게 하여주소서. 제발 남조선으로 꼭 돌아가게 하여주소서. 제발 제방 남조선으로……… "

윤향숙의 숙부는 경찰을 그만두고 부산에 내려왔다. 숙모가 혼자 하던 가게를 부부가 합심해서 했더니 장사가 잘되어 나날이 번창했다. 조카를 고등학교까지 공부시킨 것을 큰 보람으로 여겼다. 미국에서 의사로 있는 형이 향숙을 유학 보내라고 해서 출국수속을 모두 마쳐 둔 상태였다.

향숙은 1953년 3월 중순, D여고를 졸업하는 즉시 미국에 유학 가기로 만반의 준비를 갖춰놓고 있었다. 그런데 출국을 앞두고 생급스럽게 엉뚱한 생각이 떠올랐다.

오빠는 조국을 위해 싸우다 목숨까지 바쳤는데 나는 조국을 버리고 떠나려고 하니 죄송스럽기 그지없구나. 나를 그토록 사랑하고 아내처럼 여겨준 오빠에게 아내로서의 도리를 다해야 하지 않을까? 오빠의 한 맺힌 영혼이 내 주변을 맴도는 것 같아 마음이 괴롭다. 장차 이 고통을 어찌 참을 수 있을까?

향숙은 오래도록 고민하던 끝에 드디어 새로운 결심을 하게 되었다. 오빠와 사별하고 나 혼자 미국에 유학 간들 마음이 편할 리가 없다. 차라리 유학을 포기하고 수녀(修女)가 되어야 하겠다. 수녀원에 들어가서 오빠의 영혼을 위해 열심히 기도하며 살리라. 그리고 천주님의 소명(召命)을 받들어 이 세상에서 가장 어렵고 불쌍한 사람들을 위해 봉사함으로써 삶의 보람을 찾으리라.

향숙은 수녀가 되기로 확고히 결심을 하고나서 숙부내외분께 단호하게 말씀 드렸다. 숙부님이 그 말을 듣고 펄쩍 뛰었다.

"수녀라니! 당치도 않은 소리다. 박 군 때문에 마음의 상처가 크긴 하겠지만 앞으로 잊어야 한다. 더구나 미국이란 넓은 나라에 가서 살다보면 마음도 넓어지고 새로운 희망도 갖게 될 게다. 그리고 장차 결혼도 하고 행복하게 살아야 한다."

"저는 이미 민규 오빠와 결혼한 거나 다름없어요. 앞으로 어느 누구와도 절대로 결혼하지 않겠어요."

"그래도 수녀만은 안 된다. 제발 후회하지 말고 단념해라."

"작은아버지, 작은어머니, 말리지 마세요. 저는 이미 수녀가 되기로 확고히 결심을 했어요."

숙부내외가 한사코 말렸지만 그녀의 고집을 꺾을 수 없었다. 향숙은 마침내 고등학교를 졸업하고 일주일 후, 수녀원에 들어갔다. 수녀원에서 엄격한 규율을 지키며 민규 오빠의 연령(煉靈, 천주교에서 연옥(煉獄)에 들어있는 영혼을 이르는 말)을 위해 열심히 기도하였다. 밤이면 민규 오빠가 심한 고통을 겪는 악몽을 꾸곤 했다. 오빠의 연령이 정처 없이 방황하기 때문일까?

천주님이시여! 간절히 기원하나이다. 불쌍한 오빠의 연령이 정처없이 떠도는 것 같습니다. 고통을 덜어주시고 천국에 올라가서 편안히 안식할 수 있도록 인도하여 주소서!

민규는 병세가 더욱 악화되어 기지사경(幾至死境)에 이르렀다. 그런데 희미했던 의식이 차츰 맑아지면서 눈앞이 환하게 보였다. 억지로 죽을 한 숟갈 입에 넣었더니 쉽게 넘어갔다. 또 한 숟가락 입에 넣어도 수월하게 넘길 수 있었다. 열은 점점 내리고 식사량은 나날이 증가하여 건강을 회복하게 되었다.

민규는 건강을 회복하자 최재호 형님의 병세가 염려되었다. 며칠 전에 화장실에 갔다가 우연히 만났다. 형님은 기력이 다 떨어져서 몸을 가누지 못하고 동료들이 부축해서 걷고 있었다. 민규는 형님이 입원하고 있는 병실에 들어갔다.

"이 방에 혹시 최재호라는 분이 계십니까?"

"최재호 대위 말이오? 오늘새벽에 죽었소. 시신은 나갔소."

민규는 갑자기 커다란 충격을 받고 쓰러질 번했다.

'아! 국군 중대장으로 가장 선봉에서 달리던 형님! 중공군과의 첫 교전에서 포로가 됐고 동상으로 고생이 많았건만 그 보상도 못 받고 기어이 황천길로 가야 합니까?'

한없이 오열(嗚咽)했지만 슬픔은 가시지 않았다.

민규는 지난해보다 더 심하게 앓아서 회복기간도 길었다. 환자중대의 울타리 주변으로 통나무의자가 여러 개 있었다. 환자들이 앉아서 휴식을 취하는 장소였다. 민규가 통나무의자에 앉아서 쉬고 있을 때 소 서클에서 연극을 지도했던 김병우 교수가 옆에 와서 앉았다. 민규는 김 교수에게 비밀리에 얘기했다.

"저는 내일이면 퇴원합니다. 헤어지기 전에 교수님과 꼭 하고 싶은 이야기가 있습니다."

"무슨 애긴지 말해 보기요."

"저는 고향이 정평입니다."

"무시기?! 박 군이 정평이라구? 참 놀랍당이!"

"교수님은 어딥니까?"

"나는 홍원(洪原)이야."

정평과 홍원은 함흥을 사이에 두고 가깝다.

"참 반갑습니다. 저는 고향을 숨기고 있습니다. 남들에게는 절대로 말하지 마십시오."

"그렇겠지. 조심해야 하구말구. 자네 무슨 면인가?"

"문장면입니다."

"문장이면 내 친구 심지섭이라고 있는데 알겠는가?"

"서울에서 한국은행에 다닌 분말입니까?"

"맞네. 나하고 중학교 동창생이야."

"그러면 함남(咸南)중학교에 다니셨습니까?"

"자네 잘 알고 있구먼."

"그분은 저와 이웃동네에서 살았습니다. 나이는 저보다 12년쯤 위인데요."

"그렇겠지. 내 나이도 이미 30이 넘었으니까."

그들은 서로 손을 마주잡고 사지(死地)에서 고향 이야기를 하느라 감개무량했다. 김 교수는 이북 출신이라서 남한에 갈 수 없으리라 여기고 민규에게 당부했다.

"나는 서울에서 정치대학(政治大學)교수로 있었네. 박 군이 남한에 가면 찾아가 보게나."

"네, 알겠습니다. 부디 건강에 유념하시기 바랍니다."

그들은 그날 헤어진 후 다시는 만날 기회가 없었다. 민규는 오랜 투병 끝에 기적적으로 살아나 4월 초에 퇴원했다. 그는 퇴원한 후 또 야맹증으로 고생했다.

1953년의 해빙기에도 많은 환자들이 인플루엔자로 사망했다. 박민규와 같은 내무반에 있던 동료 2명이 사망했다. 민병석 상사와 황달호 하사였다.

민병석 상사는 삼척 사람이고 21연대에 있다가 영원전투에 포로가 됐다. 그는 공비토벌 할 때의 이야기를 자주 했다.

"공비와 내통한 민간인을 붙잡아서 처형하는데 말이야. 근처에 공비들이 숨어있기 때문에 총소리를 안 내려고 총검으로 찔러 죽였거든. 소대장이 담력이 제일 약한 나보고 찌르라는 거야. 나는 손이 떨려서 주저하고 있는데 선임하사가 호통 치는 바람에 할 수 없이 찔렀거든. 가슴에서 피가 철철 쏟아지는 장면이 어찌나 끔찍했는지 지금까지도 몸서리쳐진단 말이야."

민병석 상사는 심기가 허약해서 그때의 참혹했던 장면만 자꾸 떠올리다가 기어이 병사하고 말았다.

황달호 하사는 군의학교를 졸업하고 하사가 됐다. 나이가 많아서 동료들은 황 씨라 불렀다. 황 씨는 키가 커서 싱거운 소리를 잘 했다. 하지만 다음 이야기는 매우 진지하게 말해 주었다.

"부산에서 기차를 타고 서울에 오는데 말이야. 내 옆자리에 젊은 여자가 갓난아기를 안고 있더군. 얼굴이 예쁘장하고 상냥스러운 여자였어. 나는 아기를 안아주기도 하고 그 여자와 장시간 이야기를 하다 보니 서로 눈이 맞은 거야. 우리는 서로 상대방의 손을 만지다가 나중에는 몸을 끌어안았거든. 애정의 열기가 어찌나 달아올랐던지 두 몸뚱어리가 불덩이처럼 뜨거워지더군. 우리는 도저히 참을 수가 없어서 영등포역에 내려 곧장 여관으로 달려갔네. 내가 숙박계를 쓰면서 물었지.

'우리의 관계를 무어라고 적을까요?'

여자는 서슴지 않고 대답하더군.

'부부라고 해요.'

그래서 우리는 밤새도록 부부행사를 신나게 치렀던 거야. 다음날 아침에 나는 회사에 출근하려고 옷을 입는데 여자가 내 바지를 잡아당기며 말리더군.

'여보, 가지 말아요. 지금 가면 당신 아내나 내 남편이 의심할 게 아니에요? 우리는 오늘 저녁에 서울에 도착했다 하고 밤에 집에 들어갑시다.'

우리는 또 다시 사랑의 불꽃을 태우며 하루를 멋지게 보냈네."

이 로맨스의 주인공, 황달호 하사는 아름다운 추억을 영원히 간직한 채 세상을 떠나고 말았다.

동료 중에 김대식 중사가 있었다. 그는 전쟁초기에 복부에 관통상을 입고 대수술을 받았다. 그런데 수술에서 뭐가 잘못됐는지 식사를 하고 나면 먹은 음식이 다시 입으로 올라와서 씹어 삼켜야 했다. 마치 소가 되새김하듯이 그는 늘 씹고 있었다. 이처럼 비정상적인 체질을 가지고도 그는 다시 전투에 참가했다가 횡성전투에서 포로가 됐다. 동료들이 가끔 그를 오해했다.

"김 중사, 뭘 혼자만 먹고 있나? 좀 내 놓아."

"아무것도 없어. 먹은 음식이 다시 입으로 올라와서 씹어 삼키는 중이야. 사람은 반추(反芻)동물이 아니지만 나는 소처럼 되새김하는 반추(反芻)동물로 변했다니까."

1953년 3월 5일, 소련수상 스탈린 대원수가 뇌졸중으로 사망했다. 스탈린이 죽자 판문점에서 갑자기 봄바람이 불어왔다. 유엔군이 2월 초에 상병(傷病)포로를 교환하자고 제의해놓고 별로 기대하지 않았다. 그런데 놀랍게도 3월 28일, 공산군이 그 제의를 수락한다고 통보했다. 그리하여 4월 20일부터 5월 3일까지 유엔군포로 684명과 공산군포로 6,670명이 서로 교환됐다.

상병포로에 관한 제네바 협정 제109조는 다음과 같다.

『충돌 당사국은 중상 및 중병의 포로를 그 수와 계급의 여하를 불문하고 그들이 여행에 접합할 때까지 치료를 마친 후 본국으로 송환해야 한다.』

천마포로수용소에 총상이나 파편상(破片傷)을 입고 사지를 제대로 못쓰거나, 동상에 걸려 다리를 절뚝거리는 사람들이 많았다. 그런데 그런 사람들이 모두 갑자기 사라졌다.

"야, 병신들만 싹 잡아간 모양이다. 웬일일까?"

이렇게 궁금하게 여기던 그들에게 더 놀라운 소식이 전해졌다. 상병포로교환이 이루어져 그분들은 남한에 송환됐다는 것이다.

포로송환 문제로 6개월이나 휴회 중이던 휴전회담이 드디어 4월 26일, 재개되었다. 공산군은 이날 처음으로 포로를 전원 송환해야 한다는 종전의 주장을 철회하고 유엔군이 주장한 대로 본인의 자유의사에 따라 처리하기로 합의하였다. 스탈린이 고집했던 전원강제송환은 그가 죽음으로써 철회된 것이다.

4월 하순 어느 날, 정동혁 심사관이 박민규를 불렀다. 그는 대위로 진급하여 소성 4개를 달고 있었다.

"나는 판문점에 가서 휴전회담에 관한 업무를 담당하게 된다. 휴전이 곧 될 것 같다. 그러면 너는 남조선으로 송환될 거야."

"형, 그 동안 나를 숨겨주느라 고생이 많았지? 내가 남한에 가면 정형의 형님을 만나 소식을 전해 줄까?"

"아니야, 그러지 마. 우리들이 만난 일은 비밀로 해야 돼. 만약 너를 숨겨준 사실이 당에 알려지면 나는 처벌받을 거야."

정동혁이 떠나고 그 후임으로 안흥만(安興萬) 소좌가 새로 왔다. 안 소좌는 국군에서 육군사관학교 2기 졸업생이고 표무원 대좌나 최영수 중령과 동기생이다. 그는 국군대위로 있을 때 좌익에 가담한 혐의로 체포되어 서대문형무소에 수감되었다. 그리고 인민군이 서울을 점령하던 날 그는 석방되어 인민군에 편입했다.

휴전이 임박하자 급식이 훨씬 좋아졌다. 중공산 콩 기름이 드럼통으로 가득 실려 왔고 고춧가루도 몇 포대씩 들어왔다. 콩기름과 고춧가루가 듬뿍 들어 있는 국물을 한 사발씩 마시게 되자 포로들의 건강이 훨씬 좋아졌다. 박민규도 야맹증이 곧 나았다.

4. 휴전

휴전이 곧 이루어지는 것 같았다. 5월 중순부터 수용소에서 많은 사람들이 어디론가 사라졌다. 이북 출신과 군사분계선 이북이 된 개성, 연백, 옹진 사람들도 모두 수용소에서 떠나갔다. 심사관으로부터 반동이라 낙인이 찍힌 사람들도 사라졌다. 한편 공산주의를 열렬하게 찬양하며 포로송환을 거부한 극소수의 사람들도 수용소에서 떠나갔다. 그러나 본의 아니게 열성적으로 토론하거나 남을 비판한 사람들은 대부분 수용소에 남았다. 나중에 알게 된 일이지만 수용소에 남은 사람들은 포로송환 됐고 떠나간 사람들은 한 사람도 송환되지 않았다.

6월 초순, 박민규가 돌계단에 앉아서 쉬고 있을 때 옆에 웬 낯선 사람이 와서 앉았다. 그 사람은 혈색이 좋고 살이 포동포동 쪘으며 복장도 새 옷이었다. 민규가 이상해서 물었다.

"동무는 처음 보는 것 같은데 언제 여기에 왔어요?"

"나는 어제 동료 40여명과 함께 이곳에 처음 왔어요."

"그동안 어디에 있다가 왜 여기에 왔어요?"

"나는 전쟁초기에 의정부전투에서 포로가 됐어요. 그리고 인민군에 편입했지요. 금년 3월, 만포(滿浦)에 갔더니 나와 같은 해방전사가 각처에서 모여드는 거요. 휴전되면 우리는 포로송환 된다고 했어요. 우리는 곧 자성(慈城)포로수용소에 가서 그 근처에 새로운 포로수용소를 지었어요. 다음에는 만포 남쪽에 가서 외귀(外貴)포로수용소와 시중(時中)포로수용소를 새로 짓고 침대를 설치하는 작업을 하고 왔어요."

이날 오후 장봉익 상사도 놀라운 소식을 알려주었다.

"야, 나와 함께 16연대에 있다가 횡성전투에서 포로가 된 친군가 있는데 말이야. 여기까지 같이 왔다가 사라졌거든. 그런데 오늘 다시 나타난 거야. 가서 이야기를 들어봐야 하겠어."

장 상사가 3중대로 갈 때 박민규도 따라 가서 그 사람을 만나보았다. 엄대진 상사라고 했다. 체구가 크고 살이 포동포동 쪘다. 엄 상사는 그동안의 체험담을 차분하게 얘기해주었다.

"우리들이 천마에 처음 왔을 때가 1951년 4월이었어. 나는 6월에 동료 200여명과 함께 순천(順川)에 가서 인민군에 편입했거든. 순천에 대동강이 흐르는데 다리는 폭파됐더라. 우리는 운반선을 만들어 띄워놓고 그 위에 각종 군수물자를 실어 나른 거야. 허리까지 차오르는 물속에서 운반선을 끌고 대동강을 왕복했었다. 9월부터 우리부대는 신의주역에 가서 일했어. 밤이면 기차가 압록강 철교로 건너오거든. 그러면 우리는 기차 안에서 군수물자를 꺼내서 방공호까지 운반하는 작업을 한 거야."

장 상사가 물었다.

"압록강 철교는 폭파되지 않았나?"

"폭파했더라도 복구했을 거야. 기차는 매일 밤마다 왕래했어. 낮에 미군기가 나타나면 사방에서 고사포 쏘는 소리가 천지를 진동하더라. 강북 중국에서도 고사포 쏘는 소리가 들리는 거야.

1952년 2월부터 중국의 안동(단동)역에서 일했다. 소련에서 기차로 군수물자를 실어오면 다른 데로 운반하는 작업을 한 거야. 나는 기차탱크에서 휘발유를 드럼통에 옮겨 담는 일을 했다.

9월부터 평양에 가서 방공호를 파는 작업을 했어. 모란봉(牡丹峯) 밑으로 방공호를 아주 깊숙하게 파고 들어가더라. 금년 3월 만포에 갔더니 나와 같은 해방 전사가 각처에서 모여드는 거야. 우리는 휴전되면 포로송환 된다고 했어. 만포근처에서 포로수용소를 새로 짓고 침대를 설치하는 작업을 하다 왔다."

다음 날, 이병욱 상사도 놀라운 소식을 들려주었다.

"야, 이번에 새로 온 동료 중에 현리전투에서 포로가 된 사람도 있더라. 오늘 어떤 사람을 만났는데 5연대에서 나와 같은 소대에 있었다는 거야."

그 말을 듣고 현리전투에서 포로가 된 동료들이 모두 놀랐다. 박민규는 이병욱 상사를 따라 3중대에 가서 그 사람을 만나보았다. 이름은 나상근이라고 했다. 나 씨는 말해줬다.

"이병욱 상사님은 우리소대 선임하사였어요. 그래서 제가 잘 기억하고 있었지요."

"자네는 몇 분대에 있었나?"

"1분대에 있었어요. 일등병이었지요."

"어디서 포로가 됐나?"

"16일 저녁에 중공군이 소양강을 건너왔을 때 그 자리에서 포로가 됐어요."

"나는 거기서 계속 후퇴해서 28연대 진영에 갔거든. 그리고 국군 3군단을 따라 철수하던 중에 포로가 됐네."

옆에서 박민규가 질문했다.

"포로가 된 후 어디서 어떻게 지냈어요?"

"우리는 포로가 된 직후 신고산(新高山)일대에서 복구공사도 하고 방공호 파는 작업도 했어요."

"거기에 모두 몇 명이나 있었어요?"

"두 군데로 나눠져 있었는데 합하면 2,000명은 넘었을 거요."

"그 사람들이 모두 7사단 소속이었어요?"

"아니요, 3사단과 9사단 사람들도 많았어요. 대부분 전투 초기에 포로가 됐다고 하더군요. 우리는 곧 인민군에 편입했어요. 처음엔 전방부대에 갔으나 탈출하는 사람이 자꾸 발생하니까 나중에는 후방부대로 보내더군요. 금년 3월까지 함흥과 원산 사이에서 철도복구 작업을 하다 왔어요."

민규는 여기서 새로운 사실을 알았다. 현리전투에서 포로가 된 사람은 모두 합하면 적어도 6,000명은 넘으리라 추산되었다.

천마수용소에서도 6월 중순부터 방마다 침대를 설치하는 작업을 했다. 산에서 굵은 원목을 베다가 침대받침대는 모두 완성되었다. 다만 침대 위에 매트리스는 깔아주지 않았다. 새로 온 40여명은 6중대에 가서 침대를 설치하는 작업을 했다.

동료들은 포로수용소를 많이 증설하고 침대를 설치하는 이유가 무엇인지 짐작할 수 있었다. 포로교환 되면 인민군포로들이 여기에 수용되는 것 같았다. 그리고 인민군포로가 국군포로보다 훨씬 더 많다는 사실을 알 수 있었다. 침대위에 매트리스는 인민군포로들이 송환되어 왔을 때 깔아줄 모양이다.

반공포로석방

1953년 6월 8일, 휴전회담에서 포로에 관한 협정이 체결됐다. 『송환을 거부하는 포로는 자기나라 군인이 개별면담을 통해 설득한다. 설득에 의해 송환을 희망하는 포로는 송환시킨다. 이 업무는 중립국 감시위원단이 주관하고 인도군이 관리한다.』

이러한 협정에 대해 한국정부는 크게 반발하였다. 공산군이 반공포로를 협박해서 강제로 데려가면 어떡하겠느냐는 것이다. 휴전회담에서 한국대표는 불만이 많아 5월 25일부터 불참했다. 그러므로 한국정부가 항의해도 소용이 없었다.

당시 인민군반공포로는 부산, 광주, 대구, 인천, 마산, 영천, 논산에 분산수용 되었다. 포로수용소의 내부는 미군이 관리하고 외부는 한국군이 경비하였다.

이승만 대통령은 미군 몰래 반공포로를 석방하기로 결심하고 헌병총사령관 원용덕 중장에게 비밀리에 지령을 내렸다. 거사는 6월 18일 밤 0시에 시작됐다. 한국군 헌병과 경비병들이 미군 몰래 전등불을 끄고 철조망을 절단하여 반공포로를 석방시켰다. 미군이 이를 제지하려고 발포하여 포로 56명이 사망하고 81명이 부상당했다. 그리하여 반공포로 총 3만5천여 명 중, 2만7천여 명은 석방되고 8

천여 명은 탈출에 실패하여 수용소에 남았다.

중공군 최후의 대공세

군사분계선은 38선에 비하면 북쪽으로 많이 치우쳐 있었다. 공산군은 잃었던 땅을 조금이라도 되찾으려고 기회를 노리고 있었다. 마침 한국정부가 반공포로를 석방하자 중공군은 이를 보복하려고 한국군을 공격했다. 김화(金化) 동북방의 금성(金城)지구가 좌우에 비해 유난히 북쪽으로 돌출해 있었다. 여기에 국군 6개 사단이 배치되어 있었다. 중공군은 이를 탈환하려고 18개 사단을 투입했으니 병력은 아군의 3배였다. 현리전투이후 최대의 공세이므로 중공군 7차 공세라 한다. 공세는 7월 13일 밤 9시에 시작되었다.

중공군의 전사를 요약하면 다음과 같다

『금성이남지구공격전역(金城以南地區攻擊戰役)

지원군사령관 팽덕회가 총지휘함. 초전에 1,000여 문의 대포에서 1,900톤의 포탄을 퍼부어 국군진지시설의 30% 이상을 파괴함. 공격개시 1시간 이내에 전장(全長) 29km의 국군진지를 모두 돌파함. 14일, 1차 목표를 달성함. 이 후 일부는 진지를 구축하고 일부는 더 남진했으나 유엔군의 반격으로 현재의 분계선으로 철수함. 수복된 면적 178평방킬로미터임.』

국군은 무참하게 패배하여 총 후퇴했다. 예비인 11사단이 16일부터 반격해 들어가자 다른 사단들도 병력을 보충하고 재정비하여 반격에 나섰다. 7월 19일까지 잃었던 땅의 절반을 되찾고 전투는 잠잠해졌다.

중공군은 대규모의 공세를 전역(戰役)이라 한다. 예를 들면 1차 공세를 1차 전역이라 한다.

휴전 회담에서 금성돌출부를 북측에 넘겨주고 좌우와 나란한 휴전선이 새로 그어졌다. 그래도 38선에 비하면 서부의 개성, 연백, 옹진에서 850평방마일을 잃었고 동부에서 2,350평방마일을 빼앗았으니 전체적으로 남한이 1,500평방마일을 빼앗은 결과가 된다.

드디어 1953년 7월 27일 10시, 판문점에서 휴전협정이 조인되고 22시부터 전투행위는 정지되었다.

서명자

유엔군 총사령관 미 육군대장 마크 W. 클라크

조선인민군최고사령관,조선민주주의인민공화국 원수 김일성

중국인민지원군 사령관 팽덕회

한국 측은 회담에 불참하여 서명하지 않았다. 클라크는 문산에서, 김일성은 평양에서, 팽덕회는 개성에서 서명했다.

김일성은 1953년 2월 7일, 최고인민회의상임위원회로부터 조선민주주의인민공화국 원수(元帥)계급을 받았다. 그 후부터 장군이니 수상이니 하지 않고 오로지 원수라고 불렀다.

천마포로수용소의 관리자들은 포로에게 휴전된 사실을 3일간 알려주지 않고 비밀에 부쳤다. 7월 30일에야 휴전이 됐다고 정식으로 알려줬다. 포로들은 벅찬 감격에 환호성을 지르며 눈물이 마구 쏟아졌다. 마치 죽음에서 되살아나는 기분이었고 가슴에서 뜨거운 피가 용솟음쳤다. 몽매에도 잊지 못할 자유대한으로 돌아가리라는 기쁨에 넘쳐 덩실덩실 춤을 췄다.

휴전이 되자 중공산 돼지고기가 트럭으로 가득 실려 왔다. 포로가 된 후 그들은 처음으로 칫솔, 치약, 비누를 지급받았다. 누렇던 이가 하얘지고 얼굴도 말쑥하게 씻었다.

8월 5일부터 포로교환이 진행되었다. 천마포로수용소의 포로들은 하루에 수백 명씩 며칠간 나누어서 출발했다. 박민규는 중간쯤 되는 8월 13일 떠났다. 그들은 수용소에서 내려오면서 오른쪽 산골짜기를 쳐다보았다. 그곳엔 함께 고생하다 사별한 동료들의 시신이 무려 700구는 넘으리라. 원한에 사무쳐 울부짖는 혼령들을 뒷산에 남겨둔 채 그들은 발걸음을 옮겨야 했다. 박민규는 사촌 형 최재호 대위와 전우 허철 형과 조성수 군의 시신을 두고 가는 것이 한이 맺혀 눈물을 흘렸다.

포로들은 서고동까지 걸어갔고 거기서 트럭을 타고 신의주 남쪽에 있는 백마(白馬)역으로 갔다. 역 광장에서 기차를 타려고 대기하고 있을 때였다. 주위를 경비하던 인민군병사가 박민규 일행이 있는 곳에 오더니 낮은 소리로 말했다.

"동무들은 고향에 돌아가니 참으로 부럽소. 나도 국군포로였는데 인민군에 편입되어 못 가는 신세요."

박민규가 물었다.

"고향이 어디요?"

"경상북도요. 혹시 우리 집에 소식을 전해 줄 수 있겠소?"

그는 간절하게 호소했다. 민규가 대답했다.

"내가 전해주리다. 이름과 주소를 말해보시오."

"고맙소. 내 이름은 김승도요. 경상북도 의성군 단촌면 장림리요.

김승도, 의성군 단촌면 장림리……"

하도 간절하게 애원하는지라 그의 음성은 비명에 가까웠다. 다른 경비병이 다가오자 그는 말을 멈추고 총총히 사라졌다.

포로들은 기차의 유개화물차 칸에 타고 출발했다. 폭격으로 파괴됐다가 복구된 곳이 많아서 기차는 천천히 달렸다.

신안주(新安州)역에 도착했을 때는 해가 지고 어스레했다. 기차가 막 떠나려고 하자 승강장에서 한 인민군 병사가 달려오더니 기차 안에 종이쪽지를 홱 던지면서 소리쳤다.

"동무들, 이 편지를 꼭 전해 주시오."

박민규가 종이쪽지를 펼쳐서 읽어보았다.

『내 이름은 백진기요. 주소는 수원시 신풍동 136번지요. 국군 7연대에 있다가 1950년 11월 2일, 초산에서 포로가 됐소. 지금은 인민군에 복무하고 있소. 누가 우리 집에 가서 내 소식을 전해주면 고맙겠소.』

민규는 편지내용을 모두 머리 속에 기억해 두었다. 형편이 닿는 대로 찾아가서 가족들에게 전해주리라 마음먹었다.

기차는 14일 낮에 개성 역에 도착했다. 그들은 열을 지어 시가지를 걸어갔다. 개성은 폭격의 피해가 거의 없는 듯, 건물들이 잘 보존되어 있었다. 돌다리를 건너는데 그 옆에 또 하나의 돌다리가 있었다. 인솔하는 인민군장교가 말해주었다.

"동무들, 저 다리를 잘 보라요. 유명한 선죽교(善竹橋)요."

동료들이 이상해서 물었다.

"선죽교는 왜 난간을 세워 통행하지 못하게 막았습니까?"

"정몽주(鄭夢周)선생의 후손들이 선죽교를 잘 보존하기 위해 막았소. 그 대신에 이 돌다리를 만들어 통행하고 있소."

선죽교는 길이가 약 10m나 되고 고려 중엽에 놓아 우리나라에서 가장 오래 된 돌다리 중의 하나라고 한다.

포로들은 커다란 옛날식 기와집에 들어갔다. 아주 오래된 건물이지만 잘 보존되어 있었다. 고려시대에 우리나라에서 처음으로 세운 성균관(成均館)이라고 한다.

포로들은 옛 성균관 건물에 들어가서 숙식을 했다. 8월 15일, 중공제 새 양복으로 갈아입고 농구화도 새로 신고 모자도 썼다. 중공제 위문대도 받았는데 그 속에 세면도구가 들어있었다.

16일 아침, 박민규 일행은 개성에서 트럭을 타고 판문점을 향해 출발했다. 차 한 대에 18명 정도 타고 양쪽 의자에 앉아서 갔다. 포장을 씌워 양면을 가렸기 때문에 뒷면만 볼 수 있었다. 도로변에 민간인들이 나와서 구경하고 있었다.

앞차에 타고 간 포로들이 옷을 벗어던져 도로 여기저기에 흩어졌다. 이를 보고 박민규 일행도 입었던 옷을 벗어 밖으로 내던졌다. 도로를 따라 옷들이 사방에 널브러졌다. 차량행렬은 모두 정차하고 인민군고급장교가 차량마다 다니며 엄포를 놓았다.

"물건을 함부로 내던지지 말라! 또다시 그런 행동을 하면 용서하지 않겠다."

차는 다시 달리고 포로들은 또 버리기 시작했다. 옷, 신발, 모자, 위문대 등, 모조리 버리고 나중에는 팬티 하나만 걸쳤다.

판문점이 가까워지자 동료들은 흥분해서 군가를 불렀다.

차는 판문점 한복판에 와서 정차했다. 미군장교, 국군장교, 인민군장교, 그리고 중공군이 와서 그들을 들여다보았다.

미군통역장교가 명단을 보고 우리말로 한 사람씩 호명한다. 그러면 "네" 하고 차에서 내린다.

"박민규" "네"

민규는 차에서 내렸다. 곧 미군이 와서 팔을 잡고 인도했다. 조금 걸어서 미군앰뷸런스에 탔다. 앰뷸런스는 6명씩 태우고 남쪽을 향해 달렸다. 아! 드디어 자유의 조국, 대한민국에 돌아왔다! 그들은 너무나 기뻐서 눈물이 마구 쏟아졌다.

포로석방

1) 포로송환을 희망하는 포로들은 8월 5일부터 9월 6일까지 연일(連日) 33일간에 걸쳐 포로송환이 진행됐다. 포로송환 된 인원은 다음 표와 같다.

	국명	상병포로송환	휴전 후 포로송환	합계
유엔군	한국군	471	7,862	8,333
	미군	149	3,597	3,746
	기타 유엔군	64	1,314	1,378
	계	684	12,773	13,457
공산군	북한군	5,640	70,183	75,823
	중공군	1,030	5,640	6,670
	계	6,670	75,823	82,493

2) 송환을 거부하는 포로들은 판문점에서 중립국 감시위원회의 주관 하에 인도군이 관리했다. 자기나라 군인들이 설득해서 귀국한 포로는 인민군포로 7,900명중에 188명, 국군포로 335명중에 8명,

중공군포로 14,704명중에 440명이었다. 미군포로 23명과 영국군포로 1명이 송환을 거부했다. 그중에서 미군포로 2명이 설득에 의해 귀국했고 나머지 22명은 중공으로 갔다.

중공군포로는 통틀어 2만1천여 명이었다. 그중, 공산포로 7천여명은 송환되어 중공으로 갔고, 그보다 2배나 되는 반공포로 1만4천여 명은 인천에서 배를 타고 대만으로 갔다.

3) 중립국에 가기를 희망한 포로도 있었다. 그들은 판문점에서 인도군의 관리 하에 들어갔다. 그중 인민군포로들은 같은 영내에 있는 인민군반공포로로부터 집단폭행을 당했다.

"너희들은 왜 조국을 버리고 외국으로 가려하느냐? 비겁한 놈들아! 너희들은 매국노다. 민족반역자다. 죽여 버리자."

그래서 몇 사람은 매 맞아 죽고 남은 사람들은 인도군에 구조됐다. 그리하여 최종적으로 남은 사람은 인민군포로 74명, 중공군포로 12명, 국군포로 2명 계 88명이었다. 그러나 그들을 받아주겠다는 중립국은 단 한 나라도 없었다. 할 수 없이 그들은 1954년 2월, 인도군의 인솔 하에 인도에 가서 또 2년간 수용소 생활을 했다. 1956년 2월, 중립국인 브라질, 아르헨티나, 멕시코가 받아주겠다고 해서 분산되어 갔고 일부는 인도에 정착했다. 그들은 고국이 그리워도 국적(國籍)이 없어 돌아오지 못한다.

제 8 장
남한에 다시 오다

1. 귀환용사

박민규 일행은 판문점에서 앰블런스를 타고 약 6km 나와서 '자유의 마을'이란 천막촌에 들어갔다. 군악대의 나팔소리가 우렁차게 울려 퍼져 그들의 가슴을 더욱 설레게 했다. 차에서 내리자 군 장성과 영관급 장교들이 그들을 차례차례로 끌어안아주며 열광적으로 환영해 주었다.

"그동안 얼마나 고생이 많았소?"

"여러분의 귀환(歸還)을 진심으로 환영하오."

귀환자들은 너무나 감격해서 눈물을 흘렸다. 다음에는 양복을 입은 국회의원과 장관을 비롯한 정부고관들이 환영해주었다.

"북에 가서 얼마나 고생이 많았어요?"

"이제는 조국에 돌아왔으니 안심하시오."

귀환자들은 개성에서 나올 때 옷을 다 벗어 던져 팬티 바람이었다. 오랜 영양실조로 뼈만 앙상한 그들의 몸뚱어리는 정말 보기 흉했으리라. 그래도 그 분들은 전혀 상관하지 않고 뜨거운 동포애로 열렬하게 끌어안아 주었다.

박민규는 남달리 감격의 눈물을 흘렸다. 비록 북한이 고향이고 부모형제가 살아계셔도 나를 따뜻하게 반겨주는 곳은 오직 남한뿐이라는 사실이 한없이 고마웠다. 이북출신들은 고향을 숨기려 해도 사투리 때문에 어쩔 수 없이 탄로되고 마는데 나는 그 난관을 용케 통과하였다. 그리하여 남들은 모두 그리운 고향으로 돌아왔지만 나는 고향을 마다하고 이 땅에 다시 왔다. 이 땅은 자유의 천국이요, 성스럽고 자랑스러운 대한민국이다.

아! 자유대한이여! 그대의 품에 안기리라!

'자유의 마을'에는 귀환 장병들을 환영하기 위해 이승만 대통령도 다녀갔고 국회의원, 각부 장관, 군 장성들이 매일 교대로 나와서 환영해 주었다. '귀환용사 환영'이란 플래카드가 여기저기에 걸려 있었다. 민규는 비겁하게 포로가 됐던 자기들을 왜 '용사'라 부르는지 의아했다. 북에서 온갖 고난을 극복했고 공산주의 마수(魔手)를 단호하게 뿌리치고 돌아왔기에 '용사'라 부르는 것이리라.

귀환용사들은 천막 안에 들어가서 제일 먼저 건강진단부터 받았다. 진단결과에 따라 환자들은 환자복을 입은 다음 중환자는 헬리콥터를 타고 가고 경환자는 앰뷸런스를 타고 갔다.

건강한 사람들은 다음 천막에 들어가서 샤워를 한 후 국군복장으로 하나하나 갖춰 입었다. 계급장만 안 달았을 뿐 완전히 국군모습으로 되돌아왔다. 다음 천막에 들어갔더니 널따란 식탁 위에 빵, 과자, 우유, 사이다 등이 즐비하게 놓여 있었다. '대한부인회'라는 어깨띠를 두른 부인들이 환영해 주며 음식을 권했다. 민규 옆에 어머니처럼 다정한 부인이 앉아서 위로의 말을 했다.

"북에 가서 얼마나 고생이 많았어요? 이제는 마음을 푹 놓고 음식을 천천히 많이 들어요. 고향은 어디지요?"

"강원도 춘천입니다."

"부모님은 살아계시겠지요?"

"네, 계십니다."

"부모님이 얼마나 기뻐하실까."

민규는 부인의 밝은 미소나 빵 맛을 잃지 않으려고 진짜 고향이야기를 꺼내지 않았다.

귀환자들은 트럭을 타고 임진강을 건넜다. 임진강 철교는 복선인데 상행선은 파괴되고 하행선으로 자동차가 통행하고 있었다. 철교 남단의 상행선과 하행선 사이에 늪지대가 있어 다리를 놓아 연결하였다. 유엔군 포로들이 이 다리를 건너 자유를 찾았다 해서 '자유의 다리'라 부른다.

문산(汶山)역에서 기차를 탔다. 객차의 창틀마다 철망이 단단하게 씌워져서 있었다. 귀환자들은 기분이 나쁘다고 항의했다.

"우리를 못 믿어서 철망을 씌운 거요?"

그러자 안내하는 하사관이 해명해 주었다.

"북으로 송환되는 인민군포로들이 창밖으로 인민공화국 기를 내흔들며 만세를 불렀어요. 국민들이 화가 나서 돌멩이를 던져 유리

창도 깨지고 사람도 다쳤어요. 그래서 철망을 씌운 겁니다."

하사관은 해명을 하고나서 한 마디 덧붙였다.

"인민군 여자포로들은 더 극성스러웠어요. 시트위에 똥과 오줌을 잔뜩 싸놓고 갔어요. 아무리 씻고 닦아도 똥냄새가 아직도 풍긴단 말입니다."

기차가 서울역에 정차했을 때 승강장에 여고생들이 도열하여 태극기를 흔들며 노래를 불러주었다. 『통일행진곡』 이었다.

— 공산오랑캐의 침략을 받아 자유의 인민들 피를 흘린다 —

실제로 중공군과 싸우다 피를 흘린 당사자들이니 가사 내용은 그들의 가슴을 더욱 설레게 했다.

그들은 동인천(東仁川)역에서 하차하여 어떤 고층 건물에 들어가서 숙식을 했다. 이날 8월 16일은 그들에게 제2의 탄생이라 할 수 있는 가장 뜻 깊은 하루였다. 그 감격과 흥분이 미처 가시기도 전에 몇 사람은 소동난리를 쳤다. 북에서 공산주의를 찬양하며 동료를 밀고하거나 괴롭힌 사람들을 불러내어 보복하는 것이었다. 보복자들은 대부분 그들 때문에 고통을 받은 상사들이었다. 그들은 집단폭행을 가하면서 욕설도 함께 퍼부었다.

"이 새끼야, 네가 나를 밀고했지? 다 알고 있어!"

"네놈은 친구를 몇 명이나 밀고했나? 너 때문에 우리들이 얼마나 고통을 받았는지 알아?"

그들은 몹시 격분해서 사정없이 팼다. 옆에서 구경하는 동료들은 너무 지나친 행패라며 눈살을 찌푸렸다.

다음 날 귀환자들은 인천항에서 미군 수송선 LST를 타고 항해했다. 갑판 위는 시원한 바람이 불고 확성기에서 오랫동안 듣지 못했던 유행가가 흘러 나왔다.

이때였다! 천마포로수용소에서 지내던 김종배 씨가 헐레벌떡거리며 갑판 위로 뛰어 올라왔다. 이어서 동료 4, 5명이 올라와서 그에게 접근하려했다. 헌병출신인 천기백 상사가 앞장서서 무서운 눈초리로 노려봤다. 김종배 씨는 공포에 질려 난간으로 피했으나 더 도망 갈 곳은 없었다. 그는 난간을 붙잡고 머뭇거리다가 별안간 배 밖으로 몸을 내던졌다. 아?! 저런! 갑판 위의 동료들이 깜짝 놀랐다. 그는 바다 속으로 투신자살한 것이다. 아, 가엾어라! 김종배 씨! 동료들은 그의 죽음을 애도했다. 김종배 씨는 공산주의를 찬양하며 많은 동료들을 밀고했으니 그 죗값을 치르느라 목숨까지 잃었다.

배는 밤새도록 항해하여 다음 날 아침에 그들은 용초도(龍草島)에 상륙했다. 그 섬에 인민군포로수용소가 있었고 그들은 그 자리에 들어갔다. 용초도는 한산도(閑山島) 바로 남쪽에 있는 조그만 섬이고 통영시(統營市)한산면(閑山面)용호리(龍虎里)이다.

귀환 장병들을 실어오는 배는 매일 한 번씩 도착하여 인원은 계속 증가했다. 귀환 장병 관리소장인 조흥만(曺興萬)헌병대령이 그들에게 환영인사를 했다. 그의 언변은 매우 훌륭했다.

하루는 관리소에서 박민규에게 오라는 통보가 왔다. 왜 부르나 하고 갔더니 육군 중위가 물었다.

“자네, 영월전매청에 누가 계신가?”

“저의 형님이 계십니다.”

"성함은?"

"박상규라 합니다."

"맞네. 자네 형님으로부터 편지가 왔네"

민규는 엽서를 받아들고 무척 반가웠다. 수취인은 '귀환 장병 관리부대장'으로만 되어 있고 주소도 이름도 없었다. 편지내용은 이러했다. 신문보도에 의하면 8월 16일자 귀환 장병 명단에 '박민규'라는 이름이 있어서 혹시 친 동생인지 아닌지 확인하고 싶다고 했다. 동생은 9사단 28연대 통신대에 있다가 전사했다는 통보를 받았지만 살아서 돌아왔는지 궁금하다고 했다.

장교는 엽서와 펜을 내놓으며 말했다.

"부대장 앞으로 온 편지지만 답장은 자네가 쓰게."

민규는 그 자리에서 답장을 써서 장교에게 건네주고 고맙다는 인사를 했다. 동료들 중에는 편지를 받은 사람이 아무도 없었다. 민규는 자기혼자 편지를 받고 보니 자랑스럽기만 했다.

영월의 형은 동생의 편지를 받아보고 무척 기뻤다.

…형님, 제가 살아서 왔습니다. 곧 만나게 될 것입니다.…

형은 이 기쁜 소식을 동생들에게 전화로 알렸다. 경찰의 형은 휴전되기 직전에 서울시경찰국으로 영전하였다.

귀환 장병들은 제일 먼저 병적을 확인하는 작업부터 했다. 육군본부에 비치되어있는 개인 인사기록카드를 갖고 와서 본인의 진술과 대조해 가며 이상 유무를 확인하는 것이었다. 동료들 중에 계급에 착오가 있는 사람이 여러 명이 있었다. 본인은 진급했다고 하지만 인사기록카드에 기재되지 않은 경우와 진급을 했어도 본인이 통보를 받지 못해 모르는 경우였다.

다음에는 귀환 장병전원이 심사를 받았다. 심사는 미군장교가 하고 옆에서 통역장교가 통역해줬다. 군에 있을 때의 경력과 포로가 된 후 어디서 어떻게 지냈는가 하는 것을 상세히 물었다.

박민규처럼 포로수용소에만 있다가 나온 사병 대부분은 미군장교의 간단한 심사로 끝났다. 그 밖에 국군정보기관에서 특별히 심사를 받은 사람이 많았다. 대상자은 장교 전원과 일부상사, 그리고 인민군에 복무했던 사람들이었다. 고급장교들은 사소한 내용까지 상세히 진술해야 했다. 인민군에 복무했던 사람들은 별도로 심사를 철저히 받았다. 어디서 어떻게 복무했으며 사상이 어떤가 하는 것까지 검증을 받아야 했으니 괴로웠을 것이다. 그들은 인민군에 강제로 편입된 것이어서 나무랄 수는 없는 일이었다. 하지만 헌병출신인 최호열 상사는 매우 놀라운 이야기를 퍼뜨리고 다녔다. 그는 관리소의 헌병장교 중에 절친한 친구가 있어서 항의했다고 한다.

"야, 이놈들아! 우리를 하필이면 인민군포로수용소가 있던 자리에 처넣는 이유가 뭐야? 대한민국에 와서도 포로취급을 받아야 한단 말인가? 북에 가서 죽도록 고생하고 나온 사람들을 이렇게 괄시하다니! 기분이 매우 나쁘다."

그러자 헌병장교는 변명을 늘어놓았다고 한다.

"사실은 처음에 이럴 계획이 아니었어. 귀환 장병들을 간단하게 심사를 마치고 곧 제대시키려고 했거든. 그런데 첫날 포로송환 되어 나온 사람들이 이승만 대통령을 비롯한 환영인사들 앞에서 집단시위를 벌이며 구호를 외쳤다는 거야.

'우리는 남조선에 가기 싫다. 중립국으로 보내 달라!'

이승만 대통령을 비롯한 환영인사들이 그들의 불순한 행동을 보고 얼마나 당황했겠나? 당장 계획을 변경해서 귀환자 전원을 용초도에 수용하고 철저히 조사하기로 했다는 거야. 집단시위를 벌인 사람들을 조사했더니 모두 인민군에 복무했던 사람들이래. 인민군은 그들에게 철저히 교육시켰다고 하더라.

'너희들은 인민군에 복무했기 때문에 남조선에 가면 살 수 없다. 그러므로 송환되는 즉시 중립국으로 보내달라고 외쳐라. 그러면 스위스와 같은 좋은 나라에 가서 살 수 있다.'

그들은 나중에야 인민군의 기만술책에 속아서 난동을 저지른 것을 후회한다고 하더라."

최호열 상사는 헌병장교로부터 들은 이야기라며 여러 동료들에게 퍼뜨렸다. 동료들은 그 말을 듣고 대체적으로 시인했지만 믿기 어려운 부분도 있다고 했다.

심사관의 심사 외에 동료들끼리 서로 심사하는 사태가 벌어졌다. 이북에서 송환되기 직전에 심사관으로부터 어떤 지령(指令)을 받지 않았느냐고 추궁하는 것이었다. 표무원 대좌가 장교와 상사 몇 사람에게 내린 지령은 이러했다.

"전쟁이 다시 일어나서 전방에 나오는 경우 부하들을 대동하고 월북하라. 아군에 연락하고자 할 때는 쪽지편지를 써서 다리 밑에 숨겨놓는 방법도 있다. 그 밖에도 몇 가지 방법이 있다."

처음에 몇 사람이 지령을 받았다고 폭로함으로써 알게 되었다. 그렇다면 누구누구는 자백했고 누구누구는 자백하지 않았지만 의심스럽다는 의견이 나왔다. 그래서 몇 사람이 자체조사반을 구성해서 의심스러운 사람들을 불러내어 자백을 강요했다. 조사반에 불려가서 지령을 자백한 사람도 있었고 결백을 주장한 사람도 있었다. 자백을 강요하는 과정에서 구타하는 사례도 있었다.

드디어 박민규에게 조사반으로 나오라는 통보가 왔다. 민규는 겁을 잔뜩 먹고 조사실로 들어갔다. 최호열 상사가 호랑이 눈보다 더 무서운 눈을 부릅뜨고 엄포를 놓았다.

"야, 이놈아, 너는 서클에서 시를 낭송했으니까 지령을 받았을 텐데 왜 자백하지 않나?"

"아니요. 나는 이북출신이라서 사상은 절대로 그렇지 않아요. 면도날 심사관에게 '미국은 제국주의가 아니라'고 말했다가 혼난 적이 있어요. 내 친구 몇 사람은 알고 있는데 확인해 보겠어요?"

"쓸데없는 소리 말아. 너 자백하지 않으면 혼 좀 나야겠다."

천기백 상사가 제일 먼저 몽둥이를 들고 때리기 시작했다. 퍽! 퍽! 몇 대 맞더니 드디어 비명이 터져 나왔다. "으악!"

이때 조사관으로 활동하는 함태연 중위가 들어왔다. 그는 매 맞는 사람이 박민규임을 알고 상사들에게 단호하게 말했다.

"잠깐 내말을 들어봐. 박민규 하사는 절대로 그럴 사람이 아니야. 내가 보증하겠네. 그냥 내보내게!"

몽둥이를 들고 있던 상사들이 아무 말도 못하고 뒤로 물러섰다. 박민규는 함 중위에게 고맙다는 인사를 하고 나왔다.

함태연 중위, 그는 계급을 하사라 끝까지 속이고 민규와 같은 내무반에서 지냈다. 내무반에서 말이 제일 적은 사람은 함 중위와 민규였다. 함 중위는 계급을 속이느라 말이 적었고 민규는 이북말씨가 탄로될까봐 적게 했다. 함 중위는 수용소에 있을 때 가끔씩 아프다고 꾀병을 부리며 비실비실 했다. 그러나 이날 조사관으로 활동하는 모습은 위엄이 있고 당당해 보였다. 민규가 이북말씨를 쓰며 괴로워하던 일이나 심사관에게 '미국은 제국주의가 아니라'고 말했다가 혼난 일도 잘 알고 있는 함 중위, 그는 두 말 하지 않고 민규를 돌려보내주었다. 민규는 하마터면 뭇매를 맞을 뻔한 위기에서 구해준 함 중위가 더없이 고마웠다.

지령사건은 군 당국에서 문제 삼지 않아 조용히 끝났다.

한편 포로수용소에 있을 때 공산주의를 찬양하며 동료를 비판하거나 밀고한 사람들은 계속 보복을 당했다.

'아무개는 이러이러한 일이 있었다. 혼내주어야 한다.'

이런 소문이 퍼지면 몇 사람이 떼를 지어 집단 폭행을 가했다.

신두익 상사는 북에서 시키는 대로 고분고분 따르다가 정치토론도 많이 해서 열성분자가 되었다. 동료들이 집단폭행을 가하자 그는 자기형의 위세를 내세웠다.

"너희들, X사단장으로 있던 신계익 장군 알지? 나의 친 형님이야. 내가 형님에게 이르면 너희들 혼날 줄 알아!"

동료들은 잠시 주춤했으나 다시 화가 나서 패기 시작했다.

"이 새끼야, 형이면 다야? 네 놈이 한 짓이 괘씸한데 발뺌하려고 하나? 비겁한 놈아!"

신 상사는 할 수 없이 관리소 당국에 구조를 요청했다.

"저의 형님이 신계익 장군입니다. 저는 지금 이러이러한 일로 고통을 받고 있습니다. 형님에게 연락해서 저를 구조해 달라고 전해 주십시오."

이틀 후 신계익 장군이 보낸 헌병 소령이 내무반에 들어와서 진상을 조사하고 다시는 불상사가 일어나지 않도록 무마했다.

박민규는 어느 날 새벽 2시경 화장실에 혼자 들어갔다. 으슥한 곳에서 어떤 사람이 기둥에 딱 붙어있었다. 웬 일인가해서 가봤더니 그 사람은 기둥에 목이 매달려 있었다. 민규는 어찌나 무서운지 가슴이 섬뜩하고 머리카락이 쭈뼛했다. 그는 질겁해서 밖으로 뛰쳐나가다가 동료를 만나 다시 들어가 보았다. 목 맨 사람은 이미 싸늘한 시체로 변해있었다. 천마포로수용소에서 같이 지내던 배용만 씨였다. 배씨는 심사관이 주는 음식에 현혹되어 많은 동료들을 밀고했다. 그 죗값을 치르느라 몇 번이나 매를 맞고 참아왔으나 이날은 공포에 질려서인지 아니면 양심의 가책을 느껴서인지 자기 스스로 목숨을 끊고 말았다. 관리소에서 이러한 불상사가 다시는 일어나지 않도록 철저히 감시한 후로 분위기는 많이 진정되었다.

9월 9일 경, 귀환 장병들은 용초도를 떠나 부산의 동래(東萊)에 있는 보충부대에 들어갔다. 포로로 있는 동안 받지 못했던 봉급을 모두 일시에 받았다. 박민규는 1951년 5월부터 1953년 8월까지 28개 월 분의 이등중사 봉급을 받았다. 모두들 오랜만에 돈을 만져보고 무척 기뻤다. 매점에 가서 빵이나 과자를 사먹고 술도 마셨다.

9월 13일 경, 귀환 장병들은 15일간의 휴가를 받고 보충부대 정문을 나섰다. 참으로 오랜만에 자유의 몸이 되어 부산거리를 활보

하는 그들의 기쁨, 그 감격, 그 해방감을 무어라 표현할 수 있을까?!

박민규는 범일동(凡一洞)에 가서 윤향숙의 숙모가 가게를 차리고 있다는 주소지를 찾아갔다. 그러나 향숙이네 가족은 이사 가고 없었다. 다음엔 이모네 집을 찾아갔다. 그 집에도 이모는 이사 가고 없었다. 마지막으로 이모가 장사를 한다는 부산진시장에 가서 찾아보았으나 다들 모른다고 했다.

민규는 이제 경찰의 형님을 통해 알아보는 수밖에 없었다. 그토록 사랑하는 윤향숙 양을 만나지 못하고 떠나는 그의 심정은 이루 말할 수 없이 서글퍼 눈물이 앞을 가렸다.

삐익—, 삐익—, 부산역을 출발하는 서울행 열차! 기적소리 슬피도 운다. 젊은 수녀가 초라한 보따리를 끼고 창가에 앉아서 하염없이 눈물을 흘린다. 민규 오빠와의 달콤했던 사랑, 하지만 나중에는 눈물로 지새던 그 시절이 허망하기 그지없다.

미국에 있는 숙부는 작은 숙부에게 꾸짖는 편지를 보냈다.

“네가 얼마나 무관심하면 조카가 수녀원에 들어가도록 내버려두었느냐? 환속해서 대학에 다니도록 설득해 보아라.”

작은 숙부는 편지를 받고 더욱 화가 났다. 수녀원에 수 없이 들어가서 조카를 환속하라고 닦달하며 괴롭혔다.

향숙은 숙부님의 성화에 견딜 수가 없어서 서울의 수녀원으로 옮기기로 했다. 향숙이 몰래 도망가다시피 부산역을 떠나는 그 시각에 민규는 그녀를 찾아다니느라 부산거리를 헤매고 있었다.

다음날 민규는 영월전매청 관사에 불쑥 들어갔다. 형님과 형수님은 어찌나 반가운지 민규를 끌어안고 눈물을 흘렸다.

"북에 가서 얼마나 고생이 많았니? 이북 출신이기 때문에 남보다 더 고통을 받지 않았니?"

"이북 출신이라는 걸 숨겼기 때문에 넘어올 수 있었어요."

민규는 철산모나즈광산에서 홍규 형님을 만났던 일과 수용소에서 재호 형님과 같이 지내다가 사별했다는 이야기를 했다.

같은 관사에 사는 권은주 양은 봄에 청주사범학교를 졸업하고 영월초등학교교사가 됐다. 은주는 민규를 보자마자 끌어안고 눈물을 흘렸다.

"오빠, 전사한 줄 알았는데 이렇게 살아와서 얼마나 기쁜지 모르겠어요."

"권 선생이 염려해 준 덕택이지요. 더 예뻐진 모습을 보니 반갑습니다."

은주는 본시 고운 얼굴인데 이때는 보름달처럼 환하게 피어있었다. 다음날 권 과장 댁에서 민규를 저녁만찬에 초대해 줬다. 은주는 어찌나 기쁜지 마음이 싱숭생숭했다. 식사를 마치고 민규의 손을 잡고 산책했다. 하송리 마을 한 복판에 어마어마하게 큰 은행나무가 있다. 은주가 말해 주었다.

"오빠, 이 나무는 수령(樹齡)이 1,200년이나 된 대요. 말인즉 동양에서는 가장 오래된 은행나무라고 자랑해요. 나는 이 나무를 신령처럼 모시고 무슨 소원이 있으면 여기 와서 기원하지요."

은주는 민규의 손을 잡고 은행나무 주위를 세 바퀴나 돌았다. 민규와의 사랑이 꼭 이루어지게 해주십사 하고 간절히 기원하는 것이었다. 오솔길에 왔을 때 민규의 볼을 움켜잡고 키스를 했다.

"오빠가 전사했다는 소식을 듣고 얼마나 울었는지 알아요? 다시 만나게 해주신 하나님께 감사의 기도를 드리고 싶어요. 그래서 요즘 교회에 나가고 있어요."

민규는 윤향숙 양과의 관계를 실토할까 했으나 참았다.

하송리 출신인 채병섭(蔡炳燮) 상사가 천마수용소에서 사라진 후 포로송환 되지 않았다. 민규는 채 상사네 집에 가서 가족들에게 그의 소식을 알려주어야 했다. 그러나 동네 여러 곳을 다니며 물어봐도 채병섭 상사를 안나는 사람은 아무도 없었다. 할 수 없이 이장(里長)의 집을 찾아갔다. 머리가 허옇게 센 이장이 고개를 갸우뚱하면서 말해주었다.

"하송리에는 예전부터 채 씨(蔡氏) 성을 가진 사람은 한 사람도 살고 있지 않아요."

너무나 뜻밖의 얘기라서 민규는 어안이 벙벙했다. 그렇다면 채병섭 상사는 하송리의 친척집에서 살았을까? 아니면 가명을 사용했던 걸까? 분명히 하송리에 연고자가 있으련만 찾을 도리가 없으니 안타까웠다. 사나운 눈매에 다부진 성격, 그러면서도 자기에게 누룽지를 갖다 준 은혜를 잊을 수가 없었다.

경찰의 형은 서울시경찰국 경비과에 근무하고 있었다. 민규는 서울에 가서 형님가족을 만났다. 형님은 9사단헌병대장 김정득 소령이 보낸 편지를 내 보이며 더욱 기뻐했다.

"나는 이 편지를 받고 너의 전사통지서라 단정했다. 그런데 이렇게 살아왔으니 얼마나 기쁜지 모르겠구나."

민규는 김 소령의 편지를 읽어봤다. 한인범 중사는 내가 꼼짝도 못하는 걸 보고 급소를 맞고 죽었다고 단정했으리라.

윤향숙 양의 소식을 물었더니 형님이 말해주었다.

"그 색시는 부산에서 D여고에 다녔다. 숙부님은 경찰을 그만 두고 부산에 내려간 후 소식을 모른다. 미국에 간 숙부님은 그 곳에서 병원을 차리고 영주한다고 하더라."

"향숙은 저의 소식을 어떻게 알고 있을까요?"

"숙부에게 네가 전사했다는 편지내용을 죄다 이야기했으니까 그 색시는 네가 전사한 줄 알고 있을 게다."

민규는 향숙의 심정을 헤아려 본다. 빨리 만나야 할 텐데.

"형님, 저는 약속한 대로 윤향숙과 결혼하고 싶습니다. 하루 속히 소식을 알아봐 주세요."

"그렇잖아도 고향 사람들을 통해서 수소문하는 중이다. 부산에 피란 갔던 사람들이 요즘 서울에 많이 올라오고 있다."

누나도 어찌나 반가운지 민규를 끌어안고 눈물을 흘린다.

"너는 38선을 어렵사리 넘어와서 명이 길다고 여겼다. 그런데 전사했다는 소식을 듣고 이상하게 여겼더니만 살아왔구나."

매형도 무척 기뻐서 맛있는 요리를 잔뜩 시켜주었다.

민규는 북에서 송환되지 않은 동료들의 슬픈 소식을 가족들에게 알려주어야 했다.

한병진 형의 소식을 알려주기 위해 보문동에 있는 그의 처가 집을 찾아갔다. 그의 처 오미선 여인은 친정에서 경영하는 포목상점에서 가게를 보고 있었다. 한 형이 입대하기 전에 임신했다던 아기가 태어나 세 살이 되었다. 아들이고 한 형을 닮아 영리해 보였다. 민규는 오 여인에게 한 형과 같이 지내던 일들을 죄다 이야기했다. 천마포로수용소에서 탈출하기 직전에 자기에게 당부하던 말과 자아비판을 하고 나가던 마지막 장면까지 들려주자 여인은 눈물을 흘렸다.

"남북이 통일되면 남편은 꼭 돌아오리라 믿고 기다리겠어요. 돌아오지 못해도 나는 이 아이에 희망을 걸고 살겠어요."

오달지게 생긴 오 여인이 남편을 향한 일편단심, 굳은 절개를 내보일 때 민규는 감동하여 가슴이 뿌듯했다.

한병진의 친형도 만나 소식을 전해주었다. 형도 동생의 소식을 듣고 눈물을 흘린다.

"나는 동생을 출세시키려고 월남했는데 이렇게 허탈할 수가 없소. 동생은 고향에 가서 부모님께 효도할지 모르겠소."

다음엔 허철(許哲)형의 유언에 따라 대흥동 243번지를 찾아갔다. 그의 아버지는 직장에 나가고 어머니만 집에 계셨다. 허철 형과 국군 통신대에서 같이 지냈던 일과 포로수용소에서도 같이 지내던 일과 이야기를 한참 하다가 기어이 병사(病死)했다는 말을 하고야 말았다. 어머니는 대성통곡하였다. 허철은 동국대학교 2학년 재학 중이었고 위로 형과 누나가 있었다.

"허철 형은 철학과에 다니지 않았습니까? 평소에 철학에 관한 이야기를 재미있게 해서 동료들을 즐겁게 해주었어요."

그러자 어머니는 갑자기 반색하며 표정이 밝아졌다.

"맞아요. 철이는 철학과를 다녔어요. 집에서도 가끔 철학에 대한 얘기를 해서 가족들을 기쁘게 해 주었지요."

다음에는 신길동(新吉洞) 동사무소에 가서 이종무(李鍾武)상사의 동적부(洞籍簿)를 확인하였다. 다행히 이름과 번지수가 있어서 찾아갔더니 오래 된 기와집이었다. 가족은 부모와 처와 다섯 살 된 아들이 살고 있었다. 아버지는 시장에서 가게를 보다가 아들의 소식을 듣고 단숨에 달려왔다.

민규는 이종무 형의 체격이나 얼굴모습, 성격 등을 고대로 말씀드렸다. 그리고 한 가지 증거를 보아고 싶었다. 이종무 형이 평소에 가장 즐겨 부르던 노래를 들은 대로 불렀다.

〈고향 길〉

산굽이를 돌고 돌아 일백팔십 리
물굽이를 돌고 돌아 삼백육십 리
가는 길 멀다하랴 달리는 이 마음
험난한 길 꼬부랑길 쉬지도 않고
부모형제처자식 보러 고향길 가네

가족들은 노래를 들으며 울음바다를 이루었다.

"집에서도 그 노래를 항상 불렀답니다. 그런데 서방님의 고향 길은 얼마나 멀기에 아직도 돌아오지 못하는 걸까요?

우리 가족은 모두 독실한 기독교 신자랍니다. 서방님은 어디에 가서도 성실하게 살고 있으리라 믿고 있어요. 꼭 살아서 돌아오게 해 달라고 하나님께 늘 기도하고 있지요."

민규는 부모님과 부인에게 금일봉을 드리고 어린 아들에게는 맛있는 케이크를 사주고 나왔다.

다음엔 신안주 역에서 쪽지 편지를 던져주던 인민군 해방 전사 백진기 씨의 집을 찾아갔다. 수원시 신풍동(新豊洞)의 번지수는 찾기 쉬웠다. 가족은 부모와 부인과 여섯 살 된 딸이 있었다. 민규는 백진기 씨의 편지내용을 고대로 말씀드렸다. 7연대에 있다가 1950년 11월 2일 초산에서 포로가 됐고 지금은 인민군에 편입되어 있다고 했다. 가족들은 그 말을 듣고 몹시 놀란다. 아들이 7연대에 입대한 것은 지 친구가 말해주어서 알고 있었으니 민규의 말을 의심하지 않았다. 민규는 위로의 말씀을 드렸다.

"국군포로는 대부분 인민군에 편입했습니다. 남북이 통일되면 돌아올 것이니 희망을 가지고 기다려주십시오."

며느리는 시어머니의 소매를 부여잡고 눈물을 떨어뜨린다.

"어머니! 제가 재혼하려 했던 거 용서해 주세요. 군인아저씨의 이야기를 들으니 애란 아빠는 살아있어요. 앞으로 애란이와 같이 살면서 지 애비가 올 때까지 기다리고 있겠어요."

2. 원대복귀

귀환 장병들은 휴가를 마치고 9월 하순에 대구의 보충부대에 귀대했다. 15일간의 휴가를 통해서 동료들은 육체적으로나 정신적으로 놀라울 만치 건강이 회복되었다. 그들은 이제 포로의 악몽에서 벗어나 가족들과 극적으로 만났던 이야기를 주고받으며 기쁜 표정들이 역력했다. 3년간이나 소식이 없었으므로 가족들은 죽은 줄만 알고 단념했다고 한다. 그런데 아무 예고도 없이 불쑥 나타났으니 얼마나 놀랐을까. 어머니가 너무 놀라서 기절하시더라는 이야기는 여러 사람의 입에서 나왔다. 부인들은 재혼하라는 성화에 시달려왔으며 실제로 어떤 부인들은 다른 남자와 재혼했더라고 한다.

어떤 동료들은 자기와 함께 포로가 됐던 상사나 동료가 탈출했는데 남한에 넘어왔는지 확인했다고 한다. 박민규와 함께 영창에서 지내던 16연대 1대대장 노한열 소령은 반동으로 낙인이 찍혀 휴전 후 포로송환 되지 않았다. 10연대 3대대 9중대장이던 우종환 중위는 운 좋게 송환됐다. 우 중위는 자기와 함께 탈출하기로 했던 3대대장 최병도 소령 일행이 탈출에 성공했다는 소식을 듣고 찾아갔다. 최병도 중령은 이때 육군본부 정보국에 근무하고 있었다. 두 사람은 반가워서 끌어안고 눈물을 흘렸다.

“대대장님, 참 반갑습니다.”

“우 중위. 자네 그때 왜 따라오지 않았나?”

“제가 그 시각에 그만 잠이 깜박 들었어요. 깨어나 보니 다들 떠나갔더군요.”

“그랬구나. 내가 깨워서 데려와야 할 걸 잘못 했군. 아무튼 살아왔으니 반갑네.”

“16연대 1대대장으로 있던 노한열 소령을 아시지요?”

“노한열은 나와 사관학교 동기생이고 가까운 사이었네.”

“노한열 소령도 포로가 되어 저와 함께 지냈어요. 그분은 반동이라 해서 송환 되지 않고 북에 억류됐어요.”

“그 친구는 죽은 줄 알았는데 북에 가서 고생하고 있구먼.”

“그 분이 이런 이야기를 하더군요. 16연대 부연대장 윤태호 중령과 함께 탈출하다가 자기는 체포되고 윤 중령은 어찌됐는지 생사를 몰라 궁금하다고 했어요. 혹시 윤태호 중령의 소식은 알 수 없겠지요?”

“윤태호 중령은 탈출해 나왔네. 포로가 된지 45일 만에 화천(華川)에서 6사단 진영에 들어와 구출됐다고 하더군.”

벽동포로수용소에서 19연대 작전관 박정인 소령을 비롯한 장교 몇 사람이 집단탈출 했다는 소문은 널리 알려져 있었다. 19연대 작전과에 있던 신재홍 상사는 그분들이 탈출에 성공했다는 소식을 듣고 찾아갔다. 마침 박정인 중령은 대대장으로 전투하던 중에 부상을 당해 수도육군병원에 입원하고 있었다. 신 상사는 수도육군병원에 가서 옛 상관을 만났다.

"작전관 님, 참 반갑습니다."

"신 상사, 살아서 돌아와 참으로 반갑네."

"작전관 님은 그 멀고 험난한 적지를 어떻게 탈출해 나왔습니까? 참으로 놀랍군요. 탈출하느라 고생했던 얘기나 해주세요."

"그 얘기를 다 하려면 한이 없네. 1951년 1월 하순, 장교 5명과 하사관 1명, 모두 6명이 밤에 집단탈출 했네. 서울에 잠복하고 있다가 3월 15일 새벽에 한강변에 나갔더니 마침 미3사단 군인들이 들어와서 구출되었네. 50일간의 적지탈출 2천리!! 그 과정이란 이루 말할 수 없는 고난과 모험의 연속이었네."

박정인(朴定仁) 중령은 그 후 사단장까지 지내고 퇴임했다.

박민규는 회양에서 탈출했던 8연대 부연대장 박윤덕 중령의 소식을 알려고 백방으로 탐문했다. 박 중령은 탈출에 실패하고 나중에 강동포로수용소에 수용되었다. 그러나 불행하게도 미군기가 강동포로수용소를 잘못 알고 폭격하는 바람에 그 오폭(誤爆)으로 전사했다는 비통한 소식이었다.

귀환 장병 중에서 가장 화제에 오른 인물은 김석진이었다. 김석진은 천마포로수용소에 있을 때 계급은 이등병이고 자기 군번을 다 못 외운다고 했다. 동료들이 그를 놀려주었다.

"재는 머리가 어찌나 나쁜지 자기 군번을 다 못 외운대."

그랬던 김석진이 보충대에 와보니 중위 계급장을 달고 있었다. 귀환 장병들은 보충대에서 휴가 나갈 때 처음으로 계급장을 달았다. 동료들은 그를 보고 괴상한 놈이라 여겼다.

"야! 너 김석진이 아니야? 왜 가짜 계급장을 달고 있나?"

"나 진짜 중위야. 까불지 마!"

"뭐야? 자기 군번도 다 못 외운다는 놈이!"

"그것은 수용소에 있을 때 계급을 속이려고 거짓말을 했던 거야. 내가 그동안 어떻게 지내왔는지 사실대로 말해줄까?"

그는 동료들에게 자신의 체험담을 차분하게 얘기했다.

김석진 중위는 덕천전투 때 8연대 1대대 작전관이었다. 1950년 11월 26일 포로가 됐고 3일 후에 탈출했다. 오랫동안 숨어 다니다 한 농가에 들어갔더니 주인아저씨가 팥죽을 내놓았다.

"오늘이 12월21일 동짓날이라서 팥죽을 쑤었시다. 국군은 38선 이남으로 멀리 쫓겨 갔시다. 이제는 탈출하기가 어려울 거이니 자수하면 어떻갔이요?"

김중위는 그제야 숨어 다닌 지가 벌써 한 달 가까이 되었음을 알았다. 집주인의 권유에 따라 마을에서 자수했다. 그러자 부락민들이 모여서 그를 환영해 주고 세포위원장 집에서 지내게 했다. 김중위는 다음 날부터 각 농가에 돌아다니며 농사일을 도와주었다. 남자가 없어서 일손이 모자라는 여인들이 서로 자기 집에 와서 일해달라고 떼쓰는 바람에 인기가 매우 좋았다. 그는 아무리 힘이 들어도 몸을 사리지 않고 성실하게 일했다. 동네 사람들은 그를 어련무던하고 근실한 청년이라며 칭찬해주었다. 세포위원장 집에서 한복을 새로 해서 입혀줬다. 김중위는 그 집 식구들을 친 가족처럼 모시고 노부모를 깍듯이 공경했다. 노부모는 기뻐서 자랑하고 다녔다.

"내레 잘생기고 똑똑한 아들을 하나 얻었시다."

동네사람들은 부러워하던 나머지 질투하기 시작했다.

"거 머사니, 성씨도 다른 사람을 왜 친자식처럼 끼고 돕네까? 김씨레 날래 인민군에 입대 시키라요."

세포위원장은 동네사람들의 볼멘소리를 듣고 모른 체할 수 없었다. 그곳은 평안남도 맹산군(孟山郡) 옥천면(玉泉面) 서흥리(瑞興里)였다. 1951년 3월 중순, 세포위원장은 군당(郡黨)위원회에 다녀오더니 김중위에게 안쓰러운 듯이 말했다.

"동생, 아무래도 인민군에 입대해야 하갔어. 내일 나와 같이 군당위원회에 가자요. 거기서 군대에 입대시킨다고 했으니끼니. 서운하지만 억하갔어? 떠날 준비나 해두라요."

노부모는 자식 같이 귀한 사람이 갑자기 군대에 들어간다고 몹시 서운했다. 떡도 해 먹이고 술도 사다 주며 위로했지만 이별은 못내 서러웠다. 김중위는 그날 밤 그 집에서 탈출했다.

그는 정든 마을을 떠나면서 학창시절에 택리지(擇里志)를 읽은 생각이 떠올랐다. 영조시대(英祖時代)에 이중환(李重煥)이란 사람이 벼슬을 그만둔 후 전국각지를 돌아다녀보고 쓴 책인데 조선팔도(朝鮮八道)중에서 평안도 인심이 가장 좋다고 평했다. 과연 맹산사람들의 인심이 그 본보기가 아니겠는가! 김중위는 국군낙오병이 자수했다 해서 환영해주고 따뜻하게 보호해준 마을을 향해 세 번이나 절을 했다.

동해안에서 배를 타고 남하(南下)하려고 동쪽으로 자꾸 갔다. 함경남도고원군(高原郡)운곡면(雲谷面)의 한 농가에 들어가서 밥을 얻어먹고 깜박 졸고 있을 때였다. 별안간 내무서원들이 들이닥치며 머리에 권총을 들이댔다. 김중위는 꼼짝도 못하고 붙잡혀서 운곡분주소(分住所, 파출소와 같음)에 끌려갔다. 내무서원들은 그를 간첩으로 오인하고 심하게 매질했다.

"네 놈은 낙하산을 타고 내려온 간첩이 틀림 없당이. 가지고 온 무전기는 어디에 숨겼지비?"

"그런 건 전혀 모릅니다. 저는 국군낙오병입니다."

"거짓말 맙세! 한복을 새로 해 입고 살이 포동포동 찐 놈이 낙오병이라니 말이 됩메?"

"이 옷은 제가 어떤 농가에 들어가서 훔쳐 입은 것입니다."

"간나 새끼! 거짓말만 한당이. 바른 대로 대지 못하겠니?"

김중위는 지독하게 매를 맞다 허리를 심하게 다쳤다. 함흥형무소에 수감되어 있다가 동료들과 함께 강동포로수용소에 들어갔다. 천마포로수용소에 와서 심사를 받을 때 그는 자기군번을 다 못 외운다고 우겼다. 면도날 심사관이 화를 버럭 냈다.

"앙이! 자기 군번을 다 못 외운다는 놈은 처음 봤당이. 네놈은 분명히 국방군 장교였지비? 바른대로 대지 못 하겠니?"

김중위는 기가 죽지 않으려고 태연스럽게 말 했다.

"아이참 딱하네. 나는 머리가 나빠서 못 외우는 걸 어떡해요?"

면도날은 화가 풀리지 않았지만 단념할 수밖에 없었다.

김중위가 들어간 내무반에 공교롭게도 8연대 1대대 3중대장이던 이영창 대위가 있었다. 두 사람은 같은 대대에서 작전관과 중대장이었으므로 업무상 가깝게 지내는 사이였다. 그들은 덕천전투에서 함께 포로가 되었다. 이영창 대위는 계급을 철저히 숨기기 위해 똥통을 메고 정문 밖으로 내다버리는 가장 더러운 일을 했다. 그러나 휴전되기 3개월 전에 누가 밀고해서 계급은 대위고 중대장이었음이 탄로되었다. 이 대위는 계급을 철저히 숨기기 위해 똥통을 메고 다닌 것이 괘씸죄가 되어 반동분자라는 낙인이 찍혀 휴전 후 포로송환 되지 않았다. 김중위는 이 대위가 억류된 데 대해 안타까운 심정을 토로하였다.

"이영창(李永昌) 대위는 충청남도에서 초등학교 교사로 지내다가 육군사관학교 8기생으로 졸업했네. 나하고는 가까운 사이였는데 북에서 억류되는 신세가 됐으니 매우 안타깝네."

박민규가 한 가지 물었다.

"덕천전투 때 8연대장은 중상을 입었다고 들었는데 혹시 죽었는지 살았는지 알 수 없어요?"

"김용주(金龍周) 8연대장은 중상을 입었지만 힘센 부하들이 업고 뛰어서 구출되었네. 지금은 준장이 되어 육군본부 휼병감(恤兵監)으로 있네. 나는 이번 휴가에서 그분을 만나 뵈었지. 김 장군은 나를 부둥켜안고 감회의 눈물을 흘리시데."

김석진을 바보로 알았던 동료들이 그의 대담한 체험담을 듣고 놀라자빠질 지경이었다.

네바협정에는 포로송환 된 후 어떻게 하라는 규정이 없다. 이번 휴가 중에 장교 몇 사람이 청와대에 가서 이승만 대통령을 만나 뵙고 탄원서를 올렸다.

「저희들은 지금 퇴역하면 포로라는 오명을 영원히 지을 수 없습니다. 다시 군복무해서 명예를 회복하도록 해 주십시오.」

미국의 딘 소장은 포로송환 된 후 중부사령부의 부사령관을 역임하고 퇴역했다.

아무튼 어떠한 사유인지는 모르겠으나 보충부대에 모인 귀환 장병들은 재복무하게 되었다. 사병들은 전에 있던 부대로 원대복귀하고 장교들은 타부대로 전속했다. 박민규는 동료들과 함께 김화에 가서 9사단에 원대복귀 했다. 일행 400여 명은 모두 현리전투에서 포로가 된 사람들이었다. 그들은 사단사령부에서 2주간의 교육을 받았다. 주로 보병으로 갖춰야 할 기본적인 소총훈련과 정신훈화였다. 9사단은 백마고지 전투에서 대승을 거두어 백마부대라 부른다. 사단장은 이한림(李翰林) 소장이었다.

사단에서 교육을 마치고 박민규 일행은 28연대에 복귀했다. 연대본부에서 1주일간의 교육을 마치고 3대대에 돌아와서 또 1주일간 교육을 받았다. 박민규는 교육 중에 대대통신대를 찾아갔다. 예전에 같이 지내던 통신대원은 두 사람만 남아있었다. 유선반장을 하던 구회경 일병이 일등 중사가 되어 선임하사가 됐고, 젊고 얌전한 김진수 일병이 이등중사가 되어 유선반장을 하고 있었다. 민규가 불쑥 들어갔더니 그들은 처음에 몰라보았다.

"내가 누군지 모르겠소? 박민규요."

"네? 박민규 중사요?! 전사한 줄 알았는데 어찌 된 일이오?"

"포로가 되었다가 돌아왔어요."

"참 반갑습니다. 그동안 고생이 많았지요?"

"예전에 같이 지내던 동료들은 다 어찌됐어요?"

"타부대로 많이 전출했어요. 또 전사하거나 부상을 당해 후송된 사람도 있고 제대한 사람도 있어요."

"무선반의 한인범 중사는 어찌 됐어요?"

"한인범 중사는 간부후보생으로 가서 장교가 됐어요."

"정이강 일병이 포로가 됐다가 사라졌는데 혹시 탈출해오지 않았어요?"

"아니요. 정이강은 그 후 돌아오지 않았어요."

"작전과 탁 상사도 포로가 됐던데 돌아오지 않았어요?"

"탁 상사는 탈출해 나왔어요. 그 후 장교로 임관되어 타부대로 전출했어요."

3대대에 온 귀환 사병은 모두 25명이었다. 교육을 마친 후 17명은 본부 중대에 남고 8명은 소총 중대로 배속되었다. 귀환사병의 주특기(主特技)는 모두 보병으로 통일이 됐으므로 박민규는 통신대에 돌아갈 수 없게 되었다. 본부중대에 본부소대가 편성되었다. 구성원은 귀환 사병 17명과 기존 사병 9명으로 모두 26명이었다. 그 중에서 박민규 이등중사가 상급자라서 선임하사가 되었다. 본부소대는 도로를 보수정비하거나 산에 가서 취사용과 난방용의 나무를 해 오는 일들을 했다. 선임하사인 박 중사가 본부중대장의 명을 받아 소대를 통솔했다.

하루는 대대장이 박민규 중사를 불러놓고 물었다.

"박 중사, 귀환 사병들이 잘 적응하고 있는가? 무슨 불편한 일이나 애로사항은 없는가?"

박 중사는 이렇게 대답했다.

“소총중대에 나가있는 동료들이 불만이 많을 것입니다. 같이 입대한 동기들은 선임하사를 하고 있는데 그 밑에서 분대장도 못되고 고생만 하고 있으니 기분이 매우 언짢을 것입니다.”

그 후 10중대에 배속된 황주식 일병이 야간훈련 중에 자기 소총을 분실하는 사고가 발생했다. 그는 나이가 많고 감각이 둔해서 소총을 어디에 놨는지 모른다고 진술했다. 귀환사병이라서 특별히 의심을 두고 특무대에서 철저히 조사가 진행됐다. 10중대원들이 여러 차례 수색한 끝에 수풀 속에서 총을 찾아냈다. 황 일병의 진술은 사실로 인정되었나. 그는 얼마 후 제대했다.

11월 하순, 귀환사병 전원이 1계급씩 특별진급 했다. 박민규는 일등중사가 됐다. 계급장은 갈매기 셋에 작대기 하나가 붙었다.

3대대장 정춘태(鄭春泰)중령은 키가 크고 연로한 모습이었다. 그는 국군초창기(初創期)에 1연대에 사병으로 입대하여 현지임관했다. 산전수전(山戰水戰) 다 겪어서 마음이 너그러웠다.

대대장은 어느 날 박민규 중사를 조용히 불러놓고 물었다.

“박 중사, 혹시 횡성전투에서 포로가 된 8사단 16연대 장병들을 보았는가?”

“네, 보았습니다. 8사단 중에서도 16연대 장병들이 가장 많았습니다. 16연대 1대대장 노한열 소령도 포로가 되어 수용소에서 저와 같이 지냈습니다. 그 분은 반동이라 해서 포로송환 되지 않고 북에 억류됐습니다.”

대대장은 그 말을 듣고 몹시 놀라는 표정이었다.

“뭐야?! 노한열 소령이 북에 가서 살아있다고? 참으로 놀라운 일이구나. 횡성전투 때 노한열 소령은 대대장이었고 나는 부대대장이었네. 그분이 실종되자 나는 곧 대대장직을 맡았네."

횡성전투에 관한 전사(戰史)를 보면 16연대 1대대장은 정춘태 대위로 기록되어있고 노한열 소령에 관한 기록은 없다.

본부중대장 김학군 대위는 소위 때 현리전투를 겪었던 체험담을 들려주었다.

"포위망을 탈출할 때 무기를 다 버리고 맨몸으로 나왔거든. 이창정 연대장이 장교들을 집합시켜놓고 야단치더군.

'귀관들은 왜 무기를 다 버리고 계급장도 떼었는가? 이런 꼴을 하고 무슨 장교라 할 수 있겠는가? 나는 워낙 체구가 크기 때문에 할 수 없이 버리고 왔지만 말이야.'

장교들은 그 말을 듣고 어찌나 우스운지 폭소가 터졌네. 사실 이창정 연대장은 체구가 커서 적의 표적이 되기 쉬웠거든. 하지만 그 때의 상황은 한 마디로 적전도주(敵前逃走)인지라 누구든지 버리지 않을 수 없었네."

본부소대원들은 적당한 양의 작업을 마치고나면 모여앉아서 포로생활 하던 이야기를 했다. 특히 장교 두 사람이 탈출하다 붙잡혀서 자아비판 하던 장면을 떠올리며 그분들이 매우 혹독한 형벌을 받으리라 여기고 가슴아파했다. 박민규는 이때에 비로소 한병진 소위와 자기와의 관계를 털어놓았다.

"그때 자아비판 하던 한병진 소위는 나와 중학교동창생이고 한방에서 같이 자취생활을 했어요."

소대원들은 그 말을 듣고 무슨 터무니없는 소리냐며 반문했다.

"선임하사님, 그게 사실입니까?"

"내가 언제 거짓말을 한 적이 있소?"

동료들은 이번 휴가 중에 부모형제와 처자식을 만난 이야기를 많이 했다. 가족들은 3년간이나 소식이 없었으므로 죽은 줄만 알았고 부인들은 재혼하라는 성화에 시달려왔다고 한다.

실제로 손의철 일병은 서울에서 장사를 했다고 했으며 자기부인을 찾았더니 다른 남자와 재혼했더라고 한다. 손 일병은 옛 부인과 잠자리를 함께 했던 이야기를 재미있게 들려주었다.

"마누라가 구들장 아랫목에서 엎드려 자고 나면 배가 뜨끈뜨끈하게 데워지거든. 그때에 마누라 배에 올라타면 내 배도 뜨듯해서 기분이 좋았던 거야."

손 일병은 그 얘기를 하고나선 허전한 표정을 감추지 못했다.

동료들이 손 일병을 위로해 주었다.

"손 일병, 너무 상심하지 마라. 다음에는 상대방의 배를 먼저 만져보고 뜨끈뜨끈한 여자와 결혼하면 될 것 아니야?"

휴전된 지도 어느덧 1년 가까이 되어 전방은 평화의 분위기가 조성됐다. 사병들은 옛 전우의 생사를 확인하려고 이웃부대를 찾아다니는 일들이 유행했다. 그 중에서 본부소대를 찾아오는 옛 전우가 가장 많았다.

"아따! 니는 죽은 줄 알았더니 포로가 됐다 왔구마. 참 반갑데이. 우리 오랜만인 기라. 축배나 들자구마."

그래서 본부소대는 가끔 축제의 분위기가 조성되었다.

박민규와 통신학교 1기 동기생으로 박병홍 군이 연대 본부중대에 있었고 심상훈 군이 29연대 통신대에 있었다. 심상훈은 벌써 이등 상사가 되어 품위가 있었으나 일에 과로해서 인지 겉늙어 보였다. 그는 박민규와 청도에서 같이 입대하여 가까운 사이였다. 세 사람은 통신학교 시절을 회상하며 축배를 들었다. 어제 같던 추억들이 세월 속에 멀어져가고 인생의 허무함을 새삼 느꼈다. 박병홍과 심상훈은 민규보다 9사단에 늦게 왔다. 민규와 함께 9사단에 왔던 10여 명의 소식은 전혀 알 길이 없었다. 전쟁이 얼마나 변화무쌍했으면 그 친구들이 가뭇없이 사라졌을까?

박민규는 1954년 7월 15일부로 만기(滿期)제대특명을 받았다. 만기제대는 지난 4월부터 실시됐는데 박민규는 불과 3개 월 만에 자기차례가 오리라고는 전혀 예상하지 못했다. 자기보다 고참이고 상급자이며 나이 많은 사람들이 수두룩한데 왜 자기가 먼저 제대하게 됐는지 궁금했다. 이유는 이승만 대통령이 교육을 매우 중요하게 여기고 재학 중에 입대한 사람을 다시 공부할 수 있도록 하기위해 우선적으로 제대시켰기 때문이다.

사단 연병장에서 제대식이 성대하게 거행되었다. 군악대가 동원되고 회식을 베풀고 사단장이 일일이 악수를 해주었다.

3. 제대이후

박민규는 영월형님 댁에 가서 사복으로 갈아입었다. 군복무 3년 11개월 중에 국군생활이 1년 8개월, 포로생활이 2년 3개월로 구분된다. 포로생활에서 겪었던 혹심한 고통은 평생을 두고 지장이 많다. 성장기에 발육이 정지된 것도 억울한 일이고, 정신적인 후유증은 더욱 심하다. 특히 이북출신임을 숨기느라 애를 썼던 공포와 긴장감은 마음의 상처가 되어 오래도록 낫지 않는다.

권은주 선생이 민규를 보고 반가워했다.

"오빠, 제대를 축하해요. 앞으로 뭘 하겠어요?"

"글쎄요, 아직 아무 생각도 안 해봤어요."

"공부를 더 해요. 대학까지 졸업해야 하지 않겠어요?"

권은주는 민규의 손을 꼭 잡고 다짐했다.

"나는 오빠와 꼭 결혼할 거예요. 기다리고 있겠어요."

민규는 입장이 난처해서 대답을 못하고 우물쭈물 넘겼다.

다음 날 민규는 서울형님 댁에 갔다. 윤향숙 양의 소식은 여전히 모른다고 했다. 민규는 하도 기다리다 지쳐서 애가 탔다.

형님과 마주 앉아서 앞으로 무엇을 할 것인가에 관해 의논했다.

형님은 학교에 다시 다니라고 했다. 그러나 민규는 반대했다. 그렇다고 다른 계획이 있는 것도 아니었다. 직업에 관해서는 관심도 없었다. 형이 하도 답답해서 물었다.

"너는 도대체 무얼 할 작정이냐?"

"형님, 머지않아 전쟁이 다시 일어나지 않겠어요? 북한은 또 남침해 올 겁니다. 그러면 나는 또 군대에 들어가서 싸우다 죽든지 아니면 통일이 되는 그날을 맞이하겠지요. 그런 다음에 공부도 더 하고 결혼도 하고 싶어요."

너무나 황당한 얘기라서 형은 어안이 벙벙했다.

"그러면 전쟁이 일어날 때까지는 아무 것도 안하고 가만히 있겠다는 거냐?"

"먹고살기 위해서라면 강원도 산골에 가서 화전민(火田民)생활이나 해볼까요? 정선의 깊은 산골짜기는 물도 맑고 경치가 좋아서 살기 좋겠던데요."

하도 엉뚱한 얘기만 해대니 형은 할 말을 잊고 어리둥절했다.

"너는 왜 전쟁이 다시 일어나리라 생각하니?"

"북한사람들은 휴전된 후에도 남조선을 해방시키겠다고 떠들었어요. 공산당은 악랄해서 전쟁을 다시 일으킬 겁니다."

"너는 지금도 윤향숙 색시하고 고향에 가서 결혼식을 올릴 생각을 하고 있니?"

"그렇게 약속을 했으니까 당연하지요."

형은 동생의 심중을 헤아려본다.

"사람이 어떤 일에 너무 집착하면 망상(妄想)을 한다고 하더라.

너는 통일이 되면 고향에 가서 결혼식을 올릴 생각에 집착하기 때문에 판단이 흐려진 것 같다. 아니면 북에 가있는 동안 전쟁공포증이나 피해망상에 걸렸는지 모르겠다. 아무튼 북한이 그렇게 떠들어도 전쟁은 쉽게 일어나지 않는다. 그러니 너는 다시 공부를 해라. 어디에 취직을 하려해도 졸업장이 있어야 한다."

민규는 또 형님의 의견에 반대했다.

"저의 동기생들은 벌써 대학교 3학년이 되었어요. 그런데 이제 고등학교에 들어가면 창피해서 다닐 수 있겠어요?"

형은 또 동생을 설득했다.

"예로부터 공부하는 곳에는 나이 많은 사람도 있게 마련이다. 너는 6·25전쟁에 참전하느라 늦은 것인데 뭣이 창피하냐?"

민규는 형님의 이야기를 듣고 망설이다가 문득 중학교 1학년 때 김조명 선생님으로부터 배운 시 한 수가 생각났다.

勸學歌	권학가
青春不重來　一日難再晨	청춘부중래　일일난재신
此時當工夫　歲月不待人	차시당공부　세월부대인

배움을 권하는 노래
청춘은 거듭해서 오지 않으며
하루에 새벽이 두 번 오기 어렵다.
이때에 마땅히 공부할 지어다.

세월이 사람을 기다리지 않느니라.

이 시의 뜻은 젊었을 때 세월을 놓치지 말고 공부하라고 권한다. 그렇다면 남북이 통일된 후에 공부하려는 자신의 생각은 어리석다고 할 것인가? 과연 그렇구나. 세월이 더 가기 전에 공부를 시작해야 하겠다. 민규는 드디어 이 시에서 감화를 받고 형님이 권하는 대로 공부를 다시 하기로 결심하였다.

권학가의 출처는 중국 진(晉)나라 때의 시인 도연명(陶淵明)이 지은 잡시 기일(雜詩 期一)의 뒷부분에 있다.

盛年不重來　一日難再晨　　성년부중래　일일난재신
及時當勉勵　歲月不待人　　급시당면려　세월부대인

원문은 이러한데 우리나라 조상들이 다섯 글자를 우리나라 말에 맞도록 바꾸어서 권학가라고 했다. 민규는 권학가를 음미하며 공부를 다시 하게 된 것을 뜻 깊게 생각했다.

8월 20일경, C고등학교에 복학하려고 춘천에 갔다. 제일 먼저 옛 하숙집에 들어갔다. 집주인이라고 하는 50대의 남자분과 현관에서 마주보며 이야기를 했다.

"무슨 일로 왔는가?"

"저는 사변 전에 이 집에서 살았습니다. 혹시 옛 주인의 소식을 알 수 있을까 해서 왔습니다."

"옛 주인이 누군데?"

"전에 소양병원 원장이던 윤상철이라는 분입니다."

"나는 모르네."

"아저씨는 이 집을 샀습니까?"

그러자 집주인의 안색이 갑자기 험상궂게 변했다.

"그런 걸 왜 묻나? 말하고 싶지 않네."

그 사람은 집을 산 것이 아니라 민규네가 피난 나가자 빈집에 들어와서 살고 있는 것 같았다. 민규는 그 집을 빼앗으려 한다는 오해를 받을 것 같아 얼른 나와야 했다. 넓은 정원에 오동나무는 여전히 서 있었다. 민규는 그 그늘에서 향숙과 사랑을 속삭이던 추억이 떠올라 눈물이 핑 돌았다. 향숙은 지금 어디서 뭘 하고 있기에 이다지도 소식이 없을까?

민규는 자기의 모교가 어디에 있는지 몰라서 찾아가야 했다. 학교건물은 폭격으로 심하게 파괴됐다. 그래서 선생님들의 관사 촌에 학교를 임시로 옮겼던 것이다. 관사건물을 교실로 뜯어고치고 마당에 천막을 촘촘히 쳐서 교실로 사용했다.

교무주임 선생에게 갔더니 캐비닛에서 교무수첩을 꺼냈다.

"학적부는 다 타버리고 없네. 이것은 자네 학년을 담당했던 어느 선생님의 교무수첩이야. 여기에 학생들의 명렬표가 있어서 학적부 역할을 하고 있네. 자네, 몇 반이었는가?"

"1반이었습니다."

선생님은 교무수첩의 명렬표를 훑어보고 이름을 찾았다.

"아, 박민규! 이름이 있군. 그러면 자네는 아무 때라도 본교 3학년에 복학할 수 있네."

민규는 그 자리에서 복학 수속을 마치고 교실에 들어갔다. 학교를 떠난 지 만 4년 2개월 만에 새까만 후배들 곁에 앉아서 공부를 시작했다. 그날부터 당장 교복을 사 입고 머리를 빡빡 깎고 교모도 썼다. 완전히 고등학생으로 변모했다. 처음 며칠 동안은 수업내용을 이해하지 못하고 넘어가는 경우가 많았다.

윤향숙의 작은 숙부는 화가 풀리지 않았다. 향숙이 몰래 서울에 갔다는 말을 듣고 괘씸하게 여겼다. 미국의 형은 그래도 단념하지 말고 더 설득해보라는 편지를 보내왔다. 동생은 그 편지를 가지고 서울의 수녀원을 찾아갔다.

"이 편지를 읽어봐라. 형님이 너를 얼마나 아끼고 사랑하면 이렇게까지 당부하겠니? 제발 환속해서 미국에 가거라."

"작은아버지, 왜 여기까지 와서 저를 괴롭히세요? 저는 이미 속세에서 멀리 떠났어요. 다시는 오지 마세요."

숙부는 또 다시 커다란 실망을 안고 돌아가야 했다. 그는 화를 삭이지 못하고 괴로울 때마다 술을 폭음했다. 원래부터 과음하는 습관이고 위장이 좋지 않은데다 매일같이 술로 소일하다보니 건강은 더욱 악화되었다. 드디어 그는 악성질환을 앓다가 1954년5월에 세상을 떠나고 말았다.

향숙은 숙부님이 자기 때문에 돌아가셨으리라는 죄책감으로 몹시 괴로워했다. 그러한 고통에서 벗어나기 위해 멀리 떠나고 싶었다. 마침 로마의 신학대학에서 학생모집이 있었다. 로마에는 교황청에서 설립하고 운영하는 신학대학이 4개 있었다. 그 중의 한 대학에서 한국인 수녀 한 사람을 유학 보내라는 통보가 왔다. 많은 지원자가 몰려왔지만 공정한 심사를 거쳐 윤향숙이 어렵게 선발되었다. 향숙은 이때부터 유학준비를 위해 어학 공부를 하느라 눈 코 뜰 새 없이 바빴다. 9월 초까지는 로마에 가서 신학대학에 다닐 예정이었다.

출발을 앞두고 오랫동안 정들었던 춘천에 다녀오기로 했다. 민규 오빠와 아름다운 사랑을 속삭이던 옛 고장을 다시 한 번 다녀보고 앞으로는 모든 추억들을 떨쳐버리려는 심정이었다.

춘천에 가서 제일먼저 옛 집에 들어갔다. 넓은 정원에 오동나무는 여진히 서 있었다. 그 그늘에서 민규 오빠와 사랑을 속삭이던 추억이 떠올라 눈물이 핑 돌았다. 집주인이라고 하는 50대의 남자분이 나와서 맞이했다.

"수녀님이 웬 일로 오셨소?"

"저는 사변 전에 이 집에서 살았습니다."

그러자 집주인의 안색이 갑자기 험상궂게 변했다.

"참 이상한 일이군. 어제도 낯선 사람이 와서 이 집에 대해서 묻고 가더니만."

"어떤 사람이 다녀갔어요?"

"작업복을 입은 청년이요. 그 사람도 예전에 이 집에서 살았다고 하던데."

향숙은 문득 민규 오빠를 생각해 보았다. 그러나 전사한 오빠가 왔을 리는 만무하다.

"아저씨는 이 집을 샀습니까?"

그 말을 듣자 집주인은 더욱 화가 난 표정이었다.

"허허, 그 사람과 똑 같은 말을 하는군. 나는 분명히 이 집을 샀시다. 자 그만하고 어서 나가요."

집주인은 낯선 사람이 와서 집을 샀느냐고 물으면 화가 나서 내쫓으려고 했다. 향숙은 더 말도 못 붙이고 나와야 했다.

그녀의 발길은 자연히 예전에 다니던 성당으로 향했다. 그때는 민규 오빠와 둘이서 손잡고 갔지만 이때는 수녀의 신분으로 나타났다. 민규 오빠와 함께 예배를 드리던 바로 그 자리에 앉아서 예배를 드렸다. 아름다운 사랑으로 장래를 굳게 약속하던 그 시절이 이제는 영원히 잊어야 할 추억이 되어 슬픔의 강물처럼 머릿속을 흐르고 또 흘렀다.

향숙은 정든 모교에도 가보았다. 정문에서 수위가 물었다.

"수녀님이 웬 일로 오셨소?"

"여기가 저의 모교라서 구경하러 왔습니다."

"네, 어서 들어가 보십시오."

향숙은 운동장을 한 바퀴 돌아보았다. 교정에 커다란 목백합(木百合) 나무는 여전히 서 있었다. 백합꽃같이 아름다운 후배들이 교실에서 공부하는 모습을 보며 자신의 옛 모습이 떠올랐다.

학교에서 내려오는 길옆에 자기와 가장 친했던 최정애의 집이 빤히 보였다. 들어가 볼까 하고 망설이는데 마침 대문을 열고 나오는 사람이 있었다. 그 모습은 분명히 최정애였다. 대학생복장을 하고 활기차게 걸어오는 그녀의 모습이 어찌나 부럽던지, 순간 향숙은 고개를 돌리고 말았다. 반갑게 만나야 할 친구지만 얼굴을 대할 용기가 나지 않았다. 학급에서 같이 우등생이었고 성적은 1, 2등을 다투던 사이였다. 집에도 자주 놀러 와서 민규 오빠와도 여러 번 만났다. 그러한 정애에게 수녀 복을 입고 나타난 자기모습이 얼마나 추해 보일까?

'너의 애인은 죽었니? 그래서 수녀가 된 거야?'

이런 말을 들을 것 같아서 차라리 만나지 않으려고 했다. 정애가 다가오자 향숙은 얼른 등을 돌리고 양손으로 얼굴을 가렸다. 정애는 언뜻 향숙의 옛 모습이 떠올랐지만 상대방이 감추려고 하는데 굳이 들여다볼 수 없어 그냥 지나갔다.

향숙은 기차를 타고 춘천을 떠나면서 눈물이 자꾸 흘렀다. 옛 친구들이 잘 있는지 궁금하지만 만나보고 싶지 않다. 그런데 어제 왔다던 청년은 도대체 누구일까?

민규는 천마에서 김세중(金世中) 군이 하던 애기가 생각났다.

"너의 집은 어디야?"

"우리 집은 찾기 쉬워. 부자들만 산다고 소문이 난 '소양로 2가 기와집 골'인데 둘째 골목 넷째 집이야."

민규가 그 집을 찾아갔더니 부모님이 계셨다. 아버님은 차주(車主)로서 운수업을 하고 있었다. 민규는 자기의 제대증과 학생증을 함께 내보이고 천마포로수용소에서 김세중과 같이 지냈다는 애기를 했다. 김 군은 얼굴이 넓적하게 잘생기고 어깨가 벌어졌으며 키는 크지 않다고 했다. 김 군은 7연대에 입대하여 압록강까지 들어갔다가 중공군에 포로가 됐다고 말했다. 그리고 수용소에서 같이 지내다가 인민군에 편입했다는 말도 했다. 부모님은 수긍이 가는지 눈물을 닦는다. 아들이 7연대에 입대한 것도 사실이고 압록강까지 갔다가 많은 군인들이 나오지 못했다는 이야기도 들었기 때문이다. 민규는 부모님께 위로의 말씀을 드렸다.

"국군포로는 대부분 인민군에 편입했습니다. 저처럼 포로교환 되어 나온 사람은 극히 드뭅니다. 세중이는 인민군에서 밥도 배불리 먹고 국군 졸병처럼 매 맞는 일은 없습니다. 남북이 통일되면 돌아올 것이니 기다려 주십시오."

부모님은 아들의 생존소식을 알려주어 고맙다며 용돈을 두둑이 주어 보냈다.

민규는 국어시간에 『두시언해(杜詩諺解)』를 배웠다. 당나라 시성(詩聖)이라 일컫는 두보(杜甫)의 시를 우리나라 조상들이 언문(諺文, 한글)으로 해석한 책이다. 그 중의 시 한 수를 교과서에서 배웠다.

秋笛　　추적　　　가을날의 피리소리

淸商欲盡奏　奏苦血沾衣　　청상욕진주　주고혈첨의

상(商)은 오음(五音) 중에 가장 슬픈 음이니라. 맑은 상(商)소리를 다 불고자하나 듣는 이 슬퍼서 피눈물을 옷에 적시는구나.

他日傷心極　征人白骨歸　　타일상심극　정인백골귀

지난날에 마음이 지극히 슬펐던 일은 전쟁나간 군인이 백골이 되어 돌아올 적이니라.　(이하 생략)

민규는 시를 음미하면서 현리전투 때의 악몽이 되살아났다. 중공군의 피리소리를 듣고 얼마나 슬펐으면 피눈물을 쏟았던가! 그 슬픈 피리소리를 다시 시로 감상하고 있으니 감개무량해서 눈물이 쏟아지는 것이었다.

10월부터 제대하여 복학하는 동기생들이 줄줄이 이어졌다. 친구들은 대부분 아군이 수복한 10월 이후에 입대했으므로 제대도 늦었다. 그들은 졸업이 얼마 안 남아서 교복도 안 해 입고 머리도 안 자르고 사복차림으로 학교에 다녔다. 제대 군인들은 수업시간에는 모두 졸자다가도 쉬는 시간이면 한데 모여서 전투에서의 무용담을 얘기하느라 신바람이 나서 떠들었다. 전대용 군은 초산전투에서 겪은 얘기를 하는데 표정이 점점 어두워졌다.

"아군이 북진할 때 7연대가 춘천에서 3일간 주둔했거든. 나는 친구들과 함께 7연대에 현지 입대한 거야. 초산에서 중공군에 포위되어 나오기가 여간 어렵지 않더라. 나는 원래 육상 선수라서 걸음이 빠르지 않니. 맨 앞장서서 달렸지만 7일 만에 간신히 구출됐다. 많은 전우들이 나오지 못했어. 내 친구들은 한 사람도 보지 못했거든. 아마 전사했거나 중공군에 포로로 잡혔을 거야."

박민규는 김세중이 그때 포로가 됐다고 말할까 하다가 참았다. 친구들이 민규에게 어느 부대에 있었느냐고 물었다.

"나는 9사단에 있었다."

"9사단이면 백마고지전투에 참가했겠구나?"

"으, 응, 참, 참가했었지."

"백마고지전투에 대해서 얘기 해봐라."

민규는 잠시 망설였다. 포로가 됐다가 돌아 왔기 때문에 모른다고 말할까 했으나 차마 그 말이 입에서 나오지 않았다. 친구들은 모두 무용담을 자랑하는데 자기만 포로가 됐다는 말을 하자니 자존심이 허락하지 않았다. 할 수 없이 거짓말을 하기 시작했다. 백마고지 전투에 대해서는 9사단에 복귀했을 때 많이 들었기 때문에 적당히 꾸며서 얘기할 수 있었다. 포로로 있을 때는 이북 출신임을 숨기느라 애를 먹었고, 이때부터는 포로가 되었던 사실을 숨기고 백마고지전투담을 엮어내느라 애를 먹었다.

겨울방학을 이용해서 김승도 씨의 집을 찾아갔다. 백마역(白馬驛)에서 자기는 인민군에 편입되어 못나온다고 애타게 호소하던 사람이다. 주소는 경북 의성군(義城郡) 단촌면(丹村面) 장림리(長林里)라고 했다. 민규는 중앙선기차를 타고 가다 단촌역에서 내렸다. 서쪽으로 약 10리쯤 갔더니 장림리가 나타났다. 김승도 씨의 집은 마을에서 제법 커 보이는 초가집이었다. 부모님과 처와 여섯 살 된 아들이 살고 있었다. 민규는 제대증과 학생증을 함께 내보이고 자기 신원을 밝힌 다음, 김승도 씨와 백마역에서 만났던 일을 고대로 말씀드렸다.

'내 이름은 김승도요. 경북 의성군 단촌면 장림리요.'

이렇게 부르짖던 그의 음성이 지금까지도 귓전을 울린다고 말씀드렸다. 그리고 김승도 씨의 모습을 본대로 얘기 했다. 키가 크고 콧날이 우뚝 솟았으며 턱이 뾰족하다고 말씀 드렸다. 그의 처는 너무나 감격에 겨워 흑흑 흐느꼈다.

"아드님의 전사통지서에는 어느 부대에 있다가 어디서 전사했다고 적혀 있습니까?"

"2사단에 있다가 1·4후퇴 때 가평에서 전사했다는 기라."

"12월 31일 밤부터 중공군이 갑자기 쳐들어와서 많은 군인들이 포로가 됐습니다. 그분들은 대부분 인민군에 편입했습니다. 남북이 통일되면 돌아올 것이니 기다려 주십시오."

부모님은 아들의 생존소식을 갖고 온 귀한 손님이라며 닭을 잡아 대접하고 하룻밤 재워서 보냈다.

민규는 1955년 3월 중순에 고등학교를 졸업하고 4월초부터 서울에서 K대학에 다녔나. 대학생이 되자 그는 정치대학(지금은 건국대학)에 가서 김병우(金炳禹) 교수의 인사기록을 확인했다. 주소를 몰라 한국은행에 다니는 고향선배 심지섭 씨를 찾아갔다. 심 선배는 김 교수의 소식을 듣고 무척 놀라는 표정이었다.

"김병우는 나와 함남중학 동창생이고 매우 가까운 사이였네. 사변 후 생사를 몰라 궁금했는데 자네가 소식을 알려주니 고맙구먼. 그 부인은 전쟁미망인회(戰爭未亡人會)에서 직업을 알선해 주어 동대문시장에서 옷 만드는 일을 하고 있네."

민규는 다음 날 부인을 찾아뵙고 김 교수에 대해 상세히 말씀드렸다. 교수님은 키가 크고 호리호리하며 콧날이 뾰족하게 잘 생겼다고 했다. 부인은 남편의 소식을 듣고 눈물을 흘린다.

"남편은 서울이 점령되기 전날, 혼자서 피란 간다고 집을 나갔어요. 그런데 남쪽으로 피란 나간 양반이 도리어 북쪽에 가서 살아있다니 참으로 희한하군요. 나는 죽은 줄만 알고 있었는데 학생이 살아있다는 소식을 알려주니 고마워요."

"가족은 어떻게 됩니까?"

"남매가 있어요. 친정어머니가 집에서 돌보고 있지요."

민규는 부인에게 위로의 말씀을 드렸다.

"남북이 통일이 되면 교수님을 만나게 될 것입니다. 기다려 주십시오."

"남편은 고향에 가면 부모님도 살아계시고 동기간도 많아서 외롭지는 않을 거예요. 거기서 새장가를 들지 모르지요."

부인은 그 말을 하고나서 갑자기 얼굴에 수심이 찼다.

포로송환 되어 나온 동료들이 서로 연락이 닿아 만나보곤 했다. 포로수용소에서 죽음의 공포에 떨던 그들이 대명천지(大明天地) 서울거리에서 다시 만났으니 얼마나 기뻤을까! 모두들 얼싸안고 춤을 추며 지난날의 악몽을 되새겼다.

"우리는 다 죽었다가 다시 살아난 거야."

"그러니까 우리는 생일이 모두 똑같은 사람들이야. 포로석방 된 그날이 우리의 생일이거든."

민규는 어느 날 국립중앙도서관에 가서 이조역대(李朝歷代)임금들의 어진(御眞, 임금의 초상화나 사진)과 능(陵)을 수록한 사진첩을 보고 적이 놀랐다. 첫 면에 태조의 어진이 나오는데 바로 고향의 준원전에서 본 초상화와 똑 같았다. 옷은 붉은색의 곤룡포(袞龍袍)를 입었고 익선관(翼善冠)을 썼고 눈빛이 반짝반짝 빛났다. 태조의 또 다른 초상화는 전주(全州)의 어진박물관에 보존되어있다. 그 초상화는 태조가 퇴임한 후 태종11년에 그린 것이라 옷은 푸른색의 도포(道袍)를 입었고 모습이 많이 노쇠해보였다. 현재 여러 책자에서 볼 수 있는 초상화는 모두 전주에 보존된 초상화뿐이고 준원전의 초상화는 볼 수가 없다. 도서관에서 봤던 사진첩도 그 후 어디로 사라졌는지 모른다. 나라의 큰 보물인 준원전의 초상화를 다시 볼 수가 없으니 안타까운 일이다.

1955년 12월 어느 날 형님이 중대한 소식을 가지고 왔다.

"오늘 고향 사람을 만나 윤향숙 네 소식을 들었다. 그런데 그 색시는 수녀(修女)가 됐다는구나."

"네? 수녀라고요?"

민규는 몹시 놀랐다. 향숙이 왜 수녀가 됐을까? 내가 전사했다는 소식을 듣고 너무 슬퍼서 수녀원에 들어간 것일까?

"그리고 숙부님은 위장병을 앓다가 작년에 돌아가셨다는구나. 가족은 서울에 와있다고 하더라."

민규는 또 한 번 놀랐다. 그 착한 아저씨가 벌서 세상을 떠나다니! 지난날 베풀어준 은혜를 생각하며 눈물이 핑 돌았다.

다음 날, 형님이 적어준 신당동(新堂洞)주소지를 찾아갔다. 향숙의 숙모는 조그만 가게를 차리고 있었다.

"숙모님, 놀라지 마십시오. 제가 박민규입니다. 전사한 것이 아니라 포로가 되어 이북에 가있다가 나왔습니다."

"어머나, 세상에! 이게 꿈인가, 생시인가?"

숙모는 민규를 끌어안고 눈물을 흘린다. 그 눈물 속에는 기쁨보다도 슬픔이 더 많으리라. 학생이 전사했다는 소식을 듣고 조카는 수녀가 됐고 남편은 세상을 떠났는데 학생이 다시 살아왔으니 희비가 엇갈릴 수밖에 없을 것이다.

민규는 숙모님을 위로해 드렸다.

"숙부님이 돌아가셔서 매우 애통합니다."

"그 양반이 오래 앓다가 작년 5월에 세상을 떠났다우."

이때 명식이 집에 들어왔다. 일곱 살 때 피난길을 걸어가던 꼬마가 벌써 열두 살이 되어 몰라보게 컸다.

"명식아, 나를 알겠니? 한집에서 같이 살던 민규 형이다."

"민규 형은 군대에 가서 전사했잖아요?"

"응, 그런데 죽지 않고 다시 살아온 거야."

명식은 어리둥절해서 민규의 얼굴을 자꾸 쳐다보았다. 숙모는 민규와 술잔을 나누면서 지난날의 이야기를 들려주었다.

"향숙은 학생이 전사했다는 소식을 듣고 어찌나 슬피 울던지 그만 혼절했어요. 그 후부터 성당에 더 자주 나가더군요. 미국에서 큰 숙부님이 유학오라해서 고등학교를 졸업하면 곧 떠날 예정이었지요. 그러던 어느 날부터 갑자기 수녀가 되겠다고 고집하는 거였어요. 숙부와 나는 한사코 말렸지만 막무가내였으니까."

민규가 물었다.

"수녀원에 들어간 것은 정확히 언제였습니까?"

"1953년 3월 10일, 학교를 졸업하고 17일에 들어갔어요."

민규는 잠시 그때 일을 회상해 보았다. 1953년 3월 17일이면 내가 수용소에서 병세가 악화되어 사경을 헤매던 때가 아니던가? 죽음의 문턱까지 갔다가 기적적으로 살아난 까닭을 이제야 알 것 같았다. 향숙이 수녀원에 들어가서 열심히 기도한 은덕이 아니런가?! 그녀의 헌신적인 기도로 나의 생명이 구제되었다고 생각하니 어찌나 고마운지 뜨거운 눈물이 솟구쳤다.

“향숙을 빨리 만나고 싶습니다. 어느 수녀원에 있습니까?”

“아니, 학생은 아직 모르나 봐. 작년에 로마에 갔다우.”

“네? 로마요? 그 먼 곳에 왜 갔습니까?”

“수녀로서 로마에 있는 신학대학에 다니고 있어요.”

민규는 또 한 번 놀랐다. 그녀에게 편지를 쓰기로 했다. 수녀이고 더구나 로마의 신학대학 학생인 만큼 인생관이나 사고방식이 예전과 사뭇 달라졌으리라 여겼다. 정중하게 예의를 갖추어서 편지를 썼다.

윤향숙은 교황청에서 운영하는 4개 대학 중에서 가장 전통이 있는 우르바노(Urbanus)대학교에 다니고 있었다. 대학에서 신학, 철학, 라틴어, 영어, 이탈리아어 등을 공부하느라 눈코 뜰 새 없이 바빴다. 베드로 대성당에서 교황이 집전하는 미사에도 여러 번 참가했다.

교황 비오 12세를 특별히 알현했다. 교황은 한국전쟁의 참상이 궁금해서 한국인을 직접 만나서 이야기를 듣고 싶다고 했다. 교황청에서 윤향숙 수녀를 추천했다. 윤 수녀는 교황 앞에 나서서 정중하게 인사를 올린 다음 한국전쟁에서 가장 치열했던 전투장면을 말씀드렸다.

“전쟁은 1951년 4월과 5월에 가장 치열했습니다. 4월에 중공군은 총 55만 명이란 어마어마한 대병력으로 쳐들어왔습니다. 그러나 유엔군의 가공할 포탄세례를 받고 공격은 실패했습니다. 다음 5월에 공산군은 또 다시 대공세를 감행했습니다. 처음에는 한국군이 크게 패했습니다. 저의 오빠도 그때 전사했습니다. 유엔군은 곧 반격하여 북으로 많이 쳐들어갔습니다. 그러자 공산군은 휴전을 제의하여 전쟁은 소강상태에 접어들었습니다."

교황은 분부하였다.

"윤향숙 수녀는 특별히 한국전쟁에서 전사한 연령(煉靈)들을 위해 기도하여라."

윤 수녀는 그 말씀을 받들어 민규 오빠를 비롯하여 한국전쟁에서 전사한 연령들을 위해 경건한 마음으로 기도하는 중이었다.

그러던 어느 날, 한국에서 이상한 편지가 왔다. 발신인은 박민규?! 아니, 이게 도대체 어찌된 일일까?! 향숙은 어찌나 놀랐는지 졸도할 번했다. 간신히 정신을 차려 편지를 읽기 시작한다.

오빠가 포로가 되어 북에 가있다가 나왔다는 사연을 읽고서야 마음이 진정되었다. 그러나 오빠가 결혼하자고 제의한 데 대해서는 당황하지 않을 수 없다. 결혼이라니! 당연히 거절해야지. 하지만 오빠는 지난날 우리들이 맺어온 인연을 모두 끊어버리고 헤어지자고 한다면 너무나 슬퍼서 견디기 어려울 것이다. 그렇다고 수녀로서의 서원(誓願)을 저버리고 환속할 수도 없는 일. 한편 이런 생각도 해봤다. 오빠가 매우 위독한 때에 내가 수녀원에 들어왔기 때문에 살아났다면 이는 예삿일이 아닐 것이다. 하느님은 나를 부르시고 그 대신 오빠의 생명을 구해 주셨을까? 내가 만약 환속한다면 오빠는 또 생명이 위태로울지 모를 일! 이것이 진정 하느님의 섭리(攝理)라면 나는 수녀원을 떠나서는 안 되겠다. 드디어 향숙은 결별을 선언하는 편지를 쓰기로 했다.

4. 이별

민규는 오랜만에 향숙의 편지를 받아들고 눈물을 흘린다.

『오빠의 편지를 받는 순간 너무나 놀라서 졸도할 번했어요. 오빠가 이 세상에 살아있으리라고는 꿈에도 생각지 못했으니까요. 북에 가서 고생이 많았군요. 그래도 살아왔으니 다행이에요.

오빠에게 죄송한 이야기를 해야 하겠어요. 나는 이제 결혼할 수 없어요. 천주님의 부르심을 받고 평생 수녀로 봉사할 것을 굳게 서원(誓願)했습니다. 더구나 내가 수녀원에 들어왔기 때문에 오빠의 생명이 구제되었다면 이는 예삿일이 아닐 것입니다. 나는 수녀원에 있어야 하고 오빠와 멀리 떨어져야 한다는 게 하느님의 섭리(攝理)라 생각됩니다. 우리는 어차피 헤어져야 할 운명입니다. 앞으로 이곳에 편지를 보내지 마세요. 내가 귀국한 후에나 못 다한 이야기를 나눌 수 있겠지요. 하지만 나는 하느님을 가까이 모시는 수녀입니다. 오빠는 다른 여자와 결혼해서 행복하게 사세요. 오빠를 위해 기도를 많이 하겠어요.』

민규는 이별이란 슬픔 때문에 눈물이 앞을 가렸다. 그토록 사랑하는 약혼녀와 편지조차 해서는 안 되는 생이별이라니! 어찌 이 고통을 참을 수 있을까? 슬픔을 달래며 그녀의 심정을 이해하려고 노력했다. 멀리 이국땅에서 열심히 공부하는 윤 수녀에게 방해가 되어선 안 되리라 생각되었다. 귀국한 후에나 얘기하리라. 그 후 두 남녀는 서로 서신연락이 없었다.

하루는 박병홍(朴炳洪)군이 박민규를 찾아왔다. 그는 상사로 진급해서 몇 년 더 복무하고 늦게 제대했다. 박병홍은 부산에서 성장했으나 부모님이 일찍 돌아가시고 형제자매도 없는 외로운 처지였다. 그는 자동차운전을 배우고 싶다고 해서 민규가 형님에게 부탁해서 화물자동차 조수(助手)로 취직이 되었다. 당시는 화물자동차마다 조수가 따라다니며 일을 도와주고 운전기술을 배우는 실정이었다. 박병홍은 조수로 일한지 3개월 만에 민규에게 편지 한 통을 써놓고 어디론가 사라졌다.

"나는 오늘 자동차를 운전하다 큰 사고를 저질렀다. 그래서 급히 도망가야 한다. 너의 형님에게 죄송하다는 말씀 전해드려라. 지방에 가서 돈을 많이 벌어가지고 다시 서울에 오겠다. 그때 다시 만나기로 약속하자. 잘 있어라."

그로부터 6개월 후, 정선에서 모 탄광이 무너져 매몰사고가 발생했다고 신문에 크게 보도됐다. 그런데 사망자 명단에 '박병홍'이란 이름도 있었다. 민규는 혹시 자기 친구인지 아닌지 가서 확인해 볼가 하는 생각도 했으나 사정이 여의치 않아 못가고 그저 동명이인(同名異人)이기를 바랄뿐이었다. 그러나 그 후 수년이 지나도록 박병홍의 소식은 전혀 없었다. '아기중사' 박병홍은 그가 전투하며 다니던 정선의 깊은 산골짜기에 들어가서 영원히 잠들고 있는 것일까? 민규는 수용소에서 앓을 때 박 군이 누룽지를 끓여준 은혜를 고맙게 생각하며 친구와의 사별을 애통했다.

1959년, 박민규는 대학을 졸업하고 중앙부처의 국가 공무원이 되었다. 그는 동창생이나 직장동료에게 과거에 포로가 되었던 사실을 숨기고 지내야 했다. 포로라 하면 비천해 보일 뿐만 아니라 이북에 갔다 온 사람들은 사상적으로 의심을 받기 때문이다.

'너, 이북에 가서 오래 있다 왔다며? 사상교육을 많이 받았겠구나. 그래서 네 머리가 빨갛게 물들지 않았니?'

이런 오해를 받을 것 같아서 포로라는 말조차 꺼내기 싫었다. 다행히 공무원으로 임용될 때 병적증명서를 제출하는데 거기에는 포로가 됐던 사실이 기록되지 않아 무사히 넘어갈 수 있었다.

권은주는 서울시의 공립초등학교 교사로 전입하였다. 은주 양이 서둘러서 양가에서 결혼식을 올리기로 만반의 준비를 갖추고 있었다. 그러나 민규는 마음이 내키지 않아 주저했다. 은주는 기다리다 지쳐서 민규를 불러내어 다방에서 만났다.

"오빠! 내가 뭐가 부족해서 결혼을 망설이고 있지요?"

"권 선생은 왜 하필 나하고만 결혼하려 합니까?"

은주는 이제 와서 무슨 생뚱맞은 소리냐며 화가 났다.

"정말 몰라서 물어요? 나는 오래전부터 오빠를 사랑하고 결혼하자고 수없이 말해왔잖아요? 다만 오빠가 군복무를 마치고 대학을 졸업하고 직장을 구한 다음에 결혼하려고 6년간을 기다려왔던 거예요. 그동안 혼담이 수없이 들어왔지만 오빠와 결혼하려고 모두 거절했어요."

"왜 나 같이 못난 사람을 그렇게 오래 기다립니까?"

"오빠가 우리 집에 처음 왔을 때 우리는 〈즐거운 나의 집〉을 합창했지요. 나는 오빠와 함께 그 같은 보금자리를 꾸미고 싶었던 거예요. 그때 처음 느꼈던 순정을 지금까지 변함없이 간직하고 있어요. 나의 진심을 알았으면 어서 대답해 주세요."

"권 선생에게 대단히 죄송한 이야기를 해야겠어요. 나는 이미 결혼을 약속한 여인이 따로 있습니다."

"알고 있어요. 그 여자는 수녀가 됐잖아요. 수녀가 되면 환속하기 어렵다는 걸 왜 몰라요? 더구나 그 수녀는 로마의 신학대학에 다니고 있는데 어떻게 환속할 수 있겠어요? 오빠는 하루속히 그 수녀를 단념하고 나와 결혼해 주리라 믿고 있어요."

"권 선생! 용서해주기 바랍니다. 나 때문에 수녀가 된 그 여인을 놔두고 다른 여자와 결혼한다는 것은 내 양심이 허락하지 않습니다. 제발 나를 잊어버리고 다른 남자와 결혼하세요."

"오빠는 나를 아주 비참하게 만들 작정을 하고 있어요? 아니면 자신에게 주어진 운명을 거역하려는 건가요?"

"나의 운명이 어찌되든 상관이 없습니다. 다만 그 여인이 이 세상에 살아있는 한 다른 여인과 결혼할 수 없다는 것이 나의 진심입니다. 그러니 권 선생, 제발 나를 용서해 주세요."

은주는 기가 막혀서 복받치는 설움을 삼키며 발길을 돌려야 했다. 그야말로 억장이 무너지는 심정이었다.

최석(崔錫)중장이 제3군단장에 임명되었다고 신문에 크게 보도됐다. 민규는 이때에 비로소 군단장에게 직접 편지를 썼다. 최석 장군과 친지가 되는 최경환(崔景煥)씨와 천마포로수용소에서 같이 지냈던 사연을 말씀드리고 그분의 가족에게 소식을 전해주고 싶다고 했다. 며칠 후 최석 장군으로부터 회신이 왔다. 최경환 씨와는 매우 절친한 사이로 일본의 와세다대학에도 같이 다녔고 군사영어학교에도 같이 입교했었다고 알려왔다. 오랫동안 소식이 없어서 죽은 줄만 알았는데 놀라운 소식을 알려주어 고맙다고 했다. 그리고 최경환 씨 부모님의 주소를 적어주었다. 후암동에 있는 '해방촌'이라는 동네였다. 해방 후 월남민들이 많이 모여 산다고 해서 '해방촌'이라 한다.

민규는 최경환 씨의 부모님을 찾아뵙고 천마포로수용소에서 최 씨와 같이 지내던 일들을 말씀드렸다. 자기가 심사관에게 큰 실수를 저질러 절망의 구렁텅이에 빠질 뻔했을 때 최 씨가 구해주어 고마웠다는 이야기도 했다. 부모님은 몹시 놀라면서도 의구심을 떨쳐버리지 못했다. 민규는 최 씨의 모습을 고대로 말씀드렸다. 체구가 대장부같이 장대하고 얼굴은 이마가 넓고 턱이 길다고 말했다. 그리고 최 씨가 한강에서 가족과 마지막으로 헤어지던 장면을 들은 대로 말씀드렸다.

"인민군이 서울을 점령하던 날, 최 씨는 한강에서 가족을 북에 남겨두고 혼자서 헤엄쳐 나왔다고 말했습니다."

그 말을 듣자 아버님은 가슴을 치며 울음을 터뜨렸다.

"맞수다! 내 아들은 그날 옷을 다 벗어던지고 팬티바람으로 헤엄쳐 나갔수다. 그 후 소식이 없어서 죽은 줄 만 알았는데 오늘 그 이야기를 들으니 내 눈물이 나우다."

"가족은 어떻게 됩니까?"

"며느리는 오래도록 우리와 함께 살다가 작년에 개가했수다. 딸 하나 있는데 우리가 맡고 있쟁이요."

민규는 또 이런 말을 했다.

"최 씨는 자기 부인이 생활비를 절약해서 몰래 저축을 하더라는 이야기를 한 적이 있습니다."

이번에는 어머니가 가슴을 뚜드리며 눈물을 쏟아낸다.

"맞수다. 나도 아들로부터 며느리가 몰래 저축을 한다는 얘기를 들었수다. 며느리는 살림을 알뜰하게 했쟁이요. 지금도 지가 벌어서 딸의 양육비를 꼬박꼬박 보내오고 있수다."

마침 딸이 집에 들어왔다. 초등학교 5학년이라고 했다. 아버지를 닮아 키가 크고 영리해 보였다. 민규는 노부모님께 금일봉을 드리고 딸에게는 용돈과 함께 맛있는 케이크를 사주었다.

1960년 9월, 윤향숙은 로마의 우르바노대학교에서 6년간, 각고의 노력 끝에 석사학위까지 받고 귀국했다. 박민규의 소식을 알아내고 다방에서 만났다. 헤어진 지 꼭 10년만이다.

"오빠! 참 반가워요."

향숙은 감정을 억제하려 했지만 눈물이 절로 솟아남을 어찌하랴! 민규는 체면 불구하고 그녀를 끌어안고 울음을 터뜨린다.

"여보! 그 동안 얼마나 보고 싶었는지 모르오. 우리는 이미 부부나 다름없지 않소? 앞으로 헤어지지 맙시다."

"오빠, 이러면 안 돼요. 나는 수녀의 몸이에요."

"우리의 사랑은 하느님이 허락하신 거요. 결혼하면 축복해 주시리라 믿어요."

"그렇지 않아요. 나는 절대로 환속할 수 없어요."

"여보, 우리가 어떻게 맺은 인연인데 생이별을 하자는 거요? 다시 옛날로 돌아갑시다."

남녀는 오랜만에 식사를 같이 하면서도 식욕이 나지 않았다.

"오빠가 막무가내로 생떼를 쓰는 바람에 내 마음이 몹시 괴로워요. 앞으로 여유를 두고 생각해 보겠어요."

"고맙소. 잘 생각해 보구려."

그 후 두 남녀는 가끔 만났다. 향숙은 로마의 학창시절에 여가활동으로 등산을 많이 다녔다. 민규도 등산을 좋아하므로 남녀는 가끔씩 국내의 명산들을 등산하였다. 향숙은 로마에서 갖고 온 화려한 등산복을 입고 다녀 남들의 시선을 끌었다.

민규는 여전히 결혼을 강요하며 생떼를 썼다. 향숙은 마음이 괴로워서 수녀 몇 분에게 고민을 털어놓고 의견을 물었다.

"저에게 약혼한 남자가 있습니다. 전사했다는 통보를 받고 단념하고 있었는데 포로가 됐다가 돌아와서 결혼을 강요하고 있습니다. 저는 앞으로 어떻게 처신하면 좋겠습니까?"

수녀들은 그녀의 안타까운 사연을 듣고 위로하였다. 하지만 결혼에 대해서는 모두 반대하였다. 수녀원에서 딱한 사정을 알고 주선한 결과 윤 수녀는 미국으로 가게 되었다. 떠날 때 민규를 만나지 않고 전화상으로만 작별인사를 했다.

"오빠, 나는 지금 미국에 가요. 만나지 못하고 가게 되어 죄송해요. 우리는 어차피 헤어져야 할 운명이에요. 오빠는 나를 단념하고 다른 여자와 결혼하세요."

"그러면 우리는 언제 다시 만날 수 있을까요?"

"이 다음에 남북이 통일되면 고향에 가서 만납시다."

민규는 서운했지만 어쩔 수 없었다. 남북이 통일이 되면 부모님 앞에 갔을 때 결혼식을 올릴 수 있으리라는 한 가닥 희망을 품게 되었다.

세월은 많이 흘러 교통이 편리해졌다. 민규는 월남할 때와 현리 전투 때 다녔던 인제지역을 다시 한 번 다녀보기로 했다. 강물에 빠져 고생했던 내린천 하류에 가봤더니 젊은 남녀들이 래프팅(rafting급류타기)을 즐기고 있었다. 고무보트를 타고 급류에 휩쓸려 내려가는 모습이 위험스럽기도 하지만 스릴이 있어 보였다. 민규는 강물이 저렇게도 깊은 줄 모르고 바지를 걷어 올리고 건넜던 지난날의 어리석음을 다시 한 번 후회했다.

하남리의 화전(火田)부락에도 가봤다. 그가 월남하여 처음 하룻밤 잤던 집은 금방 찾을 수 있었다. 노인과 큰아들이 민규를 알아보고 반가워했다. 민규는 금일봉과 선물을 드리고 그때의 은혜에 보답했다. 그 후 화전부락은 모두 철거되었다.

오미치 정상에 '현리지구전적비'가 세워져있다. 민규는 비문을 읽어봤다. 중공군이 오미치를 차단했기 때문에 국군이 참패했다고 기록됐으며 당시의 참상을 되새겨주는 것이었다.

용포교 부근의 방태산 기슭에 '현리전투위령비'가 세워져 국군 3사단, 9사단, 7사단의 전몰장병과 희생된 주민들의 영령(英靈)을 모시고 있다. 민규는 각 위패(位牌)마다 술을 따라드리고 배례했다. 비문에 아군이 전사, 부상, 실종, 포로 등으로 19,000여 명이 희생됐다고 기록되었다. 민규는 희생자가 엄청나게 많은 데에 대해 놀라지 않을 수 없었다. 그 중에는 자기도 포함되어 있다고 생각하니 감개무량했다.

3군단 철수병력이 처음으로 인민군의 기습을 받았던 내린천에도 가보았다. 그 자리에 조그만 콘크리트 다리가 놓여있었다.

민규는 현리전투 시 아군이 철수하던 대로 용포에서 주능선(主稜線)을 타고 방대산(芳台山)을 종주(縱走)하였다. 드디어 주억봉(注億峰)! 해발 1,444m의 정상에 올라섰다. 사방이 환하게 보이고 방태산 전경이 한 눈에 펼쳐졌다.

민규는 비참했던 현리전투를 회상하며 시 한 수를 읊었다.

현리 아리랑

5월 하늘에 검은 장막 드리우고
현리에 스산한 광풍이 휘몰아친다
적군에 포위되어 나갈 길 막혔어라
황황히 쫓기어 방태산에 올라갔노라

국군은 오합지졸 싸울 수가 없으니
수많은 젊은이 적탄 맞고 쓰러졌네
시푸른 시냇물은 붉은 피로 물들어

내린천, 소양강, 한강을 이어갔노라

그날의 광풍 아직 멈추지 않았느냐
총 한 번 못 쏘고 죽은 억울한 원혼
산천계곡 떠돌며 귀곡소리 애절하다
원한을 못다 풀어 떠날 줄 모르는가

아서라 그대들은 명예로운 호국영령
나라위해 목숨 바친 공 기리 빛나리
구만리장천 떠돌지 말고 천국에 가서
꽃동산 거닐며 평화통일 기원해 다오

민규는 감상(感傷)에 젖어 율시(律詩)도 한 수 읊었다.

縣村悲曲	현촌비곡
十七紅顔學兵征	십칠홍안학병정
祖國危機救援情	조국위기구원정
中共侵攻人海戰	중공침공인해전
砲火彈聲山川動	포화탄성산천동
縣村包圍走行難	현촌포위주행난
敵陣彷徨被俘傾	적진방황피부경
未統休戰再生還	미통휴전재생환

芳台山頂慰魂靈　　방태산정위혼령

현리의 슬픈 노래

십칠 세 홍안소년이 학병으로 출정함은
위험에 처한 조국을 구하려는 충정이요
중공군이 침공하여 인해전술을 펼쳐오니
터지는 포탄과 총소리는 산천을 진동하네
현리산야가 포위되어 탈출할 길 막혔어라
적진에서 방황하다 기어이 포로가 되었네
통일 아닌 휴전으로 다시 살아 돌아왔으니
방태산 정상에서 전우의 혼령을 위로하노라

인민군 10사단과 싸웠던 백복령에도 가보았다. 아군이 참살 당한 현장에는 백복령 휴게소가 있었다. 여행객들이 평화롭게 쉬는 모습을 보면 그때의 참상과 좋은 대조가 된다.

하루는 권은주 선생이 와서 괴로운 심정을 털어놓았다.

"오빠, 나는 이제 부모님의 성화에 견딜 수가 없어 중매결혼을 해야 할 처지가 됐어요. 마지막으로 한 번만 더 묻고 싶어요. 나하고 결혼할 의사는 없는지?"

그 말을 하는 은주의 눈에서 굵디굵은 물방울이 뚝뚝 떨어졌다. 그래도 민규의 마음은 얼음장같이 차디차기만 했다.

"내 생각은 조금도 변함이 없습니다. 권 선생, 어서 결혼하세요.

그래야 내 마음도 편하지 않겠습니까?"

은주는 또 다시 가슴이 찢어질 것 같은 슬픔을 안고 돌아가야 했다. 그 후에도 미련을 버리지 못하고 부모님의 강요를 뿌리치려 했지만 나중에는 할 수 없이 중매결혼을 하고 말았다.

민규와 동창생인 임종택 군이 1·4후퇴 때 배를 타고 남하했다. 임종택은 민규에게 놀라운 소식을 알려주었다.

"네가 월남해서 차지환에게 편지를 보냈더구나. 지환이가 네 편지를 학교에 갖고 와서 친구들에게 보여주었거든. 나도 읽어봤어."

"나는 답장이 안 와서 편지가 안 간줄 알았는데."

"네 편지가 왔다는 소문은 학교전체에 퍼졌어. 특히 2학년학생들이 듣고 몹시 놀라더라. '월남하려다 자아비판을 받은 박민규가 남조선에 가서 편지를 보내왔다' 이렇게 떠드는 거야. 김조명 교장선생이 지환이를 불러 야단치고 네 편지를 빼앗았다고 하더라."

민규는 교장선생님께 또 다시 죄를 지어 송구스러웠다.

"전쟁이 일어나자 차지환은 인민군에 제일 먼저 입대했어. 그들은 어떤 약점이 있는 사람부터 추궁해서 강제로 입대시켰거든. 지환이는 네 편지 때문에 추궁을 받고 견디지 못했을 거야."

"뭐야? 내 편지 때문에 지환이 인민군에 강제로 입대했단 말이야? 군대에서 무사히 지냈으면 다행이지만 잘못되는 경우 나를 얼마나 원망하겠나? 혹시 지환의 그 후 소식을 들어보지 못했나?"

임종택은 잠시 말을 할까 말까 하고 망설였다. 그러나 오래 참지 못하는 성미인지라 기어이 실토하고 말았다.

"너에게 미안하지만 솔직하게 말해 줄게. 우리고향사람이 지환이

와 같이 인민군에 입대했거든. 낙동강전투에서 미군기의 폭격을 받고 지환이는 죽었다고 하더라. 자기는 중상을 입었기 때문에 집에 돌아왔다는 거야."

민규는 그 말을 듣고 가슴이 철렁 내려앉았다.

"지환이 결국 나 때문에 죽었다는 말이야? 내가 큰 죄를 지었구나. 이 죄는 아무리 사죄해도 용서를 받을 수 없겠지? 아! 너무나 괴로워서 가슴이 찢어질 것 같다."

민규는 차지환에게 지은 죄로 평생을 두고 괴로워했다.

하루는 유명한 관상가를 찾아갔다. 그는 역학(易學)에 도통한 후로 말을 못하고 글을 써서 의사소통을 하고 있었다. 민규의 얼굴을 자로 이리저리 재보고 나더니 붓글씨로 『魚水飛鳥』 라고 커다랗게 써주었다. 그 필체는 천하명필(天下名筆)이었다. 그리고 관상풀이를 글로 써주었다.

『어수비조(魚水飛鳥)라. 당신은 물속의 고기와 같고, 나는 새와 같은지라 어디든지 가고 싶은 곳에 갈 수 있을 것이오.』

민규는 풀이를 읽고 대뜸 어머니가 하신 말씀이 생각났다.

"네가 새처럼 저 하늘을 훨훨 날아서 이남으로 갈 수 있으면 얼마나 좋겠니?"

어머니의 그 간절한 소원이 드디어 관상으로 나타났다고 생각하니 참으로 기이(奇異)한 일이었다. 관상풀이는 거의 맞는다. 비록 38선을 넘고 휴전선을 넘느라 고생이 많았지만 그가 원하는 남한으로 두 번이나 넘어올 수 있었던 것도 이와 무관하지 않다.

또 한 가지, 아프리카의 최고봉 킬리만자로 산(해발 5,895m)을 비롯하여 해외의 높은 산들을 등반할 때 낙오되는 동료도 있었지만 민규는 새처럼 훨훨 나는 듯이 올라갔다.

윤향숙은 미국에 건너가자 곧 숙부님을 찾아뵈었다. 오랜만에 만나 뵈어 반가웠다. 그러나 숙부님은 매정스럽게 꾸짖었다.

"너는 무슨 염치로 여기 왔니? 내가 유학 오라 했을 때 왔으면 얼마나 좋았겠니? 그랬으면 작은 아버지는 일찍 세상을 떠나지 않았을 게다. 박민규 군이 포로가 됐다가 돌아와서 너를 기다리고 있다는 소식도 들었다. 이제라도 늦지 않다. 환속해서 박 군과 결혼하여라."

향숙은 숙부님의 서릿발 같은 지청구를 듣고 다시는 찾아뵙지 않았다. 허전한 마음을 달래려고 대학에 들어가서 열심히 공부했다. 각고의 노력 끝에 박사학위를 받고 뉴욕 근교에 있는 성 토마스 아퀴나스(St. Thomas Aquinas)신학대학의 교수가 되었다.

민규는 여전히 윤향숙 수녀만을 사랑하며 쓸쓸한 나날을 보내고 있었다. 옆에서 동료들이 흉을 봤다.

"너는 고자야? 왜 결혼을 안 해?"

또 민규를 잘 아는 동료들은 이렇게 충고했다.

"너의 애인이 수녀가 됐다며? 수녀가 되면 환속하기 어렵다는 걸 왜 모르나? 하루 속히 그 수녀를 단념하고 다른 여자와 결혼해야지."

주변에서 민규에게 가까이 다가오려는 여인도 있었으나 민규는 거들떠보지도 않았다. 오직 윤향숙 수녀만을 일편단심으로 사랑하며 속절없는 세월은 흘러만 갔다.

윤향숙이 미국에 건너간 지 7년째 되는 해였다. 박민규는 정부의 공무(公務)를 띠고 미국에 출장 갈 기회가 생겼다. 미국에서 잉여 농산물(剩餘農産物)을 인수하는 임무였다. 동료들이 서로 가려고 나섰지만 민규가 양해를 구하고 자기가 가기로 했다. 윤향숙 수녀를 만나기 위해서였다.

민규는 워싱턴에서 공무를 마친 후 윤향숙 수녀를 만나기 위해 뉴욕으로 갔다. 성 토마스 아퀴나스 신학대학은 뉴욕교외의 고즈넉한 동산에 자리하고 있었다. 수풀 속에 가리긴 했지만 웅장한 대리석건물이 유난히 하얗게 돋보였다. 민규가 면회를 신청했더니 잠시 후 윤향숙 교수가 나타났다. 그녀는 몸이 비대해 보이고 대학교수로서의 품위가 완연했다. 남녀는 교정의 벤치에 앉아서 다정하게 이야기를 나누었다.

“오빠, 무슨 일로 여기에 왔어요?”

“워싱턴에 출장 온 길에 들렀어요. 아무 예고도 없이 불쑥 나타나서 놀랐지요?”

“전혀 예상하지 못했지요. 그런데 오빠, 결혼을 했겠지요?”

“당신을 두고 어찌 다른 여자와 결혼한단 말이요?”

그 말을 듣자 향숙은 화가 나서 이맛살이 찌푸려졌다.

“아직도 나를 기다리고 있다니 참으로 안타깝군요.”

“우리가 어떤 사이인데 생이별을 하자는 거요? 당신이 돌아오지 않아도 나는 언제까지나 기다리고 있겠어요.”

“오빠! 제발 그 벽창호 같은 고집을 버리고 다른 여자와 결혼해야 해요. 그래야 내 마음도 편하지 않겠어요?”

"여보, 나는 당신에게 결혼하자고 강요하지는 않겠어요. 다만 당신이 혼자서 지내는 한, 나도 혼자서 지내겠다는 결심은 조금도 변함이 없어요."

향숙은 하도 답답해서 눈물을 흘리며 애원했다.

"오빠! 제발 이러지 마라요. 내가 만약 수녀로서의 서원(誓願)을 저버리고 환속한다면 하느님의 벌을 받으리라는 것을 알고 있을 텐데 왜 결혼을 강요하지요? 그리고 나는 수녀의 신분이니 혼자 사는 것은 당연하지만 오빠는 사회인으로서 나 때문에 평생 혼자서 살겠다는 것은 도저히 참을 수 없는 고통이에요. 그러니 오빠! 우리의 현실을 냉철하게 단판하고 헤어져야 해요."

"여보, 우리는 이미 약혼한 사이잖아요? 통일이 되면 부모님 앞에 가서 결혼식을 올리자는 약속을 잊었어요?"

"오빠, 그것은 우리들이 오래전에 약속했던 일이예요. 지금은 사정이 크게 변했어요. 그 단초(端初)는 오빠가 전사했다는 오보(誤報)를 듣고 나서 시작됐어요. 그러니 우리의 관계는 다시 과거로 돌아갈 수 없어요. 오빠! 제발 생떼를 쓰지 말고 지난 일들은 깨끗이 떨쳐버려야 해요."

"내가 생떼를 쓰고 있다니 다시 한 번 생각해 보겠어요. 당신을 한없이 사랑하지만 당신에게 부담을 주고 싶지는 않아요. 부질없는 과거사는 떨쳐버리고 현실로 돌아와야 한다는 당신의 의견을 존중하겠어요."

"오빠! 고마워요. 그러면 오늘 당장 헤어지기로 약속할 수 있는 거지요? 앞으로 다시는 이곳에 오지 마세요. 그리고 좋은 여자를 만나 행복하게 사세요."

"당신도 나에 대한 쓸데없는 고민이랑 떨쳐버리고 교수로서의 직분을 충실하게 수행할 수 있기를 바라겠어요."

그날 뉴욕의 존 F. 케네디 국제공항에서 남녀는 헤어졌다.

민규는 지난 일들을 곰곰이 회상해 본다. 집에서 소판 돈을 훔쳐 갖고 가출했던 일, 38선을 어렵게 넘어오던 일들이 생각난다.

6·25전쟁 때는 국군으로 싸우다 적탄에 맞고 쓰러졌던 일, 포로가 되어 여러 번 탈출하려다 붙잡혔던 일들도 잊을 수 없다.

포로수용소에 억류된 동안은 이북출신임을 숨기려고 무척 애를 썼다. 이북출신으로 밝혀진 사람들은 휴전 후 단 한 사람도 포로송환 되지 않았다. 이북출신들은 고향을 숨기려 해도 사투리 때문에 어쩔 수 없이 탄로되고 만다. 민규는 사투리가 탄로되지 않으려고 말을 아주 적게 했다. 심사관에게 심사를 받을 때는 너무나 긴장해서 온 몸이 떨렸다. 그리하여 이북출신임을 숨기고 포로송환 된 사람은 박민규 한 사람뿐이고 그의 주변에는 아무도 없다. 민규는 그 어려운 고비를 넘기려고 수용소에서 2년 3개월 동안, 공포에 쌓이고 긴장했던 정신적인 고통은 마음의 상처가 되어 오래도록 낫지 않는다. 그것은 '아물지 않는 상처'요, 정신적인 외상(外傷)인 트라우마(trauma)다.

그 증상은 여러 가지 인데 가장 많이 나타나는 증상은 악몽(惡夢)이다. 꿈만 꾸면 북으로 잡혀가거나 도망쳐 나오려고 애쓰는 장면이고 깨어나 보면 등에서 식은땀이 흐른다. 대인공포증으로 남들 앞에 나서면 떨려서 말을 잘 못한다. 전쟁공포증도 있어 전쟁이 다시 일어날지 모른다는 공포감을 느끼며 산다. 그밖에 사소한 일에도 과민한 반응을 나타내서 남들의 빈축을 산다.

그의 유일한 희망이던 윤향숙 수녀와도 영원히 생이별했으니 앞으로 또 얼마나 많은 상처를 받을지 모른다.

민규는 임진각(臨津閣)에 자주 간다. 그 곳엔 유엔군포로들이 처음으로 건너와서 자유를 찾았다는 '자유의 다리'가 있고, 실향민(失鄕民)들이 고향이 그리워 북쪽하늘 바라보며 배례(拜禮)하는 망배단(望拜壇)이 있다. 이 두 곳에 모두 연고(緣故)가 있는 사람은 박민규 한 사람뿐이다. 왜냐하면 이북출신으로 포로송환 된 사람은 박민규 외는 아무도 없으니 말이다.

민규는 이제 망배단에 가서 북쪽하늘 바라보며 간절한 마음으로 기원한다.

"어머니! 제발 오래오래 사세요. 남북이 통일되면 다시 만나요. 그때 나의 '아물지 않는 상처'를 치유해주세요."

끝

이 땅에 다시 오다

초판 인쇄 2021년 5월 28일
초판 발행 2021년 6월 10일

지은이 : 오용일
펴낸이 : 박찬익
펴낸곳 : 패러다임북

기 획 : 심재진
편 집 : 정봉선 한병순 유동근
마케팅 : 박부하 노희정 강수빈

주소 경기도 하남시 조정대로45 미사센텀비즈 7층 749호
전화 031) 792-1195 팩스 02)928-4683
홈페이지 www.pjbook.com | 이메일 pijbook@naver.com
등록 2015년 2월 2일 제2020-000028호

ISBN 979-11-971230-5-4 03810

값 16,000 원